KiWi Paperback

W0184751

KiWi 610

Über das Buch:
Wir alle haben das schon einmal gemacht: eine Reise angetreten in der Hoffnung, während unseres Wegseins möge sich zu Hause etwas verändern – was selbstredend nie passiert. Der Ich-Erzähler in diesem Roman versucht es mal etwas anders: Anstatt sich nach der Rückkehr von einer Japanreise wieder auf die europäische Zeit umzustellen, lebt er sein Leben mit acht Stunden Zeitverschiebung – wenn er schläft, wachen die anderen, und umgekehrt.

Ständiger Begleiter auf seinen Reisen durch die Nacht ist dem arbeitslosen Journalisten dabei das *Hagakure*, die Bibel der Samurai. Da mit einem solchen Leben aber kein Geld zu verdienen ist, hat sich der Erzähler bald ruiniert, so daß ihn eigentlich nur noch ein Wunder retten kann. Das tritt auf in Gestalt eines Mädchens, in Form anonymer Geldsendungen und einer mysteriösen Untergrundorganisation.

Doch was so vielversprechend beginnt, treibt den Erzähler bald in eine Schattenwelt, in der Zufälle nicht mehr zufällig sind und in der es immer mehrere Wahrheiten zu geben scheint. Darüber hinaus beantwortet das Buch einige längst überfällige Fragen: Was wurde eigentlich aus dem Punksänger Johnny Rotten?

Sollte man Politiker entführen oder lieber deren Ehefrauen?

Und wie genau sieht es eigentlich aus, wenn es Nacht wird in Deutschland?

Als erster, als einziger habe ich immer gewußt, daß Marc Fischer mal eine Bewegung anführen wird, und nun ist es soweit: Sein Buch ist ein Licht im Nebel, der das Leben ist – wäre ich eine Frau, würde ich mir für Marc Fischer die Brüste vergrößern lassen.

Uwe Kopf

Der Autor:
Marc Fischer, geboren 1970 in Hamburg, arbeitet als Reporter für verschiedene Magazine, darunter *Der Spiegel, Die Zeit* und *Die Woche*. Seit seiner Zeit bei der Illustrierten *Tempo* hat er nie wieder einen festen Job gehabt, dafür hat sich sein Gitarrenspiel verbessert, leider ist es noch nicht so gut wie das von Joao Gilberto. Marc Fischer schläft viel und regelmäßig, und *Eine Art Idol* ist sein erster Roman.

MARC FISCHER

EINE ART IDOL

ROMAN

KIEPENHEUER & WITSCH

1. Auflage 2001

© 2001 by Verlag Kiepenheuer & Witsch, Köln
Alle Rechte vorbehalten. Kein Teil des Werkes
darf in irgendeiner Form (durch Fotografie, Mikrofilm
oder ein anderes Verfahren) ohne schriftliche
Genehmigung des Verlages reproduziert oder unter
Verwendung elektronischer Systeme verarbeitet,
vervielfältigt oder verbreitet werden.
Umschlaggestaltung: Barbara Thoben, Köln
Umschlagillustration: Barbara Thoben
Gesetzt aus der Sabon (Berthold)
bei Kalle Giese, Overath
Druck und Bindearbeiten: Clausen & Bosse, Leck
ISBN 3-462-02992-4

Der Mensch erhebt sich gegen die Götter und leugnet sie, aber er erkennt ihnen doch wenigstens die Qualität von Gespenstern zu; wenn er unter die Zeit hinabgestürzt sein wird, dann wird er so weit von ihnen entfernt sein, daß er nicht einmal den Gedanken an sie bewahrt. Und zur Strafe für dieses Vergessen wird er dann die Erfahrung des vollständigen Niederganges machen.

E.M. Cioran,
Der Absturz in die Zeit

»Dear hero imprisoned,
with all the new crimes that you are perfecting,
oh I can't help quoting you,
because everything that you said rings true,
and now in my cell,
(well, I followed you)«

Morrissey
The Last Of The Famous International Playboys

Für Lee Hazlewood

An Johanna Schneeberg
Pension Strasser
Neunkirchen

von
Margarethe Schneeberg
Stift Pernegg

Liebe Johanna,

es tut mir leid, Dich in Deinem Feriendomizil zu stören – ich weiß, daß ich versprochen habe, Dich in Ruhe arbeiten zu lassen –, aber vor kurzem tauchte ein Junge auf, der sich als *Dein Freund* vorstellte und gar nicht mehr aufhörte zu reden, als er vor mir stand. Das folgende Manuskript entstand in einem dreitägigen Gespräch mit ihm – er war so verwirrt, daß ich ihn ins Kloster mitnahm, was mich in bezug auf die Schwestern einiges an Überredungskunst kostete. Seit etwas über einer Woche hat er jetzt ein Zimmer bei uns und scheint sich langsam zu erholen, nachdem ihn Schwester Elisabeth praktisch dazu *zwingen* mußte, nachts nicht mehr aufzustehen und in der Gegend herumzulaufen, als wäre der Teufel hinter ihm her. Soweit er wach ist, fragt er jeden Tag nach Dir und will wissen, wann er Dich sehen kann.
Fürs nächste Wochenende jedenfalls hat sich sein Bruder angekündigt, von dem ich nur weiß, daß er Uwe heißt und seine japanische Verlobte mitbringt.
Es wäre schön, wenn Du kommen könntest, auch ich würde mich freuen.

Alles Liebe,
Mutter

P.S.: Noch was: Die Arbeit an meinem Buch geht gut voran, obwohl mich Dein Freund ganz ordentlich aus der Ruhe gebracht hat. Nach allem, was er mir erzählt hat, bin ich aber fast dankbar dafür – einige Aspekte seiner Geschichte kann ich ganz gut verwenden, glaube ich. Er hat ein recht seltsames Verhältnis zum Glauben, wenn Du weißt, was ich meine.

Der Wetterbericht für das Wochenende ist gut – wir könnten also alle in die Berge rausfahren. Denk an die Zeckenimpfung, es ist wieder Saison!

Hoffentlich bis dann!

EINS

Hören Sie: Wenn ich Sie richtig verstehe, wollen Sie wissen, was ich mir für meine Zukunft wünsche, sollte ich irgendwann einmal den Zustand erreichen, den Sie alt nennen – aber wie soll ich Ihnen diese Frage beantworten, wenn die Wahrheit ist, daß ich zeit meines Lebens immer ein Samurai sein wollte?

Das mögen Sie jetzt vielleicht komisch finden, aber seit ich ein kleiner Junge war und mein Bruder Uwe mir abends aus den *Japanischen Annalen* vorlas, aus Eiji Yoshikawas *Musashi* und James Clavells *Shogun*; seit er mir Geschichten erzählte von verfeindeten Klans, die ihre Soldaten als Frauen verkleidet ins Lager des Gegners schickten, um sie zu besiegen, und von Kriegern, die selbst im Angesicht der Niederlage noch ihre Würde behielten, selbst wenn sie danach in acht gleiche Teile geschnitten wurden – seitdem komme ich nicht los von der Faszination, die der Mythos des Samurai auf mich ausübt.

Kaum eine Existenz, das ist meine Überzeugung, hat so viel Sinn wie die eines Samurai: Seine Aufgabe ist klar definiert, es gibt keine Verwirrung in seinem Leben – er ist der Beschützer seines Fürsten, seines *Daimyo*, der ihm Vater und Lehrer ist. Jeder Mensch sehnt sich ja eigentlich nach einem Gott, bloß ist das Problem jeder Religion, daß dieser Gott nie greifbar ist, daß der Gläubige ihn nie fragen, nie *konsultieren* kann. Seinen Daimyo aber kann ein Samurai immer besuchen, er kann mit ihm sogar einen Tee trinken und über Bücher und Frauen reden. Der Samurai kümmert sich um den Daimyo, aber der Daimyo kümmert sich auch um den Samurai, das ist das Prinzip: Der Daimyo gibt dem Samurai ein Zuhause, verschafft ihm Bildung, läßt ihn seine Bibliothek mitbenutzen und bezahlt ihm ein regelmäßiges Einkommen, wo findet ein Mensch heutzutage noch eine solche Hingabe? Zwar geht diese Hingabe bis zum Tod, doch das ist kein Problem für einen Samurai, denn er beginnt jeden Tag mit dem Wissen, dieser Tag könne sein letzter sein. *Der Weg des Samurai ist der Tod*, heißt es – damit gehört der Tod immer schon zum Leben des Samurai. Diese Haltung ist klug und wäre auch im Westen dieser Welt von Nutzen, denn ein Mensch, der auf seinen Tod schon vorbereitet ist, hat keine Angst mehr vor ihm, muß also nicht sein ganzes Leben lang vor dem Sensenmann zittern.

Viele Menschen, darunter auch Freunde von mir, haben bis heute ein falsches Bild von den Samurai: Sie halten sie für eine brutale Schlägerbande, die nichts hinterließ als Angst und Zerstörung, doch das ist nicht wahr. Den wirklich guten Samurai ging es nicht darum, sich zu bereichern und möglichst viele Köpfe zu sammeln – der wahre Samurai war ein Dichter, ein Philosoph, dessen Ziel es war, ein Leben voller Anstand und Ritterlichkeit zu führen. Die Regeln dieses Lebens sind bis heute in meinem Lieblingsbuch beschrieben, dem *Hagakure*, der Bibel der Samurai, die nach jahrelanger Ignoranz durch die Welt nun leider von dem Filmemacher Jim Jarmusch zu einer Gangstergeschichte verwurstet wurde. Dabei wäre es doch meine Aufgabe gewesen, das Denken der Samurai zu verbreiten!

Trotzdem: Das Hagakure, ein Buch von knapp zweihundert Seiten, das Jocho Yamamoto, ein Samurai im Ruhestand, Anfang des 18. Jahrhunderts dem Schreiber Tsuramoto Tashiro diktierte, hat mir schon oft geholfen: Besonders in seinem Hauptteil, den *48 wichtigsten Prinzipien*, ist mehr über die Weisheit zu erfahren als in der Bibel. Neben der ständigen Vorbereitung auf den Tod, die das Hagakure predigt, sind auch Tips für das tägliche Leben drin: wie ein unhöfliches Gähnen in der Öffentlichkeit zu unterdrücken ist zum Beispiel, nämlich indem sich der Gähnende die Stirn reibt, von oben nach unten. Wie ein Mensch die Ergebenheit seiner Freunde prüfen kann: indem er krank wird und sich pflegen läßt. Auch zur Liebe hat das Hagakure einiges zu sagen: Rein ist sie nur, wenn sie nicht geäußert wird – kein Anspruch, aber alle Ergebenheit, das ist die höchste Form.

Das Hagakure ist ein Ehrenkodex, der die Reinheit der Seele zum Ziel hat, und da heute kaum ein Mensch noch einen Kodex hat, sind die Zeiten auch für das Hagakure nicht günstig. Die Zeiten der Samurai, das muß selbst ich einsehen, sind vorbei, und alles, womit ich mich jetzt trösten kann, ist die Tatsache, daß ich wenigstens einmal versucht habe, das Leben eines Samurai zu führen. Ja, es ist wahr, ich war ein Samurai. Zwar werde ich heute eher als Texter in einer Werbeagentur landen, als auf der Insel Hokkaido hübsche Haikus zu schreiben, aber wenigstens war ich doch *einmal* in meinem Leben ein Teil von etwas Bedeutenderem, Größerem – und fast wäre ich auf diesem Weg sogar zu einer Berühmtheit geworden.

Aber ich bin gescheitert, so wie jeder Samurai scheitern muß, das ist das Gesetz, und darum sitze ich jetzt hier und rede mit Ihnen über meine Zukunft: über das, was noch nicht ist also, während für mich weder Gegenwart noch Vergangenheit geklärt sind. Da aber eine Zukunft nicht möglich ist ohne eine Vergangenheit, ist das Wichtigste jetzt erst einmal der Versuch, die letzten Monate meines Lebens zu rekonstruieren, bis zum heutigen Tag. Das allein ist die Aufgabe im Moment, alles andere ist unwichtig!

Genau weiß ich nicht mehr, wie das damals alles losgegangen ist, in meinem Kopf ist ein großes Durcheinander. Wo ist der Anfang, wo der Schluß meiner Geschichte? Es wäre ja gut, wenn ich sagen könnte: So und so ist es geschehen, das sind die Fakten, an der Lage ist nichts zu ändern – so wie ein Wissenschaftler bei einem Problem vielleicht die Gesetze der Physik oder der Mathematik konsultiert, um dieses Problem zu lösen. So aber ist meiner Geschichte nicht beizukommen – sie verfügt nicht über klare Linien, Regeln und eine festgelegte Anzahl von Variablen, die einfach nur auf eine Seite der Gleichung gebracht werden müssen, um zu einem Ergebnis zu kommen. Nein, die Geschichte, um die es hier geht, ist anders: Zwar beginnt sie an einem bestimmten Ort, so wie das die meisten Geschichten tun, doch von dort aus nimmt sie andauernd Kurven, Umwege, Haken und Abkürzungen. Die Geschichte verläuft nicht linear, das ist ihr Problem, aber *was in dieser Welt verläuft schon linear?*, wie es der Designer Carlo Colani ausdrücken würde.

Ich weiß nur, daß diese unerträgliche Schlaflosigkeit, die ich damals entwickelte, der Ausgangspunkt gewesen sein muß für die ganze Angelegenheit. Ohne die Schlaflosigkeit, das ist meine Überzeugung, wäre alles nicht passiert, und ich säße jetzt nicht vor Ihnen. Ohne die Schlaflosigkeit keine Nachtexistenz, ohne die Nachtexistenz keine Johanna, ohne Johanna kein Höller und ohne Höller auch all die anderen Dinge nicht. Ja, mit der Schlaflosigkeit beginnt alles, sie ist der Schlüssel, ihr ist die Schuld zu geben, und, so hoffe ich zumindest, ist irgendwann die Schlaflosigkeit besiegt, dann läßt sich irgendwann auch alles andere besiegen. Trotzdem gibt es keine Gewißheit, auch nicht bei den Erklärungsversuchen, denn Erklärungen sind ja nie mehr als der nutzlose Versuch, der Suche nach den Gründen ein Ende zu machen, um zur Ruhe zurückzufinden.

Nein, mit Erklärungen kommen wir nicht weiter: Alles, was ich tun kann, ist die Geschichte zu erzählen, von Anfang bis zum Ende, und zu hoffen, daß mit dem Erzählen das Verstehen kommt. Ja, einen anderen Ausweg gibt es nicht, anders ist eine Rettung nicht möglich. Anders komme ich nicht hin zu dem, was meine Zukunft sein könnte, Verehrteste!

ZWEI

Damit das gleich klar ist: Wenn ich jetzt anfange, von meiner Schlaflosigkeit zu erzählen, dann will ich kein Mitleid und keine Betroffenheit. Meine Schlaflosigkeit, oder sagen wir besser: mein ungewöhnliches Schlafverhalten, hat nichts zu tun mit schlimmen Vorfällen in meiner Kindheit, wie vielleicht anzunehmen wäre. Ich bekam keine Prügel, dazu sind meine Eltern viel zu weich, noch bin ich eins dieser Scheidungskinder, das eines Tages von der Schule nach Hause kam und seine Mutter beim Schlafpillenschlucken vorfand, weil der Vater die Familie für eine Zwanzigjährige verlassen hat. Nein, meine Eltern sind glücklich verheiratet, noch immer, sie lieben sich sogar, soweit ich das beurteilen kann, denn mein Vater kommt vom Zigarettenholen immer wieder zurück. Was mein Schlafproblem betrifft, spreche ich meine Eltern von aller Schuld frei: Sie haben mir keinen Komplex eingeimpft, der jetzt mühsam herausgefiltert und ausgemerzt werden müßte, und nichts vom weiteren Verlauf meines Lebens hat eigentlich etwas mit ihnen zu tun.

Ich hatte in meiner Jugend auch keine Alpträume, die mich vom Schlafen abhielten. Überall bekannt sind ja die Geschichten von Menschen, die nachts ihre Augen nicht schließen, weil sie fürchten, daß in dieser Zeit böse Geister Macht über sie bekommen und ihre Seelen in die Hölle und den Tod hinabziehen wollen, was ja verständliche Argumente für die Schlafverweigerung sind. Meine Träume aber waren meist sehr angenehm und nicht viel mehr als das genaue Abbild der Welt, in der ich mich auch tagsüber befand. Das bedeutet: Redete mein Vater, Anwalt für Familienrecht in einer Hamburger Kanzlei, beim Abendessen wieder von einer der Erbschaftsdiskussionen, die er mit den Hinterbliebenen um Aktienpakete oder Eigentumswohnungen führen mußte, dann fand ich mich in meinen Träumen in diesen Streitereien wieder, entweder mit oder ohne Aktienpaket. Hatte meine Mutter, eine Hals-Nasen-Ohren-Ärztin, meinen Bruder und mich den Tag über damit genervt, das Wichtigste im Leben sei, daß *alle Atemwege frei* seien, dann tauchte dieser Satz in meinen Träumen auf, auch wenn ihn dann vielleicht ein hübsches Mädchen zu mir sagte, in das ich mich in der Schule verliebt hatte. Und, das geschah eigentlich am häufigsten, hatte Uwe mir abends eine seiner Samurai-Geschichten vorgelesen oder wir uns die Filme »Die sieben Samurai« oder »Die verborgene Festung« angesehen, dann wurde ich in der Nacht zu dem weisen Dichter Sugawara No Michizane, der im zehnten Jahrhundert zur Zeit des Kaisers Daigo einer Verschwörung zum Opfer fiel, ins Exil verbannt wurde und dort an gebrochenem Herzen starb, wie die Legende erzählt. Michizane, der später als schwarze Wolke zur Hauptstadt des damaligen Japan zurückkehrte, um sich zu rächen, ist bis heute eine meiner

Lieblingsfiguren der Geschichte. Neben der Wolkensache bewundere ich ihn vor allem für sein Gedicht über einen Pflaumenbaum – dessen weiße Blüten liebte Michizane mehr als alles andere auf der Welt, und auch der Pflaumenbaum liebte Michizane, denn er löste seine Wurzeln aus dem Boden und begann zu fliegen, um Michizane in die Verbannung zu folgen. Alles ist drin in diesem Gedicht, der *Ode an den Pflaumenbaum*: Die Liebe, das Leid, die Vergänglichkeit des Menschen, und Michizane ist für mich der erste Melancholiker des Menschenzeitalters.

Meine zweite Lieblingsfigur ist der traurige Krieger Minamoto No Yoshitsune aus der *Geschichte der Heike* – ein Waisenkind, das in einem Buddhakloster aufwächst und sich mit einem Mönch namens Benkei anfreundet, mit dem er viele Abenteuer besteht, bis ihn sein Halbbruder Yoritomo verrät und Yoshitsune Seppuku begeht, Selbstmord durch Bauchaufschlitzen also. Allerdings kam Yoshitsune danach nicht als schwarze Wolke zurück, weshalb Michizane immer meine Nummer eins bleiben wird.

Ich war also oft ein Samurai in meinen Träumen, doch außer dieser Sagen- und Geschichtenliebe findet die Psychoanalyse nichts bei mir: Ich bin weder der Ratten- noch der Wolfsmann, den Freud diagnostizierte, und ich wurde im Schlaf auch nicht von Kriminellen verfolgt oder von den Schergen der SS, so gerne ich auch damit angeben würde, meine Träume seien diese bedeutsamen Schreckgespenste gewesen, von denen die Deppen dieser Welt so gern erzählen, um sich interessant zu machen: Mit Schilderungen von Zügen, die ins Nichts fahren, durchsichtigen Räumen und Türen, die nicht aufgehen, und dem ganzen Mist. Doch kamen meine Eltern nachts in mein Zimmer, um zu sehen, ob ich noch da war, dann wühlte sich kein von Dämonen Geplagter im Bett – dort lag nur ein Junge mit geschlossenen Augen, der gleichmäßig atmete und tat, was von ihm verlangt wurde: Er schlief – tief, fest, angenehm. »Ist der Junge einmal eingeschlafen«, sagten meine Eltern dann zu jedem, der es hören wollte, »weckt ihn nichts mehr auf, da können Bomben fallen oder das Haus in die Luft fliegen, der schläft durch.«

Genau so war es, ganz im Gegensatz zu Uwe, der immer aufwachte und im Zimmer herumschrie, weil er im Traum gefoltert wurde oder unheilbare Krankheiten hatte, Kopfkrebs und Blutstürze und Tuberkulose. Uwe war der Existenzialist, der Leidende; ich war der Ruhige, Besonnene – warum das so war, konnte unsere Familie nie herausfinden. Vielleicht ist das eine Generationensache, vielleicht hat das auch mit den Büchern zu tun, die wir lasen: Einig waren wir uns nur in unserem Interesse für das Hagakure und die Kultur und Geschichte Japans. Ansonsten las Uwe, immer der Kluge, Schopenhauer, Sartre, Hegel und Kierkegaard, während ich, der Einfache und Verspielte, die Bücher von H. G. Wells und Jules Verne bevorzugte, da ich fand, daß die die besseren Geschichten erzählten.

Ja, so also war ich – sehr lässig, sehr entspannt, ein Meister der Einschlafkunst.

Wie kam es dann also, daß ich zu einem Menschen wurde, der nicht mehr nachts schlief, sondern tagsüber, und als Folge davon in eine Welt des Irrsinns stürzte?

Es gab mehrere Gründe: Kurz nach dem Ende meiner Schulzeit begann ich ein Volontariat bei einem Magazin mit dem Namen *Plietsch!*. Das Wort kommt aus dem Hamburgischen und bedeutet soviel wie smart oder klug – ein hervorragender Name für ein Magazin, wie ich finde, und auch das Heft selbst war gar nicht schlecht. Auf dem Cover hatten wir immer hübsche Tittenmädchen abgebildet, da sich nichts auf der Welt so gut verkauft wie ein hübsches Tittenmädchen, doch im Heft selbst hatte *Plietsch!* auch Reportagen über Drogenjunkies, Waffenfabrikanten, die chinesische Mafia und Interviews mit Politikern und Popstars drin. Gegründet wurde das Heft aus dem Gedanken, *Sex und Politik miteinander zu kombinieren.*

»Die Politik ist drin, weil sie das Leben bestimmt«, verteidigte der Verleger sein Konzept, und »Der Sex ist drin, weil jeder Mensch will, daß er sein Leben bestimmt«.

Diese Überlegung sollte dafür sorgen, daß ganz Deutschland das Heft kaufte und sich endlich von Mistblättern wie dem *Stern* abwandte, doch die Rechnung ging nicht auf, Deutschland war noch nicht bereit für die Revolution: Eineinhalb Jahre später wurde das Blatt eingestellt, zugunsten eines Fernsehmagazins. »Wenn achtzig Millionen fernsehen«, erklärte der Verleger diesmal mit ebenso bestechender Logik, »und nicht einmal hunderttausend euer Blatt lesen, warum sollte ich mein Geld dann in die hunderttausend stecken und die achtzig Millionen sich selbst überlassen?«

Diese Frage konnte dem Verleger keiner aus der Redaktion beantworten, wir wurden alle rausgeschmissen, und nur der Verleger hatte Glück: Das neue Fernsehmagazin war sehr erfolgreich und machte ihn noch reicher, als er ohnehin schon war, er gründete sofort noch zwei Fernsehmagazine und betreibt über Umwege noch eine Karrierre als Parteispender für die FPÖ, auch mit dem Haider war er schon mal Knödel essen.

Ich wollte gar nicht unbedingt ein Journalist werden, viel lieber wäre ich Archäologe geworden, was ja ein guter Vorwand gewesen wäre, noch mehr über Japan zu lernen, doch dafür hätte ich studieren müssen, und das erschien mir zu anstrengend. Die Idee des Herumbuddelns in der Erde in der Hoffnung, einen wichtigen Fund zu machen, gefiel mir, weil ich mit elf einmal ein Buch von James Michener gelesen hatte, es hieß *Die Quelle*. In dem Buch ging es um ein Forscherteam, das sich bei einer Ausgrabung in Israel immer tiefer in die Erde gräbt, ja das Team *verschwindet* fast in diesem Loch und entdeckt dabei mit jedem Fund ein Stück mehr Geschichte, was bedeutet, daß Michener so die Geschichte Israels erzählt. Kein schlechter Trick, viel kunstvoller als die meisten Geschichtsbücher jedenfalls, und bis heute habe ich nicht verstanden, was die sogenannten Experten immer gegen einen Populärwissenschaftler wie Michener hatten. Ich nehme mal an, daß sie bloß neidisch darauf waren, daß Michener schreiben konnte, während sie nur Fakten aneinanderreihten, wie es ja heute überall Mode ist.

Eine meiner hervorstechendsten Charaktereigenschaften ist die Tatsache, daß ich mich immer für irgendwelche *Ideen* begeistern konnte, bloß – auch wenn das den Idealen eines Samurai widerspricht – habe ich mich leider nie besonders für sie engagiert oder den Willen aufgebracht, sie intensiver zu studieren und zu verwirklichen. Ich war ein Meister des Halbwissens, so nannte mich Uwe immer, wenn ich wieder einnmal Enthusiasmus für etwas entwickelt hatte, das ich drei Wochen später vergaß. Meine einzige wirkliche Qualität, und diese Meinung kommt nicht einmal von mir, sondern ebenfalls von Uwe, ist meine *Ratgeberfähigkeit*, was wohl bedeutet, daß ich nicht schlecht bin darin, mir etwas anzuhören und dann einen Rat abzugeben, wie sich jemand nun verhalten soll, selbst wenn ich selber von dessen Problemen keine Ahnung habe. Das klingt jetzt, als sei ich so eine Art Samariter, aber das stimmt nicht ganz. »In den meisten Fällen«, sagte Uwe mir mal bei einem unserer Treffen, die wir ab und zu abhalten, »gibst du deinen Rat nicht, weil du der Person helfen willst, sondern weil du sehen willst, wie dein Rat das Schicksal dieser Person beeinflußt.«

Nach allem, was ich über Samariter weiß, muß diese Einschätzung das genaue Gegenteil eines Vorbildsamariters sein. Ich glaube, daß Uwe sich bei diesem Urteil darauf bezieht, daß ich mal einem Jungen, der von mir wissen wollte, ob er einen Bauchklatscher vom Fünf-Meter-Brett wagen sollte, antwortete, er müsse es ganz einfach schon aus dem Grund versuchen, da er sonst nie wisse, was ihn an dieser Frage überhaupt gereizt habe – Empirie, Empirie!

»Nun laß dich endlich fallen und löse das Geheimnis!« rief ich dem Jungen zu – er sprang und zerriß sich beim Aufprall fast die Bauchdecke.

Das sei ja eine ziemlich vernichtende Meinung, die er da von mir hätte, antwortete ich Uwe an diesem Abend in der Bar des Hotel Hafen Hamburg, wo wir immer hingehen. »Das ist überhaupt nicht vernichtend«, sagte er und bestellte noch zwei Cocktails. »Ich meine damit bloß, daß du eine Fähigkeit besitzt, die nicht so oft vorkommt, aber noch keine Ahnung davon hast, wie diese Fähigkeit einzusetzen ist.«

So kam es also, daß ich kein Archäologe wurde, der zwischen den Reisfeldern Japans nach Samurai-Rüstungen gräbt, sondern den einfachen Weg nahm: Ich wurde Journalist, denn für diesen Job ist ja nicht so viel Bildung nötig.

Den Job bei *Plietsch!* bekam ich nur, weil Uwe damals eine große Nummer im deutschen Journalismus war. Er durfte für den *Spiegel* nach Vietnam fahren, nach Israel und Kuba und an all diese Orte, und er hing dauernd mit Starreportern und Filmstars in Nachtclubs herum, einmal sogar mit Fidel Castro, der ihm erzählte, die große Stunde des Kommunismus komme erst noch, nach dem totalen Zusammenbruch der alten Ordnung nämlich, es dauere nicht mehr lange. Die Starreporter und Filmstars hofierten Uwe, weil er so gut schreiben kann, *fast schon literarisch*, wie gesagt wird, was bedeutet, daß er tatsächlich ein paar anständige Sätze zusammenbringt und auch was von Grammatik versteht.

Uwe machte sich Sorgen um meine Zukunft, darum arrangierte er eines Abends einmal ein Essen mit dem Chefredakteur von *Plietsch!*, einem dicken Wiener, der den Job bekam, weil der Verleger besessen war von der Vorstellung, die Österreicher hätten das Geniale im Blut und je größer der Bauch, um so größer das Genie. Zu dieser Zeit war mir egal, was aus mir werden würde, also ließ ich mich einfach weiterschicken wie eine Urkunde, die Behördenstempel braucht: von dem Abendessen, das Uwe organisiert hatte, zu einem Vorstellungsgespräch, das Uwe organisiert hatte, und schließlich eben zu diesem Volontariat, das Uwe organisiert hatte. Um eingestellt zu werden, mußte ich nicht viel mehr tun, als auf eine Frage zu antworten, die mir der Chefredakteur stellte. Die Frage, und das sagt schon alles darüber, wie heute Bewerbungsgespräche geführt werden, bestand darin, ob ich wüßte, wann Lenin Geburtstag hätte. Ich weiß nicht, ob Uwe diesen Witz mit dem Wiener abgesprochen hatte, aber ich nehme es mal an, denn Lenin und ich, wir sind Geburtstagsbrüder: Wir sind beide am dreiundzwanzigsten April geboren, genauso wie Vladimir Nabokov und William Shakespeare, der dann später auch wieder an einem dreiundzwanzigsten April gestorben ist, wie die Legende behauptet. Ich weiß solche Sachen, weil ich mir immer einrede, daß so was eine besondere Bedeutung hätte, außerdem habe ich mit diesem Wissen auch schon ein paar Frauen beeindruckt – natürlich nur die Art Frauen, die sich davon auch beeindrucken läßt, aber das sind nicht wenige.

Die Geburtstagsmythologie an sich – vielleicht ist das eine Art japanischer Schicksalsglaube, der in mir ist.

Das nächste Jahr verbrachte ich damit, die Models Nadja Auermann und Kate Moss, die Politiker Oskar Lafontaine und Guido Westerwelle und die Unterhaltungskünstler Otto Waalkes und Udo Lindenberg zu den Themen Selbstbefriedigung und der Idealgröße einer Frauenbrust zu befragen, wobei bei Waalkes und Lindenberg am meisten herauskam. Einmal durfte ich auch nach Sankt Moritz fahren, um über eine Party des Filous Gunther Sachs zu berichten, der die ganze Zeit an zwei Amüsierdamen herumspielte.

Der Job brachte mir Spaß: Der Gedanke, eine Stimme zu haben, die Menschen hören können, gefiel mir – so nah war ich meiner Vorstellung von Ruhm noch nie gewesen. Außerdem verdiente ich ganz gut dabei, jedenfalls so viel, daß ich mir eine Wohnung im Hamburger Stadtteil Hoheluft leisten und endlich bei meinen Eltern ausziehen konnte. Als das Magazin eingestellt wurde, war das alles nicht mehr so einfach. Der Verleger zerstörte mir praktisch meinen Traum, aus Gesprächen über Frauenbrüste eine Existenz aufzubauen, aber vielleicht war das ja auch nicht die beste Basis für eine Existenz.

Der erste Grund für meine Schlaflosigkeit also war: Ich hatte keinen Job mehr, also keinen Stundenplan, nach dem ich mich richten mußte.

Der zweite Grund: Ich hatte auch kein Mädchen mehr.

Diese Geschichte zu erzählen ist anstrengend, denn sie ist lang und kompliziert, vielleicht werde ich später, wenn mal etwas Zeit sein sollte, darauf zurückkommen. Jetzt kann ich nur sagen: Dieses Mädchen, sie hieß Marie, und ich, wir wollten eigentlich unser ganzes Leben miteinander verbringen.

Wie genau wir zusammenkamen, habe ich vergessen, doch seit diesem Zeitpunkt waren wir nicht mehr zu trennen gewesen. Irgendwann aber, nach fast zwei Jahren, kam etwas dazwischen. Uwe meint, ich hätte sie *vergrault*, weil ich nicht bereit gewesen sei, ihr *Zugeständnisse* zu machen, was unsere gemeinsame Zukunft anging, doch das stimmt so nicht. Meine Erklärung für das Ende dieser Liebe ist, daß die Leichtigkeit, mit der sich jede echte Liebe einen Weg durch die Welt bahnt, auf einmal verlorenging: Während früher keine Erklärungen zwischen uns nötig waren für die Absurdität eines Satzes, den wir irgendwo auf der Straße oder in einer Bar hörten, so waren wir ab einem bestimmten Zeitpunkt nur noch auf Erklärungen angewiesen: Erklärungen für Launen, für Witze, für Lieder im Radio, für Filme im Kino und für meine Samurai-Obsession, die sie anfangs an mir liebte und die ihr jetzt auf die Nerven ging. Bloß nicht wieder den Pflaumenbaum, bloß nicht wieder das Hagakure, beschwerte sie sich. Wir mußten reden, reden, reden, während uns früher schon das Schweigen genügte. Es wurde so anstrengend, daß ich manchmal das Gefühl hatte, wir bräuchten einen Dolmetscher, und diese Anstrengung zerstörte alle Vorstellungen von Bedeutung und Bestimmung, die von der Liebe immer verlangt werden.

Marie war meine erste richtige Freundin, wobei *richtig* bedeutet, daß sie der erste Mensch war, bei dem ich das Gefühl hatte, es sei keine Verschwendung, Zeit mit ihr zu verbringen, und selbst wenn diese Zeit endlos sein würde, wäre es kein Problem. Es war immer etwas Strahlendes an ihr, obwohl sie gar nicht etwa so besonders hübsch war, daß sich jeder Mann auf der Straße nach ihr umdrehte oder daß sie ein Sektglas so exquisit hielt wie keine andere Frau und morgens portugiesische Liebeslieder sang. Nein, sie war eher niedlich im Aussehen und etwas zu dick am Hintern, doch da es meine Überzeugung ist, daß jede Frau, um hübsch zu sein, mindestens eine Eigenschaft an sich haben muß, die überhaupt nicht hübsch ist (krumme Nase, schiefer Mund, vier Finger statt der üblichen fünf), war sie die perfekte Frau für mich. Sie mußte eben überhaupt nichts *Besonderes* tun, um mich zu begeistern: Es reichte, wenn sie einfach nur hallo sagte und mich ansah, als trügen wir das Weltgeheimnis mit uns herum. Ich dachte immer, ich hörte Musik von den Beach Boys, wenn wir zusammen waren, auch wenn nachweislich keine Musik der Beach Boys vorhanden war, nicht mal *Surfer Girl*. Aber so war es.

Trotzdem war es nicht möglich, diese Liebe zu retten, außer ich hätte Marie vielleicht einen Hund gekauft, als Beweis meiner Ergebenheit und Treue, so was zwingt jede Frau in die Knie. Doch hätte ein Hundegeschenk uns gerettet, wäre ich nicht mehr losgekommen von der Frage, wie so ein blöder Hund schaffen konnte, was mir nicht gelang. Ich schenkte ihr also keinen Hund, sie verließ mich, ich sah sie nie wieder, und das war das Ende der Geschichte.

Keine Arbeit, keine Liebe – die meisten Menschen richten ihr Leben nach diesen Dingen aus und brechen schon zusammen, wenn nur eins davon nicht mehr existiert, wie also sollte ich, der beides verloren hatte, wissen, was zu tun war? Eine Zeitlang trauerte ich, doch dann ekelte mich die Trauer, weil sie mich so aussehen ließ, als hätte mir jemand das Rückgrat aus dem Körper gezogen. Wollte ich keinen Selbstmord begehen, was das Hagakure im Zweifelsfall immer empfiehlt, mußte ich irgend etwas ändern. Umbringen könnte ich mich ja auch später noch, die Gelegenheit ergibt sich ja immer mal wieder.

Vielleicht waren es meine pathetischen Gedanken an Selbstmord, die mir wieder die Samurai ins Gedächtnis riefen. Ich weiß eine ganze Menge über die Samurai, dachte ich, ich kenne das Hagakure fast auswendig und kann dank Uwes Erzählungen den Kriegsheld Kusunoki Masashige zitieren, der nach zahlreichen Erfolgen 1336 in der Schlacht am Minato-Fluß unterging und in einem Bauernhaus Harakiri beging, um der Gefangennahme durch den Feind zu entgehen – doch das Land der Samurai habe ich noch nie gesehen, Japan also. Wörter allein aber, auch das steht im Hagakure, sind nichts wert, wenn ihnen nicht auch Taten folgen – also hob ich das Geld, das mir das Magazin als Abfindung überwiesen hatte, knapp vierzigtausend Mark, von der Bank ab und nahm ein Flugzeug nach Japan, nach Tokyo, um herauszufinden, was noch übriggeblieben ist von den Samurai. Vielleicht würde ja etwas von ihrem Mut auf mich abfärben, so daß ich gestärkt wie ein Kriegsheld aus Japan zurückkäme.

Reisegeschichten sind wie Diavorträge, sie beleidigen ihren Zuhörer meist und erdrücken ihn mit dem Weltmännertun des Erzählers, darum mache ich es kurz. Mit den vierzigtausend Mark in der Tasche landete ich am Flughafen von Narita und mietete mich in einem kleinen Hotel im Tokyoter Stadtteil Ebisu ein, das von einer chinesischen Einwandererfamilie geführt wurde, die gerade Drillinge bekommen hatte und mein Geld gut gebrauchen konnte.

Tokyo beeindruckte mich, was keine besondere Leistung ist, denn Tokyo beeindruckt jeden Menschen, der es zum ersten Mal sieht. Noch mehr als New York, Los Angeles oder London hält Tokyo dem Besucher den Wahnsinn des modernen Städtebaus vor Augen – Frieden ist hier nur schwer zu finden, höchstens in den Dampfbädern, aber ich schwitze nur ungern.

Einer meiner ersten Besuche führte mich in das Japanische Schwertmuseum, denn hier sind die Waffen der Samurai ausgestellt, die verschiedenen Ausführungen des *Tachi*, des Kampfschwerts, und des *Tanto*, des kleinen Dolchs, den der Samurai immer griffbereit im Gürtel haben mußte. Besonders lang verharrte ich vor einem Glaskasten, in dem ein sehr hübsches Schwert der Kamakura-Periode aufbewahrt war, das von dem Schwertmeister Rai Kunitoshi aus Yamashiro hergestellt worden war. Was die Gravuren der Schwerter betrifft, bin ich kein Profi wie Uwe, der ein *Tachi* nur kurz ansehen muß, um es einer bestimmten Zeit zuzuordnen, doch die Schönheit und Eleganz dieses Schwertes beeindruckten auch mich: Es war ein böses kleines Ding.

Nachdem ich etwa eine halbe Stunde vor dem Kasten herumgestanden hatte, sprach mich ein älterer Mann an, ein kleiner Japaner mit einem Knittergesicht, wie sie es hier im Alter alle kriegen. Er stellte sich als Herr Shuhei Imamura vor und fragte mich höflich, warum ich so lange vor dem Schwert herumstünde.

»Ich muß jemanden vergessen«, sagte ich.

Hätte er weiter nachgefragt, wäre ich sofort gegangen, weil ich mich nicht auch noch bis nach Japan von meiner zerbrochenen Liebe verfolgen lassen wollte, doch Herr Imamura verstand sofort: Er lächelte nur und wackelte ein bißchen mit seinem Knitterkopf.

»Kaffee?« fragte er dann.

»Hai«, sagte ich, das heißt *Ja* und ist alles Japanisch, was ich kann. Aufgrund meiner Charaktereigenschaft, die ich ja vorhin schon erwähnt habe, war es mir immer zu mühsam gewesen, die Sprache zu lernen.

Herr Imamura brachte mich zu einem kleinen Kaffeeladen um die Ecke und begann, von seinem Leben zu erzählen. Er erzählte von seiner Herkunft aus Osaka, vom Krieg, den er nur überstand, weil er in den Bergen Hokkaidos stationiert war, und er erzählte von seiner Frau, die vor einigen Jahren von einem Auto überfahren worden war.

»Ganz unspektakulär«, sagte Herr Imamura in dem wenigen Englisch, das er beherrschte.

»Sie verschwand einfach, wie eine Blume im Winter.«

Dann wollte er wissen, warum ich mich für die Samurai interessiere.

Ich erzählte ihm von den Geschichten, die Uwe mir in meiner Kindheit vorgelesen hatte, vom Hagakure und vom Pflaumenbaum.

»Der Pflaumenbaum ist ein sehr gutes Gedicht, vielleicht das beste überhaupt«, sagte Herr Imamura.

»Ja«, sagte ich.

»Das Hagakure ist ein gutes Buch, aber es ist auch gefährlich, denn es handelt zuviel vom Tod.«

»Ich weiß.«

»Ein junger Mensch sollte sich nicht andauernd mit dem Tod beschäftigen.«

»Da mögen Sie recht haben.«

Von diesem Tag an sah ich Herrn Imamura häufiger. Er lud mich in seine kleine Wohnung in einem Außenbezirk Tokyos zum Essen ein, wir tranken Sake und Tee, und Imamura redete von der Vergangenheit: Er erzählte mir die Geschichte seiner Familie, die sogar Samurais und Schwertfabrikanten in ihrer Ahnenreihe hatte, und von dem Weg, den Japan genommen hatte, vom Kaiser zur Militärherrschaft, vom Krieg bis zum Wirtschaftswunder. Er zeigte mir Fotos von seiner Frau Hiroko, und wenn seine Hände beim Halten der Fotos zitterten, entschuldigte er sich höflich für den Gefühlsausbruch: Die alte Samuraiehre war noch stark in ihm.

Nach dreieinhalb Monaten und ein paar Ausflügen nach Osaka und Kyoto mußte ich zurück nach Deutschland, denn das Geld ging mir aus, Japan ist teuer. Herr Imamura brachte mich zum Flughafen, wir verabschiedeten uns, und ich versprach, im nächsten Jahr zurückzukommen, damit wir dann gemeinsam nach Hokkaido fahren könnten.

Ein Mensch, der wegfährt, hofft immer, daß sich in seinem Heimatort etwas zu seinen Gunsten verändert hat, doch es kommt nur selten vor, daß die Heimat auf den Reisenden wartet und ihn mit Willkommensgeschenken feiert. Auch bei meiner Rückkehr war mir sofort klar: Keiner hatte mich wirklich vermißt, ich war immer noch ohne Arbeit und immer noch allein in meiner Zweieinhalb-Zimmer-Wohnung in Hoheluft.

Der Zeitunterschied zwischen Deutschland und Japan beträgt acht Stunden, das ist nicht wenig, aber auch nicht so viel, daß er nicht zu überwinden wäre – doch warum sollte ich mich anstrengen, wieder zur Zeit Mitteleuropas zurückzukehren? Eine Uhr, ein Zeitsystem sind dazu da, dem Menschen einen Rahmen, ein Raster zu geben, nach dem er seine Termine koordinieren kann, aber ich hatte ja keine Termine mehr. Ich mußte nirgendwo zu irgendeiner Zeit erscheinen, hatte keine Arbeitsessen oder *Besprechungen*, denn ich hatte ja nicht mal *Kunden*, also war es egal, ob ich bis fünf Uhr morgens wachblieb und am nächsten Tag bis drei Uhr nachmittags schlief. Solange ich noch nicht nach der alten Zeit funktionierte, das war meine Logik, solange wäre ich eigentlich auch noch gar nicht wieder zurück von meiner Reise und säße immer noch mit Herrn Imamura am Kaffeetisch – ich müßte mir darum auch keine Gedanken machen, wie mein Leben weiterzuführen wäre. Daß ich mich bei keinem meiner

Freunde, meinen Eltern oder meinem Bruder zurückgemeldet hatte, half ebenfalls, so bekam ich keine störenden Telefonanrufe um elf Uhr vormittags, die mich aus dem Bett zwangen. Was dann passierte, war folgendes: Ich stand immer später auf und ging immer später schlafen. Mein Leben verlagerte sich, ich begann, aus der Zeit zu fallen.

Klingt seltsam, klingt krank, doch wer sich einmal überlegt, wie viele Handlungen jeden Tag geschehen, bloß weil die Menschen sich daran gewöhnt haben, der versteht, daß alles nur eine Frage der Wiederholung ist: Menschen bleiben ein Leben lang zusammen, weil sie sich durch das Prinzip der ewigen Wiederholung aneinander gewöhnt haben; sie üben jahrelang die gleichen Berufe aus, weil sie sich an diese Berufe gewöhnt haben; sie rauchen Zigaretten oder nehmen Drogen, weil sie sich an Zigaretten und Drogen gewöhnt haben; sie sehen sich aus Gewohnheit die immergleichen Fernsehshows der immergleichen Moderatoren mit den immergleichen Inhalten an.

Nun, auch ich hatte mich an etwas gewöhnt: Ich hatte mich daran gewöhnt schlafen zu gehen, wenn die anderen Menschen aufstanden, und aufzustehen, wenn die anderen Menschen schlafen gingen. Die Uhr lief für mich entgegengesetzt, also lief von nun an auch mein Leben entgegengesetzt.

DREI

Es ist erstaunlich, wie schnell ein Mensch seinen alten Rhythmus verliert, wenn er sich nur wenig Mühe gibt, ihn einzuhalten. Das Hagakure sagt, die wichtigste Eigenschaft eines Samurai sei seine Selbstdisziplin, die perfekte Haltung, das allzeit perfekte Benehmen und die unbedingte Loyalität seinen

Werten gegenüber, doch selbst die Lehren des Hagakure interessierten mich nicht zu dieser Zeit, außerdem gab es ja auch keinen Daimyo, für den ich da sein mußte, keinen Boss.

Innerhalb von zwei Monaten hatte sich mein Leben umgedreht, so sehr, daß ich nur selten noch das Tageslicht sah, obwohl sich die Frühlingssonne alle Mühe gab zu beweisen, daß sie da war, um den Sommer anzukündigen. Das Verwunderliche an der ganzen Sache ist, wie problemlos mir der Übergang von der Tag- zur Nachtexistenz gelang. Sicherlich war es hilfreich, daß ich keine Arbeit hatte, während die wenigen Menschen, die ich damals sah, alle arbeiteten – so kamen sie nicht auf die Idee, sich tagsüber mit mir zu verabreden oder mich treffen zu wollen. Der Tag, fand ich in dieser Zeit heraus, ist eine Zeit, die von den meisten Menschen schon abgeschrieben ist: Es ist klar, daß am Tag keine Zeit dafür ist, irgend etwas anderes zu tun, als einer Beschäftigung nachzugehen, die das Überleben ermöglicht. Jeder akzeptiert diese Übereinkunft, daher fällt es auch keinem Menschen auf, wenn ein anderer den Tag verschläft und erst nachts wach wird, und selbst gute Freunde wissen nicht wirklich, was der andere tagsüber tut: Deshalb sind alle immer so überrascht, wenn sie aus der Zeitung erfahren, daß ihr bester Freund eigentlich ein Zuhälter ist oder ein gesuchter Mörder.

War ich in dieser Zeit mal auf eine Party eingeladen, wunderten sich zwar einige Leute darüber, daß ich auch um vier Uhr morgens noch hellwach war und nicht so aussah, als würde ich demnächst nach Hause gehen wollen, doch sie taten das ab mit einer *guten Konstitution*, die ich wohl hätte. Zwar wurde ich manchmal auch danach gefragt, ob ich denn überhaupt etwas *tun* würde, doch diese Frage war so gut wie niemals ernst gemeint – aus ihr sprach bloß der Neid, daß mein Job es mir scheinbar erlaubte, über meine Arbeitszeiten frei zu entscheiden. Hartnäckigen Fragern antwortete ich damit, daß ich – obwohl ich seit Monaten nichts geschrieben und auch keine Aussicht darauf hatte – eben freier Journalist sei. »Verstehe«, sagten die Frager dann, so als ob mein Beruf eine Art Künstlerberuf wäre, der mir jeden Quatsch ermöglichte. Aber sie verstanden natürlich gar nichts.

Nur wenige Menschen weihte ich ein in meine neue Existenz: Eigentlich wußte nur mein Freund Brezel davon, ein Kerl, der gebaut ist wie ein Wandschrank und mit seiner Tropenjacke so aussieht wie ein Fremdenlegionär. Brezel, neben Uwe der klügste und tatsächlich auch der sanfteste Mensch, den ich kenne, ist ein Werbefilmregisseur mit blonden Strubbelhaaren und frechen Augen, der mit den Musikvideos, die er für ein paar Hamburger Rockbands gemacht hat, schon so eine Art Berühmtheit geworden ist. Brezel und ich, wir kennen uns schon seit der Schulzeit und werden ewig miteinander verbunden sein, weil wir vor vielen Jahren mal mit einem Drittklässler die Entführung von Hanns-Martin Schleyer nachspielten. Wir fingen den Drittkläßler nach der Schule ab und sperrten ihn zwei Tage lang in Brezels Keller, mit einem Schild *Gefangener der RAF* um den Hals. Das Polaroid davon muß noch heute irgendwo bei mir herumliegen, und weder Brezel noch ich wissen, ob der Junge den Schock der Gefangennahme je verwunden hat. Ich nehme mal an, daß er sehr früh verstand, daß es nichts gibt, was einen Menschen schützen kann, wenn andere herumlaufen, die ihn zerstören wollen. Brezel jedenfalls hat durch diese Entführung gelernt, daß es nicht besonders schwierig ist, Leuten Angst einzujagen, wenn er Lust dazu hat. Darum fühle ich mich in seiner Gegenwart immer sehr sicher, besonders dann, wenn wir Seite an Seite in der Spielhalle *Vegas World* auf dem Kiez stehen und an dem Automaten *Time Crisis* feindliche Soldaten abknallen. Sollten wir irgendwann einmal wirklich in einen Schußwechsel geraten, sind wir bestens darauf vorbereitet, denke ich: Brezel deckt meine rechte Seite ab, während ich ihm links Feuerschutz gebe. Ja, wir sind ein Killerteam, der Brezel und ich.

Anderen Leuten und besonders meinen Eltern erzählte ich nichts von meinem Schlafproblem, weil ich keine Lust hatte, mich für mein Leben rechtfertigen zu müssen, denn Tagschläfer gelten ja als Penner. In einer gewissen Art war ich das auch, ich tat ja nichts, um den Zustand zu ändern, doch hätten meine Eltern oder mein Bruder von der Sache gewußt, hätten sie versucht, mich zu *befreien* von meiner Sucht. Mit Sicherheit hätten sie mich zu einem Arzt geschleppt, um mich von der Zeitverschiebung zu kurieren, und garantiert hätte Uwe aus dem Hagakure zitiert, das einem Samurai den Müßiggang verbietet. Das wollte ich mir nicht antun, darum ließ ich mich immer tiefer in dieses seltsame Leben fallen.

Selbst wenn die Bedingungen um ihn herum unerträglich sind, heißt es, versucht ein Mensch immer, sich in seiner Umgebung ein Leben einzurichten, das über Regelmäßigkeiten und Rituale verfügt, die diesem Leben Stabilität verleihen. Ein Mann, der zum Beispiel im Gefängnis sitzt, wird in den meisten Fällen versuchen, sich auf irgendeine Art mit seiner Zelle abzufinden, da die Enge ihn sonst vernichten würde: Er akzeptiert die Zelle als sein vorübergehendes Zuhause und richtet sich dort ein, genauso wie ein Entführungsopfer, das nach dem anfänglichen Schock die Nähe zu seinem Entführer sucht, weil es ja irgendeine Form der Kommunikation braucht. Die Experten nennen es das *Stockholm-Syndrom*, wegen der Geiselnahme, die es da mal gab.

Auch bei mir vollzog sich so ein Prozeß: Zwar schlief ich zu den Zeiten, wo die Geschäfte offen waren und wo das normale Arbeitsleben seinen Gang nahm, doch das hieß ja nicht, daß damit auch alle meine Wünsche nach Bewegung und Kontakt zu anderen Menschen eingeschlafen wären. Im Gegenteil: Da mir das Licht des Tages fehlte, fühlte ich mich oft wie ein Mann, der in eine Dunkelzelle gesperrt ist – mein Drang, trotzdem Dinge zu sehen und zu kommunizieren, wurde daher sogar größer, als er vorher je gewesen war.

So also sah mein Leben aus zu dieser Zeit: Ich stand auf, wenn die Sonne unterging, mal früher, mal später, je nachdem, wieviel Essen ich noch im Kühlschrank hatte. War nichts mehr da, ging ich – praktisch zum Frühstück – erst mal einkaufen, während alle anderen Leute nach der Arbeit noch schnell ein paar Zutaten für das Abendessen besorgten. Es ist lustig, daß erst die Änderung des Ladenschlußgesetzes mir dieses Leben überhaupt ermöglicht hat – Hurra für den Fortschritt, Hurra für die Modernität! –, sonst wäre ich nämlich gezwungen gewesen, spätestens um fünf Uhr nachmittags aufzustehen, weil um sechs schon alles zu gewesen wäre. So aber reichte es, das Bett erst um sieben Uhr abends zu verlassen. Die Verkäuferinnen im Supermarkt begrüßten mich mit Sonderpreisen für Frischfleisch und Gemüse, das sie sonst hätten wegwerfen müssen – ich bin mir sicher, sie hielten mich für einen Sozialhilfeempfänger mit fünf Kindern.

Ich verdiente kein Geld in dieser Zeit, das war jedoch am Anfang noch kein Problem, denn ein paar tausend Mark hatte ich noch auf meinem Konto. Außerdem hatte mir die Bank nach meiner Abfindung einen ganz guten Dispokredit eingeräumt, das machen die immer, wenn sie Geld riechen. Trotzdem wurde natürlich jeden Monat die Miete abgebucht, dazu kamen noch die täglichen Kosten, doch darüber machte ich mir damals noch keine Sorgen, im Gegenteil: Je länger ich dieses Leben so führte, um so mehr wollte ich sehen, wie lang ich es durchhalten konnte, bis alles über mir zusammenbrach. Es wurde eine Art Experiment, das ich mit aller Kraft betrieb – ein Rat aus dem Fundus meiner *Ratgeberfähigkeiten* also, bloß daß ich ihn mir diesmal selber gab.

Meist aß ich mein Frühstück zu Hause. Ich schaltete den Fernseher an und sah mir die *Tagesschau* an, damit ich überhaupt etwas von der Welt mitbekam, die Sprecher wurden also meine ersten Bezugspersonen. Ich kochte mir ein paar Tassen Kaffee, las ein wenig in Basil Hall Chamberlains *ABC der japanischen Kultur* oder schrieb einen Brief an Herrn Imamura, in dem ausgedachte Geschichten eines glücklichen Lebens drinstanden, damit Imamura sich nicht ängstigte. Dann, eine andere Wahl hatte ich ja nicht, ging ich aus, in die Stadt.

Ich war früher schon abends ausgegangen, wäre ja auch komisch gewesen, wenn nicht: Wie alle Menschen, die etwas erleben wollen und sich vom Nachtleben Spannung und Aufregung versprechen, lief auch ich seit einigen Jahren durch die Clubs und Bars von Hamburg, in der Hoffnung, ein Mädchen kennenzulernen oder wenigstens eine Schlägerei mitzuerleben, von der ich dann erzählen könnte, um damit dann ein noch besseres Mädchen kennenzulernen, denn besonders die hübschen mögen solche Geschichten. Doch diese Art des Ausgehens ist nicht zu vergleichen mit der Art des Ausgehens, zu der ich nun durch meine Nachtexistenz gezwungen war. Wer ab und zu eine Bar besucht, der bestellt ein paar Bier, sieht sich die Frauen an, macht Quatsch mit seinen Freunden, nimmt vielleicht ein paar Drogen und geht dann nach Hause. Für mich war das anders: Es ging nicht darum, ein paar Stunden lang Spaß zu haben, der mich vom sogenannten *Alltag* ablenken sollte. Ich mußte ja nachts ein *Leben führen*, eine Existenz haben – eher eine *Allnacht* also. Und weil das um diese Zeit nur in Bars, Clubs, Spielhallen oder Kinos möglich ist, ansonsten ist ja alles geschlossen, wurden diese Orte für mich nicht bloß zu angenehmen Ausnahmen, sondern zur Regel: Sie wurden meine Lebenswelt.

Zuerst war alles ein Spaß. Ich traf Brezel in einer Bar auf dem Kiez, wir nahmen ein paar Drinks zusammen und gingen tanzen oder unterhielten uns mit anderen Nachtgestalten, meist sogenannte Künstler, also Menschen ohne einen festen Tagesablauf: Musiker, Fotografen, Schauspieler, Regisseure, Schriftsteller. Es heißt ja immer, daß es schwer sei, schnell Anschluß zu finden in dieser Welt, daß sie *exklusiv* sei und sich abgrenze gegen den Pöbel, doch das ist eine Lüge: Jeder, der einmal eine Woche lang seine Nächte in derselben Bar verbringt, wird am Ende dieser Woche zum Stammgast, der mit Schulterklopfen und Handschlag begrüßt wird und Freigetränke bekommt. Es ist auch klar, warum das so ist: Die Nacht verbindet – die Pupillen sind weiter geöffnet, weil nicht mehr soviel Licht vorhanden ist, die Drogen und der Alkohol erhöhen die Aufnahmebereitschaft, alle sind prächtig gelaunt, weil jeder Nachtwanderer sich wie ein Guerillakrieger vorkommt, so als hätte er einen Auftrag zu erfüllen, den ihm ein mächtiger Mann erteilt hat.

Brezel hielt regelmäßig lange aus mit mir, er hat wirklich eine *gute Konstitution*, obwohl er am Anfang oft versuchte, mich davon zu überzeugen, früher nach Hause zu gehen, damit ich aus dem Kreislauf rauskäme und mir einen Job besorgte. Nach ein paar Wochen aber akzeptierte er meinen Zustand. Ich sei erwachsen, sagte er, und müsse wissen, was ich tue. Ich war froh, daß er mit dem Genörgel aufhörte, obwohl ich mir für diese Freude heute ins Gesicht schlagen könnte, denn ab da ging eigentlich wirklich erst alles los.

Aber wie gesagt – das war damals noch nicht abzusehen. Wäre ich ein Künstler gewesen, hätte jeder Beobachter sagen können, ich hätte ein vorzügliches Bohemeleben geführt. Als Künstler hätte ich dazu allerdings an irgendeinem *Projekt* arbeiten müssen. Dieses Projekt aber existierte nicht, es sei denn, man betrachtete von nun an mein Leben als eine Art Kunstwerk. Dann aber war das Problem, daß mir für dieses Projekt irgendwann das Geld ausgehen würde. Zumindest in dieser Hinsicht unterschied ich mich nicht von einem Bildhauer, der nur Hundefutter frißt, um seinen geschweißten Stahlschrott finanzieren zu können.

VIER

Das war also die Situation: Ich war Mitte Zwanzig, arbeitslos und ohne Einkommen. Alles was ich besaß, war mein *Nachtleben* – die Tatsache also, daß ich nicht nachts schlief, sondern tagsüber, und dieses Leben sorgte dafür, daß es dunkel war, wenn ich aufstand, und es hell wurde, wenn ich nach Hause kam. Immer öfter war ich so betrunken, daß ich kaum gehen konnte, was kein Wunder ist, denn die Bars, in denen ich mich aufhielt, servierten keinen Tomatensaft. Ich weiß nicht, wie lange es normalerweise dauert, bis ein Mensch zum Alkoholiker wird, aber ich war in zwei Monaten ziemlich weit gekommen, mit Wodka, Gin, Whisky und Bier. Die Nachtwelt war zu meinem Zuhause geworden, so doof das auch klingen mag. Ich kannte mich jetzt gut aus inmitten all der Clubs und Bars auf dem Kiez – so gut, wie ein Angestellter das Gebäude seiner Firma kennt oder ein Hund seine Hütte, wenn er eine hat. Es gab neue Bekannte, neue Drinks und neue Drogen, und manchmal, eher selten, gab es auch ein neues Mädchen, das ebenfalls nicht wußte, wo es am Ende eines Abends hingehen sollte, und dann eben mit zu mir kam, aus purer Verzweiflung.

Die ersten sichtbaren Auswirkungen meiner Nachtexistenz stellten sich ein: Mein Gesicht wurde fast so blaß wie das eines japanischen Adligen der Heian-Zeit, es wirkte so, als hätte ich Puder aufgelegt. Unter den Augen bekam ich leichte Schatten, mein Kreislauf war träge, da er nur noch wenig Sonnenlicht bekam, was ich mit acht Tassen Kaffee bekämpfte. All das war aber nicht das Hauptproblem – keiner dieser Umstände hätte mich zu diesem Zeitpunkt davon abgehalten, mein Leben so weiterzuführen.

Das Problem war die Bank: Mein Dispo-Kredit war mittlerweile weit überzogen, seit Monaten war kein Geld eingegangen. Noch bevor ich gegen Mittag meine Tiefschlafphase erreichen konnte, weckte mich immer öfter mein Sachbearbeiter, Herr Bismarck, der Eiserne Sachbearbeiter.

»Ich möchte nicht stören«, redete er auf mich ein, »es geht nur darum, ob Sie uns versichern können, daß bald wieder Überweisungen auf Ihr Konto eingehen, weil wir uns ansonsten gezwungen sehen, es vorübergehend zu sperren.«

Ich war viel zu müde und betrunken, um zu antworten.

»Ja«, sagte ich.

»Ja was?« fragte Sachbearbeiter Bismarck.

»Ja. Geld kommt.«

»Wann?« wollte Sachbearbeiter Bismarck wissen.

»Bald. Sehr bald«, sagte ich und legte auf.

Natürlich gab es kein Bald, es gab auch kein Früher oder Später. Es gab nicht einmal ein Irgendwann, weil ich in den letzten Monaten nicht das Geringste unternommen hatte, etwas an meiner Arbeitslosigkeit zu ändern. Wie denn auch? Alle Bewerbungsgespräche hätte ich ja tagsüber führen müssen, doch der Tag war praktisch tot für mich. Es war auch nicht so, daß ab und zu mal das Telefon klingelte und mich jemand fragte, ob ich nicht eine Geschichte für irgendeine Zeitung oder irgendein Magazin machen wollte, denn meine Zeit bei *Plietsch!* hatte mir nicht wirklich einen Namen verschafft. Und wer, wenigstens soviel hatte ich in der kurzen Zeit meines Volontariats gelernt, als Journalist keine Anzeigen schaltet, also Artikel in Blättern schreibt, die von jedem gelesen werden, wird sofort vergessen und erst dann wiederentdeckt, wenn er tot und vergammelt in seiner Wohnung liegt.

Brezel hatte mir ein paarmal Geld geliehen, doch auch bei ihm lief es gerade nicht so gut, denn alles, was er verdiente, steckte er sofort in die Fertigstellung seines ersten Spielfilms, den er zum Teil selbst produzierte. Außerdem sollte ein Freund einen anderen nicht endlos beanspruchen: Ich schuldete ihm schon fünftausend Mark. Hätte ich Uwe am Telefon nicht erzählt, daß es mir gutginge und ich an *etwas Längerem* arbeitete und die Bewerbung für eine Journalistenschule vorbereiten würde, hätte ich ihn nach Geld fragen können, doch dann hätte ich zugeben müssen, daß ich ihn angelogen und in den letzten Monaten ein komplett nutzloses Leben geführt hatte. Mit meinen Eltern darüber zu reden war ausgeschlossen. Sie hätten mich sofort zurück nach Hause geholt, um mich zu therapieren. Meine Mutter hätte eine solche Aufgabe geliebt, doch diesen zusätzlichen Lebensinhalt wollte ich ihr nicht geben – mit den Gedichten, die sie am Wochenende schrieb, war sie besser bedient. Zwar erreichten ihre Achtzeiler nicht die Qualität von Michizanes *Ode an den Pflaumenbaum*, doch gut genug, um mal bei einer Lesung im Literaturhaus mitzumachen, war sie allemal. Im Gegensatz zu den Strickjackenträgerinnen, die dort ihren Müll vortrugen, meinte sie ihren Kram wenigstens ernst.

Ein paar Wochen später, gerade, als ich soweit war, den wenigen Besitz, den ich habe – ein paar Platten, ein paar Bücher, ein paar alte Möbel, die allesamt nichts wert sind –, zu verkaufen, damit ich Sachbearbeiter Bismarck wenigstens ein kleines Erfolgserlebnis bescheren konnte, geschah etwas, das mir wie ein Gottesgeschenk erschien: Ich bekam einen Anruf.

Es war nachmittags, so daß meine Sinne zwar nicht völlig ausgeruht waren, aber doch einigermaßen funktionierten. Eine Frauenstimme war dran, sie klang wie eine Maschine, war aber ein Mensch. »Guten Tag«, meldete sie sich, »hier ist Soundso von der *Abendpost*, der Herr Finkelstein würde gerne mit Ihnen reden.«

Die *Abendpost*, das ist in diesem Zusammenhang wichtig, ist eine nicht so gut gemachte Hamburger Boulevard-Zeitung, die eigentlich seit Jahren eingestellt gehört, doch da sich das im Verlag keiner traut, wird jedes Jahr ein neuer Chefredakteur geholt, von dem sich die Geldgeber erhoffen, daß er das Blatt *modernisiert*. Chefredakteur Karl Finkelstein, das hatte mir Uwe mal erzählt, war der letzte in einer Reihe von Hunderten von Vorgängern. Weil er es bei einer Berliner Zeitung ziemlich schnell zum Seite-Drei-Redakteur gebracht hatte und sich mit seinen dreiteiligen Anzügen gut für Sonntagslunches mit potentiellen Anzeigenkunden eignet, verkaufte der Verlag ihn als eine Art Alleskönner.

»Ich stelle Sie jetzt durch«, sagte die Stimme.

»Gern«, sagte ich und rieb mir den Schlaf aus den Augen. Ich war etwas aufgeregt.

Ein Knacken in der Leitung, eine kurze Melodie, etwas Klassisches, aber das konnte ich in der Kürze nicht erkennen. Ich bin eh nicht so gut mit dem Klassischen.

»Finkelstein hier. Guten Tag«, sagte eine Männerstimme. Typen wie Finkelstein begrüßen nur die wenigen Leute, die noch über ihnen stehen, mit mehr als einem Satz.

»Guten Tag«, sagte ich.

»Spreche ich mit?«

»Ja«, sagte ich. Das hatte doch schon die Sekretärin erledigt.

»Sehr gut, dann komme ich sofort zum Punkt: Ich habe einige ihrer Geschichten in dem ja leider eingestellten Magazin *Plietsch!* gelesen, mein Beileid noch mal, war ein tolles Blatt. Nun ja, diese Geschichten haben mir ganz gut gefallen, da wollte ich fragen, ob Sie sich vorstellen könnten, für uns zu arbeiten.«

Hätte ich früher nie gekonnt, konnte ich aber jetzt.

»Klar«, sagte ich. Ich war so nervös, daß ich komplett vergaß zu fragen, worum es eigentlich ging. Das ist eine ganz schlechte Geschäftsstrategie – wer sich so verhält, wirkt so verzweifelt, als würde er sich auch über einen Job als Drücker freuen. Wahre Größe wäre: selbst beim Untergang noch ein Erste-Klasse-Ticket fordern, aber die Chance hatte ich schon verpaßt.

»Das ist ja schon mal gut«, sagte Finkelstein, seine Stimme schlug jetzt um, wurde fordernder. Seine Position wurde besser, meine schlechter. Es war ein Ringkampf, und ich lag unter ihm.

»Was haben Sie sich denn so vorgestellt?« fragte ich. Ich ging mit Verspätung in den Angriff, wie immer.

»Ja«, sagte Finkelstein und lachte ein bißchen. »Sie wissen ja, daß wir die *Abendpost* ein bißchen ummodeln wollen, das Blatt muß leserfreundlicher werden und auch optisch ansprechender, da haben wir uns gedacht, wir gehen mal direkt an den Leser ran.«

»Aha.« Ich verstand gar nichts.

»Ja, und da uns Ihr Stil und, ich sage jetzt mal Ihr Einfühlungsvermögen, was den Menschen betrifft, ganz gut gefallen, da haben wir uns gedacht, Sie übernehmen eine Art Kolumne für uns.«

Ich horchte auf. Der letzte Satz gefiel mir.

»Worum soll es denn gehen in dieser Kolumne?«

»Um Zwischenmenschliches, um Liebe, um Mode, um Stil, um Probleme im allgemeinen eigentlich«, antwortete Finkelstein, nun wieder gefühlvoll, wie ein geschickter Liebhaber. »Es geht darum, daß Sie Briefe beantworten, in denen die Leser Sie um Rat fragen.«

»Ich soll ein Kummerkastenonkel werden?«

Die Vorstellung erschreckte mich nun doch.

»Nein, nein«, beschwichtigte Finkelstein. »Sie sollen mehr so ein Lebensberater, ein – genau – *Seelenberater* sein. Ja – unser Seelenberater sollen Sie werden, das wäre schön!«

Finkelstein klang erleichtert, diesen Begriff gefunden zu haben, und er klang tatsächlich so, als wäre auch ihm der *Seelenberater* gerade erst eingefallen.

»Aha«, sagte ich.

»Wie wäre das?« fragte Finkelstein voller Enthusiasmus.

»Das wäre ...« Ich stellte mir vor, wie Menschenmassen auf mich zuströmten, mit ausgebreiteten Armen und übereinanderstolpernd, mich mit Fragen bombardierend. Fragen, auf die sie sich von mir zu ihren zerstörten Existenzen eine Antwort erwarteten.

Ich bekam Angst, als ich mir das vorstellte.

»Das wäre doch toll, oder nicht?« rief Finkelstein nun in mein Ohr. Er wollte mit Lautstärke erreichen, was durch Argumentation noch schwierig war.

Die Bilder der Menschen waren noch immer in meinem

Kopf, sie umkreisten mich, hielten sich an den Händen und bauten eine Pyramide aus ihren Körpern, wie Wettkönige bei *Wetten, daß?*. Die Pyramide wuchs höher und höher, immer weniger Licht drang durch zu mir, ich wurde eingekerkert wie ein Pharao nach seiner Einbalsamierung. Dann stand ich im Dunkeln.

»Ja«, sagte ich. Der Ringrichter, der den Kampf zwischen Finkelstein und mir beaufsichtigte, begann mich anzuzählen.

»Das können wir ja mal versuchen. Wie soll die Kolumne denn heißen?«

»Wir dachten an so was wie: *Fragen Sie Doktor Klug!* Wir stellen uns das vor wie eine Talkshow: Sie moderieren, die Gäste erzählen.«

Es fiel mir schwer, noch etwas zu sagen. Die Pyramide aus Körpern brach über mir zusammen und begrub mich unter sich. Das zerfließende Niederlagenlogo von *Wetten, daß?* erschien, Thomas Gottschalk machte sein *Pech gehabt!* – Schulterzucken. Das Lied *Bodies* von den Sex Pistols tönte in meinem Kopf, irgendwo in meinem Magen war ein Loch, vor meinen Augen wurde es schwarz. Der Ringrichter zählte weiter.

»Dann sind Sie dabei?« rief Finkelstein in den Hörer. Sein Job war erledigt, er hatte gewonnen und wollte auflegen.

»Okay«, sagte ich, es war kaum hörbar. Der Ringrichter riß Finkelsteins Arm in die Höhe. Das Publikum jubelte.

»Alles weitere besprechen Sie bitte mit dem zuständigen Redakteur, er wird Sie morgen anrufen«, sagte Finkelstein noch. Dann war das Gespräch vorbei.

Klar, daß ich sofort Uwe anrief, um ihn zu fragen, ob er etwas mit der Sache zu tun und der Abendpost meine sogenannten *Ratgeberfähigkeiten* empfohlen hatte. Hatte er nicht. Bevor er mich der *Abendpost* empfehle, empfehle er mich eher dem Magazin *Haustier*, sagte er, das sei anständiger, und außerdem verstünde ich mehr vom Thema. Trotzdem könne ich Finkelsteins Angebot ausprobieren, vielleicht revolutionierte ich ja die deutsche Kummerkastenkultur. Wir sollten uns bald wiedersehen, verabschiedete er sich; ich versprach, mich zu melden.

Was soll ich dazu sagen? Ich hatte das, was alle deutschen Journalisten immer wollen, das, wovon sie sich Ruhm, Ehre und schmutzigen Sex mit Teenagern versprechen: Ich hatte eine *persönliche Rubrik* in einer Tageszeitung, auch wenn diese Rubrik *Fragen Sie Doktor Klug!* heißen sollte und jeder ernstzunehmende Samurai mich ausgelacht hätte, weil mich von nun an jeden Tag Hunderte von Lesern mit ihren Problemen belästigen würden und mein Job das Herumlabern wäre. Nach den Gesetzen des westlichen Journalistenethos aber hatte ich es geschafft: Ich war jetzt Doktor Klug, eine Respektsperson des öffentlichen Lebens!

FÜNF

Die Leute von der *Abendpost* meinten es ernst: Das Telefon klingelte schon am nächsten Morgen um halb elf, es muß gerade nach der Morgenkonferenz der Zeitung gewesen sein. Der Redakteur war dran. Ich hatte genau vier Stunden geschlafen, meine Augen waren mit Teer überzogen.

»Hallo?« fragte die Stimme.

Ich war noch zu keiner Antwort fähig.

»Hallo?« wieder die Stimme.

»Ja?« kam es aus mir heraus, sehr langsam.

»Schlafen Sie noch?« fragte die Stimme.

»Ja«, sagte ich.

»Lange gefeiert, was?« Der Redakteur wollte Solidarität, um unserer Zusammenarbeit einen guten Start zu verschaffen.

»Mhm«, sagte ich.

»Also dann«, hob die Stimme wieder an. »Es ist ja alles klar, ich schicke Ihnen jetzt also mal einen Haufen Briefe mit den Leserfragen, die wir gern von Ihnen beantwortet haben möchten. Bitte beantworten Sie drei davon bis heute abend um sieben, ist das möglich?«

Das war natürlich nicht möglich, sondern ein Wahnsinn.

»Klar«, sagte ich trotzdem, ich hatte ja keine Wahl.

»Alles weitere also später dann«, sagte der Redakteur. Er wollte sich verabschieden, doch trotz meiner Müdigkeit hatte ich noch eine Frage.

»Entschuldigung?«

»Ja, ist noch was?«

»Ja. Wenn mich Ihr Herr Finkelstein erst gestern gefragt hat, ob ich die Kolumne übernehme, wie kommt es dann, daß heute schon Briefe für mich da sind?«

»Oh, das meinen Sie? Wir haben letzte Woche einen Aufruf gestartet, in der Zeitung, wo wir die Rubrik angekünd ...«

»Aber Sie wußten doch gar nicht, daß ich zusagen ...«

»Doch, wußten wir.«

»Aber woher?«

»Weiß ich nicht. Der Chef ist davon ausgegangen.«

»Oh«, sagte ich. Mehr fiel mir nicht ein.

Eine halbe Stunde später stand ein Kurier vor meiner Tür, der Packen in seiner Hand war so dick wie Robert Musils *Der Mann ohne Eigenschaften*, beide Teile. Drin waren ungefähr vierzig Briefe und mein Vertrag – tausendfünfhundert Mark sollte ich pro Woche dafür bekommen, daß ich jeden Tag drei

Briefe beantwortete. Wovon mir der Chefredakteur noch nichts erzählt hatte, war das *Problem der Woche* – ein jeden Samstag erscheinender Brief, den Doktor Klug extra ausführlich auf einer halben Zeitungsseite beantworten sollte. »Eine Art Leitartikel in Seelendingen« stand auf dem Zettel, den Finkelstein an meinen Vertrag geheftet hatte. Was sollte es, sie hatten mich eh schon, da konnten sie mich auch gleich ganz haben. Die sechstausend Mark im Monat klangen zu gut, als daß ich sie hätte ablehnen können.

Gerne hätte ich mich wieder hingelegt, ich hatte ja kaum Schlaf gefunden, doch der Doktor wurde verlangt, und wenn die Leute wollen, daß der Doktor kommt, dann kommt er auch, so läuft das Spiel. Der Doktor trank also vier Tassen Kaffee, zündete sich eine Zigarette an und begann zu lesen.

»Sehr geehrter Doktor Klug,
ich bin eine Frau mittleren Alters, und alle meine Freundinnen bestätigen mir, daß ich noch ganz gut aussehe: Meine Haare sind brünett, ich bin einen Meter einundsechzig groß und nicht dick, höchstens ein wenig vollschlank. Bis zum heutigen Tag trug ich vornehmlich bunte Kostüme mit Blumenmustern, Grundfarbe Gelb, doch in letzter Zeit bin ich mir über die Blumen, es sind meist Narzissen, nicht mehr so sicher: Gerne würde ich meinen Stil ändern, doch den Menschen, die mich kennen, traue ich nicht, weil die sich genauso anziehen wie ich. Was soll ich tun?
Frau Silke D. aus H.«

Der Doktor als Modeberater, der Doktor als Stilmittel! Sehr gut, dachte ich, das geht angenehm los. Der Doktor trank noch eine Tasse Kaffee und schrieb:

»Liebe Silke D.,
es ist ja nichts Neues, daß ältere Frauen Probleme mit der Mode haben und sich manchmal eher unhübsch anziehen, doch das ist ja nicht die Schuld dieser Frauen. Es ist die Schuld der Modeindustrie, denn die Modeindustrie produziert nicht für die alten Menschen, sie produziert nur für die jungen, weil sie mit dem Verfall nichts zu tun haben will, das wäre ja das Ende aller Moden. Für ältere Frauen gibt es nur zwei Alternativen: die Strickanleitungen in Frauenmagazinen, manchmal ganz hübsch, doch wer hat schon soviel Zeit? – oder die Läden, die *Mode für Mollige* verkaufen, weil sie davon ausgehen, daß alle älteren Frauen von vornherein mollig sind. Das stimmt zwar nicht immer, doch selbst eine unmollige Frau, die aus dem Zwang heraus, sich ja mit irgend etwas kleiden zu müssen, in so einem Geschäft einkauft, wird zwangsläufig mollig aussehen, weil sie ja die Kleidung einer Molligen trägt, Sie verstehen? Da aber selbst die Molligmode sich ihrer selbst schämt, bedruckt sie ihre Molligmodelle mit Blumen, weil die Blumen die Eigenschaften Leichtigkeit und Frohsinn verkörpern sollen – ein kluges Argument, um die Molligen zum Kauf zu verführen. Ein Mensch, der aber, wie in diesem Fall die Blumen, immer lautstark auf seine Leichtigkeit und seinen Frohsinn hinweist, ist meist ein Mensch, der weder leicht noch froh ist, sonst müßte er darauf ja gar nicht erst hinweisen. Was ich damit sagen will, ist: Trennen Sie sich von den Blumen, trennen Sie sich auch von dem Gelb, denn was für die Blumen gilt, gilt auch für das Gelb: Es belügt Sie nur und macht Sie molliger, als Sie sind.

Ich empfehle Ihnen, Farben zu tragen, die nicht überall in der Gegend von Jugend und Schönheit herumschreien. Die sogenannten Erdfarben – Braun, Beige, Schwarz, gerne auch Blau, obwohl das keine Erdfarbe ist – sind Farben, die es nicht nötig haben anzugeben: Sie sind die Leinwand, von der aus das Gemälde – in diesem Fall also Sie, Frau D. – selber in den schönsten Farben strahlt.

Mit frdl. Grüßen,
Doktor Klug«

Auch Brief zwei war kein Problem für den Doktor:

»Guten Tag, Herr Doktor Klug,
meine Frau und ich, wir sind seit achtzehn Jahren verheiratet, die meiste Zeit glücklich. Seit kurzem aber fällt mir auf, wie ein jüngerer Mann ihr den Hof macht. Ich glaube nicht wirklich, daß sie sich darauf einläßt, würde ihr aber trotzdem gern meine Liebe beweisen, ihr vielleicht etwas schenken oder so was. Ich dachte, Schmuck wäre vielleicht ganz gut, aber welcher Schmuck steht meiner Frau? Einen Ring hat sie ja schon.
Freundlichst,
Josef R. aus B.«

Der Doktor schrieb:

»Verehrter Herr R.,
Sie stellen in Ihrem Brief zwei Fragen: Zum einen wollen Sie wissen, wie Sie Ihren Nebenbuhler loswerden können, das ist ein legitimes Bedürfnis, schließlich sind Sie ja mit der Frau verheiratet, um die es hier geht. Zum anderen wollen Sie wissen, wie Sie Ihrer Frau einen Liebesbeweis darbringen können, auch das ist verständlich, denn nach achtzehn Jahren muß man schon ein Liebeskünstler sein, damit einem nicht die Ideen ausgehen.

Da ich weder weiß, was für ein Typ Sie oder Ihr Nebenbuhler sind, fällt es mir schwer, Ihnen eine genaue Anleitung zu geben, wie Sie ihn loswerden können. Nach allem, was ich über Frauen weiß, interessiert sie ein Kampf um ihre eigene Person aber niemals so sehr wie ein Mann, der sich seiner selbst ganz sicher ist und den es gar nicht interessiert, ob er einen Nebenbuhler hat oder nicht. Wer kämpft, kämpft immer um etwas, weil er Angst hat, es zu verlieren – und wer Angst hat, etwas zu verlieren, verliert es meist sofort, das ist meine Überzeugung. Ich rate Ihnen deshalb dazu, die Rolle des souveränen Gentleman zu spielen.

Zu Ihrem Geschenk: Nichts ist gefährlicher, als einer Frau ein Schmuckstück zu schenken, denn ein Schmuckstück muß immer zu der Person passen, die es trägt, sonst ist es eine Beleidigung, weil es zeigt, daß sich der Schenkende nur wenig Gedanken gemacht hat. Auch wurde in dieser Welt schon zuviel Schmuck verschenkt, fast immer aus den falschen Gründen, also nicht aus Liebe, sondern aus einem schlechten Gewissen des Schenkenden heraus, weil der seine Frau betrogen hatte oder so etwas.

In Ihrem Fall aber halte ich das Schenken von Schmuck für gerechtfertigt: Schenken Sie Ihrer Frau nämlich eine Kette oder eine hübsche Brosche, dann wird sie denken, daß Sie, jawohl Sie, Herr R., sie betrogen haben und sich nun auf diese Art bei ihr entschuldigen wollen. Dieser Plan beantwortet beide Fragen auf einmal: Sie lenken von dem Nebenbuhler ab und präsentieren sich gleichermaßen als lässiger Hund, der seine Frau betrogen hat, jetzt aber reumütig und mit vollen Händen zu ihr zurückkommt.

Ebenfalls freundlichst,
Doktor Klug«

So beantwortete ich im Laufe des Abends noch einen ganzen Packen weiterer Briefe: Anfragen von Sekretärinnen, die sich in ihre Chefs verliebt hatten; zerstrittenen Freundinnen, die sich gegenseitig den Tod wünschten; Männern, die ihre Frauen betrogen, und Frauen, die ihre Männer betrogen. Ich schrieb an Spielsüchtige, an Zwangsneurotiker, Arbeitslose, Studenten und an Kriegsveteranen. Ich schrieb an Sparkassenangestellte, die von den Konten ihrer Kunden klauten, an Schulschwänzer, Schulabbrecher, Bauarbeiter, Lehrer. Fast immer fiel mir etwas ein, mal mehr, mal weniger. Wenig Auskunft konnte ich allerdings dem Junkiemädchen geben, das von mir wissen wollte, wie sie ihre Sucht beenden könne. Ich zitierte einen Satz aus dem Hagakure, der besagt, daß ein Samurai niemals seine Verantwortung ablegen oder auf andere übertragen könne: Er allein trägt die Schuld für das, was mit ihm geschieht. Dazu gab ich ihr noch die Bestellnummer des Hagakure, damit sie es nachlesen könne.

Ich hatte noch nie so viele Ratschläge auf einen Haufen gegeben, es gefiel mir und hielt mich an diesem Abend sogar davon ab, noch auszugehen und zu trinken oder stundenlang über die Reeperbahn zu laufen. Zum ersten Mal seit langer Zeit hatte mich wieder etwas beschäftigt, auch wenn es bloß die Beratungsecke einer drittklassigen Boulevard-Zeitung war. Darum blieb ich an diesem Abend lange über den Briefen an meinem Küchentisch sitzen und ging für meine Verhältnisse sogar recht früh schlafen, kurz nach vier Uhr morgens. Ich schlief gut in dieser Nacht und träumte von Silke D.: Sie sprang in einem dunkelblauen Chiffonkleid durch ein Rapsfeld auf der Ostseeinsel Fehmarn und sang »Moon River« in der Version von Sarah Vaughn, während ein paar Seemöwen den Baßlauf dazu summten.

Ich mußte ihr also wirklich geholfen haben.

»Alles super. Das drucken wir so«, sagte der Redakteur am späten Nachmittag des nächsten Tages. Damit er mich nicht jeden Tag aufweckte, hatte ich ihm beigebracht, daß ich vor siebzehn Uhr praktisch gar nicht zu Hause sei, weil ich noch studiere und mich um eine kranke Tante kümmern müßte, ganz schlimmer Fall, die Bauchspeicheldrüse.

»Sehr gut«, sagte ich.

»Nur deine Antwort an das Junkiemädchen finde ich zynisch«, sagte er.

»Wieso zynisch?« wollte ich wissen.

»Weil man einem Verzweifelten nicht einfach ein Buch über die Samurai empfehlen kann.«

»Entschuldigung«, warf ich ein, »aber wie blöd muß ein Junkie sein, der sich mit so was an einen Zeitungsmann wendet, dessen Name Doktor Klug ist?«

»Trotzdem zynisch. Warum schreibst du ihr nicht einfach, sie soll zu so einer Beratungsstelle gehen oder so was?«

»Weil allein das Wort *Beratungsstelle* schon eine Strafe ist«, antwortete ich. »Diese ganze Sozialschicksalssprache ist so verdorben, daß ein Mensch sich schon allein deshalb verbieten muß, dort jemals hinzugehen: Beratungsstellen, Pro Familia, Suchtkreis Unabhängiger Abhängiger – so klingt Deutschland, und Deutschland klingt schrecklich.«

»Also ist dir eine hübsche Sprache wichtiger als das Mädchen?«

»Was soll das denn jetzt?«

»Antworte, Doktor!«

»Laß es mich so erklären: Das Mädchen verschmutzt seine Venen, die deutschen Behörden verschmutzen das Land mit ihrer Sprache – das ist soviel Schmutz, das kann ich nicht alles allein wegräumen.«

»Verstanden«, sagte der Redakteur.
»Gut«, sagte ich.

Als ich in dieser Nacht nach der Erledigung weiterer Briefe das Tele Fünf betrat, eine kleine Bar in der Nähe des Hans-Albers-Platzes auf dem Kiez, in der ich in den letzten Monaten viele Nächte verbracht hatte, wurde ich von meinen *neuen Freunden* – dem Barmann Jensen, der Barfrau Suse, dem schwulen Fotografen Viktor und noch einigen anderen Verzweifelten, die dort immer herumstehen, wie ein Popstar begrüßt: Seit zwei Tagen war auf Seite fünfzehn der *Abendpost* mein Foto zu sehen – in Schwarzweiß und mit einem zugekniffenen Auge und gerecktem Zeigefinger, was mir ganz gut stand, wie ich fand. Darunter war in Kleinschrift mein Name, und darüber stand in Großbuchstaben der Titel der Rubrik, eben *Fragen Sie Doktor Klug!*. Ich wirkte wie eine verdammte Autorität und sah im Gesicht fast teuflischer aus als der Kölner Popkommandant Diedrich Diederichsen!

Jensen und Suse gaben mir Gin Tonics aus, später kam noch Brezel dazu, der Doktor Klug auf die Schuler klopfte. »Jetzt, Herr Doktor«, sagte Brezel voller Stolz, »geht es mit Ihnen wieder aufwärts.« Das sah der Doktor genauso, darum feierten der Doktor und der vielversprechende Jungfilmer den Erfolg in dieser Nacht mit Kokain, blieben bis sechs Uhr morgens in der Bar und besuchten dann noch zwei Huren in der Erichstraße, da die Preise zu dieser Zeit besonders günstig sind. Da *purzeln* sie praktisch, die Preise, so wie das nur die Preise können.

Es gab wieder Hoffnung: Zwar war ich noch immer ein Gefangener der Nachtexistenz, des *Nachtlebens*, doch während das Nachtleben vorher wie eine Sucht war, die ihren Junkie langsam ausblutete, da er nichts hatte außer dieser Sucht, stand es nun unter einem besseren Stern. Ich war wieder ein Berufstätiger, ein Arbeiter, ein produktives Element der Gesellschaft, und mein Nachtleben konnte ich mir leisten wie ein Rockstar sein Heroin, ein Firmenboß seine Mätressen, ein Zuhälter seinen Pitbull. Der Doktor hatte seine *Nachtsucht* zu einem hübschen Luxus, zu einer angenehmen Sünde gemacht, mit der es sich sehr gut leben ließ. Im Hagakure las er nur noch selten, obwohl es nach wie vor neben seinem Bett lag. Aber das war nichts Besonderes, denn dort lag es ja schon seit Jahren.

SECHS

In den nächsten Tagen war ich ein König, fast ein Daimyo: Doktor Klug hatte mir eine bescheidene Form von Prominenz verschafft, meine Finanzprobleme waren gelöst. Der Doktor bekam mehr Briefe, als er beantworten konnte, die Leute mochten ihn, und er fand auch langsam zu einem annehmbaren Rhythmus für die Bewältigung seiner Arbeit. Ich stand um sechs Uhr abends auf, kochte Kaffee und beantwortete zum Frühstück die Briefe, die ich gegen acht Uhr abends, kurz vor Drucklegung der *Abendpost*, an die Zeitung faxte. Danach ging ich aus und fand immer mehr Lust an der Nachtexistenz. Jetzt hatte sie einen Sinn, weil ich ja einen Auftrag hatte – ich mußte Informationen über das Leben sammeln, mit Menschen reden, damit mir als Doktor Klug nicht die Antworten ausgingen. Das eigentlich Gute am Journalismus ist ja, daß der Journalist immer eine Rechtfertigung hat, noch den größten Quatsch als *Recherche* auszugeben, egal ob Puffbesuche, Drogenexzesse, Alkoholismus oder Sodomie. Darum sehen Journalisten auch spätestens ab vierzig aus, als seien sie jahrelang unter der Erde vergraben gewesen, mit Wasseraugen, Faltenfressen und Schlabbermuskeln. Sie sind Kraterlandschaften, wie ein Stück Wüste, auf dem zu viele Bombenversuche durchgeführt wurden – nichts als die Summe ihrer Halberfahrungen, die sie in die Arme von Therapeuten treiben oder zu Sektengurus und in Rebirthing-Seminare. Die einzige Rettung, erklärte mir mal ein Kollege bei *Plietsch!*, sei es, möglichst früh eine Familie zu gründen: »Nicht aus Liebe, nicht zur Fortpflanzung – aus reinem Selbstschutz«.

Natürlich mache ich mir aus diesen Gründen auch manchmal Sorgen um Uwe, denn auch er ist schon Mitte Dreißig, und wenn er trinkt, dann wie ein russischer Partisan. Im Vergleich zu all den Leichen aber, die im deutschen Journalismus herumlaufen, wirkt er noch immer so frisch wie ein Säugling. Seine Sinne sind meist hellwach, besonders dann, wenn er sich über die Texte der anderen aufregt – der Haß hält ihn frisch, er ist wie ein Besuch im japanischen Dampfbad.

Drei Wochen lang ging alles glatt. Die Briefschreiber befragten mich über Sex, Mode, Krankheiten, Scheidungen, Haustiere, Urlaubsorte, über Kunst und Kultur. Jedes Thema war dabei, und obwohl ich auf keinem dieser Gebiete ein Spezialist war, schien ich die meisten Briefe zur Zufriedenheit aller zu beantworten. Ich, der Meister des Halbwissens – aber höchstwahrscheinlich war genau das meine Qualifikation für den Job. Das, und zum ersten Mal sogar auch die *Ratgeberfähigkeiten*, die Uwe glaubte, bei mir entdeckt zu haben. Die Rubrik war so erfolgreich, daß Finkelstein und der Redakteur sogar über eine Erweiterung auf eine Doppelseite nachdachten. Auch ein Verlag hatte sich wohl gemeldet, der plante, die

Kolumnen nach einem Jahr gesammelt in einem Buch herauszugeben.
Doktor Klug als Held der Literatur!

Der Brief, der alles ändern sollte, kam an einem Freitag. Er war einer der Briefe, die ich als *Problem der Woche* besonders ausführlich in der Wochenendausgabe der *Abendpost* beantworten sollte, und für das, was er anrichten sollte, war er eigentlich gar nicht mal so spektakulär:

»Lieber Doktor Klug,
ich bin Rentner, vor acht Jahren verstarb meine Frau an einer schlimmen Krankheit. Seit dieser Zeit hatte ich keinen Geschlechtsverkehr mehr, obwohl ich es nach wie vor fertigbringe, mich mehrmals täglich – entschuldigen Sie bitte meinen Ausdruck, aber wie soll ich es anders sagen? – selbst zu befriedigen. Das Problem: Die Frauen, die sich für mich interessieren, sind mir zu alt und häßlich; und die jungen Frauen, für die ich mich interessiere, interessieren sich nicht für mich, weil ich für sie zu alt und häßlich bin. Was soll ich tun?
Mit der Bitte um Rettung,
Erwin H. aus R.«

Weil es um Sex ging, rief ich kurz in der Redaktion an, um mich zu versichern, daß ich den Brief so beantworten durfte, wie ich es wollte. Mein Redakteur war noch da, die arbeiten ja praktisch immer bei diesen Zeitungen.

»Ernst gemeint?« fragte ich ihn.
»Unbedingt!« antwortete er.
»Ich darf das mit der vollen Wahrheit beantworten?«

»Das erwarten wir von dir«, sagte der Redakteur.
»Gut«, sagte ich.

Der Doktor schrieb:

»Lieber Herr H.,
das Problem, das Sie mir schildern, ist mir noch nicht bekannt, denn das Rentenalter liegt ja noch vor mir. Trotzdem will ich mich damit beschäftigen, denn der Tod und das Alter sind uns allen ständig auf den Fersen. Leider ist die Gesellschaft, in der wir leben, so eingestellt, daß das, was Sie beschreiben, eigentlich gar nicht erwähnt werden darf, denn die Gesellschaft weiß ja nicht wohin mit den Alten – am liebsten würde sie Sie und Ihre Genossen in ein Loch werfen und dieses Loch mit Erde zuschütten, damit Sie nicht mehr herauskommen und schnell und leise eines bequemen Erstickungstods sterben. Ein Mensch, der in Ihrem Alter noch Sex fordert, gilt in diesem Staat als eine Bedrohung für die bestehende Ordnung, weil er mehr fordert, als ihm zusteht.

Daß die meisten alten Frauen dieses Landes Sie nicht interessieren, kann ich verstehen, denn das Land und die Frauen selbst tun ja alles dafür, daß sie wirken wie Vogelscheuchen. Allein die Kleidung, die als *Altenmode* verkauft wird, wirkt wie ein Leichentuch, das über diese Körper gehüllt wird, und die Menschen, die sich am Sex mit Leichen berauschen, sind noch immer in der Minderheit.

Sie sind ein potentieller Revolutionär, Herr H., ich bin mir sicher, daß Ihre Umgebung Sie als einen Perversen und Päderasten bezeichnet, aber diesen Schuh müssen Sie sich nicht anziehen: Seien Sie Revolutionär und verachten Sie Ihre Umwelt!

Für das Problem, das Sie mir geschildert haben, gibt es mehrere Lösungen. Sollte Ihnen aufgrund irgendwelcher besonderer Umstände ein ansehnliches Vermögen zur Verfügung stehen, empfehle ich Ihnen, sich die Liebe und den Sex einer jungen Frau, die Ihnen zusagt, zu kaufen. Das ist nicht so schwer, wie es sich anhört, besonders bei der momentan herrschenden Arbeitslosigkeit. Machen Sie es wie der Schauspieler Richard Gere, der seine Mätressen mit Kreditkarten ködert – alles, was er von diesen Frauen einfordert, ist, daß sie ihm stets zur Verfügung stehen müssen. Soviel ich weiß, kann sich Gere auch heute noch vor Frauen, die dieses Angebot wahrnehmen wollen, nicht retten. Dazu müßten Sie sich bloß einmal auf den Universitäten dieses Landes umsehen.

Sollten Sie finanziell nicht so gut gestellt sein, gibt es noch einige andere Möglichkeiten, besonders dann, wenn Sie ein guter Lügner sind: Erzählen Sie den Frauen, Sie seien ein Schriftsteller, der auf seine alten Tage noch einmal die Aufregung und den Lebenssinn sucht, das wirkt immer. Erzählen Sie Ihnen, Sie litten an einer unheilbaren Krankheit, auch Mitleid funktioniert in so einer Situation bestens. Einige Frauen beeindruckt es auch, wenn Sie ihnen eröffnen, Sie hätten noch niemals Sex gehabt – so eine Entjungferung auf die alten Tage hat auch noch einigen Reiz, Herr H.!

Was Sie sich einreden müssen, ist folgendes: Der Tod hat Ihnen Ihre Frau weggeschnappt, darum haben Sie nun das besondere Recht, alles für Ihr Wohlergehen zu tun. Was mich betrifft, können Sie sich sogar ein Schulmädchen angeln, solange Sie es anständig behandeln, so, wie es in den fernöstlichen Ländern überall üblich ist. Seien Sie ein Kulturbotschafter in der Tradition des japanischen Geisha-Systems!

Sollten Ihnen, sehr geehrter Herr H., alle diese Möglichkeiten nicht zusagen oder aus irgendwelchen Gründen nicht realisierbar sein, möchte ich Ihnen zum Schluß noch eine Frau namens Bonnie empfehlen, eine Hure, deren hervorragende

Dienste auch von einflußreichen Leuten der Hamburger Gesellschaft – Männer aus Politik, Wirtschaft, den Medien – seit Jahren schon zur größten Zufriedenheit in Anspruch genommen werden. Grüßen Sie diese Dame recht herzlich von mir, Sie macht Ihnen bestimmt einen Sonderpreis.

Schlafen Sie mit der Macht, Herr H.!

Mit den besten Wünschen,
Doktor Klug«

Darunter schrieb ich noch Bonnies Telefonnummer.

Der Doktor war zufrieden, nach Beendigung des Textes war ihm sogar feierlich zumute, doch hätte der Doktor gewußt, was auf diesen Brief folgen würde, wäre er nicht so zufrieden gewesen. Im Gegenteil, er hätte höchstwahrscheinlich alles dafür getan, den Brief zu vernichten und nie wieder ein Wort zu schreiben. Doch das alles wußte der Doktor ja nicht.

Montag nachmittag bekam ich drei Anrufe: den ersten von meinem Redakteur, der mir zu verstehen gab, daß meine Zeit bei *Fragen Sie Doktor Klug!* ab heute beendet sei, weil seit Samstag alle Anschlüsse und Telefon-Mailboxen der *Abendpost* mit Beschwerden und Haßtiraden aufgebrachter Leser belegt wären, die meine sofortige Absetzung als Kolumnist forderten, da ich ein Päderast, Menschenverächter und Hurenbock sei. Einige dieser Leser hätten sogar Berufsverbot für mich verlangt, hieß es. Außerdem, erklärte der Redakteur mit einem Blues in der Stimme, der trauriger war als die Lieder von Robert Johnson, sei in der Redaktion nicht weniger als die Hölle los. Finkelstein, bei Drucklegung der Wochenendausgabe mit seiner Mätresse im Urlaub auf Sylt, lief wie ein Racheengel im Verlag herum, auf der Suche nach Schuldigen. »Das ist mein Ende«, sagte mein Redakteur, wohin jetzt mit seiner Frau und den Kindern? Die Frage konnte ich ihm genausowenig beantworten wie er die meine, warum er den Text denn überhaupt gedruckt habe, wenn er ihn nun auch so schlimm fand. Er habe gedacht, er könne mir vertrauen, antwortete er nur – das mußte heißen, daß er ihn vor Drucklegung nicht gelesen hatte. Höchstwahrscheinlich hatte er ihn von einer Praktikantin abtippen lassen, um früher bei seinen Kindern zu sein, die das Schicksal jetzt vielleicht in die Arme von Pflegeeltern führen würde.

Den zweiten Anruf bekam ich von einem Vertreter des Evangelischen Kirchenbundes Hamburg, der mich, nachdem er zuerst versucht hatte, mich behutsam zu einer öffentlichen Entschuldigung zu überreden, als Ketzer und Ausgeburt des Teufels beschimpfte. Bis heute empfinde ich es als unglaublich, welche Aggressionen Kirchenmänner hervorzaubern können, wenn sie sich nur ein wenig Mühe geben: Der Mann hätte mich gern am Kreuz gesehen.

Nichts aber überraschte mich so sehr wie der dritte Anruf, den ich am frühen Abend bekam: Bonnie war dran, die Hure, deren Dienste ich empfohlen hatte. Ich erwartete Dank für den gutgemeinten Vermittlungsdienst, doch was für ein Trugschluß: Ich sei *eine Ratte, ein Arschloch, ein Wichser, ein Vollidiot*, schrie sie mich an.

»Aber warum denn?« fragte ich. Gab es noch irgend jemanden auf der Welt, der mich nicht haßte?

»Warum?!?!« brüllte sie noch lauter mit ihrer Hurenstimme. »Warum?!?! Weil ich seit Samstag nur noch Anrufe von Greisen bekomme, die mich um Sonderrabatt anbetteln! Weil meine Stammkunden, deine *einflußreichen Leute der Hamburger Gesellschaft*, mir allesamt kündigen, da es ihnen zu gefährlich ist, die Telefonnummer der Hure, mit der sie ihre Frau betrügen, von einem Briefkastenonkel in der *Abendpost* veröffentlicht zu sehen! Weil mich seit Tagen die Journalistenschweine dieses Landes anrufen, um die Namen dieser *einflußreichen Leute* herauszupressen! Weil Kleinkinder und Perverse meinen Anschluß belegen und mich als Ficksau beschimpfen! Reicht das?«

»Äh, ja«, antwortete ich. »Tut mir leid.«

»Das ist alles?!?« schrie sie erneut.

»Baby!« begann ich, jetzt selber hysterisch. »Was zum Teufel soll ich tun? Ich habe kein Geld, keinen Job und kein Haus in der Karibik, das ich dir überschreiben könnte, damit du dieses Land verlassen kannst! Was also willst du von mir?«

»Ich will, daß du leidest, du Arschloch! Und nenn mich nicht *Baby* – ich verfluche den Tag, an dem ich deinen mickrigen Schwanz gelutscht habe!« Dann legte sie auf.

Entlassen, gekreuzigt und jetzt auch noch ein sehr kleiner Penis – kann man noch mehr leiden?

Da also war ich jetzt angekommen: Mein Provinzruhm und Ruf als Journalist waren zerstört; es war klar, daß ich alle Gedanken daran, irgendwann einmal in die Höhen der deutschen Mediengesellschaft aufzusteigen, vergessen konnte. Gerade, als ich anfing, mich mit Doktor Klug anzufreunden, ging Doktor Klug wieder von mir, wie eine Flasche Wein, die gerade erst angefangen hatte zu reifen und nun zerschlagen wurde.

Jetzt besaß ich wirklich nur noch eins: mein Nachtleben. Nur – wie sollte ich es mir jetzt noch leisten?

SIEBEN

Die Rubrik des Doktor Klug wurde eingetauscht gegen eine neue, die *Fragen des Lebens* hieß und von einem Pastor betreut wurde – das war alles, was ich noch von der *Abendpost* hörte. Vielleicht, überlegte ich, war es sogar der Kirchenmann, der mich am Telefon als Luzifer beschimpft hatte. So funktioniert die Welt: Ist der Moralkonsens in Gefahr, muß die Kirche dem Volk in Gestalt eines jungen, nicht unhübschen Priesters wieder die alten Richtlinien einhämmern. Egal, wo wir uns aufhalten, überall treffen wir auf Bündnisse, die nicht zu brechen sind.

Der letzte Scheck der Zeitung ging eine Woche nach dem ganzen Desaster auf meinem Konto ein, noch mal 1500 Mark, aber er verschwand sofort im Abgrund meiner Mietschulden und meines Minuskredits bei der Bank. Es war mittlerweile nicht einmal mehr so, daß ich von mir sagen konnte, ich hätte kein Geld – ich hatte *weniger* als kein Geld, *weniger als gar nichts* also, meine Schulden beliefen sich auf sechzehntausend Mark. Ich befand mich sechzehntausend Meter unter dem Meer, wie soll ein Mensch da atmen können oder den Druck aushalten, ohne zerquetscht zu werden? Eine Woche noch, proklamierte Sachbearbeiter Bismarck, der in seinem Umgang mit mir immer frecher wurde – wenn dann nicht etwas wachse auf meinem Konto, sei Schluß!

Ernstzunehmende Maßnahmen würden gegen mich unternommen, Zwangspfändungen nicht ausgeschlossen. Ernstzunehmende Maßnahmen! Gegen mich, den alten Vampir, der niemandem etwas antat!

Ich war tiefer drin als jemals zuvor: Seit drei Monaten nun verbrachte ich mein Leben ohne Tageslicht, und die einzige

Chance auf ein Überleben mit meiner Nachtexistenz, der Job als Doktor Klug, war vertan.

Das Problem mit einer Hand, die einem Mann in Not kurz vor dem Untergang gereicht wird, ist ja, daß er in der Aussicht auf Rettung noch einmal alle Kräfte mobilisiert, um die Hand zu ergreifen, in der Hoffnung, dann sei alles Leiden vorbei. Wird diese Hand aber kurz vorher noch weggezogen, ist dem Leidenden damit auch all die Kraft und Hoffnung genommen, die ihn bisher noch am Leben hielt. Es war wie ein böses Spiel, das die Nachtsucht und die *Abendpost* mit mir gespielt hatten: Ich war ein Schiffbrüchiger im Meer der Nacht, über dem ein Rettungshubschrauber der *Abendpost* gekreist hatte, doch der Hubschrauber drehte ab und überließ mich den schwarzen Wellen, dem Untergang, den Haifischen. Da wäre es besser gewesen, der Hubschrauber wäre gar nicht erst gekommen.

Bei regelmäßigem Genuß, heißt es, dauert es drei Monate, bis ein Mensch heroinsüchtig ist. Bis zu diesem Zeitpunkt sei das Fixen ein Spaß, etwas, das der Konsument immer noch als eine Ausnahme sieht, einen freiwilligen Extrakick. Nach drei Monaten aber gibt es kein Zurück mehr – der Fixer versinkt in der Sucht, alles reduziert sich auf sie: auf die Beschaffung, auf den regelmäßigen Konsum, auf das Umfeld, das dem Süchtigen seine Existenz ermöglicht, ohne daß er gestört wird.

Mein Nachtleben war jetzt, ebenfalls nach einer Zeit von drei Monaten, genauso weit. War es für mich am Anfang noch ein Experiment gewesen, ein Gegenmodell zum bürgerlichen Leben von neun bis fünf, so war ich nun so tief hineingerutscht, daß an ein müheloses Herauskommen nicht mehr zu denken war. Da mir durch meine Entlassung bei der

Abendpost auch jegliche Eingliederung in das Leben anderer Menschen fehlte, war ich wirklich zu einer Art Gespenst geworden, dessen Existenz allem entgegengesetzt verlief. Es war nicht nur so, daß meine Augen mit allem Licht, das die Dämmerung übertraf, nicht mehr so gut umgehen konnten und bei hellem Kunstlicht zu tränen anfingen; auch meine Wahrnehmung der Welt änderte sich. Seit Monaten hatte ich keine Farben im Naturlicht gesehen, seit Monaten nichts Buntes, Strahlendes. Zwar sah ich die Lichter der Nacht, doch diese Lichter strahlten niemals so hell, daß sie meine Sinne erfrischt hätten: Es waren blasse Lichter, verstaubte Lichter, die aus der Welt einen Tümpel machten, einen Sumpf, der nur ab und zu durch gedämpfte Rot- oder Gelbtöne beleuchtet wurde, damit die Menschen in diesem Tümpel nicht andauernd übereinanderstolperten und sich die Köpfe einschlugen.

Genauso war meine Stimmung, und daß jetzt im April wieder die Sommerzeit begann, machte nichts besser, im Gegenteil: Das verlängerte Sonnenlicht konnte ich so wenig ertragen, daß ich mein Aufstehen noch weiter hinauszögerte – es kam mir vor wie etwas Fremdes, Feindliches.

Ich war wie ein Tier, das sich in eine Höhle verkrochen hatte, um sich dort auf das Frühjahr vorzubereiten oder seine Jungen großzuziehen, mit dem Unterschied, daß ich weder auf das Frühjahr wartete noch darauf, daß mir irgend jemand Kinder zum Großziehen schenkte. Ich bereitete mich auf gar nichts vor.

Ein Mensch aber, der sich auf gar nichts vorbereitet, ist ein Mensch, der dem Untergang geweiht ist, weil sein Leben keinen Zweck mehr erfüllt, denn wo kein Warten ist, ist auch kein Hoffen.

So war es nun: Hatte mich am Anfang meiner Nachtsucht noch die Suche nach neuen Orten, nach einem neuen Stadtnetz in meinem Kopf angetrieben, so wie es einem Besucher ergeht, der eine fremde Stadt zum ersten Mal für sich erschließt, so war mein Gebiet jetzt schon seit einiger Zeit abgesteckt. Ich blieb immer kürzer an den Orten, von denen ich zuerst so begeistert war: dem Tele Fünf, dem Purgatory, dem Pudelklub, der Amphore, Rosies Bar, dem Hotel Hafen Hamburg, der Regina Bar, dem Café Geyer, der Mutter, den endlosen Kiez-Trinkerbars und den Nuttenabsteigen. War diese Zeit vorher eine Art Urlaub für mich, mein Freigang, so war es jetzt die illusionslose Realität: Ich war kein Besucher mehr, der irgendwann heimgehen konnte, sondern ich hatte einen festen Wohnsitz in dieser Welt der Schatten und des Kunstlichts – sie war zu meinem Zuhause geworden. Zu einem Zuhause, das begann, mich zu langweilen.

ACHT

Es ist an der Zeit, einmal etwas genauer zu erzählen, wie die Welt aussah, in der ich mich nun bewegte. Die Gründe meines Hinabgleitens sind klar, das habe ich ja alles erklärt: Nachdem ich praktisch aus einer Laune heraus angefangen hatte, nachts zu leben, erschien an meinem Horizont nichts, was mich davon abgehalten hätte – kein Mensch und kein Grund, der ein Argument gewesen wäre, diese Existenz aufzugeben. Es gab keine Belohnung und keinen Preis für eine Rückkehr zum normalen Leben.

Natürlich traf ich viele Leute in dieser Zeit, denn die Nacht ist ja voll von Gestalten, die sich in ihr herumtreiben. Jeder Mensch geht aus, die meisten, um sich nach einem Tag der Qual bei der Arbeit von diesem Tag abzulenken, abzureagieren, *die Sau rauszulassen*, wie gesagt wird. Die Sau, das

Tier – es ist unglaublich, wie viele Menschen tatsächlich davon überzeugt sind, sie seien in der Arbeitswelt gefangene wilde Tiere, die erst am Ende des Tages aus ihren Käfigen entlassen werden und sich aus diesem Grund so benehmen, wie sie es sich sonst nie trauen würden. Die Nacht, denken diese Menschen, verlangt das von ihnen, weil die Nacht immer mit Gefahr in Verbindung gebracht wird, obwohl ihre Haupteigenschaft zunächst einmal nur die Dunkelheit ist. Doch im Dunkeln versteckt sich das Böse, das Zwielichtige, heißt es in den Mythologien dieser Welt, darum fordert die Nacht, daß ein Mensch, um zu überleben, ebenfalls stark, mächtig und böse sein oder zumindest so aussehen muß.

Ich habe Tausende peinlicher Momente in meinen Nächten gesehen, obwohl ja immer behauptet wird, im Dunkel der Nacht sei alles möglich, weil sich darin alles verbergen ließe, doch das stimmt nur bedingt. Zwar ist die Nacht nicht bis in alle Winkel ausgeleuchtet wie der Tag, dafür verfügen die wenigen Lichter, die sie hat, über die Strahlkraft von Bühnenscheinwerfern. Eine Lüge ist nicht möglich in der Nacht, denn wer aufsteht und laut wird, seine Freundin schlägt oder sich aufgrund von Drogen oder Alkohol wie ein Vollidiot benimmt, auf den fällt sofort das Spotlicht wie bei Ilja Richter in der Fernsehsendung *Disco*: Es wird schlagartig ruhig, alle sehen einen an, das Gesicht wirkt im Schwarz- oder Neonlicht wie eine Fratze, wie eine lächerliche Pantomimenfresse. Je kleiner die Bar, desto größer die Peinlichkeit, und je später es ist und je weniger Leute da sind, desto schlimmer – wenige Menschen erinnern sich besser an Lächerlichkeiten als ein anonymer Haufen, der zwischen Gläserklirren, Gesprächen und Musik untergeht. Ja, erst in der Masse ist der Mensch in Sicherheit, das ist die Wahrheit.

Ich selber war am Anfang auch nicht frei von solchen Momenten. Zwar sind mir nie wirklich ganz schlimme Dinge passiert, da ich meine Gefühle nur selten ungefiltert und durch Alkohol verstärkt in die Welt hinaustrage, was die paar Mädchen, mit denen ich bis jetzt zusammen war, auch immer an mir gehaßt haben – sie hielten mich entweder für einen Schlappschwanz, der sich nicht traut, zu sagen, was er denkt, oder für einen dieser superlässigen Hunde, die immer alles unter Kontrolle haben. Nie aber verlor ich so meine Würde wie Lars, Redakteur bei einem Privatsender, der die Gäste der Bar jede Nacht um Drogen anbettelte, sechzehnjährigen Mädchen aus Lüneburg Geld anbot, wenn sie bei ihm auf dem Sofa schlafen und ihn zusehen lassen würden, und dann in Tränen ausbrach und mit Selbstmord drohte, wenn sie nicht mitkommen wollten.

Das Allerwichtigste in der Nacht: die eigene Verzweiflung immer verbergen, denn wer das nicht tut, wird vernichtet.

Natürlich beging auch ich manchmal Fehler, wenn ich zuviel trank und Leuten Dinge aus meinem Leben erzählte, die sie eigentlich nichts angingen, doch wenn ich das tat, achtete ich zumindest darauf, diese Dinge nur den richtigen Leuten zu erzählen.

Die Nachtgesellschaft läßt sich in drei Gruppen einteilen: Da sind die Leute, die bis Mitternacht bleiben und dann nach Hause gehen, die Vernünftigen. Gegen diese Menschen ist gar nichts einzuwenden, sie sind die Gesündesten mit den besten Aussichten für ein langes Leben. In Finanzsprache ausgedrückt: In sie kann man investieren. Die zweite Gruppe sind die moderat Exzessiven, sie bleiben bis etwa vier Uhr morgens und haben meist irgendwelche Künstlerjobs. Sie trinken mehr, nehmen ab und zu ein paar Drogen, besuchen meist die gleichen Bars und bewegen sich nach einem klaren System: von zehn bis zwölf zum Beispiel das Café Geyer, von zwölf bis zwei das Tele Fünf und danach noch das Purgatory, um noch kurz zu tanzen oder eine Linie Kokain nachzulegen. An der Börse: gute Gewinnchancen bei kalkulierbarem Risiko.

Dann gibt es noch die dritte Gruppe: die Verlorenen. Während die moderat Exzessiven es schaffen, neben ihrer Nachtexistenz wenigstens ab und zu etwas hinzukriegen, und oft sogar eine ganze Menge Geld verdienen, gelingt den Angehörigen von Gruppe drei überhaupt nichts mehr, weil es körperlich ganz einfach nicht möglich ist: Gruppe drei, zahlenmäßig am kleinsten, bleibt im Schnitt bis sechs Uhr morgens aus und treibt sich selbst nach der Schließung der letzten Bar noch orientierungslos in den Straßen herum in der Hoffnung, irgendwo *noch etwas zu finden*, was natürlich ein Trugschluß ist. Gruppe drei, das muß in dieser Härte gesagt werden, besteht ausschließlich aus Verzweifelten: Obdachlose, Manisch-Depressive, Junkies oder sonstwie Hängengebliebene. Totes Kapital also, in die nicht einmal ein Schwachsinniger investieren würde.

Typen wie ich eben.

Neben dieser Trostlosigkeit darf natürlich nicht vergessen werden, daß die Nacht nicht von vornherein gleich die Hölle ist, denn sie hat ja auch sehr angenehme Dinge zu bieten, ihre ganz eigene Schönheit zum Beispiel: Wer nachts ausgeht, macht sich meist hübscher, als er tagsüber aussieht, was besonders bei den Frauen angenehm ist. Diese Verkleidungszeremonie geht manchmal auch böse daneben, wenn Frauen zum Beispiel denken, sie müßten im Dunkel glänzen wie Silberchrom. Diese Frauen wissen nicht, was Scott Fitzgerald wußte, daß die Nacht nämlich zärtlich ist: Sie braucht das Grelle nicht, weil die wenigen Farben, die sie besitzt, in tausend Nuancen schillern. Die Stärke der Nacht, das ist altbekannt, aber bis heute wahr, ist ihre Fähigkeit zur Verführung und ihr Angebot, inmitten des Dunkels Dinge zu entdecken, von denen der Entdecker sich einreden kann, daß nur er selbst sie kennt und durch sie zum Geheimnisträger wird.

Die Nacht bietet eine Million Schleier, die ein Mensch lüften kann, wenn er sich Mühe gibt – das ist ihr Mysterium, ihr Versprechen.

Natürlich verunsichert die Nacht genau aus diesen Gründen den Menschen, weil er nicht wirklich für sie geschaffen ist, denn irgendeinen besseren Grund als das Gesetz der Erdrotation muß es ja geben, warum zwölf Stunden lang die Sonne zu sehen ist, die dann vom Mond abgelöst wird, unter dem die Menschen sich eigentlich schlafen legen sollen.

Die Nacht ist eine Künstlerin der Verunsicherung: Sie schafft es, daß Männer und Frauen, die sich eigentlich abstoßend finden, wenigstens für kurze Zeit zusammenkommen, auch wenn sie sich am nächsten Tag dafür schämen. Es gelingt ihr, Feindschaften mit Gin und Wodka beizulegen und Freundschaften mit genau den gleichen Mitteln zu zerstören. Die Nacht holt, wie schon gesagt, die schrecklichsten Geheimnisse aus denen heraus, die nicht aufpassen und sich nicht unter Kontrolle haben. Und weil das so ist, weil die Nacht immer so tut, als sei sie ein Freiraum, in dem alles unbeobachtet bleibt, bringt sie die Menschen auch dazu, sich zu betäuben und zu verwirren. Aus diesem Grund nehmen die Menschen dann ihre Drogen, den Alkohol und das Kokain eben.

Die meisten Menschen, die ich zu Beginn meines Nachtlebens traf, benutzten Kokain wie Kaugummi, so freigebig waren sie auch damit, was ein Segen für mich war, denn ich hätte es nicht bezahlen können. Doch während diese Leute das Kokain brauchten, um wach zu bleiben und die Müdigkeit umzubringen, brauchte ich es bald gar nicht mehr und wenn, dann höchstens zum Aufputschen: Nahm ich Koks, war das vergleichbar mit einem Bankangestellten, der nachmittags mal kurz im Klo verschwindet, damit das Kundengespräch etwas lustiger wird, zu Hause bei seiner Frau aber wieder nüchtern ist.

Ich verzichte hier auf eine ausufernde Darstellung dessen, was Kokain mit dem Menschen anstellt, das ist schon oft genug erzählt worden: Jeder weiß, daß Kokain ein hervorragendes Zahnfleischkribbeln hervorruft, dafür aber auch den ganzen Mitteilungswahn mitbringt, dem sich alle Kokser dann unterwerfen müssen. Und ebenfalls bekannt ist, daß der Vorgang des Sich-Hinunterbeugens zu einem Toilettendeckel so erniedrigend ist wie kaum eine andere Handlung und daß das noch keinen Kokser der Welt jemals gestört hat, obwohl diese Leute sonst die allergrößten Pingel sind und ihre Wohnungen Hygienehimmel.

Die beste Charakterisierung eines typischen Drogengesprächs ist ein Gespräch, das ich mal mit Brezel führte, als wir uns zum Klodeckel des Tele Fünf hinunterbeugten. Wir hatten vorher über die Filme von Rainer Werner Fassbinder gesprochen, auch das ist typisch – entweder ist es Fassbinder, irgendeine New-Wave-Band oder die Versicherung, die *besten Freunde der Welt* zu sein und sich nie wieder zu trennen.

»Angst essen Seele auf, sagt Fassbinder«, sagte ich, mit einem Hundertmarkschein in der Nase. »Ich aber sage: Auch Koks essen Seele auf.«

»Das stimmt«, sagte Brezel, »aber das ist nicht schlimm, denn Seele wachsen nach, und sein Seele erst mal nachgewachsen, pfeifen es vom Dach die Spatzen.«

Dieser Quatsch beinhaltet alles, was es über Kokain zu sagen gibt: Es schaltet die Moral aus – jegliche Moral und jeden Grundsatz, den ein Mensch jemals hatte oder von dem er sich vorgenommen hat, ihn sich irgendwann einmal zuzulegen. Dazu schaltet es auch die Fähigkeit aus, sich gute Reime auszudenken.

Gerne betätigten Brezel und ich uns in dieser Zeit auch als Tripverderber: als Menschen also, die aus durch die Droge hervorgerufenener Bosheit andere Leute in Situationen locken, denen sie hilflos ausgeliefert sind. Wir erzählten Männern und Frauen, die uns zum Schnupfen eingeladen hatten, daß ihnen Blut aus den Augen laufen würde, sie maligne Melanome auf der Kopfhaut hätten und pickligen Ausschlag im Gesicht, woraufhin diese Leute natürlich sofort hysterisch zum nächsten Spiegel rannten und mit zittrigen Fingern an sich herumsuchten. Einmal erklärten wir einem Pärchen, das so voll war, daß beide im Gesicht aussahen wie Geishas, wir hätten den Mann vorher schon in Madame Wu's Pornokino getroffen, mit einem kleinen Koreaner auf dem Schoß, der sich langsam auf und ab bewegte, während er mit einem Fahrradwimpel hin und her winkte und auf spanisch *Si!Si!Si!* schrie.

»Das ist nicht wahr, oder?« schrie seine Freundin, gab ihm eine Ohrfeige und rannte aus der Bar.

Das Lustige an Drogennehmern ist, daß sie immer jeden Satz mit dem Fragewort *Oder?* beenden, weil sie in ihrem Rausch denken, selbst das Absurdeste sei möglich: In ihren Köpfen entsteht eine wirre Mischung aus Eingebildetem und Dingen, die vielleicht wirklich geschehen sein könnten, und all das verbindet sich dann zu einem ewig wiederkehrenden Kreislauf, zur Kokainschleife. In dieser Hinsicht sind Drogenkonsumenten wie kleine Kinder: Man kann ihnen alles erzählen, und aus genau diesem Grund hat Freud auch mit Kokain therapiert.

Den Jungen sahen wir nie wieder, ich weiß nicht, was aus ihm geworden ist. Warum wir das taten? Ich nehme mal an, aus Langeweile.

Es war leicht für mich, so sorglos durch die Welt dieser Drogen zu spazieren, denn für mich bestand nie die Gefahr, süchtig zu werden, da ich ja schon meine Nachtsucht hatte. Zwei Süchte zur gleichen Zeit sind nicht möglich, denn will ein Mensch eine anständige Sucht entwickeln, muß er sich für eine entscheiden, damit er sie mit aller Kraft vorantreiben kann, so funktioniert das Spiel. Zwei Süchte zu haben heißt: Man hat zwei Hobbys und ist nicht süchtig, sehr gut. Eine Sucht zu haben heißt: Man ist nichts mehr außer dieser Sucht. Das ist meist nicht so gut.

Ich durchlief zwei Phasen von Menschenkontakten im Verlauf meiner Nachtexistenz: Anfangs verbrachte ich viel Zeit mit den Leuten, die ich gerade kennengelernt hatte, mit Barmann Jensen und seiner Freundin Suse, die ihre Bar wie ein privates Wohnzimmer betrieben; mit dem Werbetexter Jan, der immer herumzappelte, als wäre er gerade vom Blitz getroffen worden, tagsüber einen Haufen Termine verpaßte, aber trotzdem so viel Geld verdiente, daß er sich drei Bugattis leisten konnte; mit Igor, einem freundlichen Drogendealer, der immer einen großen Irish Setter dabeihatte, an dessen Halsband eine Tasche mit Speed und Kokainkröllchen befestigt war; mit Andrea, einer frustrierten Grafikerin, die Nacht für Nacht auf der Suche nach einem Mann war, der mit zu ihr nach Hause käme, und von der auch ich mich in einem schwachen Moment einmal mitnehmen ließ; mit der Filmstudentin Barbara, die nur von ihren Drehbüchern redete, schlechte Nouvelle-Vague-Kopien allesamt; und mit Hunderten anderer Menschen in Nebenrollen, die auftauchten und wieder verschwanden, als ob es sie nie gegeben hätte, und die ihre Tage damit verbrachten, auf der Suche nach etwas *Besonderem* zu sein, das sie machen könnten, etwas *Bedeutendem*, das sie aber nie bekommen sollten.

Mittendrin war ich, die meiste Zeit allein, manchmal mit Brezel, doch der hatte viel mit seinem Filmprojekt zu tun. Ich, mit meinen Schulden, meiner Schlaflosigkeit und den paar Sprüchen, die mir das Hagakure beigebracht hatte.

Phase zwei, in dieser Phase sind wir jetzt, war die Zeit, in der all diese Menschen zu meinen Bekannten geworden waren, mir aber nichts Neues mehr liefern konnten und sich nicht mal mehr für Small talks eigneten. In Phase zwei hangelte ich mich wie ein Baumaffe von einem Ort zum nächsten, von einem Menschen zum anderen. Ich schloß Kurzfreundschaften für die Dauer weniger Sätze, für ein paar Minuten, manchmal auch für Stunden, driftete dann aber wieder ab, zu einem neuen Kontakt, zu Bündnissen mit Pennern, Nutten, Geschäftsleuten auf der Durchreise, verlassenen Ehefrauen und anderen Trauerfällen; Bündnissen, die eben nur auf einer gemeinsamen Tragik beruhten.

NEUN

Es war ein Mittwoch, an dem Sachbearbeiter Bismarck mich weckte, um mir zu eröffnen, die Geduld meiner Bank sei am Ende, mein Konto würde nun gesperrt, auch mit den rechtlichen Schritten gegen mich ginge es bald los. Während seines Vortrags schien Bismarck auf Erklärungen oder Entschuldigungen von mir zu warten, doch ich sagte nicht viel, sondern verhielt mich wie ein Angeklagter, der weiß, daß jede Verteidigung zwecklos ist: Machen Sie mit mir, was Sie wollen, Hohes Gericht, ich habe zu den Vorwürfen nichts mehr zu sagen! Stolzer Abgang, geboren aus nichts als Hilflosigkeit.

Am Abend traf ich mich mit Brezel im Tele Fünf. Ich

könne nicht mehr weiter, sagte ich zu ihm, mein Konto sei erschöpft, meine Geduld sei erschöpft, ich sei erschöpft.

»Du brauchst also Geld?« fragte er.

»Natürlich brauche ich Geld«, antwortete ich. »Aber ich brauche nicht einfach bloß *Geld*. Ich brauche allein zwanzigtausend Mark, um überhaupt wieder damit anfangen zu können, Geld zu haben, etwas zu besitzen, selbst wenn es bloß eine blöde Mark ist. Und ich glaube nicht, daß du mir zwanzigtausend Mark leihen kannst, von denen du weißt, daß du sie in den nächsten zwei Jahren nicht zurückbekommst, oder?«

Er schüttelte mit dem Kopf. »Nein, tut mir leid, soviel habe ich wirklich nicht. Du weißt ja, der Film verschlingt alles. Ich kann dir gerade mal einen Hunderter anbieten, aber das hilft dir sicher auch nicht weiter.«

»Nicht wirklich«, sagte ich, mein Blick wanderte müde durch die Bar, über die Menschen am Tresen, die tranken und über die Dinge redeten, über die sie immer reden: die Männer über irgendwelche Frauen, die Frauen über irgendwelche Männer.

»Kann dir dein Bruder nicht helfen?« fragte Brezel.

»Darüber denke ich auch schon nach«, stöhnte ich. »Doch das würde bedeuten, daß ich ihm alles erzählen müßte.«

»Vielleicht wäre das mal ganz gut.«

»Vielleicht«, sagte ich und dachte daran, daß Uwe ein paarmal auf meinen Anrufbeantworter gesprochen hatte, weil er wissen wollte, wann wir uns mal wiedersehen würden. In unregelmäßigen Abständen trafen wir uns nämlich zu sogenannten *Künstlerischen Gesprächen*, immer in der Bar des Hotel Hafen Hamburg. Dort regten wir uns über alles auf, was uns gerade in den Sinn kam: Bücher, Filme, Magazine, Exfreundinnen. Dieses Bruderritual halten wir seit ein paar

Jahren ab, es ist ein hübsches Ritual, aber aus offensichtlichen Gründen rief ich ihn nicht zurück. Uwe weiß immer genau, wenn mit mir etwas nicht in Ordnung ist. Bestimmt hat er das zweite Gesicht, eventuell auch noch so eine Art drittes Auge hinter der Nasenwurzel.

Irgendeine Elektronikmusik spielte, Jensen kam herüber zu uns, er trug ein T-Shirt, das ihm zu eng war, so wie es vor ein paar Jahren alle getan haben, bis sie merkten, daß Brustnippel nur bei Frauen sexy sind.

»Schon gehört?« fragte er.

»Was gehört?« fragten wir zurück, froh über die Ablenkung.

Er warf uns eine Ausgabe der *Abendpost* herüber, auf dem Titel war das Foto eines Trümmerhaufens. »Brandanschlag: Wer war's?« stand fettgedruckt darüber. Irgendein Modeladen in der Innenstadt, in dem sich ungefähr achtzig Prozent der Hamburger Jugend ihre Turnschuhe, Pullover, Jacken und Skateboards kaufen, war angezündet worden.

»Das haben die doch selbst gemacht«, sagte ich. »Der Laden hat sich totgelaufen, keiner will diese blöden Pullover mehr kaufen, also brennen sie alles nieder und behaupten, das wären irgendwelche Antikapitalisten gewesen. So werden sie die Pullover los und kassieren die Prämien der Versicherungen.«

»Kann sein«, sagte Jensen und schenkte uns noch zwei Gin Tonics ein. »Aber wenn das stimmt, dann laufen wohl so einige Geschäfte nicht mehr: Letzte Woche haben ein paar Leute bei einem Laden in der Mönckebergstraße alle Fenster eingeschlagen, die Schaufensterpuppen ausgezogen und geköpft und die Leichenteile mit Schweineblut beschmiert.«

»Guck mal«, sagte Brezel. »Da ist überall zu lesen, der deutschen Wirtschaft ginge es gut, alle kaufen lustig ein, dabei sind es die Versicherungen, die dafür sorgen, daß alles funktioniert. Die Versicherungen tragen uns alle, sie werden irgendwann mal unsere Renten bezahlen.«

»So wird es wohl sein«, sagte ich, aber es war mehr ein Stöhnen.

Es war kurz nach drei, als Brezel die Bar verließ, ich ging ein Stück mit ihm, er drückte mir hundert Mark in die Hand und nahm ein Taxi in seine Wohnung in Eimsbüttel.

Ungefähr eine halbe Stunde stand ich reglos auf dem Hans-Albers-Platz herum und sah mir die blöde Hans-Albers-Statue an, die dort aufgebaut ist. Der blonde Hans Albers trug ein Toupet, dachte ich, der blonde Hans Albers hat über die einzige Eigenschaft, die ihn wirklich berühmt gemacht hat – sein blondes Haar nämlich –, gelogen. Das Haar war nicht echt, also war es auch Hans Albers nicht, er war nichts als eine Witzfigur und ist nun demaskiert. Es ist so traurig.

In einer kleinen Bar am Hamburger Berg, in der um diese Zeit nur noch Arbeitslose darauf warten, daß es wieder hell wird, traf ich Igor und seinen Hund, die beiden waren wieder auf Verkaufstour. Wer ihm denn hier etwas abkaufe, wollte ich wissen, wo sich doch keiner der Leute mehr als ein Bier leisten könne.

»Das frage ich mich auch, aber a bisserl woas geht immer«, antwortete er in der schlechtgekünstelten Münchner Mundart, die seit einiger Zeit als schick gilt, wobei kein Mensch weiß, warum eigentlich. Außerdem, so flüsterte er mir zu, habe er das Gefühl, daß sich gerade die Armen immer noch eine Art Extrakonto für Drogen einrichten würden, damit sie sich einen Moment lang vorstellen könnten, sie säßen auf einer Segelyacht im Mittelmeer mit einem Bikinimädchen im Arm. »Aber dieser Ort läßt doch so eine Vorstellung überhaupt nicht zu«, sagte ich und zeigte auf die armen

Gestalten – »Hier stinkt es, hier faulen die Wände, und keine der Frauen hat, seit sie fünfzehn war, jemals einen Bikini getragen. Die Bikinizeiten sind doch für immer vorbei!«

»Das stimmt«, lachte Igor und streichelte seinen Hund, den Drogenhund, der auf den Boden sabberte. »Aber die Leute hier haben ja den Vergleich nicht, also ist es nicht schwer, sich das einzureden mit dem Zeug, das sie von mir kaufen.«

Wir sind alle am falschen Ort, dachte ich und ging nach Hause.

ZEHN

Die nächsten Tage – besser gesagt Nächte, denn tagsüber schlief ich ja – verbrachte ich in meiner Wohnung, bis auf einen kurzen Ausflug zum Aldi. Ich kaufte mir vom Rest des Geldes, das Brezel mir gegeben hatte, einige Liter H-Milch, Toast und eingeschweißte Salamischeiben, einen großen Vorrat. Ich tat das nicht nur, weil mir die Welt draußen auf die Nerven ging, sondern weil ich dort auch zuviel Geld ausgegeben hätte und das den ganzen Prozeß der Selbstauflösung, denn so sah ich meine Situation jetzt, noch beschleunigt hätte. Ein selbstauferlegter Hausarrest, dachte ich, würde mich dazu zwingen, mir etwas zu überlegen, wie ich meine Lage ändern könnte, es würde mir einen Ausweg zeigen. Das Telefon klingelte nicht oft, einmal riefen meine Eltern an, um mir zu erzählen, sie seien jetzt aus ihrem Urlaub an der Costa Brava zurückgekehrt und würden sich freuen, mich bald mal wiederzusehen. Ich nahm nicht ab, ließ den Anrufbeantworter seine Arbeit tun und hinterließ auf der Maschine meiner Eltern eine Nachricht, daß ich mich bald melden würde, wenn ich nicht mehr *soviel zu tun* hätte. Es wunderte mich, daß sie das nicht beunruhigte – was sollte ich schon so groß zu tun haben, nach allem, was in der letzten Zeit passiert war? Ich nahm es ihnen nicht übel: Eltern sind sehr leicht zu beruhigen, wenn ihr Sohn ihnen nur das Nötigste von sich erzählt – jede Nachricht, jede Versicherung, jedes *geäußerte Wort* überhaupt ist für sie ein Zeichen des Wohlergehens.

Was genau ihre Kinder eigentlich tun, wissen eh nur die wenigsten Eltern dieser Welt, denn sie sind aufgewachsen in einer Zeit, in der es nicht üblich war, heute bei einer Zeitung, morgen bei einer Werbeagentur und übermorgen der Verwalter eines Golfclubs oder Layouter oder *Webdesigner* zu sein. Unsere Eltern haben so dermaßen den Überblick über diese Welt verloren, daß sie sich über gar nichts mehr wundern.

Sie sind so hilflos, dachte ich, und sie merken es nicht.

Als Uwe an einem dieser Abende anrief, mußte ich abnehmen, denn er hatte es schon so oft versucht, daß es einer Bruderschaftskündigung gleichgekommen wäre, hätte ich mich wieder verleugnet. Ich log ihm etwas vor von einer Reportage für die Bewerbung an der Journalistenschule, an der ich gerade arbeiten würde und versprach, mich nächste Woche mit ihm in unserer Hotelbar zu treffen. »Ich habe das Gefühl, du bist mir ein paar Erklärungen schuldig«, sagte er noch, bevor wir auflegten. »Jaja«, antwortete ich, »du kriegst deine Erklärungen.«

Vielleicht war es die Angst vor dieser Verabredung, der ich diesmal nicht entfliehen könnte, oder ein kurzer Moment der Selbsterkenntnis meiner Lage, die mich die folgenden drei Tage dazu brachte, den Ausbruch, den Entzug von meiner Nachtexistenz zu versuchen.

Ich probierte meinen Schlafrhythmus zu verändern, indem ich mich schon um drei oder vier Uhr morgens ins Bett legte, doch es half nichts, ich war hellwach. Es war unmöglich, einzuschlafen, und jeder Mensch, der schon einmal versucht hat, sich zum Schlafen zu zwingen, wird mir bestätigen, welche Hölle das ist: Es ist genauso nutzlos, wie im Angesicht einer entsicherten Waffe lässig bleiben oder Witze machen zu wollen. Es geht einfach nicht, das Adrenalin, die Testosterone, oder wie all diese Stoffe heißen, sind nicht einfach so gegen ihre natürliche Bestimmung zu besiegen – der Körper läßt sich nicht bescheißen, es sei denn, man frißt haufenweise Valium oder Schlafpillen. Dieser Kur unterzog ich mich bloß einmal: Ich schluckte um zehn Uhr abends ein paar Pillen, mit dem Ergebnis, daß ich bis sechs Uhr morgens schlief und mich dann so fühlte wie jemand, dem man eine Plastiktüte über den Kopf gezogen hatte. Bis zehn Uhr war ich einigermaßen wach, wurde dann aber so müde, daß ich um elf Uhr wieder schlafen gehen mußte, trotz Tee, Kaffee, Zigaretten. Ich blieb bis elf Uhr abends im Bett und stand dann wieder auf.

Versuchte ich ohne Drogen besonders früh einzuschlafen, lag ich zwei Stunden wach in der Dunkelheit und hörte der Stille auf der Straße vor meinem Schlafzimmerfenster zu, bis ich aufgab, das Licht einschaltete, mir ein Buch nahm und bis neun Uhr morgens las. Dann schlief ich ein, viel erschöpfter als sonst, und wachte natürlich wieder dementsprechend spät auf.

Alles, was bei den Versuchen passierte, meine Nachtsucht loszuwerden, war, daß es nur noch schlimmer wurde: Ich war wie ein Gefangener in einer Welt, in der es nur mich gab – ich durfte zwar tun und lassen, was ich wollte, aber es gab keinen Zutritt zur Welt der anderen. Es war wie einer dieser elektronischen Fußfessel-Versuche, mit denen sie in Amerika die Häftlinge zu Hause überwachen: *Du bist frei, Junge, aber komm bloß nicht auf die Idee, an der Fessel zu fummeln!*

Ich gab daher all diese Versuche auf und akzeptierte meinen Zustand als etwas, an dem ich zumindest im Augenblick nichts ändern konnte, als eine Art unheilbare Krankheit also, bei der mir – wenn überhaupt – andere Leute helfen mußten. Aber gab es Spezialisten für so etwas?

So verbrachte ich die Nächte in den zweieinhalb Zimmern meiner Wohnung damit, fernzusehen, zu lesen oder mir ein paar der Briefe an Doktor Klug, die noch unbeantwortet herumlagen, anzusehen. Ich beantwortete sie aber nicht mehr, da ich wußte, daß sie eh nicht veröffentlicht würden – ich kann nicht arbeiten, ohne daß ich weiß, daß aus dieser Arbeit irgend etwas wird, daß sie irgendeinen Zweck erfüllt. Das Fernsehen brachte mir etwas Entspannung, lenkte mich manchmal – wenn sie einen Krimi der Schwarzen Serie oder so etwas zeigten – auch kurz von meinen Problemen ab, aber immer in dem Moment, in dem der Abspann über den Bildschirm lief, kam eine unendliche Leere über mich: So wie die Namen der unzähligen Ausstatter, Nebendarsteller und Beleuchter hinter dem oberen Rand verschwanden, fühlte auch ich mich hinter irgendeinem Rand verschwinden. Ich war wie etwas, bei dem man sich sehr anstrengen mußte, es zu sehen, weil es dann sofort wieder verschwunden war. Ich stellte mir vor, daß es den Leuten, die bei diesen Filmen mitgemacht hatten und nicht die Stars waren, genauso ging. Ihren Familien hatten sie gesagt: Achtet beim Abspann, im letzten Drittel ungefähr, wenn die Musik schon leiser wird, auf meinen Namen. Und höchstwahrscheinlich hatten die Familien versucht, das im Kino zu tun, doch die Kinder quengelten und mußten auf die Toilette und hatten Hunger, außerdem war der Film doch schon vorbei – und wenn die Ausstatter, die in der Zwischenzeit schon wieder als fleißige Unbekannte bei einem neuen Film ihre Arbeit taten, dann abends beim Essen mit ihren Familien zusammensaßen und fragten, ob Frau und Kinder ihren Namen gesehen hatten, dann sagten die Frauen und Kinder: »Ja, Schatz, wir haben dich gesehen, wir sind sehr stolz auf dich.« Und dann wurde weitergegessen.

Nun, mit diesen Menschen fühlte ich mich verbunden, und wenn der Abspann lief, versuchte ich, mir ihre Gesichter vorzustellen und das, was aus ihnen geworden war: Nichts war möglich ohne sie, kein Film, keine Produktion, aber niemand würde sie je kennen.

Wenn ich nicht fernsah, las ich in den *Japanischen Annalen* oder *Der Geschichte der Heike* über die Helden der Samurai, die allesamt tragische Helden waren, so wie ich ja auch. Das Bild des tragischen Helden, davon bin ich überzeugt, wurde erfunden von den Japanern, denn kein anderes Land der Welt feiert seine Verlierer so sehr wie Japan, kein anderes Land der Welt ist so sehr berührt von der Würde des Scheiterns und fast angewidert von den Gewinnern. Die Geschichte von Yoshitsune und seinem Begleiter Benkei zum Beispiel ist todsicher der Vorläufer des Don Quixote, ich bin mir sicher, daß Cervantes aus *Der Geschichte der Heike* abgeschrieben hat. Und auch Walt Disney wird sich bei der Erfindung des Donald Duck an den Samurai orientiert haben, denn Duck ist dem traurigen Prinzen Arima No Miko wie aus dem Gesicht geschnitten, und Donalds Verhältnis zu Dagobert ist wie das Verhältnis eines Dieners zu seinem Fürsten.

Oft hörte ich auch Musik, Platten von Roxy Music und Velvet Underground und den Stooges und etwas Bossa Nova, doch das Problem mit Musik ist, daß der Hörer nie weiß, was er tun soll, während die Musik läuft: tanzen? Sich auf den Boden legen und die Texte mitlesen? In die Luft starren und die Musik *auf sich wirken lassen*? Ich liebe Musik, aber eigentlich hat sie nur einen Sinn, dann nämlich, wenn sie tatsächlich dargeboten wird. Dann ist sie Zauber und Magie und wirkt so umwerfend, wie es keine andere Kunstform vermag. Konserviert dagegen ist sie höchstens als Hintergrund, als Untermalung gut, als ein Stück Einrichtung, das man mit einem Rattansofa oder einem Schrank kombiniert.

Tat ich nichts von alldem, löschte ich in diesen Nächten alles Licht in meiner Wohnung, setzte mich ans Fenster und sah hinaus in die Welt der anderen, die nun schlief, während ich wachte, ja genau. Ihre Fenster waren zugezogen, meine waren offen, könnte der Unterschied unserer Leben größer sein? Sie sahen nie das, was ich sah; dafür sah ich aber auch nie das, was sie sahen. Fuhr mal ein Auto vorbei, hielt ich Zwiegespräche mit dem Fahrer: »He«, sagte ich zu ihm, »was für dich hier eine Ausnahme ist, ist für mich die Regel.« Wenn ich dann größenwahnsinnig wurde, hielt ich mich für den Schutzpatron dieser Schlafenden, für einen Gott. Dann ging ich unter die Dusche, um vier Uhr morgens, zog mir nach dem Abtrocknen den einzigen Anzug an, den ich besitze, einen schwarzen, und stellte mich mit meinem blassen Gesicht vor den Spiegel. »Sieh mal«, sagte ich zu meinem Spiegelbild, »so muß das sein, wenn sich ein Mensch auf den Tod vorbereitet.«

ELF

Besonders viel Post habe ich eigentlich nie in meinem Leben bekommen. Die Art Freunde, die ich hatte, schrieb nicht besonders gern Briefe, obwohl das im Grunde eine Schande ist, denn was ist netter, als einen Brief zu bekommen, bei dem sich jemand die Mühe gemacht hat, auf ein paar Seiten aufzuschreiben, wie es ihm gerade geht? Ich rede von Briefen, nicht von Postkarten – die sind billig, eine Lüge, denn ihr alleiniger Zweck ist es, unter Aufbietung der geringstmöglichen Anstrengung einem Bekannten zu vermitteln, man habe an *ihn gedacht*, ein Freundschaftsalibi zu schaffen also, selbst wenn diese Meldung nur den Grund hat, dem anderen durch das Bild einer hübschen Palmenbucht oder einer Stadtansicht zu vermitteln, daß sein Leben arm ist und das des Postkartenschreibers reich: an Kapital, das die Reise erst ermöglicht; an Eindrücken, die ja lebensweiser machen sollen; an der Freiheit, überhaupt erst wegfahren zu können. Das Postkartenschreiben ist daher nichts als Angeberei, eine Frechheit also.

Unter dem Briefschlitz in meiner Haustür liegen, wie bei jedem Menschen, meist Telefonrechnungen und die Wurfsendungen irgendwelcher Teppichfirmen, der übliche Müll, der sofort den Eimer verstopft. Den letzten *persönlichen Brief* – bis auf die Briefe in meiner Zeit als Doktor Klug natürlich – bekam ich kurz nach meiner Rückkehr aus Japan, als die Nachtexistenz gerade ihren Anfang nahm. Er war von Marie, abgestempelt in Zürich. Sie hätte lange nichts von mir gehört, schrieb sie, und wolle nun wissen, wie es mir ginge. Gegen Ende des Briefs gestand sie mir, sie habe nun einen neuen Freund, einen Schweizer Fotografen, und sei, auch wenn das jetzt wohl blöd klänge, so glücklich wie noch nie in ihrem Leben, besonders der Sex sei eine schon nicht mehr für möglich gehaltene Erfüllung. Sie schreibe mir das aber nicht, um mich zu ärgern, sondern bloß, damit ich es nicht von einem *Fremden erführe*. Gerade dieser Zusatz ärgerte mich natürlich besonders, da sie mir diese Frechheit der Darstellung ihres Glücks somit auch noch als besonders sensibel verkaufen wollte. Ich schrieb nicht zurück, vor allem deshalb, weil ich nicht wußte, was ich dazu noch sagen sollte. Außerdem ist jede Art von Kontakt nach dem Ende einer Liebe eine Lüge, darum sollten sich die ehemals Verliebten einfach vergessen.

Meine letzte Ausgehnacht – der Abend, als Igor mir seine Marketingstrategien für die Arbeitslosen erklärte – war ungefähr eine Woche her, als ich an jenem Abend meine Post vom Boden aufhob. Neben dem Werbemüll und der *Abendpost*, die mich immer noch im Verteiler hatte, lag noch etwas anderes: ein Brief, der nicht wie eine Rechnung aussah, sondern so, als hätte ihn tatsächlich ein Mensch geschickt und kein Konzern.

Ich beschäftigte mich zuerst mit der Zeitung, auf deren Titel die Rede war von einem Banküberfall, bei dem *fünf Maskierte in teuren Turnschuhen* über hunderttausend Mark erbeutet und einen Sicherheitsmann angeschossen hatten, der jetzt im Universitätskrankenhaus lag. *Rätselhafte Serie* stand auf dem Titel, eine Anspielung auf die anderen Anschläge und Überfälle, die in letzter Zeit so häufig geschahen. Da der dazugehörige Text grauenhaft geschrieben war, überflog ich ihn nur.

Dann nahm ich mir den Brief vor. Es war ein dicker weißer Umschlag, etwas länger und größer als normal, der sich im Besonderen dadurch auszeichnte, daß mich wohl jemand verarschen wollte: Als Absender stand dort *Jocho*, der Name des Samurai, der Tsuramoto Tashiro das Hagakure diktiert hatte – der Name einer Gottheit also. Darunter die Adresse eines Postamts irgendwo in Sankt Pauli.

Ich öffnete den Brief und wurde zum zweiten Mal an diesem Tag überrascht, denn auf einem ansonsten weißen Blatt Papier stand nur der folgende Satz, in alter Schreibmaschinenschrift: *Stolper und stürze siebenmal, steh aufrecht beim achten.*

Ich erkannte den Satz sofort, denn er stammte aus dem Hagakure.

Noch mehr aber wunderte ich mich, als aus den restlichen Blättern, die offensichtlich zur Polsterung in den Brief gelegt worden waren, zwei große, neue Geldscheine fielen.

In dem Umschlag waren 2000 Mark.

Wenn das nun eine Verarschung war, dann war es die beste, die je einem Menschen passiert ist!

ZWÖLF

Es dauerte mehr als eine Stunde, bis ich damit anfing, den Telefonhörer abzunehmen und ein paar Nummern zu wählen: Ich saß an meinem Küchentisch herum, trank zwei Flaschen Wein und hielt die Scheine in der Hand, die aus dem Nichts zu mir gekommen waren. Noch länger allerdings hielt ich das Blatt Papier in der Hand, auf dem ohne Anrede und ohne Namen der Satz aus dem Hagakure stand. Ich starrte auf die Buchstaben, so als könnte ich auf diese Art hinter sie blicken und herausfinden, wer sie getippt und mir also das Geld geschickt hatte.

Uwe, an den ich als allerersten dachte, weil er wie ich aus dem Hagakure zitieren konnte, mußte ich nicht anrufen, denn mit ihm war ich an diesem Abend verabredet: um zehn in der Bar des Hotel Hafen Hamburg, zu unserem Ritualgespräch. Hatte er mir das Geld geschickt, überlegte ich, mußte er irgendwie herausbekommen haben, wie schlecht meine Lage war. Was gegen ihn sprach, war die Tatsache, daß es ein anonymer Brief war, außerdem hätte er, wenn er wirklich alles über mich wußte, eigentlich keinen Grund gehabt, ein Spiel mit mir zu spielen: Er hätte mich angerufen und mir die Meinung gesagt.

Ich rief daher als ersten Brezel an, um ihm von der Geschichte zu erzählen. Er war gerade von seinen Dreharbeiten nach Hause gekommen und war genauso verwundert wie ich über das, was passiert war, konnte mir aber auch nicht weiterhelfen. »Wenn du jemals herausfinden solltest, wer das war«, sagte er noch, bevor wir auflegten, »dann gib ihm bitte auch meine Adresse.« Sicher, spätestens dann, wenn mich dieser Unbekannte zu einem reichen Mann gemacht hätte.

Danach probierte ich es bei dem Redakteur, der mich damals bei der *Abendpost* betreut hatte und der mir während unserer Zusammenarbeit mal seine Privatnummer gegeben hatte – »für Notfälle«. Ich wollte wissen, ob die Sache mit dem Geld irgendein Witz der Zeitung war, die mir noch eine Nachzahlung schuldete.

Keine gute Idee. Seine Frau war dran, und als ich meinen Namen nannte, zischte sie erst irgendeine Beleidigung, bevor sie ihn ans Telefon holte. Er hatte gerade Fußball geguckt. Noch bevor ich sagen konnte, worum es ging, erklärte er mir, daß es eine Riesenfrechheit sei, ihn noch einmal zu belästigen, nachdem er durch mich arbeitslos geworden wäre und sich nun bei billigen Fernsehzeitungen bewerben müsse, um sich und seine Familie durchzubringen. Das täte mir ja auch sehr leid, antwortete ich, trotzdem aber müsse ich herausbekommen, ob er etwas über dieses Geld wisse.

Seine Antwort war knapp und klar: »Kein Mensch«, brüllte er in den Hörer, »ich wiederhole: kein Mensch bei der *Abendpost*, der *Bild-Zeitung* oder der verdammten *FAZ* würde nach allem, was passiert ist, auch nur jemals daran denken, dir für irgend etwas Geld zu bezahlen und schon gar nicht zu schenken!« Hatte ich verstanden? Ich hatte.

Jemand anderes fiel mir nicht ein: Klar, viele der Leute, mit denen ich mich nachts herumtrieb, wußten, wo ich wohnte, und kannten meine Liebe zum Hagakure, ich redete ja oft genug davon. Vielleicht hatten sie auch den Humor, den der Geldschicker offensichtlich haben mußte – aber keiner dieser Menschen wäre jemals in der Lage gewesen, zweitausend Mark zu verschenken, einfach so. Igor hätte mir aus Mitleid vielleicht zwei Gramm geschickt, weil er mich nun zu den Menschen zählte, die es nötig hatten, sich das *gute Leben* vorzustellen, aber von einem Überschuß von zweitausend Mark träumte auch er. Eher hätte er seinem Hund ein hübscheres Halsband mit einer größeren Tragetasche geschenkt. Gab es irgendein reiches Mädchen, das mich verehrte und sich nicht traute, seinen Namen preiszugeben? Kaum: Ich hatte lange mit keiner Frau mehr geredet und wäre schon gar nicht auf die Idee gekommen, ihr von meiner Situation zu erzählen. Plaudere einem Fremden gegenüber nie deine Geheimnisse heraus, sagt das Hagakure, an diese Regel halte ich mich normalerweise.

Blieb also nur Uwe, für den ich mich nun zurechtmachte: Ich zog meinen schwarzen Anzug an, unser Ritual erforderte eine gewisse Eleganz, band mir einen Schlips um und bestellte ein Taxi in Richtung Hafen. Ich war aufgeregt.

Das Hotel Hafen Hamburg ist kein hübsches Hotel, es besteht bloß aus Glas und Stahl, die der Architekt irgendwie nach oben gebaut hat, weil er glaubte, daß es dann automatisch zu einem Weltstadthotel wird. Auch die Gäste sind nicht besonders hübsch, meist bloß Geschäftsleute aus Frankfurt, die sich ihre Zeit mit russischen Huren vertreiben. Einziges Argument für das Hotel ist seine Bar im dreizehnten Stock, die den unglaublichsten Blick über Hamburg bietet, über den Hafen, den Kiez, über die Neustadt bis hin zu den alten Speichern. Mit hochgelegenen Orten bin ich immer sehr leicht zu verführen: Der Abstand rückt die Verhältnismäßigkeiten der Welt wieder zurecht, Ruhe und Frieden kommen über mich, so einfach geht das.

Es war wieder sehr voll in der Towerbar, als ich aus dem Fahrstuhl stieg: die Männer in Blazern und Flanellhosen, die Frauen in Kleidern mit Rückenausschnitt. Die Musik: Piano vom Band.

Uwe saß in einer Fensterecke des oberen Teils der Bar, die in zwei Ebenen eingeteilt ist, durch eine Wendeltreppe miteinander verbunden. Vor ihm stand ein Whiskey Sour, sein Lieblingsgetränk. Auch er trug seinen schwarzen Anzug und ein weißes Hemd, aber mit einer Fliege daran. Obwohl kein Mensch mehr Fliegen trägt, mag er solchen Quatsch, er besitzt ungefähr fünfzig davon.

»Hallo«, begrüßte ich ihn, er grüßte zurück und umarmte mich, sein kleiner Bauch drückte gegen meine Brust, denn er ist ungefähr fünfmal so groß wie ich, ein verdammter Riese ist er. Dann ging es los.

»Bist du krank?« Er spielte auf meine Blässe an.

»Nein, bin ich nicht. Mir geht es gut, danke.«

Ein Moment der Stille, seine Augen prüften die Aussage.

»Ich nehme auch einen Whiskey Sour«, sagte ich zu der Kellnerin. Sie trug ein schwarzes Kleid und eine weiße Schürze, so wie die Café-Mädchen in Wien.

Wir schwiegen. Es war lange her, seit wir uns das letzte Mal gesehen hatten. Nicht seit Tokyo, nicht seit Beginn meines Nachtlebens. Normalerweise reden wir über das Schlechte der Welt, das gibt uns immer Gesprächsstoff für Stunden. Danach beschäftigen wir uns noch mit unseren Eltern und enden dann damit, wieder aus dem Hagakure zu zitieren wie zwei Kriegsveteranen. Doch über all das redeten wir jetzt nicht, weil etwas anderes in der Luft lag: Ich wußte es, und Uwe spürte es, und er wußte auch, daß ich es sagen würde, wenn er mir nur Zeit ließe. Während ich überlegte, wie ich ihm von dem Brief erzählen könnte, ohne mein Nachtleben zu erwähnen, sah ich mir nur seine Glatze an, das tue ich immer, wenn ich in seiner Gegenwart Zeit zum Nachdenken brauche. Da Uwe kaum noch Haare auf dem Kopf hat, rasiert er sich jeden Morgen den Schädel, er sieht also immer so aus wie ein Baby, das seiner Mutter kurz nach der Geburt frischgeputzt von der Hebamme in den Arm gelegt wird – es ist vielleicht diese Frische, die mich an der Glatze fasziniert. Viele Männer ohne Haare sehen ja entweder wie Totschläger oder wie Greise aus, doch Uwe wirkt mit seinem runden Kopf wie ein Kind: Seine Haut ist glatt, er hat kaum Falten, weil er sich zweimal am Tag mit Nivea-Creme einreibt, außerdem rasiert er sich nicht bloß den Schädel, sondern auch die Achselhöhlen und den Hodensack. »Hygiene ist alles«, zitiert er dann das Hagakure, wenn jemand nachfragt, warum denn nun ausgerechnet auch noch den Hodensack.

Immer, wenn ich ihn dann ansehe, so ist das mit Brüdern, vergleiche ich ihn mit mir selbst und frage mich, wann auch ich so eine gewaltige Glatze bekomme. Der Tag ist nicht mehr fern, denn mein Haaransatz rutscht fast stündlich nach oben, so jedenfalls kommt es mir vor. Es beruhigt mich dann, Uwe anzusehen, weil er ohne Haare so offensichtlich mehr Sinn macht als mit, und ich hoffe, daß es bei mir genauso sein wird – *His baldness is so him*, wie sie in Amerika sagen würden.

Ich zündete mir eine Zigarette an, dann brach es aus mir heraus: »Hast du mir zweitausend Mark geschickt?«

Das überraschte jetzt sogar Uwe, der sonst schwer zu überraschen ist. Männer, die mit Castro Bier getrunken haben, sind immer schwer zu überraschen.

»Wie bitte?«

»Irgendein Typ, der seinen Namen bloß mit Jocho angibt, hat mir heute einen Umschlag geschickt, in dem nichts war außer einem Zitat aus dem Hagakure und zweitausend Mark. Und da der wahre Jocho ja seit Jahrhunderten tot ist, habe ich an dich gedacht.«

»Welches Zitat aus dem Hagakure?« fragte Uwe. Das war typisch, daß er erst einmal wissen wollte, ob der Briefschreiber korrekt zitiert hatte.

»Stolper und stürze siebenmal, steh auf beim achten.«

»Ein Fan von dir?« fragte Uwe und nahm einen Schluck von seinem Drink.

»Ein Fan von *was?*« fragte ich ihn. »Von einem Kummerkastenmann, der aus seinem Kummerkasten geworfen wurde und dessen Arbeit jetzt ein Pastor macht?«

»Es gibt schon Leute, die so was beeindruckt: Öffentlich zur Prostitution aufzurufen und Sex mit Schulmädchen zu fordern, meine ich.« Uwe grinste.

»Hast du gar keine Adresse?«

»Nein, bloß *Jocho*, was natürlich ein Witz ist, und die Straße, in der sich das Postamt befindet. Kein Postfach.«

»Dann hat Jocho wohl ein Postlager bei dem Amt, da muß der Abholer nämlich seinen richtigen Namen nicht nennen und braucht bloß ein Stichwort anzugeben: wie *Jocho* zum Beispiel. Das ist aber eigentlich auch egal.«

»Wieso ist das egal?« fragte ich.

»Weil ein Typ, der dir einfach so zweitausend Mark schickt, etwas von dir will. Und ein Mensch, der etwas von einem anderen will, wird sich bei diesem Menschen wieder melden. Du brauchst also gar nichts zu tun und kannst dir sparen, alle Leute durchzugehen, die etwas über das Hagakure wissen.

Das sind zwar eh nicht viele, aber die Mühe mußt du dir nicht machen.«

»Ich würde es aber trotzdem gern herausfinden.«

»Das wirst du auch. Du kannst *Jocho* an sein Postlager ja auch einen Brief schreiben und ihn fragen, was er von dir will. Vielleicht wird das ja der Beginn einer interessanten Korrespondenz.«

Das klang nach einer guten Idee.

»Was mich im Moment aber viel mehr interessiert«, sagte Uwe jetzt und nahm einen weiteren Schluck von seinem Drink, »ist die Frage, warum du so aufgeregt davon erzählst. So wie du redest, mußt du Geldsorgen haben, sonst hättest du nicht so einen Blick im Auge, als habe dir dieser geheimnisvolle Mann mit den zweitausend Mark das Leben gerettet.« Der supersmarte Schlaukopf!

»Ich würde nicht gerade sagen, daß ich reich bin, aber es ist auch nicht so, daß …«

»Daß was?«

»Gut, ich gestehe: Ja, ich habe Geldsorgen, denn ich habe im Moment keinen Job, außerdem bewerbe ich mich …«

»An der Journalistenschule?«

»Genau, und für die ganzen Vorbereitungen bekommt man ja kein …«

»Erzähl mir keinen Quatsch!« sagte Uwe. »Die Bewerbungsfrist für die Schule ist längst vorbei. Wenn du schon lügen mußt, dann lüg besser. Was machst du so den ganzen Tag über? Ich habe das Gefühl, es ist nicht besonders viel.«

»Das Übliche: Ich lese im Hagakure, gehe ab und zu mit Brezel aus und …«

»Gut, vergiß es!« unterbrach er.

»Vergiß was?«

»Vergiß, daß ich gefragt habe. Es gibt offensichtlich etwas, das du mir nicht erzählen willst, das ist kein Problem, denn irgendwann werde ich es schon erfahren. Wenn du mir jetzt aber irgendwelche Lügen auftischst, beleidigst du mich. Also laß uns zur Wahrheit kommen. Du brauchst also Geld?«

»Ja«, gab ich zu. Ich schämte mich ein wenig.

»Viel?«

»Na ja, so schlimm ist es nicht!«

»Okay. Ich überweise dir 6000 Mark. Mehr kann ich dir im Moment nicht geben. Aber vielleicht hast du mit Jocho ja auch einen Mäzen gefunden, der dich durchbringt.« Jetzt lächelte er wieder – ich nehme mal an, weil er die Sache auch spannend fand.

»Okay«, sagte ich. Ich war froh, daß dieses Gespräch vorbei war und wir uns über andere Sachen unterhalten konnten: über meine Zeit in Tokyo, den alten Imamura, den beleidigenden Brief von Marie.

»Gut«, sagte Uwe dann nach einer Stunde. »Jetzt muß ich leider gehen. Es gibt da jemanden, der auf mich wartet.«

»Einen weiblichen Jemand?« fragte ich.

»So in der Art, ja. Aber davon mehr beim nächsten Treffen. Jetzt bekommst du erst mal deinen Kram auf die Reihe.«

»Geht schon«, sagte ich.

»Das will ich hoffen«, sagte er.

Wir zahlten und fuhren mit dem Fahrstuhl nach unten.

»Schläfst du eigentlich genug?« fragte Uwe auf dem Parkplatz, bevor er ins Taxi stieg. Jetzt mußte ich noch mal kurz aufpassen.

»Täglich zehn Stunden«, antwortete ich, und das war ja noch nicht mal gelogen.

»Gut«, sagte Uwe zu mir und stand auf. »Ich mache mir nämlich manchmal Sorgen um dich.«

»Mußt du nicht.« Einen Moment lang war ich nah dran, ihm von meiner Nachtexistenz zu erzählen, doch ich tat es nicht, weil ich auf einmal das Gefühl hatte, daß diese Sucht zu irgend etwas gut war. Wozu, das wußte ich nicht, doch zum ersten Mal seit meiner Entlassung bei der *Abendpost* spürte ich so etwas wie Euphorie. Ich spürte, daß die Dinge in Bewegung waren, daß irgend etwas passieren würde.

Außerdem wollte ich wissen, wer der Mann war, der sich Jocho nannte.

DREIZEHN

Als ich um vier Uhr morgens nach Hause kam, machte ich mich sofort daran, Uwes Rat zu befolgen. Ich schrieb einen Brief an Jocho. Der Brief bestand aus einem Gegenzitat aus dem Hagakure.

Sei kein Feigling und triff jede Entscheidung innerhalb von sieben Atemzügen.

Wenn er das Hagakure wirklich so gut kannte, würde er diesen Satz verstehen, denn er war praktisch eine Anklage gegen das Versteckspiel, das Jocho spielte. Ich adressierte den Brief an das Postamt, klebte zwei Briefmarken drauf und steckte ihn in den Briefkasten vor meiner Wohnung.

In den nächsten Tagen passierte nicht viel, keine Post, keine erwähnenswerten Anrufe. Uwe hatte den Kopf voller Arbeit, das hatte er mir an unserem gemeinsamen Abend erzählt, denn er schrieb nebenbei schon seit Jahren an einem Buch, außerdem schien es ja eine neue Frau in seinem Leben zu geben. Ich freute mich für ihn, denn seit seiner letzten Freundin – Pressechefin eines Fernsehsenders, die eigentlich nie Zeit für ihn hatte, und wenn sie mal nicht arbeitete, nichts anderes tat, als darüber zu reden, welche Katastrophe das Fernsehgeschäft sei – hatte es niemanden mehr in seinem Leben gegeben.

Das Verhältnis meines Bruders zu Frauen habe ich nie so recht verstanden: Während die meisten Männer ihre Freundinnen sofort in ihr Sozialleben einbezogen und sie überall herumzeigten, so als hätten sie sehr lange für sie sparen müssen, erfuhren meine Eltern und ich bei Uwe erst Monate, manchmal Jahre später, daß er mit jemandem zusammen war. Auch seine Auswahlkriterien waren mir nie klar: Manchmal waren die Frauen sehr hübsch und laut, manchmal waren sie eher häßlich und leise, manchmal war es alles umgekehrt. Entschied er sich aber für jemanden, hielt er es meist sehr lange mit dieser Person aus, doch brachte er sie nur selten auf die Familientreffen mit, die wir ein- bis zweimal im Jahr abhalten. Meine Eltern machten sich immer Sorgen darüber, ob er inzwischen schwul geworden wäre, und naturgemäß versuchten sie mich darüber auszuquetschen. »Mit deinem Bruder«, sagte meine Mutter dann, »kann man über solche Dinge nicht reden, er erzählt ja nie etwas.« Als Uwe sich dann von der Fernsehfrau trennte, war es daher mein Job, meinen Eltern das zu erklären, denn seine Gründe hätten sie nie verstanden: Er hatte sie verlassen, weil sie nicht wußte, wer Enver Hodscha war, außerdem, so er, bekam sie *Fernsehfalten* am Mund, weil sie andauernd zum Lächeln gezwungen wurde – die Arbeit beim Fernsehen zerstört den Menschen, so seine These. Die Unwissenheit und die Fernsehfalten – das war zuviel für meinen Bruder. Klar, daß ich meinen Eltern das so nicht erklären konnte, sie hätten sein Verhalten kindisch und grausam gefunden. Ich dachte mir eine Lüge aus: Die Frau sei eine Nymphomanin gewesen, sagte ich, sie hätte ihn andauernd mit irgendwelchen Handwerkern betrogen, es sei zwanghaftes Verhalten gewesen. »Da mußte er sie doch verlassen!« Natürlich war Uwe wütend und beschwerte sich darüber, als hilfloses Opfer dargestellt zu werden, das dem Mitleid seiner Mutter ausgesetzt war. Ich beruhigte ihn mit einem Satz aus dem Hagakure: *Es kann dem Samurai unter Umständen nützlich sein, wenn beizeiten nicht die ganze Wahrheit ans Licht des Tages dringt.* Darauf fiel ihm keine passende Antwort ein, und es war wieder Frieden.

Nach der Ankunft des Briefes ging ich nur selten aus, ich war zu nervös und hatte Angst, irgendeinen Hinweis oder eine Meldung des Absenders zu verpassen. Vier Tage später kam wieder ein Brief. Mein Herz klopfte bis zum Anschlag, als ich den Umschlag öffnete.

Die folgenden Zeilen standen drin:

Wer einen Unterschied macht zwischen der Welt und seinem Schlafzimmer oder zwischen dem Schlachtfeld und seinem Bett, der wird nicht vorbereitet sein, wenn es darum geht, die Prüfung zu bestehen. Aufmerksamkeit und Konzentration sind bedeutungslos, wenn sie nicht ständig sind. Ein Mann, der sein Bett als Ort der Ablenkung betrachtet, wird auch auf dem Schlachtfeld kein Gewinn sein.

Jocho

In dem Umschlag lagen wieder zwei frische Tausendmarkscheine.

Spätestens jetzt war klar, daß der Absender ein Spiel mit mir spielen wollte. Er wollte mir ein Rätsel aufgeben und mich durch die Zitate aus dem Hagakure herausfordern. Wenn ich herausfinden wollte, wer er war oder warum er tat, was er tat, überlegte ich am Küchentisch, mußte ich die Initiative ergreifen. Ich mußte das Spiel bestimmen, neue Regeln machen, den Einsatz erhöhen.

Ich schrieb daher:

»Sehr geehrter Herr Jocho,
Sie kennen mich nicht, und ich kenne Sie nicht, trotzdem aber verhalten Sie sich so, als seien Sie mein Lehrer und ich ein Samurai in der Ausbildung. Nach allem, was ich weiß, hat gerade der Großmeister, mit dessen Namen Sie sich schmücken, es immer zu seiner Haupttugend gemacht, sich persönlich und von Angesicht zu Angesicht von den Fähigkeiten seiner Samuraischüler zu überzeugen.

Warum Sie mit dieser sehr sinnvollen Tradition brechen, ist mir unklar, ebenso unklar ist mir, warum Sie mir wöchentlich zweitausend Mark schicken, doch irgendeinen Grund müssen Sie ja haben.

Mit Ihrem letzten Zitat kritisieren Sie meine Wachsamkeit, von der Sie nichts wissen dürften. Zum Beweis meiner stetigen Bereitschaft kontere ich mit einem Gegenzitat aus dem Hagakure, das Ihnen ebenso bekannt sein dürfte:

Ein Samurai hat das Recht auf angemessenen Unterhalt.

Da Sie sich ja anscheinend als mein Daimyo empfinden, möchte auch ich meine Ansprüche nicht vor Ihnen verbergen und Ihnen höflichst erklären, daß meine Dienste teurer sind, als Sie vielleicht annehmen: Weniger als viertausend Mark pro Woche wären eine Beleidigung meiner jahrelangen Studien des Hagakure.

Überlegen Sie sich, ob Sie zu diesem Preis noch mein Lehrer sein wollen.
Freundlichst, etc.

P.S.: Im übrigen hielte ich es für höflicher, Ihre kurzen Briefe mit einer Anrede zu beginnen.«

Als ich den Brief unterschrieb, zitterten meine Hände, denn immerhin hatte ich gerade meinen Lebensretter zurechtgewiesen. Aber was nützt mir ein Lebensretter, dachte ich, wenn ich nicht weiß, warum er mein Leben rettet oder was er vielleicht irgendwann einmal als Gegenleistung dafür erwartet?

Drei Tage später hatte ich einen Umschlag mit viertausend Mark in der Post. Auf dem beigelegten Zettel stand diesmal, außer einer höflichen Anrede mit meinem Namen, gar nichts.

Jetzt war ich wirklich ratlos.

VIERZEHN

Ein wohlhabender Süchtiger, dessen Sucht von einem Unbekannten gesponsert wurde – das war ich jetzt, denn in den nächsten Wochen kam jeden Montag ein Umschlag mit 4000 Mark, so regelmäßig wie der Gehaltsscheck eines Angestellten. Nie war ein Brief beigelegt, in dem der Spender sich erklärte, ich bekam auch keine Zitate aus dem Hagakure mehr. All dies war mir am Anfang noch ein Rätsel, das mich vorsichtig mit dem Geld umgehen ließ, da ich Angst hatte, es würde mir ebenso schnell wieder weggenommen, wie es zu mir gekommen war. Je regelmäßiger die Lieferungen aber kamen, desto mehr fegte ich diese Gedanken beiseite: Wenn der Spender etwas von mir wollte, dann würde er sich bei mir melden. Wenn nicht, war mir das auch egal, vielleicht bekam ich irgendwann Besuch von einem reichen Onkel, von dem ich nichts wußte und der eine sehr eigene Art hatte, seiner Familie zu zeigen, daß er existiert.

Ich warf also bald mit dem Geld um mich. Viertausend Mark pro Woche, steuerfrei, das ist eine Menge. Mit den ersten Zahlungen sorgte ich morgens um neun vor dem Schlafengehen für die Wiederbelebung meines Kontos, sehr zur Überraschung von Herrn Bismarck. Der Sachbearbeiter, der mich ja vor fast einem dreiviertel Jahr zum letzten Mal live gesehen hatte, starrte mich wegen meiner Blässe an wie ein Monster, und noch mehr starrte er natürlich, als ich ihm zehn Tausender hinlegte – »als Anzahlung«, wie ich sagte. Inzwischen waren auch die 6000 Mark von Uwe eingegangen, und wenn alles so weiterging, würde ich sie ihm sogar schon bald wieder zurückzahlen können. Uwe waren die Geldbriefe natürlich ein Rätsel, und er warnte mich am Telefon mehrmals davor, mich zu sehr auf diese Quelle zu verlassen, doch ich lachte nur: »Irgend jemand da draußen will mir etwas Gutes tun«, sagte ich – »Und ich werde nicht der Mann sein, der ihn davon abhält.«

Ich ging wieder jede Nacht aus. Wer arm ist, muß zu Hause bleiben, ansonsten vernichtet ihn das Angebot der Nacht, das er sich nicht leisten kann; wer aber reich ist und zudem noch nicht einmal dafür arbeiten muß, kann sich jeden Spaß erlauben, der sich ihm bietet: Ich schmiß Lokalrunden im Tele Fünf, dessen Belegschaft sich während meiner Abwesenheit in den letzten Wochen sogar so etwas wie Sorgen um mich gemacht hatte; ich lud Brezel zu einem Abend mit zwei russischen Huren ein; ich kaufte Igor so viel Drogen ab, daß er seinen Hund einen Tag lang in einen Pflegesalon geben konnte; ich kaufte mir sogar, kurz vor Ladenschluß natürlich, ein paar hübsche neue Kleider: einen braunen Anzug, ein paar Hemden und ein Paar schwarzer Stiefel mit Absatz, die mich aussehen ließen wie einen vielversprechenden Drogenkurier.

Es war eine Zeit des Feierns, und ich war der Anführer: Wurde ich als »Doktor Klug« noch für meine Medienprominenz geachtet, so war es jetzt mein plötzlicher Reichtum, der mir eine Art Ruhm bescherte. Vielleicht werden Menschen, die sich so benahmen wie ich, nicht wirklich geliebt, aber es ist zumindest so, daß ihnen keiner Probleme macht: Geld erweckt bei Menschen, die es nicht besitzen, eine Art Ehrfurcht, da sie denken, der Reichtum käme, wie ein Ritterschlag, immer nur zu den Menschen, die ihn verdienen.

Ich interessierte mich sogar wieder für Frauen, zweimal hatte ich Sex mit dem Mädchen, das Brezel und ich damals mit der Geschichte des Madame-Wu-Pornokinos so verunsichert hatten. Ihren Freund hatte sie inzwischen verlassen. Es war aber nichts Ernstes, da ich an so etwas wie *Ernst* gar nicht interessiert war. *Ernst* wäre gewesen, einen Moment lang innezuhalten und sich zu fragen, was es da eigentlich war, auf das ich zusteuerte. Dazu hatte ich aber keine Lust.

Auf eins allerdings achtete ich mit aller Macht: Niemals antwortete ich einem Menschen, der mich fragte, woher mein plötzlicher Wohlstand kam, mit der Wahrheit. Nur Brezel und Uwe wußten von den Briefen, und wenn jemand nicht locker ließ, erklärte ich meinen Reichtum damit, daß mein Großvater aus Süddeutschland gestorben sei und mir eben etwas Geld vermacht hätte. Keine besonders originelle Lüge, aber geglaubt wird sie immer, besonders dann, wenn der Belogene keine Ahnung vom Leben des Erzählers hat: Mein Großvater ist im Zweiten Weltkrieg an der Ostfront gefallen.

FÜNFZEHN

Ich weiß nicht mehr genau, wann ich sie zum ersten Mal sah. Es ist gut möglich, daß wir uns schon vorher mal begegnet oder aneinander vorbeigelaufen sind, ohne uns wirklich anzusehen, obwohl ich es rückblickend für unmöglich halte, daß sie mich dann nicht umgehauen hat. Mit ihr geredet hatte ich noch nicht, daran hätte ich mich garantiert erinnert, denn wenn sie sprach, sprach sie immer sehr eindringlich. Ihre Sätze klangen so, als seien sie nicht nur unmittelbar für den Zuhörer bestimmt, sondern auch für den Rest der Welt oder eine andere Kraft, von der sie sich Verständnis erwartete. Das heißt nicht, daß sie besonders laut sprach oder nervte – es heißt nur, daß ein Mensch sich nicht entziehen konnte, wenn sie etwas sagte. Irgend etwas war gut daran.

Ich nehme an, daß ich sie im Tele Fünf zum ersten Mal richtig gesehen habe, denn das war damals der Ort, an dem ich mich am häufigsten aufhielt, meist mit Brezel. Ich glaube auch, daß es an diesem Tag wieder zu einem dieser seltsamen Vorfälle, die in Hamburg seit einiger Zeit für Aufregung sorgten, gekommen war. Tankstellen, aber nur die von Shell, wurden überfallen; maskierte Kleintrupps raubten Banken aus, aber es war kein System dabei zu entdecken. Wenn ich mich recht erinnere, hatte an diesem Tag jemand eine Brandbombe vor dem Rathaus deponiert, die einen Teil der Fassade verkohlte. Irgend etwas dieser Art passierte damals andauernd, aber keiner wußte, wer es war oder mit welcher Intention diese Dinge geschahen.

»Irgendwelche Streiche von irgendwelchen Chaoten« seien das, entschuldigte die Polizei ihre Ahnungslosigkeit.

Ich weiß noch, daß ich mit Brezel im Tele Fünf war und mit ihm und seiner Freundin über diese Dinge redete, aber nicht besonders lang, denn so interessant war das alles nun auch wieder nicht. Als die beiden anfingen, sich über das Skript für ihren nächsten Werbefilm zu unterhalten, klinkte ich mich aus und ließ meinen Blick durch die Bar kreisen. Und da war sie.

Barbekanntschaften zwischen Männern und Frauen haben ja angeblich keine Zukunft, weil eine Bar ein Ort der Sünde ist und die Liebe nur selten aus der Sünde geboren werde – doch wo sonst hätte ich denn eine Frau kennenlernen können? Ich halte weder etwas von Elbspaziergängen, noch hätte ich mich bei der Arbeit verlieben können, denn ich hatte ja keine.

Die Nacht war gut zu ihr: Sie trug einen grauen Rock, der bis kurz über die Knie ging, oben hatte sie ein blaues Hemd an. Ihre Haare schimmerten dunkelblond, fast braun, sie hatten die perfekte Länge, halblang, vorne bis zur Oberlippe, hinten bis zur Schulter. Zu kurze Haare kann ich bei Frauen nicht ertragen, weil die meisten von ihnen daraus so eine Lebenseinstellung machen, so eine Überzeugung: Ich bin frisch, ich bin jung, ich bin schwer zu kriegen, ich bin ein neuer Frauentyp. Ja genau, ein neuer Frauentyp, der perfekt paßt zu dem neuen Männertyp, der kein Fleisch ißt, weil er seinen Körper reinigen will, obwohl weder Körper noch Seele dieser Menschen jemals dreckig waren.

Ihre Haare waren also perfekt, doch über ihr Gesicht zu reden fällt mir schwer, weil es fast unmöglich ist, über das Gesicht einer Frau zu reden, ohne zu klingen wie ein Idiot. Jedenfalls paßte sie in mein Konzept der *fehlerhaften Schönheit*, das ich am Anfang schon mal erklärt habe: Alles in ihrem Gesicht war eher groß, fast derb: Ihre Nase war etwas knubbelig, dadurch niedlich; die Ohren waren für Frauenverhältnisse riesig, was mir sehr gut gefiel. Die Augen dagegen waren im Gegensatz zu den anderen Merkmalen eher klein und standen eng zusammen, was so wirkte, als ob sie ihren Blick bündeln könnte wie einer von diesen Superhelden. Umgeben war all das von einer Haut, in der ich mich selber gern aufgehalten hätte. Der amerikanische Immobiliengigant Donald Trump hätte ihre Haut eine *Top-A-Haut* genannt und ein Stück davon sicher gern in seinem Trump-Tower ausgestellt. Also: Sie war ein *Top-A-Mädchen!*

Natürlich konnte ich sie nicht ansprechen. Zwar fühlte ich mich in den letzten Wochen wie ein Kolonialherr, doch mir war klar, daß sie nicht die Art Mädchen war, die ich mit meiner Dandynummer beeindrucken konnte: Dafür saß sie zu still da, dafür war sie nicht laut, nicht billig genug. Um es so zu sagen, wie es immer in den Märchen steht: Sie sah aus, als würde sie den Bauernjungen dem Prinzen vorziehen. Aber ich war ja eigentlich auch ein Bauernjunge! Ein Samurai vom Land!

Das Problem wurde gelöst, indem sie mich auf einmal so lange ansah, daß gar kein Ausweg mehr möglich war. Mir wurde klar: Diese Frau war eine Augenkünstlerin, ja das war sie, und auch später verunsicherte sie mich oft dadurch, daß sie ihren Blick immer den entscheidenden Moment länger auf mich richtete, als normal gewesen wäre. Sie sah nie weg aus einem Gesicht, bis die Frage oder die Forderung, die sie diesem Gesicht gestellt hatte, gelöst war, ja bis es mir sogar *weh* tat, sah sie mich an.

Ich fragte Brezel, ob er wisse, wer sie sei.

Das sei Johanna Schneeberg, sagte er.

Hervorragender Name! dachte ich.

Als ich wieder zu ihr hinübersah, erschien sie mir so wertvoll wie nichts, was ich in den letzten Monaten meines Nachtlebens gesehen hatte. Sie wirkte wie eine Belohnung, die ein

Mensch für besondere Verdienste bekommt, wie ein plötzlich erscheinender Sinn. Sie erschien mir wie ein Ziel, wie *mein* Ziel.

Es gibt drei Arten von Männern: die, die jede Frau ansprechen, egal wie schön oder häßlich sie ist und was sie ihnen vielleicht einmal bedeuten oder nicht bedeuten wird. Es gibt die, die nie eine Frau ansprechen, weil jede Frau ihnen Angst einjagt; und dann gibt es die, die nur die Frauen ansprechen, denen sie sich überlegen fühlen, und bei denen, die sie wirklich begeistern, nicht einmal fähig sind, sie anzusehen, geschweige denn, etwas zu ihnen zu sagen.

Ich hatte immer zur dritten Kategorie gehört, zu der Art Männer, die alles, was leicht schien, gern mitnahmen, da es ja keine Bedrohung darstellte. Traf ich aber eine Frau, die mich tatsächlich beeindruckte, war ich zu keiner Bewegung fähig – nicht einmal aus Eitelkeit und der Angst vor einer Absage, sondern weil eine Niederlage alle meine Vorstellungen von dieser Frau zerstört hätte, so unwiderruflich, daß ich nicht einmal mehr von ihr hätte träumen können. Selbst bei Marie, die mir eine Zeitlang wie eine Göttin vorkam, war es nicht so, daß ich viel unternahm, damit wir zusammenkamen: Wir waren vorher schon Freunde gewesen, die sich dann einfach ineinander verliebt hatten, was ja angeblich die *bestmögliche Voraussetzung für eine langfristige Beziehung* sein soll, wie die Frauenmagazine behaupten.

So sprachlos war ich auch jetzt, als Johanna mir am anderen Ende der Bar gegenübersaß, doch zum ersten Mal, seit ich mich überhaupt für Frauen interessiere, war es so, daß sich meine Begeisterung nicht in Unsicherheit äußerte, sondern in einer Klarheit, die alle Zweifel wegfegte: Wir mußten einfach richtig füreinander sein – ich konnte mir vorstellen, wie sie sprach, ich konnte mir vorstellen, wie sie sich anfühlte, ich wußte, daß sie Sätze sagen würde, denen ich zustimmen mußte.

Also ging ich rüber zu ihr, obwohl von meinen Handflächen der Schweiß tropfte und ich auf einmal das Gefühl hatte, nach Buttersäure zu stinken. Doch das war egal: Wenn sie richtig war, würde sie es zwar merken, aber sie würde es auch *verstehen*.

»Hallo, Johanna«, sagte ich.

»Du bist der Doktor, stimmt's?«

Was für ein Anfang, was für eine Eröffnung: Sie kannte mich! Ich war verwirrt und brachte kein weiteres Wort heraus. Zum Glück half sie mir:

»Ist es wahr, daß die Zeitung dich rausgeschmissen hat?«

»Ja!« rief ich, viel zu laut, als sei das etwas, worauf ich stolz sein könnte. »Das ist total wahr!«

»Und was machst du jetzt?«

»Gar nichts!« schrie ich nun fast, wieder so, als sei das eine Auszeichnung, ein Ritterschlag. Da ich mir deshalb sofort wie ein Trottel vorkam, korrigierte ich: »Das heißt, also, ich schreibe ein bißchen so rum und bereite mich auf ein paar Dinge vor...« Das klang natürlich erst recht erbärmlich.

»Aha«, sagte sie und lächelte.

»Möchtest du was trinken?«

»Sehr gern«, sagte ich und kramte in meinen Taschen nach Geld.

»Das ist schon okay«, sagte sie.

»Oh. Danke.« Was für ein Mädchen!

Wir nahmen beide einen Gin Tonic, ich kroch auf den Barhocker neben sie, wir stießen an.

»Dann also auf den Nichtstuer!« sagte sie und lachte, ihr Mund verschwand irgendwo hinter den Ohren.

Wir begannen zu reden, den üblichen Quatsch, den Männer und Frauen immer reden, wenn sie gerade dabei sind, sich kennenzulernen. Wir unterhielten uns über das Dekor der Bar und die psychologischen Hintergründe des Schummerlichts, wir fragten uns, warum es Frauen gibt, die Hüte tragen, wo die natürliche Stärke der Frau doch ihre Haare sind. Es ist am Anfang einer Liebe immer notwendig, sich über andere Menschen lustig zu machen, weil sich die Liebenden auf diese Art ein Terrain schaffen, das nur ihnen selbst gehört: Sie schließen sozusagen den Rest der Welt aus, bis nur noch sie selbst übrigbleiben, so daß sie gar keine andere Wahl mehr haben, als sich zu verlieben. Ein grausamer Akt, aber die Romantik verlangt nach solchen Grausamkeiten.

Sie erzählte von sich. Ich erfuhr, daß sie irgendwann vor zehn Jahren mit ihrer Mutter aus München nach Hamburg gezogen war, nachdem die sich von ihrem Vater getrennt hatte. Jetzt studierte sie Psychologie und Germanistik, weil sie bei den Menschen beide Aspekte interessierten, die Poesie und die Psyche und wie das alles zusammenhängt. Natürlich sagte sie das nicht so, wie ich es jetzt gesagt habe, sie drückte es viel weniger doof aus, aber da ich mich für sie interessierte, maßte ich mir an, ihre Seele schon zu kennen, nach zehn Minuten.

Es war nicht so, daß jeder Satz und jede Geschichte, die wir uns erzählten, zueinander paßten, als hätten sie ewig nach einer Ergänzung gesucht. Jeder kennt ja die Paare, die mit ihrer sogenannten Seelenverwandtschaft angeben und allen damit auf die Nerven gehen, wie füreinander geschaffen sie sind. So was gibt es manchmal, aber auch nur selten, und nicht immer ist es wirklich ein Glück. Bei Marie und mir war es oft so, daß wir zwar wußten, was der andere im nächsten Moment sagen würde, doch das hatte nichts mit irgendwelchen Schicksalsbestimmungen zu tun. Es geschah einfach aus jahrelanger Gewöhnung.

Bei Johanna und mir war es besser: Es ging nicht darum, irgendwelche menschlichen Gleichungen aufzulösen, um dann endlich heiraten und Kinder kriegen zu können, weil es mit der Sozialisation und dem Geschmack stimmte. Bei uns war es so, daß wir uns wirklich für das interessierten, was der andere zu sagen hatte. Keine meiner Fragen war geheuchelt, keine stellte ich aufgrund irgendwelcher taktischer Überlegungen, und ich glaube, daß es bei ihr genauso war.

Es wurde später, und die Bar wurde leerer. Brezel und seine Freundin waren schon lange gegangen, er grinste mich noch kurz an, als er das Tele Fünf verließ: Viel Spaß, alter Gimpel, die ist ja super!

Johanna und ich tranken einen Gin Tonic nach dem anderen, und wenn wir gerade mal nicht redeten, starrte ich sie an. Ich starrte auf ihre Riesenohren und den hübschen Mund und auf die Kette, die um ihren Hals hing, so eine kleine, bescheidene Silberkette. Ich mußte an den Brief denken, den ich in meiner Zeit als Doktor Klug beantwortet hatte, den Brief des Mannes, der wissen wollte, was für ein Geschenk er seiner Frau machen sollte, um sie von dem Nebenbuhler abzubringen.

»Eine perfekte Kette«, sagte ich, sehr betrunken. »Alles perfekt hier, und die Perfektion der Situation spiegelt sich in der Perfektion der Kette.«

Sie lächelte, so, als würde sie mich nicht ernst nehmen. Sie tat oft so, als sei ich nicht ganz bei Trost.

»Woher kommt die Kette?« wollte ich wissen.

»Sie ist ein Geschenk meiner Großmutter«, antwortete sie. »Die Großmutter ist schon sehr alt, sie geht allen auf die Nerven und würde eigentlich gern sterben, aber sie stirbt eben nicht. Sie wird uns alle überleben.«

»Der perfekte Schmuck am perfekten Hals«, sagte ich, ich wollte ihr jetzt sehr viele Komplimente machen. »Schönheit entsteht dann, wenn die Dinge zueinander passen, so steht es auch im Hagakure.«

»So steht es wo?«

»Im Hagakure, in der Bibel der Samurai.«

»Du wärst also gern ein Samurai?«

»Ich bin einer«, lallte ich.

»Du redest Quatsch«, sagte sie, aber charmant.

Klar redete ich Quatsch.

»Noch was trinken?« fragte sie.

»Nein, ich möchte jetzt noch woanders hingehen, hier gehen alle Leute nach Hause, das ertrage ich nicht.« Ich nannte den Namen eines kleinen Clubs um die Ecke.

»Okay«, sagte sie und stand auf. Ich wollte die restlichen Drinks bezahlen.

»Ist schon okay«, sagte Jensen und grinste sie an.

»Alles umsonst?« Ich staunte.

»Laß uns gehen«, sagte Johanna.

Gerne hätte ich auf dem Weg in den anderen Club meinen Arm um sie gelegt, aber ich traute mich nicht. Ich dachte, ich würde explodieren, wenn ich das täte. Ich dachte, die ganze Welt würde explodieren, wenn ich das täte.

SECHZEHN

Für die Schilderung meiner ersten Zeit mit Johanna werde ich mir jetzt ein wenig Zeit nehmen, weil es eine Liebesgeschichte ist, eine gute Liebesgeschichte sogar, und die können meiner Meinung nach endlos viel Zeit in Anspruch nehmen, denn nach allem, was ich weiß, gibt es nichts Besseres auf der Welt als gute Liebesgeschichten. Wenn ich richtig übermütig werde, stelle ich sogar die These von Karl Marx in Frage, alle Geschichte sei eine Geschichte von Klassenkämpfen. Alle Geschichte ist eine Geschichte von Liebeskämpfen, sage ich dann, aber das ist natürlich Quatsch, obwohl es toll klingt.

Wir verbrachten an diesem Abend noch einige Stunden zusammen in dem Club, den ich vorgeschlagen hatte. Alles lief gut, bis auf die Tatsache, daß ich gleich am Eingang von einer Frau begrüßt wurde mit den Worten, sie kenne mich noch aus meiner Zeit beim Telefonmarketing.

So ist das: Wollen wir einen Menschen beeindrucken, kommt immer jemand vorbei, der die allerschlimmsten Geschichten über uns erzählt; Geschichten, die wir nicht einmal leugnen können, weil wir von Zeugen beobachtet wurden, die wir umbringen müßten, um diese Geschichten auszuradieren. Es gibt keinen Ausweg.

Ja, du dämliches Luder, ich war mal beim Telefonmarketing. Aber nur ganz kurz!

Diese Sache aber war es nicht, die einen Moment lang den Ausgang des ganzen Abends gefährdete, das war etwas anderes: Johanna bekam nämlich wieder alle Drinks umsonst, immer mit einem besonders netten Lächeln der Barleute und immer jedes Getränk, das sie wollte, so als würde ihr der Laden gehören. Ich dachte, es wäre eine gute Idee, einen Witz darüber zu machen. War es nicht.

»Bist du berühmt oder so was?« fragte ich sie.

»Wieso?« Sie sah mich an.

»Weil du in den beiden Bars, in denen wir waren, seit wir uns kennen, bisher alles umsonst bekommen hast.«

»Die kennen mich eben«, sagte sie, aber in einem Ton, als hätte sie keine besondere Lust, darüber zu reden.

»Du schläfst mit den Barmännern, stimmt's?« fragte ich. Das war jetzt der Witz, den ich vorbereitet hatte.

»Genau«, sagte sie kalt. »Ich verschwinde alle halbe Stunde in der Toilette, um den Jungs einen zu blasen, damit ich mich danach umsonst betrinken kann. Wofür hältst du mich eigentlich?« Sie rutschte vom Barhocker, nahm ihre Jacke und wollte gehen.

»He«, sagte ich und zog sie am Arm. »So war das nicht gemeint.« Ich versuchte ein besonders charmantes Entschuldigungslächeln und legte meine Stirn in Falten, das wirkt normalerweise immer.

Diesmal aber mußte sich meine Stirn sehr anstrengen.

»Es tut mir leid«, sagte ich, während ich noch immer ihren Arm festhielt. Sie versuchte nicht, sich von mir loszumachen, sah mich aber an wie einen kleinen Hund, der leider etwas blöd ist.

Dann, mit aller ihr zur Verfügung stehenden Härte: »Du denkst, daß alles immer ganz einfach ist, nicht? Du glaubst, du seist dieser große Ratgeber, ein japanischer Weiser, der aus dem Hagakure zitiert und jede Situation beurteilen kann, oder? Laß mich dir sagen: So ist es nicht. Du kennst mich nicht, du weißt nichts über mich, also versuch nicht, mich zu analysieren. Schließlich hast du es nicht mal als Kummerkastenonkel eines drittklassigen Boulevardblatts geschafft!«

Gut, das war jetzt ein Punkt für sie.

Sie wollte immer noch gehen, darum blieb mir keine andere Wahl: Ich mußte ihr etwas erzählen, um sie zu halten. Und weil ich mir so schnell keine Geschichte ausdenken konnte, entschied ich mich für die Wahrheit. »Setz dich hierhin«, bat ich sie. »Bitte!«

Sie zögerte, tat es dann aber doch.

Ich war betrunken und verzweifelt, und ich wollte, daß sie mich mochte, also redete ich so, wie ich seit Beginn meiner Nachtexistenz mit keinem Menschen mehr geredet hatte – nicht mit Uwe, nicht mit Brezel. Ich erzählte ihr alles, von Anfang bis zum Ende: Ich erzählte von Marie, von meiner Reise nach Japan, von der Nachtsucht, von der Sache mit der *Abendpost*, von Uwe und von den Geldsendungen. Ich redete bis in den Morgen hinein, und sie hörte mir zu, so wie ein Mensch einem anderen zuhören muß: interessiert, aber nicht übereifrig; mit Verständnis, aber ohne Betroffenheit. Es tat gut.

Der Club schloß irgendwann. Wir standen auf der Straße, es regnete leicht. Ich redete immer noch, obwohl ich erschöpft war.

»Und jetzt?« wollte sie wissen.

»Ich will nicht in meine Wohnung«, sagte ich.

»Dann komm mit zu mir«, sagte sie, aber es war vollkommen klar, daß es jetzt nicht um Sex ging, sondern um Ruhe, um Frieden. Es war der beste Satz, den ich in diesem Jahr gehört hatte, und seit dieser Nacht waren wir ein Paar.

SIEBZEHN

In den nächsten Wochen taten wir das, was Menschen so tun, die sich gerade verliebt haben: Wir gingen kaum aus, mieden den Kontakt zu anderen und beschäftigten uns nur mit uns selbst. Seit der Trennung von Marie hatte ich fast vergessen, wie angenehm es sein kann, sich nur auf eine Person zu konzentrieren und diese Person sozusagen zum einzigen Vertrauten zu machen, zum einzigen Vertragspartner.

Ich zog praktisch bei ihr ein, in die Altbauwohnung in Othmarschen, von der Johanna mir erzählte, daß bis vor kurzem auch ihre Mutter hier gelebt hätte, die nun aber nach Wien gezogen war, um dort in einem Kloster an einer wissenschaftlichen Abhandlung mit dem Titel »Das letzte Gebet« zu arbeiten, in der es um das Ende des Glaubens in der Gesellschaft geht. Ihre Mutter sei eine recht angesehene Theologin, erzählte Johanna, doch *das Religiöse* zu Hause hätte sie manchmal verrückt gemacht – die Tatsache also, daß Gott *immer in der Nähe* war. Wenn auch der Vater da war, erklärte sie mir, habe sie oft das Gefühl gehabt, drei Erziehungsberechtigte zu haben.

Ich fühlte mich sofort wohl in der Wohnung, zwischen all den Antiquitäten und Möbeln, die Johannas Vater von seinen Reisen als Holzimporteur aus Burma mitgebracht hatte. Johannas Bibliothek beeindruckte mich ebenso: Zwar fand ich nichts über die Samurai darin, dafür viele Russen: Dostojewskij, Tolstoi, Nabokov, Puschkin.

Da mir gerade nichts Besseres einfiel, wollte ich ihr ein Kompliment für die Bibliothek machen, doch auf so was ließ sie sich nicht ein. Es gebe nichts Dümmeres, als von dem Bücherregal einer Person auf den Wert dieser Person schließen zu wollen, sagte sie, und daß schon zu viele Leute dieser Welt versucht hätten, mit gelesenen oder nichtgelesenen Büchern Eindruck zu schinden. Ja, diese Frau ist wirklich eine Psychologin.

Ich weiß, daß das alles *sehr klug* klingt, möchte aber trotzdem nicht, daß es nun so wirkt, als hätten wir nichts Besseres zu tun gehabt, als die ganze Zeit nur solches Bildungsbürgerzeug zu reden. Es war einfach nur so, daß wir in der ersten Zeit eigentlich andauernd redeten. Ich erzählte ihr von Uwe und Marie, vom Hagakure und von Herrn Imamura; sie erzählte mir von ihren Eltern, ihrer Zeit in München und den zwei Freunden, die sie vor mir hatte. Mit achtzehn war sie mit einem Musiker zusammen, aus dem später sogar ein einigermaßen bekannter DJ wurde. Mit zwanzig dann lernte sie einen älteren Schriftsteller kennen, der Romane über den Wahnsinn schrieb und sich am Frühstückstisch manchmal mit dem Brotmesser am Bein herumschnitt, um beschreiben zu können, *ob das Blut geradlinig fließt* oder *Umwege nimmt*. Der Schriftsteller wurde zu einem Manisch-Depressiven, ständig auf Kokain, der sie aus Eifersucht und Verlustangst oft tagelang in seiner Wohnung einschloß, während er in der Badewanne saß und Proust las, was ja bekanntermaßen recht lange dauert. Sie habe ihn sehr geliebt, diesen Schriftsteller, erzählte sie, doch irgendwann mußte sie ihn verlassen, weil er sie sonst zerstört hätte.

»Das ist eine traurige Geschichte«, sagte ich.

»Das ist sie«, sagte Johanna. »Aber sie ist auch vorbei, also nicht mehr ganz so traurig.«

»Ich habe keine einzige Geschichte erlebt, die so tragisch ist.«

»Sei froh. Es geben schon zu viele Menschen damit an, tragische Geschichten erlebt zu haben, nur damit sie sie jemandem erzählen können, der sich davon beeindrucken läßt.«

Diesen Satz fand ich wahnsinnig klug.

Es dauerte, bis wir zum ersten Mal Sex hatten. Gern würde ich sagen, daß es gleich am ersten Morgen losging, aber so war es nicht. Ich weiß nicht, ob es ihr genauso ging, aber ich fürchtete mich auch davor; das tue ich immer, wenn alles perfekt zu laufen scheint mit einer Frau, wenn ich mich verliebe also. Das einzige, was jetzt noch schiefgehen, was alles wieder zerstören kann, das ist der Sex, denke ich dann, das macht mich natürlich ganz verrückt. Das liegt daran, daß Sex immer eine Kraft ist, die nicht zu berechnen ist. Wir können vorher nie sagen, wie es wird, und ob es richtig ist oder das schlimmste Erlebnis, das wir uns vorstellen können. Es gibt kein Zurück nach dem Sex, so wie es auch nach einem Mord kein Zurück gibt.

Außerdem glaube ich, daß wir Angst voreinander hatten, und diese Angst hatte nichts mit Sex zu tun, sondern war eine Art Respekt vor der Kraft, die uns zusammengebracht hatte – aber eben auch eine Art Vorsicht, weil wir noch keine Ahnung hatten, wo diese Kraft uns hinführen würde. Vielleicht spürte Johanna das Gefühl bei mir und ging darauf ein, vielleicht war sie selber so und froh darüber, daß ich mich nicht gleich auf sie stürzte. Ich hätte es am ersten Tag eh nicht gekonnt, so erschöpft wie ich war.

Als wir dann zum ersten Mal ins Bett gingen, war es so gut, wie es beim ersten Mal sein kann – keine Sturmflut oder ein Erdbeben also, wie es ja fast nie zutrifft, sondern die Bestätigung unserer Ahnung, daß wir zueinander gehörten. Es war ein Versprechen für all das, was noch kommen würde, und wir gefielen uns darin, es zu glauben.

Wie ich in all dieser Zeit mit meiner Nachtexistenz umging? Nun, ich hatte sie noch, es wäre ja auch ein Irrsinn gewesen, wenn ich all das, was ich mir in den letzten Monaten so mühsam angewöhnt hatte, auf einmal hätte vergessen können, bloß weil ein neuer Mensch in meinem Leben aufgetaucht war. Es half mir, daß Johanna nicht versuchte, mich davon zu kurieren, daß sie mir meine seltsame Existenz und deren Nutzlosigkeit nicht vorwarf. Ich bekam keine Gratulationen von ihr dafür – wozu auch? –, und es war manchmal so, daß sie genervt war, wenn ich um acht Uhr abends immer noch so müde war, als hätte ich seit Tagen nicht geschlafen. Doch wenn sie mich kritisierte, dann tat sie es charmant und regte sich höchstens über meine fehlende Disziplin auf.

»Wenn schon den Tag über schlafen, dann aber auch wirklich den Tag über«, sagte sie, »und aufstehen, wenn der Tag vorbei ist und der Abend anfängt, also spätestens um sechs.«

Wirklich verachten konnte sie meinen Lebenswandel auch gar nicht, weil er sich gar nicht so sehr von ihrem unterschied, auch wenn er nicht ganz so exzessiv war: Auch Johanna blieb fast jede Nacht bis vier oder fünf Uhr wach, schaffte es dann aber auch, um eins oder zwei aufzustehen, denn wenigstens ab und zu mußte sie ja zur Universität, um die allernötigsten Vorlesungen anzuhören oder sich ein paar Unterlagen zu besorgen. Sie ging nicht oft dorthin, weil ihr das Gehabe der Studenten und das Geplapper der Professoren auf die Nerven ging.

So verbrachten wir unsere Nächte damit, irgendwelche Filme im Fernsehen zu sehen, alte »Tatort«-Krimis zum Beispiel, bei denen wir uns nur die ersten zehn Minuten bis zum Mord ansahen, weil weder sie noch ich uns für die Aufklärung interessierten, sondern bloß dafür, wie das Verbrechen eingreift in die Normalität und sie zerstört. Ich las ihr aus der *Geschichte der Heike* vor, wir zeigten uns alte Fotos, kochten unser Mittagessen nachts und mixten uns Drinks, mit denen wir in der Wohnung herumliefen, zwischen all den alten Sachen.

Beim Schlafen benutzte sie kein Kopfkissen, doch das störte mich nicht, denn ich benutze ja selber keins. Eher war es ein Problem, daß sie mich, wenn sie irgendwann mittags aufstand, immer aus meiner Tiefschlafphase riß, weil sie darauf bestand, sich noch von mir zu verabschieden. Doch ich tat es gern: Sie war ja mein Mädchen.

Über zwei Dinge allerdings wunderte ich mich: Nachdem ich ihr an unserem ersten Abend erzählt hatte, wie ich mein

Geld *verdiente*, fragte sie mich kaum noch danach und schien auch gar nicht so verwundert über diese Geschichte, wie ich es gewesen wäre, wäre sie nicht mir selber passiert. Wenn ich den Versuch machte, mit ihr darüber zu reden, antwortete sie nur kurz: Der Absender würde sich bestimmt bald bei mir melden, denn nichts geschehe umsonst, es gäbe für alles einen Grund. Das klang für mich fast so, als hätte sie einige Passagen aus dem Hagakure schon auswendig gelernt.

Die zweite Sache war: Nie erzählte sie mir in dieser Zeit etwas von Freunden, die sie heute hatte – ihre Erzählungen spielten immer in der Vergangenheit. Ich selbst war ja auch nicht gerade ein Sozialwunder, doch ich konnte zumindest von Brezel erzählen und von Uwe. Bei ihr aber schien es so, als gäbe es eigentlich niemanden außer mir: keine beste Freundin oder so was, wie sie ja eigentlich alle Frauen haben. Das war kein Problem für mich, ganz im Gegenteil, so gehörte sie ganz mir, aber ich wunderte mich doch darüber, denn nach dem, was sie mir bedeutete, schien es mir unmöglich, daß es keinen anderen Menschen geben sollte, der ihren Zauber verstand. Ging es nach mir, hätte sie mindestens Bundestagspräsidentin sein müssen oder auf Postern überall im Land erscheinen, als Beweis einer besseren Welt, als Anreiz, Gutes zu tun. Trotzdem hatte ich in dieser Zeit das Gefühl, wir seien allein auf der Welt. Dann, eines Nachts, nachdem wir zusammen gegessen hatten und nebeneinander im Bett herumlagen, war es soweit.

»Da ist morgen eine Party, auf die ich dich gern mitnehmen würde«, sagte sie. »Ein paar meiner Freunde sind da.«

Na also!

ACHTZEHN

Die Party fand in einem Gebäude statt, das noch vor kurzem der Banque Nationale de Paris gehört hatte, von der ich nicht mal wußte, daß sie überhaupt eine Niederlassung in Hamburg gehabt hatte: ein Jahrhundertwende-Bau in der Innenstadt, dessen vier Stockwerke alle vom Veranstalter gebucht waren.

Es war unser erster gemeinsamer Ausgehabend, seit wir ein Paar waren, ich war stolz und aufgeregt in meinem Anzug, und als wir eintraten, merkte ich, daß ich wirklich sehr lange auf keiner richtigen Party mehr gewesen war, einer Party also, wo wirklich Tausende von Menschen sind, die offensichtlich lange darauf gewartet haben, hierherzugehen. Ich hatte Johanna gefragt, worum es dabei ging, ob vielleicht jemand Geburtstag hätte, aber sie erzählte mir nicht viel: Ein Freund mache mit einem Haufen anderer Freunde eine Feier, den Rest würde ich schon sehen.

Die Macher hatten sich sehr viel Mühe gegeben: Schon am Eingang begrüßten uns Türsteher in strengen blauen Uniformen wie Ehrengäste, besonders Johanna wurde von vielen Menschen umarmt, einige von ihnen kannte ich sogar: Hamburger Werber und Journalisten, mit denen ich in den letzten Monaten meiner Nachtreisen ein paarmal geredet und getrunken hatte. Sie alle waren sehr gut angezogen, so als hätten sie sich ihre Kleider extra für den Abend gekauft und würden sie am nächsten Tag wegschmeißen, weil es niemals wieder einen so angemessenen Anlaß geben würde, sie zu tragen. Allein im Erdgeschoß der Bank gab es drei Bars, die ungefähr zwanzig Meter lang waren, überall im Raum standen hübsche rote Sofas, auf denen Leute sich mit ihren Drinks drängelten. Am Ende des Raums gab es eine Bühne, auf der Instrumente herumstanden, an den Decken hingen Stahllampen und leuchteten im genau richtig gedämpften Ton auf die Köpfe der Menschen, ihre Haare glänzten in Blond, Braun, Schwarz und Rot.

Johanna unterhielt sich mit zwei Paaren, die sie gar nicht mehr weglassen wollten, andauernd ihre nackten Schultern streichelten und das schwarze Kleid bewunderten, das sie trug, und da ich die Paare nicht kannte, stand ich einen Moment lang allein in der Menge von Menschen, die sich um mich herumbewegte, so als sei ich der einzig feste Punkt im Raum. Mein Blick ging über die Bars, die Tanzfläche, die Eingangstür, die livrierten Türsteher und die Sofas.

Erst dann sah ich die Bilder.

Sie waren mir beim Hereinkommen nicht aufgefallen, denn sie hingen etwa auf Schulterhöhe eines normal großen Mannes und wurden beim Vorbeigehen verdeckt, doch dadurch, daß ich stand und die anderen sich bewegten, konnte ich sie sehen, erst eins, dann mehrere.

An den Wänden hingen Porträts aus Öl, etwa einen Quadratmeter groß, aber nicht bloß Porträts irgendwelcher Menschen, sondern die Porträts berühmter Männer und Frauen der Weltgeschichte: Ich erkannte Napoleon, Bismarck, Lenin, Mao, Tito, Robespierre und Rosa Luxemburg. Dann, durch eine Tür unterbrochen auf der anderen Seite weiterführend: Adorno, Camus, Voltaire, Nietzsche, Castro, Lech Wałesa, Samuel Beckett, sogar der Fußballer Gerd Müller, der Dichter Nathaniel Hawthorne und ein Mann, der aussah wie der Schriftsteller Traven, waren dabei. Ich wollte gerade näher herangehen, um die Inschrift am Rahmen mit dem Namen des Porträtierten zu erkennen und herauszufinden, ob es wirklich Traven war, der ja heute immer noch ein Mysterium ist, aber da sah ich das Bild eines anderen Mannes, das mich wirklich verstörte. Es war das Porträt von Minamoto No Yoshitsune – dem Samurai, den ich so bewundere.

Da ich in meinem Leben nur ein einziges Bild von Yoshitsune gesehen hatte, in einem Buch mit alten japanischen Zeichnungen, das Uwe mir mal gezeigt hatte, war ich zuerst nicht sicher, ob es wirklich Yoshitsune war, doch sein Name stand auf dem Rahmen, sogar seine Lebensdaten waren dabei: 1159 bis 1189. Es mußte Yoshitsune sein, er trug sogar einen Teil seiner Rüstung am Körper – doch wer und warum hatte ihn hier aufgehängt, ihn, den nur in Japan bekannten Samurai des 12. Jahrhunderts, inmitten all der Berühmtheiten der westlichen Welt? Nach allem, was mir bekannt war, wußten in Deutschland außer Uwe und mir höchstens noch drei japanische Historiker von Yoshitsune.

Ich wollte den Gang weitergehen, um mir auch noch die anderen Porträts anzusehen, vielleicht würde ich ja auch Michizane noch entdecken, den Pflaumenbaum-Poeten, doch Johanna rief mich, sie war fertig mit den beiden Pärchen.

»Hast du diese Bilder gesehen?« fragte ich sie.

»Ja. Hübsch, nicht?« sagte sie nur und zog mich zur Bar.

Die Musik war ein Irrsinn. Nicht, weil sie etwa schlecht gewesen wäre, im Gegenteil, aber es gab keinen besonderen Stil. Es gab Elektronikmusik, Discomusik, Punk, Hip Hop, Soul, französische Chansons und sogar etwas Bossa Nova, wenn auch nur die offensichtlichen Hits, also Stan Getz und Astrud Gilberto. Es war, als hätte jemand vorgehabt, jeden denkbaren Geschmack zu befriedigen, damit keiner sich beschweren könne, und ich war mir nicht sicher, ob das charmant war und fortschrittlich oder alles bloß ein gedankenloser Mischmasch. Die Musik war wie die Ahnengalerie der Berühmtheiten: Nichts paßte eigentlich zusammen, aber gerade das war ja das Gute – die Tatsache, daß alles gleichwertig behandelt wurde und keine Unterschiede gemacht wurden zwischen Hoch- und Niedrigkultur. Einen Augenblick lang fragte ich mich, ob ich in den letzten Monaten überhaupt das Beste aus meinen Nächten gemacht hatte, denn alles hier war soviel besser als der Schimmel des Kiez und die schäbigen Bars: Diese Party war Sex, Euphorie, Verschwendung.

»Geht's dir gut?« fragte sie.

»Es geht mir sehr gut«, antwortete ich.

Kurz bevor wir den Tresen erreichten, prallte ich fast gegen Jensen, den Barmann vom Tele Fünf. Er hatte Riesenpupillen, war offensichtlich voll mit Drogen und darum sehr gut gelaunt.

»He!« rief ich überrascht. »Du bist auch hier? Wie geht's?«

»Perfekt!« rief Jensen und umarmte mich, soviel Wärme hatte er mir bisher noch nie gezeigt, es war fast ein wenig zuviel. »Schön, daß du endlich dabei bist«, sagte er und klopfte mir ein paarmal auf die Schulter.

»Na ja, so lange war ich ja nun auch nicht weg«, antwortete ich und grinste Johanna an, die ich im Arm hatte. »Machst du diese Party auch mit?« fragte ich, weil er so klang, als sei er ein Mitveranstalter.

»Jaja«, lachte er, so als hätte ich etwas sehr Lustiges gesagt. »Wir machen hier alle mit.« Zwei Freunde, die neben ihm standen, lachten ebenfalls.

Johanna unterbrach uns und zog mich zum Tresen.

»Was möchtest du trinken?«

»Weiß nicht. Wodka«, antwortete ich.

»Kriegst du wieder alles umsonst?« Ich lachte sie an, in Erinnerung an unseren ersten Abend und den kleinen Streit.

»Haha«, machte sie und kniff mich. Wir bekamen die Drinks, die natürlich wieder nichts kosteten und von einem

Augenzwinkern der Bedienung in Johannas Richtung begleitet wurden. Wirklich *jeder* war scharf auf sie.

»Ich muß dir was zeigen«, sagte Johanna.

Wir nahmen jeder einen Schluck und küßten uns, dann nahm Johanna meine Hand und zog mich hinter sich her, auf eine Treppe zu, die in die Katakomben des Gebäudes hinunterführte. Männer in Anzügen und Frauen in Kleidern kamen uns entgegen, auch hinter uns herrschte ein Gedränge und Geschubse, das uns fast die Treppe hinuntergestoßen hätte. Ich hatte das Gefühl, als seien fast alle hier schon betrunken, obwohl es gerade mal kurz nach zwölf war.

Ich war noch nie in den Katakomben einer Bank, daher war ich überrascht, wie geräumig so etwas ist. Zwar waren die Decken hier nicht acht Meter hoch wie im Erdgeschoß, sondern niedriger, allerhöchstens drei Meter, doch führten von dem Hauptraum aus, in den wir über die Treppe gelangt waren, in alle Richtungen kleine Gänge, die wiederum zu weiteren Gängen führten. Das Ganze war fast ein Labyrinth – Bankräuber, überlegte ich, hätten sich sehr gut informieren müssen, um sich hier zurechtzufinden.

Die Musik unten war härter, es lief eine Art Techno, und die Leute schwitzten beim Tanzen, es stank ein bißchen. Johanna und ich wurden andauernd angerempelt. Sie kannte sich offenbar sehr gut aus in den Katakomben, denn sie führte mich zielsicher erst in einen Gang, der rechts abging und von Schließfächern gesäumt wurde; dann bogen wir nach links ab und noch mal nach rechts, auf eine Doppeltür zu.

»Du wirst nicht glauben, was du jetzt siehst«, sagte sie, drückte meine Hand und lächelte.

Die Tür ging auf.

Es war wie die Eröffnungssequenz eines Films von Martin Scorsese oder Brian de Palma, die mit ihrer Kamera immer erst langsam in einen Raum hineinfahren und dann einen Rundschwenk machen, um den Zuschauer in den Schauplatz einzuführen und sich dabei Zeit lassen, weil der Schauplatz so wichtig für das weitere Geschehen ist – manchmal dauert es allerdings auch zu lang. Unsere Kamera fuhr über einen roten Teppich an Männern in Schwarz vorbei, sie drehte sich kurz nach links und zeigte eine Bar, die von bunten Lichtern angestrahlt wurde; dann schwenkte sie tiefer in den Raum und zeigte ein Podest, auf dem drei Schwarze Jazzmusik spielten. Schließlich wechselte die Kamera ihre Einstellung und zeigte grüne und rote Samttische, um die herum haufenweise Menschen saßen und standen.

Hinter der Tür war ein Kasino.

»Holla!« sagte ich. »Respekt!«

»Das ist noch lange nicht alles«, erklärte Johanna.

Mit den Drinks in der Hand gingen wir durch den Raum. Alles war genauso, wie es in den Kasinos von Las Vegas oder Monaco auch ist: Die Croupiers und Kartengeber trugen weiße Hemden mit schwarzen Westen, von der Decke des Raums kam gerade genug Licht aus unzähligen kleinen Glühbirnen, damit die Spieler die Zahlen auf den Rouletteteppichen erkennen konnten, ansonsten wirkte die Decke wie ein Sternenhimmel. Und wie überall in der Welt saßen an den Tischen meist Männer, während hinter ihnen die Frauen standen, auf die Einsätze starrten und Zigaretten rauchten. Johanna hielt an einem der Tische.

»Schau auf die Einsätze«, sagte sie und zeigte auf den Spielplan.

Zuerst verstand ich nicht, was sie damit meinte, denn die Einsätze der Spieler sahen von weitem so aus, wie Einsätze immer aussehen: bunte Plastikchips also, je nach Wert in verschiedenen Farben. Daß es aber keine normalen Jetons sein konnten, merkte ich erst, als ich sah, wie ein Mann im Leinenanzug seinen Gewinn von sieben Jetons in den Mund steckte und hinunterschluckte. Der Mann grinste breit, als er damit fertig war, und warf sofort eine Handvoll neue auf das Zahlenfeld.

»Eßbare Jetons?« wunderte ich mich.

Johanna lachte.

»Und in den Tüten dort ist dann das Mehl, aus dem gleich Kekse gebacken werden?«

Mein Blick fiel auf verschieden gefärbte Tütchen mit weißem Inhalt, die neben den bunten Plastikdingern herumlagen. Einige der Spieler ließen die Päckchen von einem zweiten Croupier mit einer kleinen Waage wiegen, dann setzten sie sie, auf Rot oder Schwarz, Gerade oder Ungerade oder auf eine Zahlenkombination. Eine Frau setzte zwei Gramm auf das Feld mit den mittleren zwölf Zahlen. Die 15 kam, die Frau bekam zwei Zwei-Gramm-Tütchen des Pulvers ausgezahlt. Sie öffnete eins der Tütchen, schüttete zwei Linien auf einen Handspiegel, nahm ein kleines Röhrchen und zog sich den Gewinn in die Nase. »Mhm«, machte sie.

Erst jetzt verstand ich.

»Ein Drogenroulette?« Ich glaubte noch nicht wirklich, was ich da gerade formuliert hatte.

»Exakt!« bestätigte Johanna und grinste.

»Die Leute hier setzen Pillen und Kokstüten und bekommen ihren Einsatz dann ...«

»Ausgezahlt, ja«, sagte Johanna. »Wie in einem richtigen Kasino.«

Mein Blick ging durch den Raum, jetzt sehr konzentriert. Wie konnte mir vorher nicht aufgefallen sein, daß viele der Spieler ihren Gewinn sofort wegschluckten oder durch die Nase zogen und daß an den kleinen Wechselhäuschen keine

Jetons ausgezahlt wurden, sondern abgewogene Tütchen und in Plastik eingeschweißte Pillenrollen? Wie hatte ich die aufgequollenen Pupillen und das Herumgezappele der Spieler nicht bemerken können? Und wie hatte ich nicht gesehen, daß ich die Hälfte der Leute hier kannte, weil ich sie in der Zeitung, im Fernsehen oder in meinen Bars schon getroffen hatte? Musiker, Fotografen, Schriftsteller, Journalisten – sogar ein Mann, der aussah wie der Hamburger Bürgermeister Ortwin Runde, war dabei. Alle hatten blitzsaubere Koksfressen.

Die drei Schwarzen spielten *Summertime*.

»Du hast recht«, sagte ich, mehr zu mir als zu Johanna. »Ein Koksroulette!«

»Und da immer die Bank gewinnt«, redete ich weiter, »macht die Bank in einer Nacht einen Drogenumsatz, den …«

»… sie ein paar Tage später wieder an verschiedene Abnehmer verkauft«, beendete Johanna meinen Satz.

»Das ist unglaublich«, sagte ich, mehr fiel mir dazu nicht ein.

Johanna zog mich am Ärmel.

»Schau mal«, sagte sie. »Da ist jemand, den wir kennen.«

Tatsächlich: An einem der Tische saß Brezel, neben ihm zwei junge Journalisten in Prada-Anzügen, die ich immer um ihren Erfolg beneidet hatte – inzwischen hatten sie Bücher geschrieben und wurden von Mädchen verfolgt, die sie dann mit Koks so gefügig machten, daß sie in irgendwelchen Hotelzimmern ihre Titten auspackten und zu Viva-Clips vor den beiden herumtanzten. So also kamen die Jungs zu den ganzen Drogen!

Brezel verteilte gerade sechs Häufchen Pillen, Ecstasy und LSD, auf dem Feld und setzte noch acht Gramm Koks. Die 23 fiel. Die Pillen waren weg, das Kokain versechzehnfachte sich, denn Brezel hatte in einer Zweierkombination auf die 23 und die 24 gesetzt.

Der kluge Hund!

Die drei Schwarzen spielten ein Lied vom »Buena Vista Social Club«-Soundtrack. Die Deutschen lieben so was ja, darum gab es Applaus und Kopfnicken von den Tischen.

»Vielen Dank!« lachte Brezel und wippte mit seinem ganzen Körper vor Freude, während der Croupier die Tütchen hinüberschob und Brezel sie auf den Riesenhaufen vor ihm stapelte: Er war ein Drogenmillionär, wie Al Pacino in *Scarface!*

Ich klopfte ihm von hinten auf die Schulter, da umarmte er mich und lachte noch lauter.

»Ist das nicht das Allerbeste, das du je gesehen hast?«

»Warum hast du mir nie davon erzählt?« fragte ich und sah auf den Pillen- und Tütenhaufen, der sich vor ihm türmte.

»Weil ich wußte, daß du eines Tages hier sein würdest«, sagte Brezel, war jetzt aber abgelenkt, denn einer der Journalisten, er hatte in einer Tour verloren, wollte ihm tatsächlich sechs Tütchen klauen.

Brezel, wie immer hellwach, schlug ihm auf die Finger.

»Für heute ist Schluß, ihr habt euren Spaß gehabt!«

Die Gier sprach aus den Augen des Journalisten, aber als er spürte, daß alle ihn ansahen, verließ er den Tisch.

»Die können nie genug kriegen, diese Schnubbelschreiber!« brüllte Brezel in die Umstehenden, setzte erneut und öffnete ein Päckchen. Er teilte sich ein paar Linien mit einer Rothaarigen neben ihm, dann bot er Johanna und mir etwas an.

Ich hatte Lust, lehnte aber ab, da ich mich vor Johanna schämte und an ihren Exfreund denken mußte, den Badewannenschriftsteller.

Die drei Schwarzen spielten ein Lied des blinden Sängers Andrea Boccelli, das wiederum von einigen Besuchern beklatscht wurde. Der Typ, der aussah wie der Hamburger Bürgermeister, lief zum Podest und wippte mit seiner Frau im Arm vor der Band herum. »Ja, endlich!« schrie er und: »Wunderschön, wunderschön, hervorragend!«

Johanna sah auf die Uhr.

»Es geht gleich los«, sagte sie.

»Was geht gleich los?« wollte ich wissen.

»Das Konzert. Komm!«

Wir verabschiedeten uns von Brezel, der sofort nachkommen wollte, verließen das Kasino und gingen zurück zum Hauptraum.

An der Bar holten wir uns neue Drinks, dann stiegen wir in den ersten Stock und gingen in einen Raum, in dessen Wand eine Art Durchreiche war, durch die wir auf die Gäste hinuntersehen konnten. Alles war laut, alles war bunt.

»Gute Party?« fragte Johanna.

»Sehr gute Party«, sagte ich. »Und wer veranstaltet die jetzt?«

»Den lernst du später kennen«, sagte sie.

Sie küßte mich wieder, dann zeigte sie nach unten, wo sich in der Mitte des Raumes nun eine Gruppe von vier Leuten einen Weg durch die Menge bahnte, in Richtung Bühne. Einer von ihnen war Igor, der Drogenverkäufer, aber diesmal war sein Hund nicht dabei. Der wäre auch wahnsinnig geworden zwischen all den Leuten, er hätte sie zu Tode gebissen.

»He«, sagte ich zu Johanna. »Warum klettert Igor auf die Bühne? Will er Sonderangebote verkünden oder so was?«

»Er spielt Baß in dieser Band«, sagte Johanna.

»Wirklich?« fragte ich erstaunt. Bisher hatte ich gedacht, Igor würde nichts tun, außer Drogen verkaufen und seinen Hund streicheln. Ich hatte ihn jedenfalls nicht für einen *Künstler* gehalten.

»Und? Wie heißt sie, diese tolle Band?«

»Narodnaya Wolya«, sagte Johanna.

»Aha. Sehr fortschrittlich. Das bedeutet?«

»Die Narodnaya Wolya war eine russische Terroristengruppe, die im letzten Jahrhundert einen Zaren ermordet hat«, erklärte Johanna, aber so, als sei ich sehr ungebildet.

»Na gut. Terrormusik also.«

Es wurde ruhiger im Publikum, die Musik wurde leiser, die Band stimmte ihre Instrumente und testete die Verstärker. Neben Igor, der einen engen blauen Anzug trug und so gut aussah, wie ich ihn noch nie erlebt hatte, waren da noch: ein Gitarrist in Halbarmhemd und schwarzer Hose; ein Schlagzeuger mit wirren Haaren und Lackschuhen. Die ganze Band war recht hübsch, bis auf den Sänger: Er sah aus wie eine Ratte, ein wenig so wie Johnny Rotten von den Sex Pistols.

Gitarrenkrach eröffnete das Konzert. Der Sänger sprang nach vorn, zum Bühnenrand. Er sang:

»I am an antichrist, I am an anarchist ...«

Eine blöde Idee, *Anarchy in the UK* zu covern, dachte ich. Besonders dann, wenn der Sänger aussieht wie Johnny Rotten.

»Don't know what I want, but I know how to get it«

»Der Sänger macht sehr einen auf Johnny Rotten«, sagte ich zu Johanna und trank von meinem Wodka.

»Das liegt daran, daß es Johnny Rotten ist«, antwortete sie.

»Wie bitte? Ich dachte, Johnny Rotten hätte inzwischen einen Hirnschlag bekommen und sei tot.«

»Weder noch«, erwiderte sie. »Er ist ein Freund des Veranstalters.«

Aha. Was für eine Neuigkeit: Johnny Rotten führt seit

Jahren ein Leben im Untergrund und tritt auf Hamburger Parties auf, in deren Kellern Koksroulette gespielt wird. Ich verstand gar nichts mehr.

Rotten warf einen Verstärker in die Menge.

»I wanna destroy ... I wanna be ... anarchy!«

Kein Zweifel, das war Johnny Rotten. Zwar war er nicht mehr so schnell wie früher und hatte einen kleinen Bauch, doch es war Johnny Rotten, und er nahm seinen Job noch immer sehr ernst.

»I wanna be anarchy ... in the city!«

Das Publikum schrie und hüpfte vor der Bühne herum. Igor wippte mit dem Baß und streckte dem Publikum seine Drogenzunge entgegen. Die Menge unter uns sang mit. Ich begann zu schwitzen, denn es war sehr heiß. Die Band spielte *Sweet Thing* von Van Morrison und *Bonny & Clyde* von Serge Gainsbourg, zu dem noch eine blonde Sängerin auf die Bühne kam. Es folgten *I wanna be your dog* von den Stooges, *That's Entertainment* von The Jam und ein deutsches Antifaschistenlied, das ich sogar kannte, da mein Vater es mir mal vorgespielt hatte: *Das Lied einer deutschen Mutter* von Bertolt Brecht. Rotten hatte sein Repertoire wirklich erweitert. Er hatte *an sich gearbeitet*, wie es so schön heißt.

Johanna sah mich an. Sie drehte sich zu mir und küßte mich. Es war ein guter Kuß, weil unsere Lippen so trocken waren. Ein Lied von Johnny Cash kam, Rotten sang es so zart, wie er noch nie gesungen hatte.

»With the twilight colors falling,
and the evening laying shadows,
hidden memories come stealing from my mind«

Johanna kam noch näher an mich heran.

»And I feel my own heart beating out

the simple joy of living
and I wonder how I ever was that kind«

Wir küßten uns, unsere Hände wühlten herum, meine war irgendwo an ihrem Hintern. Unter uns Schreie und Jubel. Für uns?

Johannas Hand war jetzt in meiner Hose. Sehr gut.

»Then you reached down and touched me
and lifted me up with you
so I believe it was a road I was meant to ride«
»I'm like a soldier getting over the war
»I'm like a young man getting over his crazy days
like a bandit over his lawless ways«

Johanna machte mit ihrer Hand weiter an mir herum. Mein Blick glitt über die Menge und die Porträts der Berühmtheiten. Irgendwo sah ich Brezel, der sich mit seiner Kamera durchs Publikum drängelte.

Was für eine Party!

Auf einmal, das hätte ich nicht für möglich gehalten, wurde der Applaus noch lauter, schwoll an zu einem Orkan.

Johanna stoppte.

»He!« rief ich, wie ein Depp mit offener Hose dastehend.

»Schau hin!« rief Johanna, ihr Gesicht leuchtete vor Begeisterung.

Ein Mann betrat die Bühne. Er trug einen hellen Anzug und mußte schon etwas älter sein, seine Haare waren grau. Eine sehr gepflegte Erscheinung. Ein Stück neben ihm stand ein kleiner dicker Chinese, der ganz in Weiß gekleidet war: Anzug, Schuhe, Hemd, alles weiß. Er wirkte wie ein Leibwächter.

Applaus und Geschrei wurden noch lauter: ein Düsenjet startete.

Der Mann ging in Richtung Mikrofon. Er sagte nichts und blickte nur in die Menge, wie ein König, ein Kaiser, ein Mann, der weiß, was ihm zusteht, dachte ich. Aber warum, er war doch ein alter Mann? Rotten und er gaben sich die Hand, dann griff Rotten sich ein Bier und ging zum hinteren Teil der Bühne. Der Chinese stellte sich an den Bühnenrand und blickte stumm ins Publikum.

Ich wollte Johanna fragen, was das alles sollte, doch sie war nicht wirklich ansprechbar und sagte nur:

»Das ist er!«

»Das ist wer?«

»Das ist der Mann, wegen dem wir hier sind.«

»Aha«, sagte ich mit stumpfer Stimme. Ich war enttäuscht.

Der Mann hob die Hand: Ruhe im Publikum.

»Einen wunderschönen guten Abend!« sagte er mit Wiener Akzent und winkte den Leuten zu. Rotten boxte im Hintergrund mit Igor. Wieder Rauschen, wieder Düsenjäger.

»Ich freue mich, euch hier begrüßen zu können!«

Das Publikum antwortete wie bei einem Reichsparteitag: Sie mußten diesen Mann *lieben*.

»Ich bringe gute Nachrichten mit«, sagte der Mann ins Publikum. Das freute die Leute offenbar noch mehr, denn wieder jubelten sie wie irre. Brezel richtete seine Kamera auf ihn.

»Ich freue mich, euch mitteilen zu können, daß unsere Sache gut vorangeht: Finanziell stehen wir so stark da wie nie zuvor, auch die Rekrutierung läuft hervorragend. Wenn es so weitergeht, sind wir bald am Ziel.«

Noch eine Steigerung des Applauses, obwohl ich es eigentlich nicht mehr für möglich hielt. Ich sah zu Johanna und fragte mich, was sie wohl mit diesem Mann zu tun hatte, denn offensichtlich war es ja seine Party. Nicht das Kasino oder Rotten waren der Mittelpunkt – er war es.

»Wichtig ist natürlich, daß wir zusammenbleiben und so weitermachen wie bisher. Es kommt auf jeden von uns an!«

Der Mann lächelte, charmant und etwas tückisch, wie ein Filou. »Zusammen!« bekräftigten ein paar im Publikum.

Der Mann sagte nichts, er blickte nur in die Menge, fast zärtlich, wie ich fand. Diese Ruhe, dachte ich, ist sein Geheimnis, sein Schutz vor der Lächerlichkeit. Zwar redete er wie ein Sektenguru, sah aber nicht so aus.

»Viel Spaß noch!« sagte der Mann, dann trat er ab, so schnell, wie er gekommen war. Die Band kehrte in den Vordergrund der Bühne zurück, Igor und der Gitarrist schüttelten dem Mann die Hand. Er winkte noch mal ins Publikum, dann verschwand er, gefolgt von dem Chinesen, der wie ein großer Hund hinter seinem Herrn herwackelte. Die Band begann zu spielen, Rotten sang *Viva Las Vegas* von Elvis Presley.

Johanna sah mich an. Ihr Gesicht war verschwitzt, wirkte aber zufrieden. »Gut, oder?«

»Wie, *gut?* Du meinst den Kerl? Was sollte das? *Finanziell stehen wir* und *Rekrutierung?*«

»Komm mit nach unten!« Sie nahm meine Hand, wir kämpften uns durch die Menge, in Brezels Richtung. Als wir vor ihm standen, war Johanna plötzlich verschwunden, darum fragte ich Brezel.

»Was ist das alles hier? Und warum filmst du diesen Kerl?«

»Habe ich dir nicht gesagt, daß ich einen Film mache?«

»Doch, aber wieso über diesen alten Wiener?«

»Er ist der Star meines Films«, sagte Brezel und zwinkerte mit den Augen.

Einen Augenblick lang war ich verloren und fragte mich, ob ich ein paar wesentliche Dinge verpaßt hatte. Ich suchte in meinem Kopf herum, dann stand auf einmal Johanna neben mir, im Arm den Mann, den ich eben noch auf der Bühne gesehen hatte. Der Mann, den offensichtlich alle außer mir kannten.

Brezel, Johanna und der Mann grinsten.

»Ich möchte dir jemanden vorstellen«, sagte Johanna und zog mich zu sich. Dann stand ich vor ihm.

»Das ist Max Höller«, sagte Johanna und zeigte auf ihren Begleiter.

»Guten Tag«, sagte ich, sehr förmlich und voller Skepsis.

»Es ist sehr gut, Sie endlich kennenzulernen«, sagte Höller und schüttelte meine Hand. Er grinste immer noch und wiederholte: »Es ist sehr gut, Sie endlich kennenzulernen.«

Er sah mich an, sehr lange, so als wäre ich ein Strichjunge, den er mit auf die Toilette nehmen wollte. Wenn ich es mir recht überlege, war diese Einschätzung gar nicht mal so falsch.

NEUNZEHN

Es war fünf Uhr morgens: Das Fest war auf dem Höhepunkt, die Gäste tanzten wie Blumenkinder zur Musik des DJs in der Mitte des Raums herum. Überall waren Pärchen, die aneinanderklebten: Jungs an Mädchen, Jungs an Jungs, Mädchen an Mädchen – es war die internationale Kuscheligkeit. Alles war friedlich, alle waren glücklich, nur ich war verwirrt: Was war das für eine Party, warum waren so viele Menschen hier, die ich kannte, was hatte das alles mit Johnny Rotten zu tun und, die Hauptfrage: Wer war der ältere Herr mit den grauen Haaren, der seit ein paar Minuten vor mir stand und mich inzwischen ansah, als sei ich ein verlorener Sohn, den in die Arme zu schließen er sich nicht traute?

Johanna stand abseits, sie unterhielt sich mit Brezel, der immer noch filmte. Ich wußte nicht, was ich sonst tun sollte, darum sprach ich Höller an.

»Das ist also Ihre Feier hier?«

»Nicht direkt«, sagte er. »Das ist *unsere* Feier.«

»Aha. Und wer ist *uns*?«

»Uns – das sind wir alle. Alle, die hier sind, und noch ein paar tausend andere, die leider nicht kommen konnten.«

»Soso, ein *paar tausend andere, die nicht kommen konnten.* Dann ist das hier so eine Art Sekte und Sie sind der Sektenführer?« Ein guter Witz, dachte ich.

»Nein, nein«, antwortete Höller. »Wir sind keine Sekte. Wir sind mehr so eine Art *Organisation.*«

Ich nahm einen Schluck von meinem Wodka.

»Verstehe. Eine Art *Organisation.*«

Ich wußte nicht, was ich damit anfangen sollte, und ich hatte auch gar keine Lust, etwas damit anzufangen, denn jegliche Arten von Organisationen sind mir zuwider, ob das nun Parteien sind, Tennisclubs, Gewerkschaften oder sonst ein Verein. Im Gegensatz zur Existenz des Samurai, einer Existenz der Verantwortung, wurden Gesellschaften und Vereine geschaffen von Menschen, die keine Verantwortung übernehmen, sich selbst nicht ertragen und diese Last nun auf andere Leute verteilen wollen, das ist meine Überzeugung. Vereine sind Friedhöfe, der Grund allen Übels.

Auf einmal fiel mir das Porträt von Yoshitsune wieder ein, das ich beim Hereinkommen gesehen hatte. Da ich eh nicht wußte, was sonst ich mit Höller reden sollte, fragte ich ihn danach.

»Gehören Ihnen die Porträts, die hier überall hängen?«

»Ganz recht«, sagte Höller.

»Wie kommen Sie zu dem Bild von Minamoto No Yoshitsune?«

Als Antwort lächelte er nur.

»Ich würde Ihnen gern etwas zeigen«, sagte er dann.

Ich zuckte mit den Schultern, denn es war ja egal, ob ich nun hier herumstand oder mir von Höller die Geheimnisse seiner *Organisation* erklären ließ.

Um zu der Treppe zu gelangen, die ich vorhin schon mit Johanna hinaufgestiegen war, mußten wir durch die Menge der Tanzenden, doch das war kein Problem, denn jeder Mensch, an dem wir vorbeikamen, machte Platz für Höller oder klopfte ihm anerkennend auf die Schulter. Wie Moses das Wasser teilte, dachte ich, so teilt Höller die Menschen, aber nur die Dummen, die so blöd sind, sich teilen zu lassen von einem Kerl, der über fünfzig ist und aus Langeweile eine *Organisation* gegründet hat, damit er sein Rentnerdasein damit verbringen kann, Parties mit Leuten zu feiern, die nicht mal halb so alt sind wie er – und mit Johnny Rotten natürlich. Die meisten Menschen sind ahnungslos, dachte ich, sie denken keinen einzigen Moment lang nach über ihre eigene Lächerlichkeit.

Wir stiegen die Treppe hoch, an dem kleinen Fenster vorbei, durch das Johanna und ich vorhin das Konzert angesehen hatten. Wäre der Mann, dem ich jetzt folgte, nicht dagewesen, überlegte ich, hätten wir hinter diesem Fenster Sex gehabt, guten Sex, den Sex von Verliebten. Statt dessen folgte ich dieser Pfeife jetzt irgendwohin, damit er mir von seinem Leben erzählte, ein Leben, das mich nicht besonders interessierte.

Wir gingen bis zum Ende des Ganges, dann um eine Ecke herum in einen anderen Gang. Links war eine Tür, Höller öffnete sie.

»Kommen Sie«, sagte er und winkte mich hinein, so wie das die Wiener immer machen, wenn sie einen in ihre Stube laden.

Ich war beeindruckt.

Das Zimmer sah aus, als hätte es nichts mit dem Gebäude zu tun, in dem es sich befand. Es wirkte so, als hätte es jemand aus einem Schiff oder einer alten Burg herausgeschnitten, nur dieses eine Zimmer, und es dann auf irgendeine Weise in einen der kahlen, weißgekalkten Räume, die sich in diesem Teil der Bank befanden, wieder eingesetzt. Das Gebäude war die Gegenwart, dieses Zimmer die Vergangenheit.

Die Wände waren vertäfelt, mit dunkelbraunem, glänzendem Holz, wie es sonst nur in Kapitänskajüten zu finden ist, bestimmt Teak. Auf den Dielen lagen alte Teppiche aus Indien, Marokko und Pakistan, soweit ich das beurteilen konnte, denn ich bin ja kein Teppichexperte. Im hinteren Teil des Raums stand ein Schreibtisch, zentnerschwer, auf dem allerlei Kitsch und Plunder herumlag: kleine Skulpturen und Büsten, ein Jadebuddha, zwei Elefanten, eine Miniaturweltkugel aus Messing, irgendwelches Schreibgerät, das teuer aussah – die typische Schreibtischausrüstung also, wie die Büros, in denen sie die Werbefilme für American Express drehen. An der Wand, das beeindruckte mich am meisten, hingen zwei gekreuzte Schwerter, ein längeres und ein kürzeres, die genauso aussahen wie die Schwerter, die ich im Japanischen Schwertmuseum in Tokyo gesehen hatte: zwei Samuraischwerter also.

Ich wollte Höller danach fragen, doch in diesem Moment ging die Tür auf, und der dicke Chinese trat ein, sagte aber nichts. Er blieb einfach mit gefalteten Händen und starrem Blick neben dem Türrahmen stehen. Fast bescheiden, dachte ich.

Das Bestimmendste in dem Raum aber waren auch hier die Porträts berühmter Personen, ähnlich der Reihe im Erdgeschoß: Winston Churchill, Leo Trotzki, Danton, Lao Tse, Che Guevara. Auch Thomas Bernhard, Ulrike Meinhof und Jean-Paul Sartre waren dabei, sogar John Lennon, Orson Welles und Elvis Presley – alle in Öl, alle wie Götter wirkend.

Auch Hitler hing in der Galerie, zwischen Walt Disney und Marilyn Monroe. Den Grund für diese Kombination hätte ich gern gewußt.

Das Licht war gedämpft, es kam aus kleinen Leuchtern, die überall an der Decke verteilt waren. Der Raum strahlte Wärme aus. Höller setzte sich auf einen Ledersessel hinter seinem Schreibtisch, lehnte sich zurück wie ein Mafiaboß und bot mir den Platz vor ihm an. Bevor ich mich setzte, warf ich noch einen kurzen Blick auf den Chinesen, aber er wirkte nicht so, als müßte ich Angst vor ihm haben, sondern sah aus, als wäre er mal kurz eingeschlafen.

Die Musik der unteren Geschosse drang wegen der Täfelung der Wände nur schwach zu uns hoch, darum hörte ich Höllers Stimme klar und deutlich, als er nun sprach.

»Etwas zu trinken?« Höller goß sich ein Glas Wein ein.

Die Situation war Hollywood, war Raymond Chandler.

»Klar.« Wenn ich schon mit ihm hier war, konnte ich auch trinken, der Wein war bestimmt gut. Höller wirkte nicht wie ein Mann, der gerade beim Wein Fehler machte.

Ich sah ihn mir an, zum ersten Mal richtig, seit Johanna ihn mir vorgestellt hatte: Sein Gesicht war schmal und hager, jedoch hübsch für sein Alter. Er hatte einige Falten um Augen und Mund, aber die Falten wirkten nicht wie Zeichen des Verfalls, sondern wie wohlüberlegte Betonungen, Akzente, die jemand absichtlich hinzugefügt hatte, um das Falkenhafte von Höllers Gesicht noch zu verstärken. Eine Frau hätte ihn wohl beschrieben als jemanden, der sich *gut gehalten* hat – einen Mann, für den auch eine jüngere Frau sich nicht schämen müßte also.

Ich zeigte auf den Chinesen an der Wand.

»Machen Sie sich um den keine Sorgen«, sagte Höller. »Das ist Huan, mein Sicherheitsexperte. Ein feiner Kerl!«

»Aha«, sagte ich. »Darf ich Ihnen eine Frage stellen?«

»Jede«, sagte Höller.

»Was haben Adolf Hitler, Walt Disney und Marilyn Monroe miteinander zu tun?«

»Das kann ich Ihnen erklären«, sagte Höller. Marilyn Monroe war eine Königin der Schönheit, Walt Disney war ein König der Phantasie, und Hitler war ein König des Grauens. Alle drei waren konsequent, entschlossen und stark. Alle drei waren etwas *Besonderes.*«

»Und wo ist Micky Maus, der König der Detektive?« fragte ich.

»Der König der Detektive ist Tim aus *Tim und Struppi*, und ein Bild von dem hängt unten«, antwortete Höller. »Nicht weit von Ihrem Idol Minamoto No Yoshitsune.«

Ich lachte und trank einen Schluck von meinem Wein. Dann, ernsthafter: »Was sollen die Bilder?«

»Nun, wie Sie gesehen haben, handelt es sich um die Porträts berühmter Persönlichkeiten. Personen, die etwas geschaffen haben, egal, ob in der Politik, der Philosophie, der Literatur, der Musik oder im Film, und egal, ob das nun etwas Gutes war oder etwas Böses. Fest steht: Sie waren allesamt einzigartig, sie haben den Lauf der Welt beeinflußt – die Welt wird sie nie vergessen und sich immer wieder mit ihnen vergleichen. Es sind *historische Persönlichkeiten*, unsterblich also. Klassiker, wenn Sie so wollen.«

»Was wissen Sie über Yoshitsune?« fragte ich, um ihn zu prüfen.

»Alles, was man über ihn wissen muß«, sagte Höller. »Ich weiß, daß er im Jahre 1159 geboren ist, nach der Ermordung seines Vaters in einem Buddhistenkloster aufwuchs, in den Bergen seinen Freund Benkei kennenlernte und mit einundzwanzig Jahren zum Kriegshelden wurde, der im Auftrag des

Kaisers zahlreiche Kämpfe gegen den Taira-Klan gewann. Yoshitsunes Eigenschaften waren Klugheit, Schnelligkeit und Geschick, doch für seine Treue zum Kaiser mußte er büßen – sein böser Halbbruder Yoritomo zwang ihn zu einer jahrelangen Flucht und trieb Yoshitsune schließlich in den Selbstmord. Er war dreißig, als er starb, einige Legenden behaupten aber bis heute, daß er entkommen konnte und der abgetrennte Kopf, den Yoritomos Truppen zum Beweis nach Kamakura brachten, der Kopf eines anderen gewesen sei. Es heißt, Yoshitsune floh in die Mongolei und wurde zu Dschinghis Khan.«

»Es heißt auch, daß er auf der Insel Hokkaido zum Häuptling des Landvolks wurde«, sagte ich.

»Das heißt es auch«, sagte Höller und lächelte.

»Sie halten Yoshitsune also auch für eine Art König, so wie Sie Walt Disney, Lenin und Sartre für Könige halten?«

»Unbedingt. Yoshitsune war ein großer König – ein König des Scheiterns. Die Japaner erzählen sich noch heute von seinen Heldentaten, und daß er am Ende scheiterte, nehmen sie ihm nicht übel. Im Gegenteil, die Tragik seiner Geschichte macht ihn erst zum Helden. Darum hängt er hier zwischen den anderen.«

»Sie reden so, als würden Sie selber gern zwischen diesen Porträts hängen«, sagte ich.

»Nun«, sagte er, »wer würde das nicht gern? Vielleicht hänge ich ja wirklich eines Tages zwischen ihnen.«

»Wie denn?« Ich lachte. »Wegen Ihrer *Organisation*? Weil Sie es geschafft haben, daß Johnny Rotten auf einer Ihrer Parties noch mal ein paar alte Hits singt? Weil die Jugend dieser Stadt zu Ihnen kommt, im Kasino um Kokain spielt und Sie einen dicken Chinesen beschäftigen, der so tut, als würde er Sie beschützen?«

Das war unfreundlich, das wußte ich, doch was redete sich dieser Mann auch ein? Er war ein Narr, ein alter Träumer, der zu glauben schien, um selber berühmt zu werden, reiche es schon, wenn man ein bißchen in den Biographien fremder Leute herumlas.

Höller blieb still und lächelte nur. Das beherrschte er gut, dieses Lächeln, wie alle Wiener.

»Ihnen erscheint das alles ziemlich lächerlich, nicht?«

»Ja«, sagte ich. »Ehrlich gesagt halte ich Sie für einen alten Mann, der nicht damit klarkommt, daß er in der Welt absolut keine Bedeutung hat.«

»Was wissen Sie denn über mich?« antwortete er, nicht im mindesten berührt von meiner Beleidigung. »Wissen Sie, ob ich Einfluß habe, ob ich mächtig bin oder nicht?«

»Ich weiß nur, daß ich Ihren Namen noch nie gehört habe, ganz im Gegensatz zu den Namen derjenigen, die da in Ihrer Ahnengalerie hängen. Wer aber ist Max Höller?«

»Max Höller hat mehr mit Ihrem Leben zu tun, als Sie vielleicht ahnen«, sagte er, immer noch sehr freundlich.

»Gut«, antwortete ich, langsam etwas sauer. »Sie kennen vielleicht meine Freundin Johanna Schneeberg. Ich habe zwar keine Ahnung, was sie mit Ihnen verbindet, aber ich glaube doch, sagen zu kön ...«

»Sie und mich«, unterbrach mich Höller, »verbindet viel mehr als bloß Ihre Freundin Johanna. Uns verbindet sehr viel mehr.«

»Ach ja?« Ich stand auf, ich hatte keine Lust mehr. »Wenn das so ist, dann schreiben Sie mir doch bitte einen Brief und erklären mir, was es ist, das ...«

Ich wandte mich zur Tür, wollte gehen.

»Ich habe Ihnen schon eine Menge Briefe geschrieben«, sagte Höller. »Und ich tue es noch: einmal die Woche, seit fast zwei Monaten schon.«

Ich blieb stehen, erstarrt. Ich war nicht sicher, ob das, was ich meinte, gehört zu haben, auch das war, was Höller tatsächlich gesagt hatte.

»Würden Sie das bitte noch mal wiederholen?«

»Ich bin der Mann, der Ihnen seit einiger Zeit regelmäßig und steuerfrei viertausend Mark schickt«, sagte Höller, immer noch mit sanfter Stimme.

»Sie sind der Kerl, der sich Jocho nennt und mir ...«

»Ja«, sagte Höller. »Wobei Jocho natürlich nur ein Kennwort für die Post ist, von dem ich dachte, daß es Ihnen gefallen würde. Es hätte auch Jesus sein können, aber den zitieren Sie ja nicht andauernd – außerdem ist Jesus schon so abgenudelt. Aber bitte setzen Sie sich doch wieder!«

Ich setzte mich. Der Sessel war unendlich tief.

Höller sah mich an. Stille, dann sprach er.

»Das Geld reicht doch, oder? Weil, wenn nicht, dann ...«

»Ja«, sagte ich hastig. »Es reicht, aber – Warum tun Sie das? Was ... versprechen Sie sich davon? Wer sind Sie, daß Sie einem Fremden jeden Monat ...?«

»Das sind eine Menge Fragen«, antwortete Höller und schenkte sich ein neues Glas Wein ein.

»Ich schätze Sie sehr«, sagte er. »Ich schätze Ihre Art zu schreiben, ich schätze Ihre Haltung, und ich schätze sogar die Respektlosigkeit, mit der Sie mir hier gegenübertreten.«

»Aber was wissen Sie denn von mir?« Jetzt war ich es, der diese Frage stellte.

»Ich weiß, daß Sie Doktor Klug waren, Sie die Zeitung aber leider hinausgeworfen hat, weil Sie in einem Brief offen zur Prostitution aufforderten. Ich weiß, daß Sie seitdem kaum noch Geld besitzen, weil Sie Ihr Leben vertrödeln und sich nachts in Bars herumtreiben, da Sie zu dieser Zeit nicht schlafen können. Und ich weiß, daß Sie sich sehr für das Leben der Samurai interessieren.«

»Aber kaum ein Mensch weiß das!« protestierte ich. »Es sei denn, Johanna hat Ihnen ... aber die kenne ich doch erst viel zu kurz!«

»Johanna hat nichts damit zu tun«, sagte Höller. »Ich weiß es von anderen Leuten. Sehen Sie: Ich bin doch nicht ganz so unbedeutend, wie Sie denken.«

»Dann hatten Sie auch etwas mit meinem Job bei der *Abendpost* zu tun?«

»Ja, ich halte meine Hand schon etwas länger über Sie. Ich habe Sie dort vorgeschlagen.«

»Aha. Gehört Ihnen Finkelstein oder die Zeitung?«

»Mir *gehören* weder Finkelstein noch die Zeitung, aber Finkelstein schuldete mir noch einen Gefallen. Dank mir hat er diesen Job überhaupt, aber nicht mehr lange, denn er macht ihn schlecht.«

»Und Sie haben auch für meinen Rausschmiß gesorgt?«

»Nein«, sagte Höller. »Das haben Sie nun wirklich ganz allein geschafft.«

»Was hätten Sie denn getan, wenn ich nicht rausgeflogen wäre?«

»Auch dann wäre ich an Sie herangetreten. Es wäre bloß alles viel billiger geworden, die Zeitung hätte Sie ja noch bezahlt.«

Wieder Stille.

Dann ich: »Egal, wie es ist, egal, wie Sie auf mich gekommen sind – was wollen Sie von mir? Wofür bezahlen Sie mich?«

»Ich möchte Ihnen eine Art Job anbieten«, sagte Höller.

»Was für einen Job? Einen Job bei Ihrer *Organisation*? Was tun Sie überhaupt?«

»Diese Fragen verlangen nach ausführlichen Antworten, die ich Ihnen an dieser Stelle noch nicht geben kann«, sagte er. »Aber ich kann es ganz kurz machen: Ich möchte, daß Sie für uns arbeiten, in einer mächtigen Position. Ich will, daß Sie ein Teil von uns werden – in etwa so, wie ein Samurai ein Teil seines Daimyo wird.«

»Ein Teil von wem?« schrie ich, seine unklare Ausdrucksweise machte mich wahnsinnig.

»Wer ist *Uns*?«

»*Uns* sind alle, die Sie hier sehen. Und mehr.«

»Immer langsam«, bat ich ihn. »*Uns* sind demnach Johanna, Brezel, Johnny Rotten und Jensen aus dem Tele Fünf.«

»Und *Uns* sind Igor, Detlef, Frank, Sebastian, Christian, Ken, Enver, Stefanie, Ulf, Jessica, Rebecca, Samuel, Philip, Dominik, Benjamin, Nika, Martin, Olrik, Moritz, Ulrika, Arne, Til, Bernd und weitere tausend, die noch hier sind. *Uns* sind aber auch noch eine Menge Leute aus Köln, Frankfurt, München, Berlin, Stuttgart, Dresden, Leipzig und Hannover. Und Leute aus Hildesheim, Lübeck, Weimar und Regensburg, ja sogar Weilheim ist *Uns*. Insgesamt sind *Uns* etwa vierzigtausend Menschen.«

»Moment, Moment«, sagte ich. »Sie wollen mir doch nicht ernsthaft erklären, daß hier von einer Verschwörung die Rede ist?«

»Nennen Sie es eine Verschwörung, nennen Sie es eine Bewegung, nennen Sie es eine Revolution. Sagen Sie von mir aus, daß sich ein Haufen Gleichgesinnter zusammengefunden hat, um an einer gemeinsamen Sache zu arbeiten.«

»Also Terroristen!« sagte ich. »Eine neue RAF?«

»Ich würde eher sagen: Leute, die tagsüber nichts zu tun haben und darum für die Nacht eine Aufgabe brauchen. Leute, die sich nicht langweilen möchten, und Leute, die nicht länger allein sein können.«

»Ich kann sehr gut allein sein.«

»Das glaube ich Ihnen. Aber nach allem, was ich weiß, war Ihr Leben die Hölle, bevor Sie Johanna kennenlernten.«

Mir wurde schlecht.

»Dann haben Sie Johanna auf mich …«

»Nein. Alles, was sie tut, tut sie freiwillig. Alle tun alles freiwillig.«

Das überzeugte mich nicht, doch ich faßte mich wieder.

»Ich will ein paar Dinge zusammenfassen«, sagte ich.

»Gut.« Höller lächelte mich aufmunternd an.

»Die Menschen, die mir nachts begegnen, sind alle Teil einer *Organisation.*«

»Nicht alle, aber viele.«

»Sie sind der Kopf dieser Organisation.«

»Richtig.«

»Eine Organisation findet sich zusammen, weil sie ein Ziel hat«, sagte ich. »Was also ist Ihr Ziel? Der Umsturz? Und sicherlich hat Ihre Organisation auch etwas mit diesen Überfällen zu tun, von denen in den letzten Wochen immer berichtet wird?«

Ich lachte, aber nicht sehr überzeugend.

»Das erkläre ich Ihnen beim nächsten Treffen.«

»Ich will es jetzt wissen«, sagte ich, so wie Sie es auch in Filmen immer sagen.

»Es ist zu komplex, um es schnell zu erklären«, erwiderte Höller. »Zuviel würde verlorengehen, zuviel wäre mißverständlich.«

»Wer sagt Ihnen denn, daß ich mich noch ein weiteres Mal mit Ihnen treffen werde?« fragte ich.

»Niemand«, sagte Höller. »Aber ich glaube fest daran.«

»Dann glauben Sie falsch.« Ich erhob mich aus den Tiefen des Sessels. »Ich halte Sie für einen Irren, und mit einem Irren möchte ich im Moment nichts zu tun haben, das ist mir zu anstrengend.«

Höller lächelte immer noch. Ich würde gern sagen, daß er unsympathisch wirkte, aber das tat er nicht.

»Ich verstehe Sie gut«, sagte er und trank noch einen Schluck aus seinem Glas. »Nach allem, was ich von Ihnen weiß, verstehe ich, daß Sie abweisend reagieren, wenn Ihnen etwas ins Gesicht gehalten wird, das Sie nicht verstehen wollen. Aber ich weiß auch, daß Sie lügen würden, wenn Sie sagten, es interessiere Sie nicht, was wir machen. Sie würden lügen, wenn Sie sagten, Sie wollten nicht wissen, wofür Ihnen ein Mann Geld bezahlt und warum er Ihnen Komplimente macht. Darum werden wir uns wiedersehen, und darum werden wir vielleicht auch Freunde werden, egal, ob Sie am Ende etwas für uns tun oder nicht.«

»Irrtum«, sagte ich und stand nun mitten im Raum, wie ein Kleinunternehmer, der sich gegen die Übernahme seiner Firma durch einen multinationalen Konzern wehrt.

»Wir werden keine Freunde, und wir werden uns auch nicht wiedersehen, denn ich halte Sie für einen schmierigen alten Päderasten, und genau das werde ich auch Johanna sagen!«

Höller wollte etwas antworten, doch in diesem Moment ging die Tür auf, und Johnny Rotten stand im Raum. Er war sehr betrunken, denn er war ja Johnny Rotten.

»I want my fucking money, Max!« schrie Rotten.

»You'll get it, Johnny, but can't you see I'm in the middle of a conversation here? Just wait a minute!«

Rotten grunzte, dann wurde er von dem Chinesen, der plötzlich wieder aufgewacht war, aus der Tür geschoben.

»Verdammter Säufer!« sagte Höller in meine Richtung.

Der Mann, der gerade den berühmtesten Punksänger der Welt hinausgeworfen hatte, wollte mir noch etwas sagen, doch ich gab ihm keine Chance, denn bevor er auch nur einen Satz beginnen konnte, war ich schon an dem Chinesen vorbei und hatte die Tür hinter mir zugeschlagen. Nachdem ich über Rotten gestolpert war, der irgendwo im Gang lag, lief ich so schnell ich konnte die Treppe hinunter zur Tanzfläche, auf der Suche nach Johanna und nach Antworten auf ein paar Fragen, die mich brennend interessierten.

ZWANZIG

Wir standen am Alsterufer auf der Höhe des Hotels Atlantic, die Morgensonne kam langsam über die Häuser, die Luft war klar, ein leichter Wind wehte – alles wäre sehr romantisch gewesen, wenn wir die Romantik zugelassen hätten, doch das taten wir nicht. Ich hatte Johanna am Arm gepackt und aus der Menge gezogen, sehr zur Verwirrung von Brezel, der mich noch aufhalten wollte, doch ich brüllte ihn nur an und riß Johanna hinter mir her. Ihren Arm ließ ich erst los, nachdem ich sie zehn Minuten lang vollkommen kopflos in der Gegend herumgeschleift hatte. Natürlich verstand sie nicht, worum es ging, doch das interessierte mich nicht.

»Was zum Teufel sollte das?!?« schrie ich sie an.

»Was sollte was? Was sollte es, dich auf eine Party meiner Freunde mitzunehmen? Was sollte es, dich Ihnen *vorzustellen*?!?«

Ihre Stimme überschlug sich.

»Deine Freunde, ja!« rief ich. Fantastische Freunde: Ein Greis, der sich für Josef Stalin hält und davon besessen ist, eine *legendäre Persönlichkeit* zu werden? Ein Irrer, der nichts Besseres zu tun hat, als Leute wie dich als Lakaien für irgendeine *Organisation* zu rekrutieren, die nachts Treffen veranstaltet und ab und zu mal einen Bankraub begeht? Ein Mann, dem du so hörig bist, daß du deinen Freund an ihn verkaufen willst, nein, schlimmer noch: so hörig, daß du deinen Freund wochenlang belügst und ihn dann unter einem Vorwand hierher …«

»Es war kein Vorwand«, sagte sie. »Und ich hatte nie vor, dich an irgend jemanden zu verkau …«

Ich hörte nicht zu, denn ich war nicht zu stoppen. »Und du rekrutierst die neuen Mitglieder, ja? Du läufst nachts in der Stadt herum und wartest in Bars auf Typen, die du von eurer *Sache*, von dieser blödsinnigen Idee überzeugen kannst? Und wer nicht mitmacht, wird erschossen? Du bist also nichts anderes als eine Hure, eine gottverdammte BDM-Hure?«

Es ging so schnell, daß ich es kaum mitbekam: Schon im Sprung holte sie aus, und als sie vor meinen Füßen landete, spürte ich einen Schlag im Gesicht. Er tat nicht besonders weh, körperlich, das tut es bei Frauen ja nie, doch der Schlag traf meine Seele, und er traf sie vernichtend.

»Ich hasse dich!« schrie sie und prügelte auf mich ein. »Ich hasse dich, ich hasse dich, ich hasse dich! Du verstehst nichts, du hast nicht die geringste Ahnung, worum es bei dem allem geht. Du hältst dich für irgendeine Art von Held, die Inkarnation eines Samurai oder so was, dabei gibt es nichts, was du tust, was du herstellst, was du produzierst, wovon du lebst. Ohne Höller wärst du schon längst …«

»Ohne Höller, ja, ohne Höller säße ich jetzt zu Hause und müßte mich nicht von einer Frau schlagen lassen, die den Auftrag hat, mich für ihren Mafiaboß einzufangen. Für ihren Mafiaboß, von dem sie sich ficken läßt, weil sie keinen Vater mehr hat, und nun …«

Sie schlug mich wieder, meine Wange ging in Flammen auf. Trotzdem: »Du schläfst doch mit ihm, oder etwa nicht?«

Ich kam mir saublöd dabei vor, diese Frage zu stellen, aber ich mußte es tun: Irgendwann landen wir alle in solchen Filmszenen, daran ist nichts zu ändern.

»Nein!« schrie sie zurück. »Ich schlafe nicht mit ihm, wenn du es wissen willst! Ich habe seit über einem Jahr mit keinem Mann mehr geschlafen und schlafe jetzt nur mit dir! Aber ich fange langsam an, es zu bereuen, wenn ich mir ansehe, was du hier für einen Aufstand machst. Ich fange langsam an zu bereuen, mich je mit dir eingelassen zu haben!«

»Ich enttäusche euch, stimmt's?« fragte ich. »Ich enttäusche euch, weil ich nicht zu eurer lächerlichen Gruppe überlaufe. Ich enttäusche euch, weil ich keiner von diesen Trotteln bin, denen ihr nur etwas Verständnis und Vertrauen vorheucheln müßt, damit sie vor euch auf dem Boden kriechen. Ich enttäusche euch, weil ich kein Interesse daran habe, in einer Masse von Vollidioten unterzugehen.«

»Du gehst also nicht unter?« Sie lachte jetzt, es klang etwas hysterisch. »Du nennst dein Leben eine befriedigende Existenz? Dein kleines Leben, das bloß daraus besteht, daß du dir die Nächte um die Ohren schlägst und den Tag verschläfst wie ein Zombie? Nimm's mir nicht übel, aber welchen Zweck erfüllst du denn? Dein Leben löst sich auf, es hinterläßt keine Spuren, es verblaßt, ohne daß es jemals jemand wahrgenommen hätte. Und du willst mir glauben machen, du wärst glücklich?«

»So bekommt ihr eure Leute, stimmt's?« rief ich zurück. »Das Glück ist in der Sekte zu finden und dieser ganze Schwachsinn. Aber dann erklär mir doch, was so toll daran ist, zu diesem Höller zu gehören. Was hat eure Organisation denn zu bieten, außer der Tatsache, daß ihr eure Leere untereinander verteilt, bis von keinem von euch mehr ein Stück übrig ist?«

Sie wurde ruhiger jetzt, wir waren beide erschöpft. Ein alter Mann mit Hut ging an uns vorbei, er redete mit sich selbst, wie das alte Männer öfter tun. Ich fragte mich, ob Höller das eingefädelt hatte und ob wir gerade von Brezel gefilmt wurden, für einen Werbespot der Organisation. Das wäre ein guter *Teaser*, dachte ich.

»Ich verstehe deine Zweifel ja«, erklärte sie und holte Luft. »Ich verstehe dich, denn ich war am Anfang ja genauso. Ich fand es souverän und stark, meinen Weg allein zu gehen und all die Menschen, die das nicht taten, für ihre Schwäche zu verachten. Es heißt ja immer, daß alle Menschen allein sind und es bleiben, und daß man sich damit abfinden muß – aber ich weiß jetzt, daß es eine Lüge ist. Man *muß* nicht allein sein.«

»Genauer bitte«, forderte ich.

»Höller ist kein Schwein«, sagte sie. »Er ist nicht mal ein wirklich Wahnsinniger. Im Gegenteil ist er sogar sehr klug, sehr gebildet und sehr geschickt darin, Menschen zusammenzubringen, die vorher nicht gedacht hätten, daß sie zusammengehören.«

»Das hat man über Hitler auch gesagt«, sagte ich.

»Das sagt man über alle Menschen, die hervorstechen«, antwortete sie. »Höller ist aber kein Hitler, und er ist auch kein Stalin. Er ist ein Mann, der sich Fragen stellt, und er ist ein Mann, der es versteht, den Menschen eine Aufgabe zu geben, selbst wenn diese Aufgabe nur darin besteht, eine gemeinsame Kraft zu bilden und Verantwortung füreinander zu übernehmen. Selbst wenn er einfach nur eine *Familie* gründet, in der man sich wohl fühlen kann, ohne andauernd ein Gefühl der Entfremdung zu haben – eine Gemeinschaft, in der man sich nicht abgrenzen muß.«

»Aber was ist sein Ziel?« wollte ich wissen. »Was will er damit erreichen, diese Leute zu einen? Wo will er hin?«

»Er will denen, die kein Zuhause haben oder das Zuhause, das sie haben, nicht ertragen, ein wirkliches Zuhause geben. Er will ein Gegenmodell schaffen zu den Dingen, bei denen wir keine Wahl haben, eine Gegenkraft, eine *eigene Stimme*. Eine Art Schattenstaat, wenn du es so ausdrücken willst. Ein Staat, der nach seinen eigenen Regeln funktioniert.«

»Nach Höllers Regeln.«

»Nach *unseren* Regeln. Nenn es einfach ein Spiel, das wir spielen. Ein Spiel, das uns eine Aufgabe schafft.«

»Ein Spiel, das aus Banküberfällen und Brandanschlägen in der wirklichen Welt besteht?«

»Na ja, ein bißchen aufregend soll es ja schon sein«, sagte sie und lächelte zum erstenmal wieder etwas. »Außerdem brauchen wir Geld. Wir bringen aber keine Leute um, wenn du das meinst. Wir sind nicht die RAF oder die Roten Brigaden.«

»Ist nicht neulich erst so ein Bankbeamter verletzt worden?«

»Ja, aber das ist die Art Unfall, die nie zu vermeiden ist. Es war ein Versehen, und dem Mann geht es schon wieder ganz gut. Wir haben ihm sogar Schmerzensgeld in den Briefkasten gesteckt.«

»Da hat er sich aber bestimmt sehr gefreut«, sagte ich.

Wir setzten uns jetzt ans Ufer und sahen auf die Alster. Die Sonne ging weiter auf, das Wasser glitzerte, nur ab und zu hörten wir ein Auto hinter uns vorbeifahren. Die Revolutionäre kehren nach Hause zurück, dachte ich.

»Ich verstehe den Reiz des Spiels«, sagte ich zu ihr. »Aber ich bin nicht überzeugt: Warum sollte ein Mensch seine Zeit damit verschwenden?«

»Weil du auch in der wirklichen Welt schon Zeit verschwendest, aber ohne jemals etwas dafür zu bekommen, denn die wirkliche Welt erlaubt dir fast nie, an den Dingen teilzuhaben, an denen du teilhaben willst. In der wirklichen Welt mußt du jahrelang arbeiten, wenn du Macht haben willst, und du mußt dich nach Regeln richten, die du nicht geschaffen hast, nach Gesetzen, nach dem Arbeitsmarkt, nach den Richtlinien von Parteien, nach der sozialen Stellung deiner Familie, nach dem, was du gelernt hast, nach deiner Abiturnote. In unserer Welt, der Höllerwelt, geht es einfach: In dem Moment, in dem wir *behaupten*, daß unsere Welt existiert, existiert sie auch schon – wir müssen dann bloß noch entscheiden, was es ist, das wir tun wollen, wir müssen diese Welt bloß noch ausbauen und verwalten. Es gibt dort keine Kontrollinstanz außer uns selbst – keine Polizei, keinen Staatsschutz, keine Geschwindigkeitsbegrenzungen, keinen Bundesrat. In unserer Welt gibt es kein Parkverbot und keine Götter – die sind wir selbst.«

»Und Höller ist der Erschaffer?«

»Er hat damit angefangen, ja. Er hat alles ausgedacht und aufgebaut. Und glaube mir: Er hat schon ziemlich viel erreicht.«

»Aha. Wie groß ist denn euer … *Reich*?« fragte ich.

»Sehr groß. Nicht gerade unendlich, aber ziemlich groß. Aber Höller weiß das besser als ich. Bei ihm läuft alles zusammen.«

»Was genau will er eigentlich von mir?«

»Das weiß ich selber auch nicht genau. Ich habe ihn gefragt, aber er lächelte nur. Er lächelt ja fast immer. Am besten fragst du ihn einfach.«

»Ich weiß nicht, ob ich das tun werde«, sagte ich. »Ich weiß nicht, ob ich ein Teil dieser Welt werden will.«

»Das mußt du selbst entscheiden«, antwortete sie. »Kein Mensch wird dich zu irgend etwas zwingen. In einer gewissen Art lebst aber auch du schon in einer Schattenwelt, deiner eigenen nämlich. Du mußt dich nur entscheiden, ob du sie mit anderen teilen willst.«

Ich war müde, es wurde immer heller, meine Augen schmerzten, aber eine Frage mußte ich noch stellen.

»Ohne Höller, ohne die Organisation – wären wir da zusammen?«

»He«, sagte sie und streichelte meinen Kopf. »Ich habe dich an diesem Abend nicht zum ersten Mal gesehen. Du hast mir vorher schon gefallen. Und egal, wie du dich entscheidest: Ich bleibe bei dir.«

Wir nahmen ein Taxi zu ihr. Nach unserem Streit und der Angelegenheit mit Höller, die mir immer noch nicht klar war, war das sicherlich inkonsequent und schwach, doch was sollte ich denn tun?

Sie war doch das Beste, was ich hatte.

EINUNDZWANZIG

Natürlich waren die Ereignisse dieser Nacht nicht so einfach zu verdauen. Auch wenn ich noch eine Menge Fragen hatte, was die Rolle Höllers und der Organisation betraf, warfen schon die spärlichen Erkenntnisse der Party die meisten der Dinge über den Haufen, an die ich bisher geglaubt hatte. Mein Leben, war ich bislang überzeugt gewesen, setzte sich zusammen aus meiner Nachtexistenz, die ich zufällig entwickelt hatte, und die zufällige Nachtexistenz führte mich zufällig an verschiedene Orte der Nacht, an denen ich zufällig irgendwelchen Menschen begegnete, die ebenfalls zufällig da waren.

Ich fand nun heraus, daß einige dieser Zufälle eben gar keine waren: Viele der Menschen, die mir nachts begegneten, sogar Freunde von mir wie Brezel oder Bekannte wie Jensen, hatten allesamt etwas mit Höller zu tun, sie waren also aus bestimmten Gründen an diesen Orten – sie trugen das System, das Höller etabliert hatte. Auch die Tatsache, daß Johanna überall ihre Drinks umsonst bekam und begrüßt wurde wie eine alte Freundin, war kein Zufall, sondern vergleichbar mit dem Gang eines Angestellten in die Firmenkantine: Die Mitarbeiter bekommen alles billiger oder umsonst.

Verschwörungstheorien haben mich nie interessiert. Nicht, weil ich sie etwa langweilig gefunden hätte, sondern weil keine der Theorien, die ich bisher gehört habe, ob es nun um die Vortäuschung von Hitlers Selbstmord im Führerbunker oder den Einfluß der Illuminaten auf die Weltpolitik ging, mich wirklich überzeugte. Immer gab es eine einfachere Erklärung, die plausibler und logischer wirkte, immer hatten die großangelegten Verschwörungstheorien einen ideologischen Hintergrund, der auch die Theorie bestimmt.

Eine gute Verschwörungstheorie, so dachte ich, ist so wie eine perfekte Lüge: Sie hangelt sich lückenlos von einer Folgerung an die nächste und kommt irgendwann zu einem Ergebnis. Und selbst wenn die Grundannahme dieser Theorie vielleicht zu bezweifeln ist, so bleibt der Weg, den sie gegangen ist, immer schlüssig – wie die mathematischen Gleichungen, die ich anfangs schon erwähnt habe. Leider gibt es aber nur wenige Verschwörungstheorien, die diesen Anspruch erfüllen, darum interessierte ich mich immer eher für die hübschen Fabeln der Japaner, in denen die Getöteten als Hunde oder Teeblätter auf die Welt zurückkommen, um sich zu rächen.

Nun aber hatte ich eine Verschwörungstheorie, die erste, die mich direkt betraf, weil meine Freundin mit drinhing und mich diese Verschwörung sogar noch ernährte. Viel Arbeit wäre nötig gewesen, um all diese Dinge zu leugnen: Wer sonst außer Höller hätte mir das Geld denn schicken können? Wie sonst war es zu erklären, daß Höller soviel über mich wußte? Wie sonst, außer mit einer Weltverschwörung und einem Haufen Geld, bekam ein Mensch die Punkleiche Johnny Rotten dazu, mit einer Band namens *Narodnaya Wolya* zu spielen?

Es ist ein schrecklicher Gedanke, sich vorzustellen, alle Menschen um einen herum seien Teil eines Plans, den man selber nicht kennt. Es ist so wie mit dem Gast, der auf eine Party eingeladen wird, damit sich alle über ihn lustig machen können, weil entschieden wurde, daß er der Trottel ist: Die anderen haben sich verabredet, und in dem Moment, in dem er den Raum betritt, geht der Witz los, und alle lachen.

Meine Empfindungen waren extrem schwankend in dieser Zeit. Ich war wütend, weil mir kein Mensch etwas gesagt hatte und ich wie ein Ahnungsloser durch die Welt gelaufen war, die ganze Zeit überzeugt, ich hätte wenigstens ein paar Grundregeln des Lebens begriffen. Ich war enttäuscht von Brezel, weil er mich nicht eingeweiht hatte. Und trotzdem fühlte ich mich sogar ein bißchen geehrt, denn offensichtlich war ich ja nicht der Trottel, den keiner haben wollte, im Gegenteil: Höller zeigte soviel Interesse an mir wie wohl an keinem anderen, und er zahlte mir sogar jetzt noch das Geld, obwohl ich wortlos sein Büro verlassen und mich auch nicht wieder bei ihm gemeldet hatte.

Auf jeden Fall aber war mein Weltbild erschüttert: Auch wenn Höller es nicht geschafft hatte, mich vom Sinn seines Tuns zu überzeugen, so glaubte ich doch an diese Verschwörung, an die Organisation, an das Spiel. Brezel hatte mir einmal erklärt, jede Werbung habe ihr Ziel schon erreicht, wenn der Konsument sich nur an ihre Bilder erinnert, das Produkt auch noch zu kaufen sei dann gar nicht mehr nötig. Nun, dieser Zustand war bei mir eingetreten: Ich glaubte an die *neue Ordnung* und zog die *alte* in Zweifel. Ich war mir nicht mehr sicher, was stimmte und was nicht: War die Welt, wie sie in den Zeitungen und im Fernsehen beschrieben wurde, die *richtige*, oder war Höllers und Johannas Welt die *richtige*? Was hieß das überhaupt, *richtig*? Ich wußte es nicht.

Natürlich gab es Probleme mit Johanna. Zwar war sie ganz zauberhaft zu mir und tat, was sie konnte, um mich von ihrer Liebe zu überzeugen und davon, daß sie nicht bloß im Auftrag Höllers handelte. Trotzdem aber war es schwer für mich, ihr wieder zu vertrauen, soviel Mühe ich mir auch gab. Aus diesem Grund stellte ich ihr andauernd Fragen über Höller – um all ihr Wissen über ihn abzuschöpfen und sicher zu sein, daß sie nichts mehr vor mir geheimhielt.

Johanna erzählte mir, was sie über Höller wußte: Vor zwei Jahren etwa hatte sie ihn in einer kleinen Kneipe in der Nähe der Universität kennengelernt, wo Höller sie zu sich und ein paar Freunden herüberholte, die dort herumsaßen und Bier tranken. Wenn Höller redete, erklärte sie mir ein wenig schwärmerisch, könne man sich nicht entziehen, denn er rede immer *warm* mit einem, so wie ein kluger, gebildeter Vater oder ein angenehmer Privatlehrer. Er gebe einem nicht das Gefühl, dumm und unbedeutend zu sein, sondern interessiere sich für jeden Satz seines Gegenübers. Egal, wie blöd diese Sätze auch sein mögen, im Gespräch mit Höller habe sie immer das Gefühl, Teil zu sein von etwas Nützlichem, so Johanna. Höllers Bildung sei dabei ungeheuer umfassend: Er habe so ungefähr überall in der Welt studiert, wo man studieren könne, so ist er zu seinen Titeln in Medizin, Philosophie, Wirtschaft und Geschichte gekommen. Seit ein paar Jahren lebe er jetzt in Deutschland, verheiratet sei er nicht – und viel mehr über sein Leben wisse sie auch nicht, schloß Johanna ihren Vortrag.

Johannas *Job* bei Höller? Sie kümmere sich um Dinge der *Organisation*, sagte sie, um Listen und Pläne, dafür bezahle sie Höller auch besser, als irgendein anderer Studentenjob das könne. Außerdem sei sie Mitglied des *Führungsstabs*, aber nur in beratender Funktion. Was nun der *Führungsstab* wieder sei, wollte ich wissen – da müsse ich Höller selbst fragen, antwortete sie mir.

Ich sträubte mich davor, zu Höller zu gehen, aus mehreren Gründen: Zum einen fand ich den Gedanken an eine Organisation, mit der ich mich befassen mußte, noch immer abstoßend, daran hatte sich nichts geändert. Ich wußte auch nicht, wie ich Höller einschätzen sollte. Ganz sicher war er wahnsinnig, und nicht nur ein bißchen, wie Johanna mich zu beruhigen versucht hatte.

»Ich kann Gurus nicht ertragen«, sagte ich zu ihr.

»Höller ist kein Guru«, sagte sie.

»Was dann?« fragte ich.

»Er ist einfach nur ein kluger Mann mit einem Haufen guter Ideen und der Fähigkeit, sie durchzusetzen.«

Aha, so leicht also: kein Bhagwhan, kein Sri Aurobindo, kein Mahareshi Yogi, kein Shoko Asahara.

Einfach nur ein kluger Mann mit einem Haufen guter Ideen und der Fähigkeit, sie durchzusetzen.

So sehr ich mich aber auch anstrengte, alles um Höller und seine seltsame Welt herum lächerlich und peinlich zu finden, so wenig konnte ich mich einer Erkenntnis entziehen: Die ganze Sache war natürlich schrecklich interessant.

ZWEIUNDZWANZIG

Ein paar Wochen vergingen, ohne daß sich groß etwas änderte, außer daß mein Verhältnis zu Johanna besser wurde, weil ich wieder damit begann, ihr zu vertrauen. Es ist diese alte Sache: Lebt ein Mensch eine Zeitlang mit einer Enttäuschung und heftet alle Bedeutung der Welt an sie, so wird sie mit der Zeit doch immer geringer und verblaßt schließlich, da der Mensch erkennt, daß die Welt daran nicht zugrunde geht. Die Enttäuschung von der Enttäuschung sorgt für ihr Vergessen, sozusagen.

Wir redeten nicht mehr jeden Tag über Höller, allein schon deshalb, weil weder ich noch Johanna in der letzten Zeit viel von ihm gehört hatten. Nur einmal hatten die beiden telefoniert, es ging um irgendeine Diskette, die Johanna vorbeibringen sollte, aber das war es auch schon: ein schöner Gruß an mich, bis bald, auf Wiedersehen. Mit der Tageszeitung in der Hand fragte ich mich, ob die Revolution wohl ein Halbtagsjob sei.

Als ich Brezel in unserer Bar traf, fragte ich ihn nach den Jobs, die er für Höller machte. Er antwortete, er produziere eine Art Spielfilm über die Bewegung, mit Höller als Führer im Mittelpunkt und etwas von dem Dokumentarmaterial, das er bei den Banküberfällen und den Parties gedreht hatte. Brezels Augen glühten, als er von dem Projekt erzählte, dessen Arbeitstitel *Die Schattenrepublik* sei. Auf meine Frage, warum nicht wenigstens er mir von der ganzen Sache erzählt habe, antwortete er, daß ein Spiel nur halb soviel Spaß brächte, wenn jeder Mitspieler eingeweiht sei – hätten wir dem Drittkläßler bei der Schleyer-Entführung damals erzählt, daß wir ihn wieder freilassen würden, wäre das Ganze nicht so lustig gewesen. Von den Geldsendungen habe er angeblich nichts gewußt – eine Ahnung zwar, aber Höller unterrichte auch ihn nicht über jeden seiner Schritte.

Weil ein Mensch immer das glaubt, was er glauben will, und die Erklärungen von Brezel, Johanna und Höller die meisten der Fragen beantworteten, die ich mir in den Monaten meiner Nachtexistenz gestellt hatte, glaubte ich ihnen. Und da die Revolution in Brezels Worten so klang wie ein Monopolyspiel, begann ich, mich immer mehr für sie zu interessieren.

Es war ein Montagabend, als Höller mich anrief. Zum ersten Mal seit langer Zeit war ich wieder in meiner Wohnung, weil Johanna Besuch von einer alten Freundin hatte, da wollte ich nicht stören. Ich war gerade aufgestanden, trank einen Kaffee und sah mir im Fernsehen eine Reportage über Seeotter an.

»Hier ist Höller.«

»Hallo.«

»Was tun Sie gerade?«

»Ich sehe mir eine Dokumentation über Seeotter an.«

»Gut?«

Ich erklärte ihm, daß der Film gut war und daß ich gar nicht gewußt hatte, daß Seeotter so niedliche Kerle sind, die sich ihre Nahrung beim Schwimmen auf den Bauch legen und die Muscheln dann mit kleinen Steinen knacken. Ich erzählte auch in den nächsten Minuten noch viel von Seeottern, um Höller abzulenken, denn ich hatte etwas Angst vor dem, was er vielleicht wollte.

»Ich würde Sie gern einladen«, sagte Höller.

»Aha«, sagte ich.

»Heute abend?«

Ich überlegte. Normalerweise bin ich schnell mit Ausreden, aber heute fiel mir keine ein.

»Gut«, sagte ich, ich müsse aber noch den Film zu Ende sehen.

»Ich freue mich«, verabschiedete sich Höller, gab mir seine Adresse und legte auf.

Das Gesetz ist bekannt: Wochenlang bereitet man sich auf eine Situation vor, die man fürchtet und von der man weiß, daß sie kommen wird, man probt die Verneinung und die Flucht aus dieser Situation, und kommt diese Situation dann, druckst man bloß noch herum und ist gezwungen, sich ihr zu stellen.

Aber was konnte schon passieren? Im schlimmsten Fall würde Höller weiter auf mich einreden, aber ich konnte ja immer gehen und würde diesmal bestimmt nicht über Johnny Rotten stolpern, vielleicht war auch der dicke Chinese gar nicht da.

Wegen meiner Unsicherheit bereitete ich mich auf dieses Treffen vor wie auf die Verabredung mit einer Frau. Ich überlegte viel zu lange, was ich anziehen sollte, dachte über den Anzug nach, verwarf die Idee aber, da ich Höller kein *falsches Signal* geben wollte. Aus Trotz entschied ich mich für das Gegenteil: Ich zog einen Parka und ein paar klobige alte Schuhe an und sah nun fast so aus wie Brezel in seiner Legionärskleidung.

Ich bestellte ein Taxi, genug Geld hatte ich ja immer noch. Der Fahrer war einer dieser Typen, die immer reden. Ich weiß, daß ich den Taxifahrer nicht einmal *erwähnen* dürfte, wenn ich ein ernstzunehmender Geschichtenerzähler wäre, weil ja die meisterzählte Geschichte der Welt die Geschichte des nervenden Taxifahrers ist, doch ich tue es trotzdem, da ich der Überzeugung bin, daß Taxifahrer gänzlich mißverstandene Leute sind. Sie tragen alte Cordhosen, reden vom Wetter, vom Verkehr, von der Politik im Nahen Osten und von irgendwelchen Biobenzinstoffen, die jetzt gerade in Mode kommen, das ist oft anstrengend, aber es *beruhigt* mich immer eher, als daß es mich aufregt, weil es so ein verläßlicher Wert ist. Und warum ziehen gerade die Taxifahrer allen Haß dieser Welt auf sich, wo sie doch die harmlosesten aller Wesen sind, die milchgebenden Kühe der Menschheit eigentlich? Ich hatte mal einen Freund, der sich immer einen Witz daraus machte, fremden Leuten Taxis zu bestellen, so daß die Fahrer allein wieder abfahren mußten, doch was haben die Fahrer denn so Schlimmes getan? Sie sind bloß einfache Leute, die mit der Absicht kommen, einen Gast in ihr Auto zu laden und für ein paar Mark irgendwo hinzubringen. Die Intellektuellen dieser Welt aber hassen die Taxifahrer, weil sie nur über die Dinge reden, die greifbar sind, das Wetter eben, während die Intellektuellen glauben, sie seien fähig, über das Ungreifbare zu reden, über die Metaphysik zum Beispiel, und damit besser als die Taxifahrer, obwohl auch sie mit ihren Studien im Taxi hätten landen können. Denn eigentlich ist es ja egal, ob man über das Wetter redet oder über die Metaphysik, weil am Ende alles nur Gerede ist – mit dem Unterschied, daß das durchschnittliche Gespräch über die Metaphysik viel eitler ist und darum ekliger.

Das Hagakure sagt alles über die Intellektuellen: *Ein Mann, der sich damit brüstet, ein Geistesmensch zu sein, ist ein Feigling, denn sein Leben besteht allein aus ewiger Berechnung zwischen Gewinn und Verlust.* Wer aber ewig nur über Gewinn und Verlust nachdenkt, ist unfähig, je eine richtige Entscheidung zu treffen – eine Entscheidung, die nicht von seiner Gier und Geltungssucht geleitet ist. In dem Buch steht nicht viel über Himmel und Hölle, doch im Himmel, da bin ich mir sicher, sitzen eher die Leute, die öfter mal den Mund gehalten haben, während die Hölle voll ist von den Rednern, die dort mit genau den Sätzen gefoltert werden, von denen sie zeit ihres Lebens überzeugt waren, sie seien die besseren, klügeren. Irgend jemand hat nämlich all diese Sätze aufgenommen, weil die schlimmste Strafe für solche Menschen die Konfrontation mit dem eigenen Jargon ist, mit der eigenen Sprache.

Wir fuhren an den Villen der Elbchaussee vorbei, die ich in meinem Leben bislang nur ein paarmal von innen gesehen habe, das letzte Mal vor fast einem Jahr, als Maries Vater hier irgendwo in Othmarschen seinen sechzigsten Geburtstag feierte. Das war sehr hübsch, denn ein paar französische Parlamentarier und Leute vom Rotary Club waren da, es gab ein Fünfgangessen, ich trug meinen Anzug, Marie trug ein blaues Kleid, das ihr sehr gut stand – alle sahen schön aus, würdevoll, feierlich. Solche Veranstaltungen stehen und fallen ja mit ihrem *ästhetischen Rahmen*, hier aber war alles richtig: Der Geburtstag gab jedem Menschen das Gefühl, ein Gesandter zu sein, ein Mensch, der eine Aufgabe hat und etwas wert ist. Maries Schwester sang ihrem Vater sogar ein paar Lieder, französische Chansons, wenn ich mich recht erinnere, ein Gitarrist spielte dazu, und da Marie und ich damals schon Probleme hatten, wünschte ich mir die ganze Zeit, auch sehr gut Gitarre spielen und singen zu können, um sie zu beeindrucken. Einen Moment lang überlegte ich sogar, Michizanes *Ode an den Pflaumenbaum* zu rezitieren, entschied mich dann aber dagegen, da Marie mir verboten hatte, dieses Gedicht in ihrer Gegenwart noch einmal zu erwähnen.

Der Wagen hielt vor einem Haus, das im Vergleich zu denen, an denen ich die ganze Zeit vorbeigefahren war, eher schäbig wirkte: Es war nur halb so groß wie die anderen Paläste und auch nicht so kunstvoll verziert, dafür eckig und klobig, nichts als ein Klotz eigentlich. Es hatte keine unzähligen Erker und Säulen, die jedem Betrachter sofort den Reichtum des Besitzers klarmachen sollen, sondern war eher Understatement, wie ein altes Landhaus, um das sich nur ab und zu jemand kümmert. Zwar wirkte es nicht verkommen, doch das Weiß der Außenwände blätterte an einigen Stellen schon ab, auch die Fensterrahmen hätten gut einen neuen Anstrich gebrauchen können. Da ich noch nicht wirklich viel über Höller wußte, war mir auch nicht klar, was ich erwartet hatte, doch ich hatte ihn für einen der Leute gehalten, die alles, was sie besitzen, im bestmöglichen Licht präsentieren. Das Haus überraschte mich also, ich fand es sympathisch, es war mir nicht unangenehm, dort auszusteigen.

Ich gab dem Fahrer sein Geld und ging durch einen kleinen Garten, der um das Haus herum angelegt war, auf die Tür zu. Der Garten war das, was als *gepflegt ungepflegt* bezeichnet wird, kontrollierter Wildwuchs also. Gerne würde ich die Pflanzen beschreiben, die dort wuchsen, aber ich weiß nichts über Pflanzen, obwohl mein Vater ungefähr tausendmal versucht hat, mir die verschiedenen Bezeichnungen beizubringen. Ein Mensch kann immer nur eine Sache zur Perfektion bringen, denke ich: Ich weiß viel über Samurai, dafür nichts über Blumen, so ist es, und so wird es bleiben, daran ist nichts zu ändern. Die Blautannen und Trauerweiden erkannte ich, aber damit anzugeben wäre wohl lächerlich.

Es stand kein Name an der Tür, aber Höller hatte mir ja die Adresse gegeben, und wenn er wirklich so ein Revolutionär war, dann wäre es ja auch ein Irrsinn gewesen, würde er es der Kriminalpolizei so einfach machen. Revolutionärsregel Nummer eins: Wenn möglich, immer den Namen raushalten.

Ich klingelte, einmal, denn ich wollte ja nicht gleich übertreiben. Eine halbe Minute später ging die Tür auf, und eine sehr kleine ältere Frau in einer weißen Schürze stand vor mir. Es fällt mir schwer, Nationalitäten zu erkennen, aber ich nehme mal an, sie war eine Spanierin.

»Guten Abend«, sagte ich.

»Buenas noches«, sagte sie, so als wären wir in Barcelona. Dann, in perfektem Deutsch: »Herr Höller erwartet Sie, bitte kommen Sie herein.«

Ich trat ein. Die Frau wollte nach meiner Jacke greifen, doch ich behielt sie an: Meine Jacke ziehe ich erst aus, wenn ich mich an einem Ort absolut sicher fühle. Zwar trage ich nur selten Waffen spazieren, aber ich tue gern so, als hätte ich in einer der Taschen wenigstens einen Wurfstern versteckt, für den Notfall.

Ich hatte erwartet, daß es in dem Haus so aussehen würde wie in dem Zimmer, in das Höller mich auf der Party geführt hatte, doch das Innere des Hauses war nicht ganz so überfrachtet. Zwar standen überall alte Möbel herum, doch ich hatte nicht das Gefühl, als befände ich mich in einem Museum. Auch hier hingen an den Wänden wieder Bilder und Landkarten und Schwerter und Flinten, doch alles wirkte so, als sei es in das Leben des Bewohners eingebunden. Die Dinge wirkten nicht wie Fremdkörper.

Die Geräumigkeit im Inneren überraschte mich – daß allein in den Flur so viele kleine Kaffeetischchen paßten, mit Zeitschriften und Büchern darauf, hätte ich nicht gedacht. Wieder strahlte alles diese Wärme aus, die mir auch schon beim Besuch in Höllers Büro in der Bank aufgefallen war.

»Bitte hier entlang«, sagte die Frau. Sie öffnete eine braune Flügeltür und führte mich in das, was offensichtlich das Wohnzimmer war, das Kernstück des Hauses. Hier erwartete mich die zweite Überraschung: Das Zimmer war rund.

Ich weiß nicht, ob Sie schon einmal in einem Raum standen, der komplett rund war – mir jedenfalls war das noch nie passiert, und es war ein seltsames Gefühl, weil es mir so vorkam, als würde ich mich in einen Kreislauf einreihen, in einen Zyklus, der nach seinen eigenen Gesetzen funktionierte. Auch im Vergleich zur Eckigkeit im Rest des Hauses war der Kreisraum ein Bruch, der nicht in die Architektur paßte. Das Wohnzimmer mußte nachträglich eingebaut worden sein, indem entweder die alten Wände herausgerissen oder versetzt wurden oder das Zimmer unter erheblichem Raumverlust so lange mit Gips und Zement zugekleistert worden war, bis es endlich seine Kreisform hatte.

Was mir sofort auffiel, war die Leere des Raumes: Die einzigen Möbelstücke waren ein niedriger runder Tisch in der Mitte, um den herum drei Ledersessel standen. Von der Decke hing ein alter Leuchter, der etwa einen Meter über dem Tisch baumelte. Das spärliche Restlicht kam von kleinen Strahlern, die auf gleicher Höhe rundherum in die Wand eingelassen waren. Was es war, das sie beleuchteten, erkannte ich erst auf den zweiten Blick: Es waren dieselbe Art Porträts, die ich auch auf der Party gesehen hatte. Knapp unter den Strahlern hängend, bildeten sie eine Kette, die um den ganzen Raum herum verlief, wie Kinder, die sich beim Ringelreihen festhalten. Wieder war es Höllers eigenwillige Kombination berühmter Persönlichkeiten, und als ich näher an die Porträts heranging, erkannte ich Jesus Christus, Stalin, Hegel, den Dadaisten Hugo Ball, die Schriftsteller William S. Burroughs und Alexander Trocchi, den vietnamesischen Kommunisten Ho Chi Minh und Iwan den Schrecklichen, Karl Marx, Thomas Morus und Jules Verne. Auch Yoshitsune war da, er hatte ihn wohl extra für die Party abgenommen, um ihn dort präsentieren zu können. Die restlichen Porträts, von denen noch weitere zwanzig in dem Kreis folgten, erkannte ich nicht. Höller, dachte ich in diesem Moment nicht ohne Ehrfurcht, war wirklich ein Besessener.

»Setzen Sie sich doch schon einmal, Herr Höller kommt gleich«, sagte die Frau, nachdem sie höflich gewartet hatte, bis mein Staunen über dieses Zimmer überwunden war. Auch den Sessel, in dem ich Platz nahm, kannte ich schon von meinem ersten Treffen mit Höller. Johanna hatte mir erzählt, daß er sich auf jeder Veranstaltung einen Raum einrichtet, in den er sich *zurückziehen* kann und der noch am gleichen Abend wieder abgebaut wird. Das sei so eine Manie von ihm, die er sich sehr viel kosten lasse.

Auf dem Tisch standen eine Flasche Wein und zwei Gläser. Ich öffnete die Flasche und goß mir eins davon ein, schließlich war ich ja eingeladen. Außerdem war ich wieder mal sehr nervös.

Meine Augen waren schon seit Monaten daran gewöhnt, mit wenig Licht auszukommen – in dieser Hinsicht ging es mir wie einem Menschen, mit dem immer nur leise geredet wird, so daß er irgendwann sehr feine Ohren bekommt – darum konnte ich mir die Gesichter der Leute auf den Porträts schon nach kurzer Zeit mit meinen Katzenpupillen so ansehen, als wären Vierhundert-Watt-Birnen auf sie gerichtet. Ich betrachtete das Bild von Karl Marx, das anders war, als alle Bilder, die ich jemals von ihm gesehen hatte. Normalerweise trägt er ja immer diesen wallenden Bart und sieht den Betrachter aus seinen harten, ewig die Lage des Menschen analysierenden Augen an, so daß der Eindruck entsteht, Marx sei ein brutaler Schlächter gewesen. Auf diesem Bild aber wirkte er nicht so sehr wie eine Ikone, wie der Imperativ, zu dem er geworden ist: Er sah jünger aus als auf all den anderen Bildern, seine Augen waren sanfter, und, das muß entscheidend für meinen Eindruck gewesen sein, der Bart war noch nicht so lang. Marx, so dachte ich, während ich im Kreisraum auf Höller wartete, wirkte wie ein Mann, der die Antworten auf seine Fragen noch nicht gefunden hatte – wie ein Mann, der noch auf der Suche war, ein Träumer also.

Ich mochte Marx in diesem Moment so sehr, wie ich ihn noch nie zuvor gemocht hatte. Er war ein tragischer Held, dachte ich, eine Figur wie Yoshitsune, der alles für seine Überzeugung tat, aber trotzdem scheiterte, und obwohl ich über Marx wirklich nur das Nötigste weiß, dachte ich in diesem Augenblick genau diesen einen Satz: Ich liebe den Marx, dachte ich, ich verehre ihn, er war ein wunderbarer Mann, sein eigener Samurai.

Das war die Wirkung von Höllers Zimmer: Ich hatte Marx zum ersten Mal als *Mensch* gesehen, nicht als Philosoph, nicht als Manifest, nicht als Klischee, nicht als Grundlage für eine Weltanschauung.

Einfach nur als Mensch.

Bevor ich mich nun ganz in Karl Marx verlieben konnte, ging die Tür auf, und Höller stand im Raum. Aus irgendeinem Grund hatte ich erwartet, daß er mich im Bademantel begrüßen würde, wie der Päderast in Nabokovs *Lolita*, da ich Höller insgeheim noch immer für eine Art Triebtäter hielt, doch diese Erwartung zerschlug er mit einem Knall: Höller trug einen schmalen dunkelbraunen Cordanzug, ein hellblaues Hemd zu einer ebenfalls braunen Krawatte, dazu polierte schwarze Schuhe, garantiert aus England. Er wirkte wie ein Gentleman, begrüßte mich höflich mit Handschlag und seinem charmanten Lächeln. Der Chinese war nicht mitgekommen.

Höller nahm im Sessel gegenüber Platz.

»Ich freue mich, daß Sie gekommen sind«, sagte er.

»Ehrlich gesagt weiß ich gar nicht genau, warum ich überhaupt hier bin«, antwortete ich, um ihm klarzumachen, daß ich nicht gekommen war, um einen Vertrag zu unterzeichnen.

»Wie viele von diesen Porträts besitzen Sie eigentlich?« fragte ich zur Ablenkung.

»Insgesamt? Knapp zweihundert, aber ich lasse ständig neue produzieren.«

»Und wer malt diese Bilder?«

»Ein Maler, mit dem ich befreundet bin. Er lebt in Berlin und ist ein großes Talent, wie ich meine.«

»Und dieser Auftrag hält ihn am Leben, ja?«

»Unbedingt«, sagte Höller. »Ginge es nach ihm, würde er noch Tausende davon produzieren. Die Maler träumen ja von Serienaufträgen, wie sie früher die Katholiken verteilt haben.«

»Wie viele Porträts sollen es denn insgesamt werden?«

»Nicht zu viele, wie es im Moment aussieht, nicht mehr als etwa dreihundert. Es gibt ja nicht unendlich viele Menschen, die den Lauf der Geschichte beeinflußt haben. Man muß auszuwählen wissen.«

»Und wenn Sie fertig sind, nehmen Sie die Weltgeschichte und teilen sie durch diese dreihundert Leute und bekommen dann die Formel für ...«

»Die Formel für das, was heute die Welt ist. Eine Formel darüber, welche Auswirkungen die Entdeckungen, die Taten, die Gedanken eines einzelnen auf die Gegenwart haben. Na ja, so hoffe ich zumindest.«

Höller lächelte wieder und trank aus seinem Glas.

»Das ist ein hübscher Gedanke, aber ich kann mir nicht vorstellen, daß es so einfach ist. Wie soll das funktionieren?«

»Ich weiß, daß es seltsam klingt«, sagte Höller. »Aber die Gesetze der Mathematik sind ja die einzigen Gesetze, mit denen wir Aussagen über das Funktionieren der Welt machen können.«

»Aber Menschen funktionieren nicht nach den Gesetzen der Mathematik, sie funktionieren nach den Gesetzen des Zufalls und der Willkür.«

»Das ist richtig, aber jeder Mensch, der etwas hinterläßt, an das sich die anderen Menschen erinnern, fügt der großen Gleichung der Geschichte eine neue Variable hinzu. Die Philosophin Hannah Arendt hat es einmal am Beispiel der Nazis erklärt: Jede in der Geschichte der Menschheit einmal vollbrachte Handlung hinterläßt eine Spur, die den Menschen noch lange nach dem Geschehen dieser Handlung als Möglichkeit verbleibt. Fällt einmal eine Grenze, die bislang als undenkbar galt, verändert das Fallen dieser Grenze auch alles, was vorher war. Dieses Gesetz gilt überall, in der Literatur, der Kunst, der Politik, der Wirtschaft. Beispiele gibt es genug: Joyce, Picasso, Marx, Edison, Napoleon, Morus, Rousseau, Locke – die Leute, die Sie hier sehen.«

»Nehmen wir einmal an«, fragte ich, »Sie finden diese Formel, von der Sie gerade reden. Was fangen Sie dann damit an? Welche Schlüsse ziehen Sie daraus?«

»Zu allererst einmal meine persönliche Befriedigung«, sagte Höller. »Die Befriedigung darüber, etwas *verstanden* zu haben. Und diese Erkenntnis wird dann unserer Bewegung zugute kommen. Sie wird uns helfen, unser weiteres Schicksal zu planen, Handlungen vorzunehmen.«

Da war sie wieder, die Bewegung, und das, was bisher eine interessante Unterhaltung geworden war, wurde nun zu einem potentiellen Aufnahmegespräch.

»Mir ist nicht im geringsten klar, was ihre Bewegung will, noch wie sie organisiert ist«, sagte ich. »Welchen Namen trägt sie eigentlich?«

»Wir haben keinen Namen«, sagte Höller.

»Aber eine Bewegung ohne Name ist keine Bewegung, so wie ein Staat ohne Verfassung kein Staat ist.«

»Das stimmt nicht«, sagte Höller. »So denken Sie nur, weil Sie durch alle Organisationen der Vergangenheit daran gewöhnt sind, sie mit einem Namen, einem Etikett zu versehen. Ein Name reglementiert – er stellt Grenzen auf, wo keine sein müßten, er schließt potentielle Anhänger aus, weil ihnen ein Wort oder ein Programmpunkt nicht gefällt. Uns aber geht es nicht um Abgrenzung. Wir wollen eigentlich jeden Menschen als Mitglied haben.«

»Das ist Größenwahn«, sagte ich. »Und die Geschichte, die Sie ja immer zitieren, beweist, daß so etwas nicht möglich ist.«

»Es war bis jetzt nicht möglich, weil keiner einen solchen Versuch unternommen hat«, sagte Höller. »Weil es zum Beitritt einer Gruppierung immer nötig war, sich ihr zu unterwerfen. Ein Interessent mußte alles hinter sich lassen, um unter der Flagge seiner Bewegung zu marschieren, er mußte zu einem Bannerträger werden.«

»Und bei Ihnen ist das nicht so? Sind Sie nicht der Kopf des Ganzen, das Hirn, die Schaltzentrale?«

»Ich bin der Cheforganisator, ja. Aber ich bin kein ehrgeiziger Parteiideologe, der unbedingt Kanzler werden möchte, und ich bin auch kein größenwahnsinniger Fanatiker, der sich zum Tyrannen eines Volkes machen will. Ich bin eher eine Art Geschäftsmann, den interessiert, was *möglich* ist. Und der daran glaubt, daß *sehr* viel möglich ist.«

»Wollen Sie diesen Staat kaufen?«

»Das wäre zum Beispiel eine Möglichkeit. Aber nicht die einzige und bei weitem keine, die ausreichen würde, um zu erreichen, was mir vorschwebt.«

»Und? Was schwebt Ihnen vor?«

»Eine Gegengesellschaft. Eine Alternative.«

»Eine Alternative zu was?«

»Eine Alternative zu allem Bestehenden.«

»Was zum Teufel seid ihr eigentlich?« brach es nun aus mir heraus, denn das Theoriegerede wurde mir zuviel. »Seid ihr Kommunisten, Marxisten-Leninisten, Faschisten, das Rote Kreuz oder die Roten Brigaden, die PLO oder die IRA?«

»Wir sind nichts von alledem«, sagte Höller ruhig. »Aber wir benutzen Teile und Zitate von all diesen Dingen – wir benutzen das, was sich als erfolgreich erwiesen hat, um unseren Einfluß zu stärken. Wir benutzen die *Essenz der Geschichte* aller jemals existierenden politischen Bewegungen.«

Ich verstand nun gar nichts mehr und begann müde zu werden, obwohl es erst Mitternacht war, für mich also Mittagszeit. »Und als was sehen Sie mich bei dem Ganzen?« fragte ich und goß mir frischen Wein nach. »Anführer der Stadtguerilla? Propagandaminister? Finanzexperte?« Ich lachte, aber unsicher.

»Sie sollen uns prägen.«

»Aha«, sagte ich. »Und wie das?«

»Durch Ihre Sprache. Wir sind gut organisiert, wir verfügen über eine eindrucksvolle Infrastruktur, über ausreichend und stetig wachsende Geldmittel. Was uns fehlt, ist jemand, der für uns spricht. Jemand, der uns eine eigene Sprache gibt.«

Ich überlegte einen Moment lang.

»Wenn es stimmt, daß Ihre Organisation so weitreichend ist, wieso nehmen Sie sich dann nicht irgendeinen bekannten Autor oder Schriftsteller für diese Aufgabe? Warum kommen Sie ausgerechnet auf einen Arbeitslosen wie mich, der nicht viel mehr kann, als ab und zu aus der Bibel der Samurai zu zitieren?«

»Weil all diese Autoren und Schriftsteller schon eine Haltung verinnerlicht haben, von der sie nicht mehr abweichen, besonders die deutschen. Sie schreiben entweder für die Geschichte, indem sie historische Romane schreiben oder Bücher über den Mauerfall, oder sie ignorieren die Geschichte, indem sie nur über das Private berichten, was in den meisten Fällen die noch größere Katastrophe ist. Einige von ihnen sind klug, einige sind dumm, einige sind eitel, einige sind bescheiden – aber sie sind allesamt schon am Ende ihrer Reise angekommen. Keiner von ihnen ist formbar, progressiv, offen. Sie aber sind das, weil Sie noch ein Verlorener sind. Sie suchen nach Antworten, darum lesen Sie im Hagakure.«

Ein interessantes Kompliment, dachte ich.

Höller redete weiter: »Die Sprache aber ist das Allerwichtigste für uns, das ultimative Machtmittel. Sie verteilt die Etiketten, die Preise, sie bestimmt den Marktwert, den Handel, den Reiz einer Sache. Sie bekämen also die wichtigste Position, die wir zu vergeben haben: Sie sollen uns *formulieren.*«

Klang gut, wie er das ausdrückte.

»Und?« fragte Höller. »Interessiert Sie das?«

Ich fühlte mich bedrängt und zerrissen. Höller sprach seit einer halben Stunde nichts als Wahnsinn aus, aber es klang nicht nach Wahnsinn, wenn er redete, da er dabei so ruhig blieb. Er wirkte überlegt und besonnen. Ich war nicht sicher, was ich tun sollte, darum rief ich mir in den Kopf, was Uwe mir einmal beigebracht hatte: Im Zweifel immer den anderen reden lassen, das verschafft Zeit. Solange jemand redet, geht es um ihn, nicht um dich.

»Bevor ich mich entscheide«, sagte ich daher zu Höller, »muß ich erst *alles* über Sie und Ihre Organisation wissen. Und wenn ich alles sage, dann meine ich wirklich *alles* – nicht bloß das esoterische Gerede, mit dem Sie mir bisher gekommen sind.«

»Was schlagen Sie vor?« fragte Höller und goß sich wieder etwas zu trinken ein.

»Ich will ein Interview mit Ihnen machen.«

»Bedaure«, sagte Höller, »ich bin noch nicht soweit, daß ich an die Öffentlichkeit gehen kann.«

»Das meine ich auch nicht«, sagte ich. »Ich will ein *persönliches Interview* machen, nur für mich allein.«

»Verstehe«, sagte Höller. »Aber ohne Tonband und ohne mitzuschreiben. Wann?«

»Jetzt«, sagte ich.

»Gut«, sagte Höller. »Dann also jetzt.«

DREIUNDZWANZIG

Ich kann mich nicht daran erinnern, jemals soviel Zeit am Stück mit einem einzelnen Menschen verbracht und die ganze Zeit *geredet* zu haben. Die Freundinnen, die ich in meinem Leben hatte, und auch Johanna waren, für meine Begriffe, niemals dumm oder langweilig gewesen, doch nach der Anfangszeit, in der zwei Menschen vielleicht mal fünf bis sechs Stunden miteinander reden, weil sie alles über den anderen erfahren wollen, nimmt diese Zeit ja rapide ab, und wenn es später längere Gespräche gibt, dann nur, um irgendwelche Probleme auszuräumen oder der Beziehung ein Ende zu machen. Selbst mit Uwe, mit dem es eigentlich immer viel zu sprechen gab, überschritt ich nur selten die Fünf-Stunden-Grenze – danach waren wir beide meist sehr erschöpft.

Höller und ich unterhielten uns zwölf Stunden lang. Es war kurz nach Mittag, als ich sein Haus verließ, hellster Tag also, und beim Einsteigen in das Taxi, das mich nach Hause bringen sollte, traf mich die Sonne wie ein Blitz in die Augen. Zum Glück hatte ich meine Sonnenbrille dabei.

Ich hatte eigentlich vorgehabt, Höller zuerst über die Organisation auszufragen, der offensichtlich so viele meiner Bekannten und Freunde beigetreten waren, doch alles um die Organisation herum verwirrte mich so sehr, daß ich nicht genau wußte, wo ich mit meinen Fragen anfangen sollte. Also forderte ich Höller auf, mir zuerst einmal sein Leben zu erzählen – vielleicht würde ich in seinen Schilderungen ja auf irgend etwas stoßen, das ihn demaskierte oder als einen brillanten Lügner entlarvte. In diesem Fall hätte sich auch alles, was die Organisation betraf, erledigt.

Höller erzählte, daß er kurz vor Ende des Zweiten Weltkriegs in Buenos Aires geboren sei, da seine Eltern, eine Französin und ein Österreicher aus Wien, schon 1937 ausgewandert seien, ein halbes Jahr vor dem Anschluß. Sie flohen zuerst nach Paris, nach Beginn von Hitlers Frankreichfeldzug dann nach Argentinien, weil der Vater schon nach den ersten Kriegstagen prophezeite, daß sich die Franzosen diesmal keine vier Jahre lang halten würden wie im Ersten Weltkrieg.

Seine Eltern waren ein hübsches Sozialistenpaar: Seine Mutter Christine, eine schöne kleine Frau mit dunklem Haar und blasser Haut, arbeitete als Fotografin für diverse linke Zeitungen und Magazine, während Johann, sein Vater – nach den Beschreibungen Höllers ein ehemaliger Geschichts- und Englischlehrer und ein kluger, zäher Hund, der zu cholerischen Anfällen neigte –, in Österreich die Finanzen einer kommunistischen Partei geführt hatte, bis er, enttäuscht von den nutzlosen Diskussionen der Gruppe darüber, wie nun auf die Nazis zu reagieren sei, entnervt aufgab und sich der Erkenntnis fügte, den Menschen sei nicht zu helfen, da könne man machen, was man wolle. Seitdem hatte er allen Glauben an die Möglichkeiten jeglicher Form der Gesellschaftsverbesserung verloren.

An seine Zeit in Buenos Aires hat Höller nur wenige Erinnerungen: Er weiß noch, daß die Stadt nach Kriegsende voll von Deutschen war, ehemalige Nazis allesamt, weil Perón ein Abkommen mit der Naziregierung getroffen hatte, das ihm einen Haufen Devisen brachte. Trotz allem erinnert Höller die Zeit in Buenos Aires als seine glücklichste: Seine Eltern waren verliebt, sie lebten in einer kleinen Wohnung im Viertel Recoleta, die Mutter fotografierte, der Vater brachte argentinischen Finanzleuten Englisch bei und klärte sie nebenbei über die Unvollkommenheit der menschlichen Rasse auf.

Über einen Freund bekam Höllers Vater Anfang der fünfziger Jahre einen Job in New York vermittelt – wegen seines sicheren Gespürs in Finanzdingen und der Entwicklung der globalen Märkte sollte Johann eine Firma bei ihren Expansionsplänen beraten. New York, für viele Menschen ja ein Glückstreffer, war kein Glück für die Höllers: Zwar verdiente Johann zum ersten Mal in seinem Leben wirklich Geld, doch im Zuge der McCarthy-Bewegung und des Kalten Krieges bekam Christine kaum noch Aufträge als Fotografin – in Gelddingen war die politische Orientierung zwar egal, doch wenn es um die Medien ging, befürchtete die amerikanische Regierung die Übernahme durch die Komintern. Zeitweise soll Höllers Mutter sogar vom CIA überwacht worden sein, da man vermutete, sie beschaffe den Russen Informationen über das amerikanische Bankensystem, damit die Agenten des KGB diese Banken dann ausrauben und mit dem Geld eine antiamerikanische Terrorbewegung im Land gründen könnten. Ja, es war eine seltsame Zeit, und als Johann schließlich ein Verhältnis mit einer jungen Kunsthändlerin einging, die früher mal was mit dem Galeristen Leo Castelli gehabt hatte und der im wesentlichen der Erfolgszug der Pop-Art zu verdanken ist, weil sie Andy Warhol sagte, er solle endlich aufhören, nur Engel und Katzen zu malen, trennte sich Christine von ihrem Mann und kehrte 1955 gebrochen nach Frankreich zurück, wo sie sich in den existentialistischen Künstlerkreisen herumtrieb. Sie arbeitete für die kommunistische Zeitung *Combat*, lernte Sartre, de Beauvoir und die Regisseure der Nouvelle Vague kennen, mit deren Porträts sie immerhin ein kleines Buch herausgab, das in den Kreisen der Künstler als *Petite Galerie de la Nouvelle Révolution* bekannt wurde, obwohl es nur in einer Auflage von 500 Stück erschien. Einmal begleitete Christine sogar Albert Camus auf einer Reise nach Algerien, wo sie sich in ihn verliebte, doch gegen seine Frau Francine hatte sie keine Chance. Als es mit dem *Combat* zu Ende ging, zog sich Christine mit einem fünfzehn Jahre jüngeren Mann, einem erfolglosen und nachweislich untalentierten Schriftsteller, der eine manische Obsession mit dem Marquis de Sade hatte, an die Côte d'Azur zurück, irgendwo in die Nähe von Antibes. Ihr Freund verließ sie, sie legte sich einen Haufen Hunde zu und starb Mitte der siebziger Jahre mit gerade mal fünfzig an einem Schlaganfall – zu viele Gauloises, zu viele zerbrochene Träume. Heute liegt sie in der Nähe von Lausanne begraben, in einem Grab mit ihrer Mutter, so wie es immer ihr Wunsch gewesen war. Das wenige Geld, das sie noch besaß, verteilte sie an verschiedene kommunistische Splittergruppen, die sich um die paar Francs die Köpfe einschlugen. Eine postume Ausstellung ihrer Arbeiten gab es nicht, denn die Splittergruppen nahmen es ihr übel, daß sie in den letzten Jahren nur noch ihre Hunde fotografiert hatte. Hunde hätten nichts Subversives an sich, argumentierten die Splittergruppen, Hunde seien nichts als unterwürfige Diener, die sich jedem System anbiederten, solange es ihnen nur zu fressen gebe.

Höller selbst war in dieser Zeit bei seinem Vater in New York geblieben, nicht weil er es unbedingt so gewollt hatte, aber weil sein Vater – der sich alle Mühe gegeben hatte, seine politische Vergangenheit auszulöschen – das Sorgerecht erhielt, da er inzwischen zu einem Vorzeigekapitalisten geworden war, der sich eine Riesenwohnung in der Upper West Side leisten konnte. Auf Wunsch des Vaters studierte Höller Wirtschaft an der Universität von Columbia, mit Auszeichnung, und bekam sofort einen hochdotierten Job bei einer Firma, die Marktführer auf dem Gebiet moderner Kommunikationstechnologie war. Der Job war nicht schlecht, doch ein paar Erinnerungen an die Reden seiner Mutter hatte Höller noch im Kopf, darum zerstritt er sich eines Abends mit seinem Vater, warf ihm nichts weniger als einen *Seelen- und Gewissensverrat* vor, zog aus der gemeinsamen Wohnung aus und schrieb sich erneut an der Universität ein, diesmal für den Fachbereich Medizin und für Moderne Literatur im Nebenfach, was gewiß eine ungewöhnliche Kombination ist. Er lebte in einer Künstlerwohngemeinde irgendwo im East Village, experimentierte mit psychedelischen Drogen und verschaffte sich durch die Herstellung von Benzedrin und LSD einen einträglichen Nebenerwerb. Mitte der sechziger Jahre bestieg er mit ein paar anderen Freaks einen Bus nach San Francisco und verbrachte dort mit Ken Kesey und Tom Wolfe ein paar Monate in Big Sur. Die meisten Nächte schlief er nicht, sondern diskutierte ernsthaft darüber, wie man Lyndon B. Johnson LSD einflößen könnte, um die amerikanische Regierung zu stürzen und dem Land den ewigen Frieden zu bringen. Der Gedanke, sich zu organisieren, eine gemeinsame Macht zu schaffen, die Einfluß auf die Gesellschaft und die Politik ausübe, sei ihm wohl in dieser Zeit gekommen, sagte Höller. Doch ihm war auch damals schon klar, daß dieses Ziel mit den Hippies nicht zu erreichen gewesen wäre, weil sie keine Disziplin besaßen und den ganzen Tag nur am Strand herumfickten und ihre Drogen nahmen. Die Hippies waren zu schlaff für alles, erklärte Höller: Ihr Traum einer neuen Gesellschaft hatte die Farbe Lila und die Konsistenz eines Seidentuchs – das seien nicht die Art Träume, die Höller gerne realisiert gesehen hätte, dann schon lieber einen Militärstaat oder eine Diktatur des Proletariats. Er brach also mit den Hippies und kehrte nach New York zurück, um sein Medizinstudium zu beenden und noch ein weiteres Fach hinzuzufügen: *Die Geschichte der politischen Ideen und der Versuche ihrer Ausführungen.* Ja, Höller war damals schon ein Getriebener.

Auch diese Studien bestand er mit Auszeichnung, sein Medizinprofessor schlug ihm vor, in die Forschung zu gehen, was Höller auch tat. Drei Jahre lang war er der Kopf einer Abteilung in Cambridge, Massachusetts, die einiges auf dem Gebiet der Diabetesforschung leistete. In dieser Zeit redete Höller zum ersten Mal wieder mit seinem Vater, der sich in der Zwischenzeit als Wirtschaftsberater selbständig gemacht hatte, für Firmen wie General Electric, General Motors, Ford und Warner arbeitete und so viel Geld verdiente, daß es keine Übertreibung gewesen wäre, hätte er sich wie der Multimilliardär Dagobert Duck einen Geldspeicher eingerichtet. Besonders glücklich allerdings wirkte Johann Höller auf seinen Sohn nicht: Die Galeristin hatte ihn längst verlassen, er vertrieb sich die wenige Zeit, die er hatte, mit exklusiven Huren und gab vor seinem Sohn nicht selten damit an, »es immer noch so zu können wie ein junger Hund«. Einmal noch sah Höller seinen Vater, kurz vor Ende des Jahres 1978, die beiden trafen sich zum Essen in Johanns Appartment. Die Wachteln wurden von halbnackten Kellnerinnen serviert, während des Gesprächs zwischen Vater und Sohn ließ Johann sich die Zehen massieren. Angewidert und traurig verließ Höller an diesem Tag seinen Vater, und er sollte ihn auch nicht wiedertreffen: Johann wurde eine Woche später tot in seiner Wohnung aufgefunden, offiziell starb er an Herzversagen, doch in seinem Blut fand man den gleichen Medikamentencocktail, der auch schon Elvis Presley hingerafft hatte, den Johann Höller immer sehr bewundert hatte. Ein Testament gab es nicht, Christine war schon seit ein paar Jahren tot, also fielen alles Geld und der gesamte Besitz an Höller, den einzigen Sohn: knapp fünfzig Millionen Dollar, weil Johann immer wieder klug investiert hatte. Ohne eigenes Zutun war Höller unendlich reich, mit gerade mal fünfunddreißig Jahren.

Einige Monate arbeitete er noch als Mediziner, denn er dachte, dieser Beruf sei der einzig nützliche in der Welt, weil er den Menschen helfe. Doch als Höller mitbekam, welchen Einfluß die Pharmaindustrie auf die Forschung hatte, indem sie mit der Fertigung neuer Produkte erst begann, wenn es ihr in den Kram paßte, kündigte Höller von einem Tag auf den nächsten und verließ seine Medizinergruppe, nachdem er vor den Augen seiner Kollegen seine neusten Erkenntnisse verbrannt und seinen Computer zerschlagen hatte.

»Jeder Fortschritt in der Medizin ist ein weiterer Schritt zur Versklavung des Menschen durch die Pharmaindustrie«, skandierte Höller, nicht einmal betrunken, sondern völlig klar im Kopf. Die Umstehenden waren sehr beeindruckt.

Eine Zeitlang zog er sich in das Appartment seines Vaters in New York zurück, ab und zu ging er auf Parties oder in die Clubs, die gerade dabei waren, die Exzesse der achtziger

Jahre vorzubereiten. Höller trieb sich mit Frauen herum, die er mit seinen Kenntnissen und seiner Lebensgeschichte beeindrucken konnte, aber mehr wurde nie daraus, zu sehr verachtete Höller das Leben, das diese Frauen führten, ein Leben zwischen Jobs in der Werbung oder in der Musikindustrie, regelmäßigen Galeriebesuchen unerträglicher Künstler, einer mittelhübschen Wohnung in Manhattan und der Lektüre nutzloser Magazine. Höller begann, New York zu hassen, und zog in der Welt herum, genug Geld hatte er ja: Er reiste nach Mexiko, Kuba, Marokko, Indien, Vietnam, Bolivien, Chile und sogar nach Beirut, obwohl sie dort jeden hassen, der aus Amerika kommt, doch Höller war schon zu sehr zu einem Überlebenskünstler geworden. Auch nach Europa reiste Höller, von dem er bisher nur Frankreich kannte, weil er seine Mutter ein paarmal in Paris besucht hatte. Er lebte eine Zeitlang in Barcelona und Madrid, in Rom und Florenz, und auch nach Deutschland kam er: nach Berlin, das damals noch durch die Mauer geteilt war, nach Hamburg, München und Köln.

Ein paar Jahre lang ging das so. Höller verbrachte seine Zeit mit Herumfahren, er ließ sich treiben, weil er sehen wollte, was passiert, wenn ein Mensch sich keine Grenzen mehr setzt – die Art Grenzen, die das Leben einem Zeitplan unterwerfen, von dessen Einhaltung das Glücklichsein abhängt. Sein Geld erlaubte ihm alle Freiheiten, wohin immer er auch kam, er konnte in den besten Hotels wohnen, er konnte so lange an einem Ort bleiben, wie es ihm gefiel. Und seine Reise wurde zu dem, was die Menschen gern eine *prägende Erfahrung* nennen, eine Erfahrung, die das Leben eines Menschen in eine bestimmte Richtung drängt, aus der er dann nicht mehr umkehren kann und die sich bei normalen Leuten manifestiert in der Trennung von einem Lebenspartner oder dem Eintritt in eine Sekte. Höllers Reise aber war mehr: Es war die Reise eines Pilgers, der sein Ziel, seine Bestimmung sucht – er war eine Art Mönch auf dem Weg zur Erleuchtung.

Irgendwann, so Höller, fand er seine Erleuchtung. Er hatte viel gelesen während seiner Reisezeit – was sonst soll ein Mensch, der allein unterwegs ist, auch tun? –, zumeist die Biographien der Leute, von denen ihm seine Mutter erzählt, die sein Vater früher vergöttert hatte, die Personen, von denen ihm auch die Hippies und Freaks aus Kalifornien und New York immer vorgeschwärmt hatten: die Leute also, die irgendwann einmal in seiner *Galerie der bedeutenden Persönlichkeiten* hängen sollten.

Er las die Biographien deutscher Dadaisten, die Manifeste russischer Rebellen, die Texte italienischer Philosophen, die Aufsätze spanischer Revolutionäre. Er las Geschichten von chilenischen Widerstandskämpfern, französischen Situationisten und englischen Anarchisten, und bei einem dreimonatigen Besuch in Tokyo befaßte er sich auch mit dem Hagakure und dem Weg des Samurai. Am Anfang, so Höller, sei all das nur eine harmlose Leidenschaft, ein Zeitvertreib gewesen, mit dem er nicht mehr vorhatte, als möglichst viel unnützes Wissen anzuhäufen, um sein Leben zumindest mit *irgend etwas* zu füllen. Irgendwann aber verband sich all dieses Wissen über die Menschen und den Prozeß der Geschichte zu einem Band, zu einer logischen Kette, die für Höller nicht mehr zu ignorieren war. Er begann, die Weltgeschichte mathematisch zu sehen: Er knüpfte Verbindungen zwischen Zar Peter dem Großen und Stalin, er leitete Napoleon aus Ludwig XIV. her, Hitler aus dem Sarajevo-Attentäter Gavrilo Prinçip, Marx aus Morus, Kerouac aus Thomas Wolfe, die RAF aus dem italienischen Terroristen Carlos Piscane und dem Holocaust. Höller analysierte den Sinneswandel des Schriftstellers Knut Hamsun, in Tel Aviv untersuchte er die Taktiken der jüdischen Terrorgruppe Irgun, die unter der Führung von Menachem Begin Ende der vierziger Jahre die Gründung des Staates Israel erzwang, nebenbei las er alles, was jemals über KGB, CIA, FBI, den BND oder den SAS erschienen war. Höller war süchtig geworden nach Geschichten, in denen es um die Durchsetzung der Visionen und Ideale einer Handvoll weniger Überzeugter ging, egal, ob sie gescheitert waren oder nicht. Höller wollte mit aller Macht verstehen lernen, nach welchen Regeln und Gesetzen Geschichte *funktioniert.* Er wollte die Quersumme der Geschichte ziehen.

Die Arbeit, die er nach seinen Schilderungen dafür tat, war beeindruckend. Es heißt, wenn ein Mensch einmal ein kleines Stück eines Systems aufdeckt, kann er nicht eher ruhen, bis das ganze System freigelegt ist, und bei Höller war es so: Er wollte die Formel finden.

In den nächsten Jahren also bereiste Höller die Welt nicht mehr zufällig, sondern nach einem Plan: Er besuchte *legendäre Orte* wie Jerusalem, Mekka und das indische Varanasi, er fuhr in die Stadt Wolgograd, die früher einmal Stalingrad hieß, um alles über die Verteidigungstaktik der Roten Armee herauszufinden. Er fuhr in den Libanon, um sich mit den Kriegern der PLO zu unterhalten, er traf sich mit den Führern der IRA in Irland, mit brasilianischen Landkämpfern in São Paulo, sogar mit kanadischen Exilseparatisten in Holland, und er schaffte es sogar, ein paar Beamte in Ostberlin zu bestechen, die ihm alles über die Rolle der Stasi im internationalen Terrorismus erzählten. In dieser Zeit, so Höller, lernte er alles über die Organisation von Protest- und Gegenbewegungen, über deren Unterstützung und Unterdrückung, und nebenbei erfuhr er noch die Wahrheit über viele der politischen Zwischenfälle, die bis heute noch als ungeklärt gelten. Fast hätte er auch noch herausgefunden, wo das Nazigold versteckt ist, erklärte Höller lächelnd, doch der Preis für das Bestechungsgeld sei eine Beleidigung gewesen – ungefähr doppelt so hoch wie der Betrag, den das Gold eingebracht hätte.

Nach fast sieben Jahren des Reisens kehrte Höller Ende der achtziger Jahre nach New York zurück, wieder in die Wohnung seines Vaters. Ein Jahr lang schloß er sich zu Hause ein, verarbeitete all die Informationen, die er gesammelt hatte, und machte sich daran, ein Werk zu schaffen, dessen Anspruch nichts Geringeres war, als das Geheimnis der Menschenwelt zu lösen. Als er das Projekt ein paar Verlagen vorschlug, stieß er zuerst sogar auf recht großes Interesse. Ein Buch, das vorgab, das Geheimnis der Geschichte zu lösen, klänge gut, sagten die Verleger, doch als Höller ihnen erklärte, daß ein wesentlicher Bestandteil des Buchs ein Ratgeber und eine Anleitung zum persönlichen Widerstand gegen jedwede Art von Staatsmacht mit dem Aufruf zur Bildung solcher Widerstandsgruppen sei, wurden die Verleger nervös. Ernstgemeinte Aufrufe gegen die bekannten Regierungsformen seien in etwa so unschicklich wie der Versuch, Gott abzuschaffen. Außerdem störte die Verleger an den Vorabkapiteln, die Höller ihnen vorlegte, die Tatsache, daß sich das Buch nur wenig um christliche Moralvorstellungen kümmerte – es war eine kühle Analyse der Verhältnisse, ohne Lösungsvorschläge für eine bessere Welt.

Höller schrieb das Buch also nicht fertig, über ein paar lose Manuskriptseiten und halbangefangene Thesen kam er nie hinaus. Irgendwann aber sei die Fertigstellung des Buches auch nicht mehr so wichtig gewesen.

»Anstelle der Herstellung von Thesen, die vielleicht später einmal von Geschichtswissenschaftlern oder Soziologen in den schlecht beleuchteten Hörsälen irgendwelcher Universitäten diskutiert würden, begann es, mir um die praktische Umsetzung der Thesen zu gehen. Warum sich die Zeit mit Gerede vertreiben, wenn ein praktischer Beweis viel eindrucksvoller, die viel bessere Rache ist?« Genauso hätte dieser Satz auch im Hagakure stehen können.

Es war also zu jener Zeit, daß Höller sich mit dem Gedanken befaßte, eine Organisation zu schaffen, ein System, eine Vernetzung, die sich abseits der gängigen Strukturen bewegen sollte – mit dem Ziel, dieser Organisation eines Tages so viel Macht zu verschaffen, daß sie in dem Augenblick, wo sie sich zu erkennen geben würde, nicht mehr zu ignorieren wäre.

Nicht viel später kam Höller nach Deutschland, zuerst nach Berlin, dann nach Hamburg, und wurde zu dem Höller, der nun vor mir saß: zum Machthöller, zum Revolutionshöller, zum Daimyo der Verlorenen.

Ich brauchte eine Pause, nachdem Höller mir all diese Dinge erzählt hatte, denn eine vergleichbare Biographie hatte ich noch nie gehört. Höllers Schilderungen übertrafen alles, was mir bislang jemand erzählt hatte, sie übertrafen die Lebensberichte sämtlicher Künstler oder Beatniks oder irgendwelcher Journalisten, die noch Jahre später mit Erlebnissen angaben, die längst vergangen und nicht wirklich besonders waren, wie ein Besuch in Sarajevo oder das Interview mit einem Supermodel. Höllers Biographie war das, was Uwe eine *literarische Biographie* nennen würde. Es war die Art Biographie von Menschen, die nur in Büchern vorkommen und deren Leben zusammengesetzt sind aus allem, was die Schreiber dieser Bücher jemals gelesen oder gesehen haben. Säße Höller in diesem Moment nicht vor mir und hätte er die ganze Zeit nicht mit einer unglaublichen Ruhe diese Geschichte erzählt, hätte ich sie für eine sehr gute Lüge gehalten, doch der Ernst in seiner Stimme und die Stimmigkeit und Detailfreude aller Fakten überzeugten mich davon, daß diese Geschichte wahr sein mußte. Etwas war anders geworden in mir, als Höller geendet hatte: Von jemandem, der geplant hatte, Höller auszufragen in der Hoffnung, ihn zu entlarven, war ich zu einem Zuhörer geworden, einem Zuhörer, der zutiefst dankbar war für die Geschichte, die er gehört hatte.

Die Spanierin hatte uns in der Zwischenzeit mit frischem Kaffee und Wein versorgt, so daß ich etwas betrunken war, als ich begann, Höller nun Fragen zur Beschaffenheit seiner Organisation zu stellen. Ich war ein wenig wirr im Kopf, darum mögen einige Passagen des folgenden Interviews vielleicht ungeordnet erscheinen, obwohl ich mir alle Mühe gab.

»Wie genau muß man sich die Organisation, von der Sie sagen, daß Sie sie geschaffen haben, vorstellen?« begann ich. Ich unerdrückte nur mühsam ein Rülpsen, da ich gerade ein weiteres Glas Wein ausgetrunken hatte.

»Man muß sich die Organisation vorstellen als einen lose erscheinenden, aber trotzdem eng verwobenen Verband von Menschen der verschiedensten Schichten und Positionen«, antwortete Höller.

»Damit kann ich nichts anfangen«, sagte ich. »Welche Menschen, welche Schichten, welche Positionen?«

»Arbeiter, Politiker, Anwälte, Sekretärinnen, Künstler, Studenten, auch Schüler sind dabei. Mächtige Leute und nicht so mächtige Leute, Linke, Rechte, Liberale.«

»Was tun diese Leute für Sie? Inwiefern sind sie miteinander verbunden?«

»Sie sind verbunden in verschiedenen Gruppen, die sich über das ganze Land erstrecken. Sie halten regelmäßig

Treffen und Sitzungen ab, über das, was als nächstes zu tun ist, um den Gedanken der Organisation weiterzubringen.«

»Was ist der *Gedanke der Organisation?*«

»Zunächst einmal das Schaffen einer Struktur, eines Systems jenseits des bekannten, offiziellen Systems – ein Schattenstaat praktisch. Nächstes Ziel ist die weitere Rekrutierung von immer mehr Mitgliedern, die sich uns anschließen, und damit die Vergrößerung des Schattenstaates.«

»Wie viele Mitglieder hat Ihre Organisation?«

»In Deutschland?« fragte Höller. »Etwa vierzigtausend, aber es werden täglich mehr.«

»Wie läßt sich eine Organisation von dieser Größe geheimhalten? Und, viel wichtiger: Wie sind alle diese Gruppen unter einen Hut zu kriegen?«

»Indem die einzelnen Untergruppen der Organisation nichts voneinander wissen; indem jede einzelne Gruppierung auch einzeln behandelt wird. So streiten sie sich nicht über ihre politischen Richtlinien. Wir operieren dezentral, so wie das heute jede ernstzunehmende Terrorgruppe tut.«

»Das verstehe ich nicht«, sagte ich.

»Es ist so, wie ich vorhin erklärt habe, daß wir keinen eigenen Namen besitzen. Ein gemeinsamer Name, wie auch eine Definition als gemeinsame Organisation, würde den Apparat so groß machen, daß er nicht mehr geheimzuhalten wäre. Der Staat würde mitbekommen, daß es uns gibt, er würde Maßnahmen gegen uns ergreifen, weil wir ihm suspekt erscheinen würden, so wie das damals der BND mit den Linksterroristen der siebziger Jahre gemacht hat. Wir aber setzen uns aus einer Vielzahl von Phantomzellen zusammen, die im ganzen Land verteilt sind. Sie müssen es sich so vorstellen wie Japan zur Kamakura-Zeit: Um die Aufstände der Landbevölkerung und die Streitereien der verschiedenen Fürsten zu unterbinden, verteilte der Shogun überall im Land ein Netzwerk geheimer Samuraitruppen, die zwar in seinem Auftrag handelten, aber nicht zu ihm zurückzuverfolgen waren. Ähnlich sind auch wir strukturiert: Wenn wir Aktionen unternehmen oder Treffen veranstalten, gibt es keinen Hinweis auf einen größeren, nationalen Zusammenhang. Für die Polizei sieht alles so aus, als wären es Einzelaktionen. Sie legt also keine Akte an, in der alle Informationen gebündelt werden, sondern behandelt jede Gruppierung als Einzelphänomen. Wir sind so gut organisiert, daß unsere Organisation so wirkt, als gäbe es sie gar nicht. Die Konten liegen alle im Ausland und sind als Geschäftskonten getarnt, ich selber tauche nirgends auf, es existiert nicht einmal ein Eintrag wegen Falschparkens oder einer Geschwindigkeitsübertretung über mich.«

»Wie aber ist die Organisation dann zu leiten? Wie üben Sie Kontrolle aus über die verschiedenen Zellen, wie planen Sie ein gemeinsames Vorgehen?«

»Natürlich gibt es Listen, natürlich gibt es eine Planung, und sie geht von hier aus, von mir. Die einzelnen Gruppierungen aber wissen nichts über die Ausmaße der ganzen Sache, sie erfahren nur das Nötigste und besitzen nur Listen, die sie selbst betreffen. Meinen Namen kennen deren Mitglieder gar nicht, bloß den falschen Namen irgendeines Unterhändlers. Einige dieser Gruppen denken sich für ihre Aktionen dann manchmal auch Namen aus, die sie genau einmal benutzen und dann nie wieder. Namen, die Verwirrung stiften und die Polizei in die Irre führen, wie Irgun II oder Schwarzer April, in Anspielung auf verschiedene Terrorgruppen der Geschichte. Namen und Bezeichnungen, die uns Spaß machen: Kommando Franz-Josef Strauß, Aktion Herbert Wehner, Programmatik Immanuel Kant oder Ordnung Winston Churchill.

Bei einem Bankraub in Köln hinterließ eine Gruppe einmal einen Brief, in dem sich das Projekt Martin Semmelrogge zu der Tat bekannte – der deutsche Schauspieler, wissen Sie? Da sind eigentlich keine Grenzen gesetzt.« Höller grinste.

»Was für Aktionen unternehmen Sie? Sie sprachen von Banküberfällen.«

»Ja, wir rauben ab und zu Banken aus, um uns Geld zu beschaffen. Das Kokskasino, das Sie schon gesehen haben, bringt uns zwar eine ganze Menge ein, aber nicht genug und vor allem nicht schnell genug – die Einnahmen müssen ja erst versetzt werden. Das Geld brauchen wir, um die Organisation und ihre Ausrüstung finanzieren zu können: Autos, Waffen, Wohnungen, Computer, Musikanlagen für die Parties. Ansonsten wollen wir mit unseren Aktionen den Staat verstören: Wir machen Brandanschläge gegen Justizgebäude, in denen Verhandlungen gegen unsere Mitglieder stattfinden. Oder wir schicken ein paar Leute los, um ein Geschäft unter Druck zu setzen. So was aber passiert meist im Auftrag.«

»Im Auftrag von wem?«

»Im Auftrag von Firmen, Banken oder Kaufhäusern, die uns anheuern, um ihren Konkurrenten zu schaden. Dafür bezahlen sie uns dann, und sie zahlen meist sehr gut.«

»Dann seid ihr also Söldner?« fragte ich. Aus irgendeinem Grund war ich enttäuscht darüber, daß Höller sich auf einmal doch als billiger Auftragsgauner entpuppte.

»Einige von uns sind tatsächlich eine Art Söldner, doch auch da gibt es keine wirkliche Verbindung zur Organisation selbst. Wir stellen Kontakte her zu Punks oder irgendwelchen Skinheads, die Lust haben, ein paar Fenster zu zerschlagen. Wir heuern Menschen an, die wir *Zerstörer* nennen: Journalisten, die Zeitungen zugrunde richten, indem sie Skandalgeschichten schreiben, die nicht wahr sind, damit die

Zeitungen ins Grab geklagt werden. Wir sorgen im Auftrag von Fußballclubs dafür, daß die gegnerischen Clubs für unglaublich viel Geld Spieler einkaufen, die ihr Geld nicht wert sind. Wir ...«

»Augenblick«, sagte ich. »Es ist also euer Verdienst, daß Magazine dichtmachen und Fußballclubs in Drittligen absteigen?«

»In vielen Fällen ja«, sagte Höller. »Und für die Vermittlung dieser Zerstörer kassieren wir dann Geld. Das ist nicht ganz sauber, ich weiß, aber es dient der Sache.«

»Inwiefern?«

»Auf diese Weise bekommen wir Macht über die auftraggebende Firma. Sie schuldet uns dann einen Gefallen, weil wir wissen, daß sie Dreck am Stecken hat.«

»Also Erpressung«, sagte ich.

»Wenn Sie es so nennen wollen, ja, aber wüßten Sie, wie viele Firmen und Geschäftsleute auf diesem Weg zum Erfolg kommen, würden Sie diesen Begriff in bezug auf uns nicht so abwertend aussprechen. Es ist die Normalität der Geschäftswelt.«

»Welchen Gefallen schuldete euch die *Abendpost*?«

»Wir haben ihnen eine Skandalgeschichte über einen Konkurrenten geliefert, der sich von Regierungsbeamten hat bezahlen lassen, damit ein paar Geheimnisse nicht veröffentlicht werden. Diese Geschichte hat der *Abendpost* eine ganz ordentliche Auflage eingebracht und den Konkurrenten unschädlich gemacht. Ähnlich haben wir es seinerzeit mit dem *Stern* und den Hitler-Tagebüchern gemacht, die der Kunstfälscher Konrad Kujau für uns anfertigte. Das war einer meiner ersten Erfolge, mit dem ich den Aufbau der Organisation begann. Er hat lange für uns gearbeitet, und sein Porträt hängt auch in meiner Galerie.«

»Ihr wühlt also hauptsächlich im Dreck herum?«

»Der Dreck ist Macht, lieber Freund, das dürfte auch für Sie nichts Neues sein. Nichts ist heutzutage wertvoller als eine Handvoll Dreck. Je mehr Dreck, desto besser.«

»Wie weit geht euer Einfluß?«

»Bis nach Berlin, bis in den Bundestag.«

»Auch durch Erpressung?«

»Indirekt. Ich will es mal so erklären: Begehrt ein Mann die Frau oder den Job seines besten Freundes, dann ist es ihm egal, was er dafür tun muß. Wir helfen dem Mann, und danach hilft er uns. Es ist die Politik des Gefallens, wie bei der Mafia. Sie haben doch den *Paten* gesehen, oder nicht?«

»Ja«, sagte ich. Was für eine Wirkung Filme haben können! »Bringen Sie auch Leute um?«

»Geplante Morde haben wir nicht nötig, und auch bei den Bankrauben hatten wir bis jetzt Glück: nur Leichtverletzte. Im Gegensatz zur RAF oder der IRA sind wir sehr darauf bedacht, keine Menschen umzubringen, weil es die Bewegung belastet und sofort einen Schwanz von Ermittlungen nach sich zieht. Es wäre schön, wenn alles ohne Blutvergießen zu schaffen wäre, obwohl es in dem Moment, wo wir selbst bedroht werden, natürlich schwierig sein wird.«

»Wie weit erstreckt sich die Organisation?«

»Über ganz Deutschland. Die meisten Mitglieder haben wir in den Großstädten: Berlin, Köln, Dresden, Frankfurt, Düsseldorf, hier. Sehr viele auch in München, die Menschen dort sind sehr anfällig für jede Art von Organisation, bestimmt erinnern Sie sich noch an die Anfänge Hitlers. Die Münchner geben sich am meisten Mühe, deshalb ist es manchmal schwer, sie zu kontrollieren. Aber auch auf dem Land werden wir immer stärker.«

»Aha. Wie rekrutieren Sie?«

»Junge Menschen zu bekommen ist am einfachsten, da es heute ja so ist, daß sie alle möglichst lange Kinder bleiben und nicht erwachsen werden wollen. Schüler, Studenten – sie haben immer Lust, zu spielen, etwas zu unternehmen, was Spaß verspricht, und diesen Spaß versprechen wir ihnen, wenn wir sie nachts irgendwo ansprechen. Einige Leute bezahlen wir in synthetischen Drogen, wir veranstalten eine Party oder sagen ihnen Unterstützung für irgendein Projekt zu, eine Bar, die sie eröffnen möchten oder so etwas. Viele dieser Menschen stellen erstaunlich wenig Fragen, was die Organisation und ihre Ziele betrifft: Die Aktionen genügen ihnen oft schon, weil sie dann das Gefühl haben, in Bewegung zu sein. Sie sehen einen Sinn in ihrer Existenz, und die Tatsache, daß die Aktionen geheimgehalten werden müssen, steigert ihre Begeisterung noch, da sie dann denken, Teil von etwas besonders Wichtigem zu sein. Manchmal sind wir selbst überrascht, wieviel Fußvolk wir bekommen – es ist so, als hätten sie ein Leben lang darauf gewartet, sich einem System zu unterwerfen.«

»Und ältere Menschen?«

»Bei den Leuten, die bei uns Verantwortung tragen – was nicht viele sind –, wählen wir sehr genau aus. Es dauert, bis wir uns wirklich jemandem anvertrauen. Mit allen Geheimnissen vertraut sind nur wenige.«

»Warum seid ihr bei mir so vertrauensselig?«

»Das habe ich Ihnen schon erklärt. Weil Sie, ohne es zu wissen, schon das formulieren, was auch wir denken. Aber natürlich haben wir Sie einige Monate beobachtet und Ihren Lebenswandel verfolgt.«

»Welche Waffen besitzt die Organisation?«

»Alle möglichen Arten: Heckler und Koch, Kalaschnikow, Walther, Smith & Wesson, Udar. Besonders für die Banküberfälle brauchen wir die Waffen.«

»Und woher kommen die?«

»Russland, Naher Osten, Nordirland. Wir sind sehr gut vernetzt.«

»Wo werden sie versteckt?«

»In Lagern und Privatwohnungen.«

»Ist das nicht dumm? Ist die Gefahr nicht zu groß, daß dann alles auffliegt?«

»Im Gegenteil: Das System der konspirativen Wohnungen, wie es die RAF und die Bewegung des 2. Juni populär gemacht haben, sorgt nur dafür, daß Leute aufmerksam werden durch den ewigen Wechsel, das Bezahlen der Miete in bar und den ganzen Akt, der zur Beschaffung gehört. Wir ziehen uns immer wieder in Privatwohnungen zurück, denn gerade in Deutschland bietet das Private den meisten Schutz. Es ist so wie in den Krimis, in denen ein Mörder seine Opfer völlig planlos umbringt und dann in seine Wohnung zurückkehrt – so jemanden zu finden ist viel schwieriger, als jemanden zu finden, der alles tut, um sich zu verstecken, und einen Riesenkrach dabei macht. Wir sind wie die Zeloten im Jerusalem zur Zeit der römischen Besetzung: aus der Anonymität der Menge heraus angreifen und still wieder in die Anonymität der Menge zurückkehren. Wir sind wie die Samurai.«

Ich pausierte einen Moment lang, weil ich langsam müde wurde und mich das, was ich hörte, zunehmend verwirrte: War Höller nun sehr klug oder sehr naiv, ein Schwein oder ein Wohltäter? War er brillant oder wahnsinnig? War er ein Idealist oder ein Opportunist? Ich wußte es nicht mehr.

»Eine Frage noch«, stöhnte ich, mein Kopf war ein Trümmerhaufen.

»Nehmen wir an, das stimmt alles: die Struktur der Organisation, der Einfluß bis zur Regierungsebene, die Geldmittel, die jugendlichen Terrorgruppen, die freudig jeden Auftrag ausführen, den sie bekommen, die Ahnungslosigkeit der Polizei, die perfekten Verdeckungsmethoden. Nehmen wir an, das ist alles wahr. Was aber passiert, wenn ihr stark und einflußreich genug seid, dem Staat, der Gesellschaft gegenüberzutreten? Was macht ihr dann mit dem Staat, mit der Gesellschaft? Schafft ihr eine neue, eine bessere, eine *andere* Welt? Und wie wird die aussehen?«

»Haben Sie schon einmal etwas von einem Mann namens Michel Mourre und seinem Überfall auf Notre-Dame gehört?« fragte Höller mich und zeigte auf eins der beleuchteten Gesichter seiner Porträtgalerie, das zwischen Yoshitsune und Karl Marx hing.

»Nein«, antwortete ich.

»Im April des Jahres 1950 betraten vier junge Männer, einer von ihnen war Mourre, als dominikanische Mönche verkleidet die Kathedrale von Notre-Dame in Paris und verlasen zur Ostermesse eine Predigt, die Gott für tot und eine neue Welt für eröffnet erklärte.«

»Und?«

»Nun, wenn unsere Organisation stark genug ist, ein Zustand, der nicht mehr weit entfernt ist, dann betreten wir in ähnlicher Art und Weise den Reichstag in Berlin, erklären den Staat für tot und eine neue Gesellschaft für eröffnet.«

»Und? Wie wird diese Gesellschaft aussehen?«

»Das«, sagte Höller, und er nahm sich Zeit jetzt, »erfahren gerade Sie noch früh genug.«

Nach diesen Worten trennten wir uns.

VIERUNDZWANZIG

Durch die Gläser meiner Sonnenbrille sah ich aus dem Taxifenster, und wie beim Zurückspulen einer Videokassette zogen die Häuser, Gärten und Läden nun in umgekehrter Reihenfolge an mir vorbei. Das paßte, denn in den letzten Stunden hatte sich ja auch mein Weltbild umgedreht. Vor meinem Besuch bei Höller hätte ich hinter den Fenstern kleine Idyllen vermutet, jetzt aber wußte ich, daß hinter vielen von ihnen keine braven Arbeiter und Angestellten mit ihren Frauen und Kindern saßen, sondern Revolutionäre, die den Umsturz planten, Staat und Gesellschaft für tot erklären und diesem Land eine neue Ordnung bringen wollten. Ich stellte mir vor, wie sie in den Kellern ihrer Häuser Waffen bunkerten, die aus den Beständen internationaler Terrororganisationen stammten; ich malte mir aus, wie sie nachts loszogen wie japanische Ninja-Krieger, um in Höllers Auftrag Sabotageakte zu unternehmen. Nachdem ihre Arbeit getan war, kehrten sie zu ihren Familien zurück und legten sich schlafen, damit sie am nächsten Tag wieder zur Arbeit gehen und ihr normales Leben weiterführen könnten, wie Superhelden, die ihre Identität nicht preisgeben durften. Und von allen Menschen, mit denen ich je um sechs Uhr morgens einen Drink in einer Bar genommen hatte, stellte ich mir vor, daß dieser Drink ihr Abschiedsdrink für eine Nacht gewesen war, in der sie wieder einmal die Revolution vorangebracht hatten. Es war ihr *Revolutionsabsacker* gewesen.

Das war vielleicht Paranoia, denn selbst nach Höllers Schilderungen existierten in ganz Deutschland ja nicht mehr als vierzigtausend solcher Leute, aber wie sonst sollte ich auf seine Eröffnungen reagieren? So wie ich es in diesem Moment sah, war Höller der eigentliche König dieses Landes, nicht zahlenmäßig, aber doch im Geheimen, weil er etwas geschaffen hatte, von dem nur wenige wußten, daß es existierte – das aber dennoch, die Zeitungsberichte der letzten Zeit bewiesen es, Macht und Einfluß ausübte und die Öffentlichkeit narrte.

Ich fühlte mich so verfolgt und beobachtet, daß ich sogar den Taxifahrer verdächtigte.

»Kennen Sie einen Mann namens Höller?«

»Wen?« fragte der Fahrer.

»Den Revolutionshöller«, sagte ich, betrunken.

»Nie gehört. Wer soll das denn sein?«

»Der Mann, der Sie aus der Versklavung durch die internationale Pharmaindustrie befreien wird.«

Der Mann lachte. Medikamente seien schon sehr teuer, sagte er.

»Sehen Sie«, sagte ich. »Auch Sie gehören dazu.«

»Wozu?«

»Zur Schattenarmee.«

»Sie spinnen ja«, sagte der Fahrer und setzte mich vor der Haustür ab. Du wirst dich noch wundern, dachte ich.

In meiner Wohnung lief ich sofort ins Badezimmer, um meine Kontaktlinsen herauszunehmen, die schon ganz trocken geworden waren. Ich sah mich im Spiegel an und erschrak: Ich war wirklich sehr blaß geworden in den letzten Monaten und sah aus wie Klaus-Maria Brandauer in *Mephisto*. Paßt alles zusammen, dachte ich: Höller, Mephisto und ich, ein Supertrio. Dann fiel ich ins Bett und schlief sofort ein. Irgendwo klingelte ein Telefon, aber ich beachtete es nicht. Es kam aus einer anderen Welt.

Es war kurz nach elf Uhr nachts, als ich aufwachte, und obwohl der Tag schwül gewesen sein muß, was ich daran merkte, daß die Luft, die durch mein Schlafzimmerfenster kam, noch warm war, fror ich – ich hatte eine Gänsehaut auf den Armen und zitterte. Mein Anrufbeantworter zeigte ein paar Nachrichten von Johanna an, sie wollte wissen, wie mein Treffen mit Höller verlaufen war. Wie sie so schnell davon erfahren hatte, wußte ich nicht, doch es überraschte mich auch nicht besonders – Höllers Informationswege sind zuverlässig, dachte ich nur. Es war, als ob mir nach meinem Schlaf noch ein weiterer Beweis präsentiert wurde, nur um sicherzugehen, daß ich Höller auch ernst nahm.

Ich rief sie nicht sofort zurück, sondern holte das Hagakure heraus und schlug eine Seite auf, irgendwo. Folgendes stand dort geschrieben: *Es ist eine gute Haltung, die Welt nur als einen Traum zu betrachten. Wenn du einen Alptraum hast, wirst du aufwachen und dir sagen, daß es bloß ein Traum gewesen ist. Die wahre Welt ist genauso.*

Was sollte ich nun damit anfangen? Wenn alles ein Traum ist, macht es doch keinen Unterschied, ob ich gut träume oder schlecht, denn wenn alles Traum ist, ist auch alles Realität, so geht die Logik. Ich verstand nicht, was mir das Hagakure sagen wollte, darum kochte ich mir einen Kaffee und rezitierte Michizanes *Ode an den Pflaumenbaum.*

Erst dann rief ich Johanna an.

»Endlich meldest du dich«, sagte sie. »Ich habe mir schon Sorgen gemacht.«

»Du wußtest doch, wo ich war.«

»Ja, aber ich dachte, du hättest vielleicht ... ach, ich weiß nicht, was ich dachte. Wie war es denn?«

»Hat er dir noch nichts erzählt?« fragte ich, etwas spitz.

»He«, sagte sie. »Fang nicht wieder damit an. Du weißt, daß mich nur interessiert, was du dazu zu sagen hast. Ich bin mit dir zusammen, nicht mit Höller.«

»Ich weiß«, unterbrach ich sie. »Sagen wir mal so: Es war *interessant.*«

»Was heißt das?«

»Das heißt, daß er mir zwölf Stunden lang aus seinem Leben erzählt hat und ich endlich mal etwas über diese Organisation erfahren habe, von der ihr immer redet.«

»Und?«

»Wie: *Und*?«

»Habt ihr irgend etwas vereinbart?«

»Ich habe mich noch nicht entschieden. Er hat mir vorgeschlagen, für ihn, oder besser euch, Texte zu schreiben oder so was. Aber was genau er sich vorstellt, weiß ich auch nicht.«

»Er ist begeistert von dir«, sagte sie.

»Ich habe schon einen Vater«, sagte ich.

»Als ob es darum ginge.«

»Ich muß nachdenken. Es ist aber nicht so, daß ich ihn für eine lächerliche Figur halten würde. Er hat ein unglaubliches Leben hinter sich.«

»Ich weiß«, sagte sie. »Er ist der spannendste Mann, den ich je getroffen habe. Er *unternimmt* etwas.«

»Verstehe«, sagte ich. »Und ich ...«

»So war das nicht gemeint. Was machst du heute abend?«

»Ich weiß nicht. Was machst du?«

»Ein paar Leute sind bei mir zu Besuch, Brezel ist auch da. Komm doch her!«

»Alles Revolutionäre?« fragte ich.

»Alles Revolutionäre«, antwortete sie. »Aber du bist ja auch bald einer von uns ...«

»Abwarten«, sagte ich.

»Bis gleich«, sagte sie.

»Bis gleich.«

Es waren etwas mehr als nur ein paar Leute, die bei Johanna waren: Ungefähr vierzig Männer und Frauen, Jungs und Mädchen waren da, sie liefen mit Bierflaschen in der Wohnung herum, einige tanzten zum Bossa Nova von Antonio Carlos Jobim.

Johanna fiel mir zur Begrüßung um den Hals, sie küßte mich und strahlte mich an, so als hätte sie gerade erst beschlossen, sich in mich zu verlieben – nachdem ich Höllers Test oder was immer der Sinn unseres Treffens gewesen war, bestanden hatte.

Brezel stand mit seiner Freundin in einer Ecke, er trug ein T-Shirt, auf dem ein Maskierter mit einem Molotow-Cocktail in der Hand zu sehen war.

»He, Chefideologe«, begrüßte er mich.

»He, Parteifotograf«, sagte ich.

Wir holten uns zwei Bierflaschen und sahen den Tanzenden zu, Sechziger-Jahre-Mädchen in Röcken und hohen Stiefeln waren dabei, aber auch Neunziger-Jahre-Mädchen in schwarzen Plastikröcken und glänzenden Kurzarmhemden. Die Revolution, dachte ich, kann manchmal sogar ganz gut aussehen.

Ich fragte Brezel nach dem Namen einer Blonden, die sich ganz gut bewegte.

»Das ist Irina. Sie war bei dem Bankraub dabei, wenn du dich erinnerst.«

Ich sah also einer erfahrenen Terroristin beim Tanzen zu.

»Sie sieht aus, als wäre sie Tierärztin oder so was«, sagte ich.

»Sie trägt fast immer eine Waffe mit sich herum«, sagte Brezel.

»Verstehe.«

Johanna kam zu uns herüber, sie hatte mir einen Gin Tonic gemixt. »Tanzen?«

»Klar«, sagte ich. Ich weiß, daß Männer, die tanzen, oft lächerlich wirken, doch wenn der Bossa Nova im Raum ist, ist mir das egal. Auch ein Mann darf sich dem Bossa Nova nicht verschließen.

Wir tanzten also.

Es war der beste Tanz, den ich jemals erlebte, nicht, weil Johanna so hübsch aussah in ihrem Kleid mit den zwei Brusttaschen; nicht, weil die Musik perfekt war; und auch nicht, weil Brezel uns anstarrte, als wären wir das beste Paar, das jemals gelebt hatte.

Es war der beste Tanz, den ich jemals erlebte, weil es der erste Tanz war, der nicht einfach bloß ein Zeitvertreib, ein lustiges Herumgeflirte gewesen wäre. Unser Tanz war etwas Größeres. Ich hatte das Gefühl, als sei er ein Auftakt zu etwas, der Beginn eines Stucks, einer Dramaturgie – ich hatte das Gefühl, als würde dieser Tanz *eine Rolle spielen*. So, wie der Tanz, heute ja nicht mehr als ein überflüssiges Ritual, in den Büchern von russischen Schriftstellern beschrieben wird: als ein Wagnis, als ein Bekenntnis.

Es dauerte nicht lange, bis die ganze Gesellschaft durch Johannas Wohnung tanzte, mit Sektgläsern, Drinks und Bierflaschen in der Hand; mit Joints und Zigarren, die herumgingen. Was für eine Katastrophe, so viele Revolutionäre in der Wohnung zu haben, hätte ein Unbeteiligter jetzt vielleicht sagen können. Doch die Revolutionäre blieben höflich, sie zerstörten nichts, sie stritten nicht, sie hatten einfach Spaß zusammen, und selbst das Mädchen, das nach Brezels Auskünften vielleicht eine Beretta im Rockbund trug, wirkte wie ein Schulmädchen, das ein wenig zu ausgelassen über mittelmäßige Witze lachte, weil sie den Witzerzähler nicht beleidigen wollte.

Wenn alle meine Freunde Revolutionäre sind, dachte ich, dann kann es nicht so schlecht sein, auch ein Revolutionär zu sein, zumindest dann, wenn Revolutionäre solche Parties feiern. Ich überlegte, ob es am Hof des japanischen Kaisers zur Minamoto-Zeit auch so zugegangen war. Bestimmt war es so gewesen.

Eine Organisation, mit der man als Mensch *befreundet* sein kann – vielleicht war das doch keine so blöde Idee, wie ich immer gedacht hatte, zumal Höllers Verein ja keine Sekte oder Religionsgemeinschaft war.

Die Party ging bis etwa sechs Uhr morgens. Am Ende saßen Brezel, das Berettamädchen, Johanna, ich und ein Typ, den ich nicht kannte, auf dem Sofa von Johannas Mutter und stellten Listen auf von Leuten, denen die Augenbrauen rasiert werden müßten, um der Welt zu zeigen, daß diese Leute die Würde, die die Augenbrauen dem menschlichen Gesicht verleihen, nicht verdienen. Die Liste wurde ziemlich lang, sie schloß bedeutende Vertreter von Politik, Wirtschaft und Kultur ein.

Später, als ich vollkommen müde neben Johanna im Bett lag, stellte sie mir noch eine Frage.

»Und? Wie wirst du dich entscheiden?«

»Vielleicht gebe ich ihm eine Chance«, sagte ich.

Sie küßte mich, wir schliefen ein.

FÜNFUNDZWANZIG

Höller meldete sich erst in der nächsten Woche wieder, er hatte es sehr gut raus, den Menschen Zeit zu geben und sie bei einer wichtigen Entscheidung nicht zu drängen. In dieser Beziehung war er wie ein Psychotherapeut, der darauf wartete, bis sein Patient selbst soweit war, von seinen Problemen zu erzählen. Sicherlich hatte er auch das irgendwann studiert und nur vergessen, es zu erwähnen.

Ich war nicht faul in der Zwischenzeit, sondern beschäftigte mich mit der Recherche einiger der Dinge, von denen Höller erzählt hatte. Da ich auf dem Gebiet der Geschichte des revolutionären Widerstands und der politischen Ideen nicht so gebildet war wie auf dem Gebiet der Samurai, las ich Abhandlungen über die israelischen Terroristen um Menachem Begin; ich kaufte mir den *Baader-Meinhof-Komplex* von Stefan Aust, las in den Texten des Brasilianers Carlos Marighela und besorgte mir ein paar der Bücher, die ein Mann namens Brian Jenkins über Terrorismus geschrieben hatte. Sogar über die Zarenattentäter der Narodnaya Wolya, der ersten Gruppe, die den Tyrannenmord als Mittel des Widerstands etablierte, informierte ich mich, schließlich wollte ich wissen, was Johnny Rotten zu diesem Namen inspiriert hatte. Las ich nachts diese Bücher, fühlte ich mich wirklich wie ein Verschwörer, der in seinem Versteck den Umsturz plant. Es fühlte sich gut an. Möglich, daß in diesem Augenblick das in mir keimte, wovon Johanna gesprochen hatte: das Spüren eines Auftrags, der meiner Existenz wieder einen Sinn verlieh, der mich in eine Gemeinschaft einband.

Es war deshalb keine Überraschung oder gar unangenehm für mich, als Höller mich anrief und zum Essen einlud. Im Gegenteil, ich freute mich sogar, schließlich hatte ich mich offiziell noch nicht entschieden, und ein Treffen mit Höller versprach immer ein paar gute Geschichten, denn er war ja ein begabter Erzähler.

Wir verabredeten uns für zehn Uhr abends.

»Hallo Max«, begrüßte ich ihn, als ich bei ihm ankam. Es war das erste Mal, daß ich ihn duzte.

Die Spanierin nahm mir meine Jacke ab, diesmal erlaubte ich es, und wir gingen in den Kreisraum mit den Porträts, in dessen Mitte nun ein etwas höherer, eckiger Eßtisch aufgebaut war. Es gab Lammfilet in Buttersauce, mein Lieblingsessen.

Während des Essens fragte ich Höller nach den Porträts seiner Galerie aus, die ich beim letzten Besuch nicht erkannt hatte. Er zeigte auf einige der Bilder und erzählte mir von einem Mann namens Guy Debord, der das Buch *Die Gesellschaft des Spektakels* geschrieben hatte in dem Versuch, eine Welt der gelebten Schönheit im Gegensatz zur Welt der *künstlichen Schönheit* zu schaffen. Höller erzählte vom Leben des Schriftstellers Alexander Trocchi und dessen Plan, eine Gruppe zu gründen, die sich dem *allerletzten Feind*, der bestehenden Ordnung nämlich, in den Weg stellen würde; und er schwärmte von den Pamphleten der Dadaisten Richard Huelsenbeck und George Grosz während des Spartakusaufstands im Berlin von 1919, deren Porträts auch in seiner Galerie hingen.

»Alles große Ideen großer Männer«, schloß Höller seine Lektion, »doch leider kamen die meisten dieser Ideen über zaghafte Versuche der Realisierung nicht hinaus. Sie gingen zugrunde, weil die Wortführer sich zerstritten; weil sie zu früh an die Öffentlichkeit gingen und in psychiatrische Kliniken eingesperrt oder wegen Ruhestörung verhaftet wurden. Viele verendeten ganz einfach deshalb, weil sie keine Vorstellung davon hatten, wie die Zukunft dieser Ideen aussehen würde. Das Hauptproblem war: Sie waren zu schlecht organisiert, sie blieben zeit ihrer Existenz ohne Macht, ohne Einfluß – darum waren sie dann von ihren Gegnern so einfach zu zerschlagen. Sie waren wie Kinder.«

Nach dem Nachtisch, einem hervorragend zubereiteten Grießflammeri, fiel mein Blick wieder auf das Bild von Marx, das ich beim ersten Besuch schon so lange angesehen hatte.

»Er sieht so anders aus auf diesem Bild«, sagte ich.

»Ich weiß«, sagte Höller. »So – als jungen Mann voller Träume und Visionen, kennt ihn die Welt ja nicht. Sie weiß gar nicht, was für ein Poet er gewesen ist.«

»Ich halte ihn auch eher für einen Analytiker und Philosophen als für einen Poeten«, sagte ich.

»Das tun fast alle«, antwortete Höller, »dabei hat Marx einen der besten Sätze gesagt, die jemals gesagt wurden. Den Satz, der fast alles beinhaltet, um das es geht.«

»Der wäre?«

»Marx war noch sehr jung, als er diesen Satz schrieb, ziemlich genauso alt, wie auf diesem Bild zu sehen ist.«

»Und? Der Satz?«

»*Ich bin nichts, und ich müßte alles sein.* Jeder Wunsch, jede Vision, jeder Traum, ob er nun von der Liebe handelt oder von der Revolution, von der Politik oder der Literatur, ist drin in diesem Satz. Der Satz ist ein Meisterwerk, denn er beinhaltet zugleich den Anspruch des Menschen auf Bedeutung, aber auch sein Versagen. Nicht einmal im Hagakure stehen viele Sätze, die diesem nahekommen.« Höller machte eine Pause.

Ich mußte zugeben, daß es ein sehr guter Satz war.

Wir zündeten uns Zigaretten an und verbrachten die nächste Zeit mit Reden. Höller, der mich nun auch duzte, fragte mich danach, ob Johanna und ich glücklich wären, was ich bejahte. Wir redeten über Japan, über *Die sieben Samurai* und die Festung in Osaka, die er auch besucht hatte. Wir sprachen über Filme, Musik, Literatur, und nur wenig über die Politik oder seine Organisation. Unser Gespräch war das, was ein *vertrauliches Gespräch* genannt wird – Höller erzählte mir sogar von einer Frau in Paris, mit der er vor zwanzig Jahren mal zusammengelebt hatte, die ihn aber wegen eines anderen verließ. Er war nicht nur ein guter Erzähler, sondern auch ein angenehmer Zuhörer, der über das Gesagte nachdachte und erst dann seine Fragen stellte, meist treffend und klug. Ein wenig fühlte ich mich an die Gespräche mit Uwe erinnert, die ähnlich abliefen. Und es war das erste Mal seit langer Zeit, daß ich an Uwe dachte.

»Interessiert dich die Organisation eigentlich?« fragte Höller auf einmal, so beiläufig, wie ein Mann vielleicht seine Frau fragt, ob sie heute abend lieber ins Kino gehen oder zu Hause bleiben möchte. Ich überlegte einen Moment.

»Sie interessiert mich schon«, sagte ich.

»Heißt das, du wärst bereit, bei uns mitzumachen?« fragte Höller, und in seiner Stimme war kein Pathos.

»Ich raube keine Banken aus, wenn es das ist, was du meinst«, antwortete ich. »Das ist mir zu gefährlich. Außerdem hat immer jemand eine Waffe dabei, die plötzlich losgeht.«

»Das sollst du auch gar nicht. Ich möchte nur wissen, ob du bereit bist, dir das Ganze einmal genauer anzusehen. Ein paar Leute kennenzulernen, mehr über alles zu erfahren. Und dann darüber zu schreiben.«

»Wenn ich alles richtig verstanden habe«, sagte ich, »geht es dir darum, zu sehen, ob die Gesellschaftstheorien, die du aufgestellt hast, richtig sind – ob es also *theoretisch möglich* ist, den Staat zu unterlaufen und für tot zu erklären.«

»Und den Beweis dafür zu liefern. Ja, das ist richtig«, antwortete er und nickte zufrieden.

»Ich will sehen, ob es möglich ist.«

»Es ist also eine Art Spiel?«

»Es ist eine Art Spiel. Ein Spiel aber, das wir alle sehr ernst nehmen und das wir natürlich gewinnen wollen.«

»Gut«, sagte ich, »dann bin ich dabei.«

Ich weiß nicht warum, aber im ersten Augenblick erwartete ich, nun Fanfaren zu hören, eine Bachsonate, oder vielleicht eine komplette Samurairüstung überreicht zu bekommen. Nichts von alldem passierte: Höller stand einfach auf und streckte mir seine Hand entgegen. Er sah erleichtert aus, glücklich.

»Sehr gut«, sagte er und strahlte, wie ich ihn noch nie hatte strahlen sehen. Dieses Lächeln, dachte ich, war meine Belohnung, mein Willkommensgruß.

Ich war nun Mitglied einer *terroristischen Vereinigung*, wie ich nicht ohne Stolz vor mir selbst feststellte: Ich war ein Samurai im Auftrag eines Daimyo, eines klugen und weisen Daimyo.

Ich lächelte ebenfalls, verabschiedete mich und fuhr, es war kurz nach drei Uhr morgens, sofort zu Johanna.

Schließlich hatten wir etwas zu feiern.

SECHSUNDZWANZIG

Obwohl ich noch nichts für die Organisation getan hatte, wurde sofort in der nächsten Woche mein Gehalt erhöht, auf fünftausend Mark in der Woche, da ich ja nun ein *Entscheidungsträger* war, wie Höller mir am Telefon erklärte, als ich nachfragte, ob die Erhöhung nicht vielleicht ein Versehen war. Menschen, die mit Sprache umgingen, seien eh unterbezahlt, sagte er, kaum jemand würde ihren wahren Wert und ihre Einflußmöglichkeiten anerkennen. Dem stimmte ich natürlich zu. Einiges hatte sich nun geändert seit meiner Entscheidung: Ich war nicht nur nicht länger allein, ich war auch ein wohlhabender Mann geworden. Keine schlechte Mischung, dachte ich.

Johanna war begeistert von meinem Entschluß, sie war stolz auf mich. Endlich sei Schluß mit dem einsamen Herumgekrebse, lobte sie, endlich war ich eingebunden, hatte sogar eine Art *Job*. Ja, die Frauen lieben es, wenn ihr Mann seßhaft wird, es ist wahr, und obwohl sich an meinem Leben eigentlich gar nicht so viel verändert hatte, denn ein Nachtwandler war ich ja immer noch, so gab es jetzt wenigstens eine gewisse Form der Absicherung. Schließlich war ich nun Angestellter der Firma Höller, ein Nachtwandler mit Auftrag und Krankenversicherung.

In den nächsten Wochen erfuhr ich noch mehr über diese Firma, Höller klärte mich über alles auf: Er zeigte mir Listen der Mitglieder, die im ganzen Land verteilt waren, es waren viele Menschen dabei, die ich kannte: Redakteure von Zeitschriften, Zeitungen und Magazinen; Schriftsteller, Schauspieler und Models, von denen ich ein paar im letzten Jahr für *Plietsch!* interviewt hatte. Auch Politiker waren dabei, vom Parlamentsabgeordneten bis zum Ministerpräsidenten. Keine dieser Listen war ausgedacht, das bewies Höller mir durch Kontoauszüge, Überweisungen und Privatnummern dieser Menschen. Das System seiner Einflußnahme und der Geldbeschaffung war ausgeklügelt und effektiv.

Nicht alles, was die Organisation plante, verlief perfekt: Bei den Banküberfällen und Sabotageaktionen wurden manchmal Mitglieder erwischt, doch selbst, wenn diese Leute über ihre Untergruppe aussagten, war es für die Polizei unmöglich, die Spur bis zur nächsthöheren Gruppe zu verfolgen. Eine Verbindung zu Höller gab es gar nicht. Wie ein Baumdiagramm waren die einzelnen Zellen, wie Höller sie nannte, miteinander vernetzt, die wahren Namen der Kontaktmänner waren nur ihm und drei Partnern bekannt, zwei Berlinern und einem Münchner. Höller selbst aber war der einzige, der über alle Verbindungen Bescheid wußte. Es ist ein Wahnsinn, wie gut dieses System funktionierte, aber Höllers Gedächtnis war auch unglaublich. Wollte er zum Beispiel, daß Kölner Punks oder die *Hells Angels* aus Frankfurt eine Bank ausraubten, sagte er einem Mann in Düsseldorf Bescheid, der seinen Auftrag über vier weitere Kontaktmänner an den Anführer der Punks oder der *Angels* weiterleitete. Nicht selten verliefen diese Kontakte über mehrere Städte.

Es war ein System, das auf gegenseitigen Abhängigkeiten beruhte: Hätte eine Gruppe sich also entschieden, einen Auftrag zu verweigern, wäre sie allein dagestanden, isoliert, und kein Mensch wäre je wieder an sie herangetreten. Das allerdings passierte nur selten, denn wie bei den Samurai gab es ein Geflecht von Treueschwüren und Verpflichtungen, doch niemals auf Höller direkt, sondern nur auf die zwischengeschalteten Instanzen. Dieses Prinzip des fast unsichtbaren und nur von der Spitze aus möglichen Kontakts zu den Kadern hatte Höller auch von den weißen Terrorgruppen aus Amerika abgeguckt, Rassisten und Einkommensteuerverweigerern, die den Staatsbehörden seit Jahren zu schaffen machen, da ihre Köpfe nicht zu ermitteln sind.

Es gehörte zu Höllers Geschichtstheorie, zu seinem *Lernen*, daß er, wie er mir ja schon beschrieben hatte, von jeder jemals existierenden Organisation das Nützlichste für sich verwendete, egal, aus welcher politischen Richtung es kam. Zwar wollte er mit keiner dieser Gruppen etwas zu tun haben, er wollte ja seine eigene Bewegung, doch hatte die Geschichte bewiesen, daß die Mittel dieser Gruppen erfolgreich waren, wandte er sie auch auf seine Organisation an. Andere Taktiken, wie zum Beispiel das Prinzip der RAF, einflußreiche Leute aus Wirtschaft oder Politik zu entführen, verwarf er als nutzlos, weil sie am Ende immer zu einem direkten Kontakt zwischen den Revolutionären und der Staatsmacht führten – diese Konfrontation wollte Höller so lange wie möglich herauszögern. Am Prinzip der Stadtguerilla, die scheinbar planlos und plötzlich zuschlägt, hielt er jedoch fest, führte seinen Apparat aber so gewissenhaft, wie es auch ein Nazikommandant gemacht hätte: mit einer klaren Hierarchie. Auch die Anschläge auf Kaufhäuser oder die Erpressungen von Politikern wurden durchgeführt wie Feldzüge – Präzision, Wissen und Planung seien alles, so Höller.

All das beeindruckte mich in der Phase meiner Einführung in die Organisation sehr: Hatte ich am Anfang unseres Kennenlernens noch über Höller gelächelt und sein Gerede als wirr empfunden, so nahm ich ihn jetzt sehr ernst. Niemals aber hatte ich Angst vor ihm, denn er war stets höflich, außerdem behandelte er jedes seiner Mitglieder, mit dem er direkt in Kontakt war, so, als ob sie alle zu einer Familie gehörten, deren Versorger er war: Er half mit Geld aus, er veranstaltete Abendessen, zu denen seine Spanierin alle Gäste bekochte; ab und zu ließ er sich auch in Bars sehen und betrank sich mit uns. Und so sehr ich mich in der ersten Zeit unseres Kennenlernens auch bemühte: Ich entdeckte nichts Lächerliches, nichts Falsches, nichts Würdeloses an ihm. Im Gegenteil, er war ein charmanter älterer Herr, den ich bewunderte für seine Klugheit und die Entschlossenheit, *etwas zu tun*, was immer dabei auch herauskommen würde. Ich bewunderte ihn für den Mut, *etwas zu versuchen*, das größer war als er selbst.

Besonders gut war Höller zu Johanna und mir in dieser Zeit, er betrachtete uns als eine Art Revolutionspärchen, wie Bonny und Clyde oder Sid Vicious und Nancy Spungeon oder Baader und Ensslin. Er lächelte, wenn er sah, wie wir uns küßten; er lobte unsere Art, miteinander umzugehen, unsere

Verschworenheit, wie er sagte, und manchmal glaubte ich sogar, etwas wie Rührung in seinen Augen zu entdecken, wenn wir vor ihm standen.

Die anderen – Brezel, Igor, ein Typ namens Frank, den ich vorher nicht gekannt hatte und der für Höller angeblich in Kontakt mit der IRA stand, die für uns die Brandbomben baute – liebten ihn, das fiel mir jedesmal auf, wenn wir in einer größeren Gruppe zusammen waren. Betrat Höller einen Ort, kamen sofort Leute auf ihn zu, die ihm auf die Schulter klopften und nach seinem Befinden fragten, auch Leute, die ich selber kannte und immer respektiert hatte für das, was sie waren, also nicht bloß Deppen. Er war eine Art freundlicher, bescheidener Popstar – und wenn er nicht schon etwas älter gewesen und sein Kopf nicht so voller grauer Haare gewesen wäre, hätte ein Jugendmagazin Poster von ihm drucken und unter die Mädchen des Landes verteilen können.

Für mich war es natürlich einfach, all das über einen Mann zu sagen, der mich bei sich aufgenommen hatte, mir Geschichten erzählte und sogar Geld dafür bezahlte, daß ich zugestimmt hatte, für ihn da zu sein – der aber von mir selbst für all das noch nichts gefordert, nichts verlangt hatte.

Das würde irgendwann schon noch kommen, dachte ich.

Und es kam auch.

SIEBENUNDZWANZIG

Es war kurz nach zehn an einem Donnerstagabend, als Höller mich zu sich bestellte. Worum es ging, wollte er nicht sagen, nur, daß ich heute einmal in die Praxis der Organisation eingeweiht werden sollte.

In Höllers rundem Zimmer mit der Porträtgalerie saßen drei Leute: Frank, der Brandbombenbeschaffer, den ich schon kannte; ein Langhaariger, der im Gesicht etwas dumpf aussah; und ein Junge, der nicht älter wirkte als siebzehn und lächerlich bunte Klamotten trug. Daß Frank eine Art Chef der beiden sein mußte, war klar: Er wirkte am gelassensten und rauchte eine Zigarette, während die anderen beiden nervös auf zwei Stühlen saßen, die Höller dazugestellt hatte.

»Frank kennst du ja schon«, begrüßte mich Höller, dann stellte er mir die beiden anderen vor: Der Langhaarige hieß Gregor, der kleine war Hans.

»Das sind für heute abend deine Jungs«, erklärte Höller. Ich verstand nicht ganz.

»Was soll das heißen, *das sind meine Jungs?*«

»Wir haben für heute nacht einen Anschlag auf eine kleine italienische Boutique in der Innenstadt geplant«, sagte Höller. »Und ich möchte, daß du dir das einmal ansiehst.«

»Moment«, entgegnete ich. »Ich dachte, ich werde dafür bezahlt, irgendwann einmal etwas aufzuschreiben oder so.«

»Ja«, sagte Höller. »Aber bevor du damit beginnst, ist es wichtig, daß du weißt, wie wir vorgehen. Und das kannst du nur erfahren, wenn du dabei bist.«

»Wieso überhaupt einen Modeladen?« fragte ich unsicher. »Ich meine, was hat ein italienischer Modeladen mit der Organisation zu tun. Sind wir jetzt Kapitalismuskritiker oder so was? Ich habe nichts gegen teure Anzüge oder hübsche Schuhe.«

»Ich auch nicht«, sagte Höller, sanft um eine Erklärung bemüht. »Aber ein anderer kleiner Modeladen einer anderen exklusiven kleinen Kette, der nicht weit von diesem Laden entfernt ist, bezahlt uns recht anständig dafür, daß wir es seiner Konkurrenz ein wenig schwerer machen. Wir verdienen sehr gut an dieser Sache.«

Ich wehrte mich immer noch, aber hilflos, wie ein kleines Kind.

»Aber, ich meine, es geht um einen *italienischen* Modeladen. Steckt da nicht die Mafia mit drin? Ist es denn klug, sich mit der Mafia anzulegen, bloß weil ...«

Höller legte mir einen Arm um die Schulter.

»Natürlich steckt die Mafia mit drin. Aber es gibt ja nicht nur *eine* italienische Mafia, sondern mehrere. Und die, die den Konkurrenzladen, sagen wir *beschützt*, ist die stärkere. Wir müssen uns also keine Sorgen machen – wenn je rauskommen sollte, wer den Anschlag geplant hat, dann tragen die das unter sich aus. Familiensache, du verstehst?«

»Aha«, sagte ich. Ich sah mir meine *Einsatzgruppe* an, sie weckte nicht besonders viel Vertrauen in mir: ein IRA-Kontaktmann, ein Hippie, ein Kind. Und ich.

»Du mußt dir keine Sorgen machen«, sagte Höller: »Wir arbeiten seit Jahren mit der Mafia zusammen, die uns in diesem Fall bezahlt. Sie hat Kontakte zu hohen Regierenden in Berlin, sie steht unserer Sache wohlwollend gegenüber. Das sind keine Barbaren. Sie sind gebildet, kennen sich mit Puccini aus, einer von ihnen rezitiert sogar manchmal Italo Svevo und schreibt Liebesgedichte. Es sind sehr gute Daimyos.«

»Das mag ja sein«, sagte ich. »Aber trotzdem glaube ich nicht, daß ...«

»Du kannst sogar im Wagen bleiben, wenn du willst, oder dich abseits irgendwo hinstellen. Du mußt auch nichts anfassen. Stell dir einfach vor, du recherchierst eine Reportage für den *Stern* und begleitest eine Handvoll GSG-9-Auszubildende bei einer Übung.« Er zwinkerte mit den Augen.

So sehr ich es versuchte, ich fand nichts Verschlagenes in seinem Gesicht.

»Okay«, sagte ich.

»Ich seh mir das an, aber aus der Ferne.«

»Gut«, sagte Höller und klopfte mir auf die Schulter. »Frank weiß eh genau, was zu tun ist. Bleib einfach an ihm dran.«

Frank nickte, so als würde ihn das alles langweilen. Ich kam mir feige und unbedeutend vor, da ich offensichtlich der einzige war, der Bedenken bei der Sache hatte.

Ich griff zu einer Flasche Wein, die auf dem Boden stand, und wollte mir ein Glas eingießen, doch Frank stoppte mich.

»He«, sagte er. »Weißt du nicht mehr, was Peter-Jürgen Boock von der RAF gesagt hat?«

Ich zuckte mit den Schultern.

»Gehe nie mit vollem Magen oder Alkohol im Blut in eine Aktion – wenn du dann einen Bauchschuß bekommst, ist es nämlich vorbei.«

Ich wurde noch blasser, als ich ohnehin schon war.

»Ein Witz«, sagte Höller. »Es ist ja nicht so, daß wir die Zentralbank überfallen. Trink ruhig ein Glas Wein, das beruhigt.«

Frank lächelte.

Ich trank mein Glas Wein.

Wir konnten nicht sofort los, da die Innenstadt an einem Donnerstagabend noch bis Mitternacht recht belebt ist, darum vertrieben wir uns die Wartezeit damit, Videos zu gucken auf einem großen Fernseher, den Höller in den Raum hereinrollen ließ. Zuerst überraschte mich diese Ruhe, doch wer hat je behauptet, daß Revolutionäre nichts anderes tun, als Baupläne für Bomben zu studieren oder Pistolenläufe zu reinigen? Ich hatte noch nicht besonders viel Ahnung von diesem Leben, aber eins merkte ich sehr schnell: Das Leben eines Revolutionärs unterscheidet sich gar nicht so sehr vom Leben eines Büroangestellten, eigentlich sind nur die Arbeitszeiten anders.

Die Auswahl der Filme war sehr gut, später sollte ich auch noch herausfinden, daß Höller eine ansehnliche Sammlung besaß: Wir sahen *Fahrstuhl zum Schafott* von Louis Malle, einen meiner Lieblingsfilme, und zur Auflockerung noch *Tanz der Vampire* von Polanski.

Man konnte es einen künstlerischen Abend nennen.

Kurz nach halb drei Uhr morgens ging es los. Wir stiegen in einen alten Ford, der ein paar Straßen weiter geparkt war. Skimützen oder Strumpfmasken trugen wir nicht, das mache nur erst recht alle aufmerksam, erklärte Frank. So waren wir einfach vier junge Männer, die in ein parkendes Auto stiegen, für so eine Tat wird ja noch keiner verhaftet.

Der Hippie und das Kind stiegen hinten ein, ich setzte mich auf den Beifahrersitz. Als Frank den Wagen startete, bemerkte ich einen kleinen hellblauen Stoffhasen auf dem Armaturenbrett.

Der Hase grinste, das irritierte mich ein wenig.

»Wem gehört der Wagen?« fragte ich Frank.

»Mir«, sagte Frank.

»Und wem gehört der Hase?«

»Auch mir«, sagte Frank.

Revolutionäre und Brandanschläger, dachte ich in diesem Moment, sind gar keine Ungeheuer, keine Monster, sie sind so niedlich wie du und ich.

»Wie heißt der Hase?« wollte ich wissen, während Frank in Richtung Innenstadt fuhr.

»Jeremias Rumpelbacher«, sagte Frank.

»Wieso Jeremias, wieso Rumpelbacher?« fragte ich.

»Schau ihn dir doch an«, gab Frank zurück.

Ich fragte ihn nicht weiter aus. Weil mich das Schweigen im Wagen aber verrückt machte, unterhielt ich mich mit den beiden auf dem Rücksitz: Hans war ein DJ, der gerade eine Lehre als Einzelhandelskaufmann machte; Gregor studierte Geologie und arbeitete nebenbei als Gitarrenlehrer, Blues und Jazz. »Kein Bossa Nova?« fragte ich – »Nein«, antwortete Gregor, »das ist Schwulenmusik.«

Kurz bevor wir in die Innenstadt kamen, klopfte mein Herz fünfmal so schnell.

»Sind hier nicht überall Polizeiwachen?« wollte ich von Frank wissen, als wir durch die Großen Bleichen fuhren. »Ein paar, aber es ist nicht so, daß sie immer auf Streife sind. Meist haben nur drei von ihnen Dienst, und die sitzen in der Wache herum und spielen Karten.«

Er parkte den Wagen, nicht im Halteverbot, sondern ganz korrekt, was mich an einen Satz erinnerte, den Höller mir mal gesagt hatte: Ein Revolutionär sollte versuchen, so viele Gesetze einzuhalten wie möglich, damit die wenigen Gesetze, die er bricht, nicht so auffallen.

Klug, dachte ich, Staatsfeinde, die ihre Steuern bezahlen.

Wir stiegen aus. Die Nacht war kühl.

Ich erwartete, daß spätestens jetzt eine Diskussion oder zumindest eine Lagebesprechung geführt würde über das, was jetzt passieren sollte, doch nichts dergleichen geschah: Frank holte eine schwarze Umhängetasche aus dem Kofferraum, DJ Hans griff sich eine Art Brecheisen, wir gingen in Richtung ABC Straße, in der sich die Boutique befand.

Frank hielt mich zurück, bevor wir in die Straße bogen, die

zum Gänsemarkt führt, dafür schickte er Gregor vor, um zu sehen, ob irgendwo jemand herumstand.

Ein paar Minuten lang passierte nichts, dann war Gregor wieder bei uns.

»Und?« fragte Frank.

»Nichts los, auch kein Licht bei McDonald's mehr«, sagte Gregor. »Nur ein Penner auf der anderen Straßenseite beim Kino, der auf einer Parkbank liegt und schläft.«

»Gut«, sagte Frank. »Dann los.«

»Moment«, hielt ich ihn am Arm. »Da ist immerhin jemand, der uns sehen könnte. Sollten wir nicht ...«

Frank lachte. »Dich sieht eh keiner, weil du dich gegenüber verstecken wirst.« Er zeigte auf drei Autos, die vor einem Krawatten-Laden gegenüber geparkt waren. »Und der Penner wird nichts merken, so schnell wie wir sind.«

Das überzeugte mich nicht, aber ich sah keine Chance, Frank umzustimmen. Er war der IRA-Spezialist, nicht ich.

Ich wollte mich gerade hinter den Autos verstecken, da lief Hans auch schon los und Frank mit der Tasche hinter ihm her. Ohne sich noch einmal umzudrehen, ob in der Zwischenzeit vielleicht jemand gekommen war, schlug Hans mit dem Eisen das Glasfenster ein, durch das Frank in den Laden sprang. Der Alarm ging los, wie bei den Juwelenrauben, die sie im Fernsehen immer zeigen, doch bevor es mir wirklich Angst einjagen konnte, hatte Frank schon irgendwo an einer Wand des Ladens herumgemacht und das Ding ausgeschaltet. Er plazierte eine Art Kasten, den er aus seiner Tasche geholt hatte, auf einem Regal, das mit Hemden vollgepackt war, und ein paar Sekunden später war er wieder bei mir.

»Laß uns gehen«, sagte er.

»Das war alles?« fragte ich.

»Wart's doch ab.« Er zog mich in eine Seitenstraße.

»Wo sind die anderen?«

»Schon weg«, sagte er.

Der Gänsemarkt und der Laden waren kaum noch zu sehen, als ich den dumpfen Knall hörte. Ich drehte mich um und sah ein paar Flammen im Inneren des Geschäfts leuchten, wie den Schein einer Kerze, die weit weg war. Etwas Rauch kam aus dem zerborstenen Fenster.

Ich wunderte mich darüber, daß das schon alles war – darüber, daß der Knall nicht so laut gewesen war, wie ich es mir immer vorgestellt hatte; daß ich noch keine Polizeisirenen hörte und wir nicht von Straßensperren aufgehalten wurden; darüber, daß wir überhaupt so einfach zu Fuß in Richtung Reeperbahn gingen und keine Hubschrauber über uns kreisten. Jeder revolutionäre Akt, hatte ich gedacht, ist so laut, daß ihn die ganze Welt bemerkt – dieser hier aber wirkte so, als hätte ihn außer uns kein anderer Mensch mitbekommen. War das terroristische Perfektion?

Frank sah mein verstörtes Gesicht, er wußte, was ich dachte. »Brandbomben sind nicht so laut, sie sollen ja in erster Linie ein Feuer legen«, erklärte er, besonnen wie ein Wissenschaftler, der über den Blutkreislauf doziert.

»Was ist mit dem Wagen?«

»Holt morgen jemand ab«, sagte Frank.

»Und Jeremias Rumpelbacher?« Ich wollte einen Witz machen.

»Ist hier in meiner Tasche«, sagte Frank und zog die Ohren des Hasen aus seiner Jacke heraus. Der Hase grinste immer noch.

»Gehen wir jetzt was trinken?«

»Klar«, sagte ich.

So ist die Lage, so funktioniert die Welt: Nach der Arbeit gehen immer alle einen trinken.

ACHTUNDZWANZIG

Im Tele Fünf empfingen Höller, Johanna, Brezel und zwei Männer mit Bärten, die ich nicht kannte, Frank und mich wie Guerilleros, die gerade die Reihen des Feindes durchbrochen hatten.

»Wir haben vor ein paar Minuten hundertfünfzigtausend Mark verdient«, sagte Höller und drückte mir einen Gin Tonic in die Hand. »Glückwunsch!«

»Das ist eine Menge Geld«, sagte ich. »Und das alles dafür, daß die Kunden des zerstörten Geschäfts nun in das andere laufen? Lohnt sich das denn überhaupt?«

»Es lohnt sich, weil beide Ketten so ziemlich genau die gleiche Mode produzieren«, sagte Höller. »Und da die anderen Filialen der Kette in Berlin und München schon letzten Monat zerstört wurden, lohnt sich das sehr.«

»Verstehe«, sagte ich. »Wir haben also ein Monopol geschaffen.«

Johanna zog mich in die hintere Ecke der Bar.

Sie hätte sich Sorgen gemacht, sagte sie.

»Du mußt dir um mich keine Sorgen machen«, antwortete ich, lachte sie an und trank mein Glas aus. Dazu sagte sie nichts, sondern sah mich nur an wie jemanden, den sie nicht besonders ernst nehmen konnte.

»Ich sage nur, daß du aufpassen sollst.«

»He«, sagte ich und streichelte ihre Wange. »Ich paß schon auf. Ich habe auch nicht vor, jetzt ein Frontkämpfer zu werden, wenn es das ist, was du meinst.«

Brezel kam zu uns herüber, mit zwei neuen Drinks in der Hand.

»Hättest du filmen sollen, sah super aus«, sagte ich.

»Hab ich alles schon gefilmt, ist nichts Besonderes mehr«, sagte Brezel. Wir stießen an und lachten beide.

Je mehr ich trank, desto stolzer wurde ich und desto mehr wurde das, was ich erlebt hatte, in meinem Kopf zu einer wahren Heldentat, obwohl ich ja nur bei der Sprengung eines wehrlosen Modegeschäfts zugesehen hatte. Aber außer Silvesterknallern hatte ich noch nie in meinem Leben eine Bombenexplosion miterlebt; und außer einem Stuhl, den ich aus Wut über Marie vor langer Zeit einmal zerschlagen hatte, hatte ich auch noch nicht wirklich etwas Größeres zerstört. Zwar sah die ganze Aktion nicht so glamourös aus, wie ich mir das immer vorgestellt hatte, doch das änderte nichts daran, daß ich ein Teil dieser Zerstörung gewesen war, von der man am nächsten Tag in der Zeitung lesen würde. Ich begann, Spuren in der Welt zu hinterlassen, und das gefiel mir.

Einer der beiden Bartmänner von Höller, ein Glatzkopf, hatte Koks dabei, was ich daran merkte, daß – außer Höller und Johanna, die ja keine Drogen nahm – alle paar Minuten einige der Umstehenden auf dem Klo verschwanden. Ich tippte Brezel an und zeigte zur Treppe, er nickte, wir standen auf und wollten dem Glatzkopf gerade nachgehen, als Johanna mich stoppte.

»Du willst jetzt nicht wirklich Drogen nehmen, oder?«

»Baby«, sagte ich, »ich habe heute wirklich was zu feiern, es war ja praktisch meine Initiation in das Spiel, das wir hier spielen, da dachte ich ...«

»Laß uns gehen«, sagte sie und sah mich an.

Sie sah zauberhaft aus, doch irgendwie überzeugte mich das nicht.

»Ich will noch nicht gehen«, sagte ich. »Laß uns doch noch ein bißchen bleiben ...«

»Ich will jetzt aber gehen, und zwar mit dir«, sagte sie, nun resoluter.

»Und ich will noch bleiben«, sagte ich wieder. »Mir gefällt es hier, außerdem ist es noch ziemlich früh, und du weißt ja, daß ich vor sechs Uhr morgens eh nicht einschla ...«

»Gut, fein!« Sie war nun beleidigt, das war klar.

»Dann gehe ich jetzt nach Hause, und du nimmst noch ein paar Drogen und verbringst die Zeit mit deinen neuen Freunden hier, mit deinen Bombenlegerkollegen.«

»Jetzt laß uns doch mal vernünftig ...« versuchte ich.

»Ich will nicht vernünftig reden, ich gehe jetzt!« Sie nahm ihre Jacke und steuerte Richtung Tür. Meine Entscheidung, wie ich darauf reagieren sollte, traf ich, indem ich einfach so lange überlegte, bis sie die Bar verlassen hatte: Sie war nun nicht mehr einzuholen. Entschuldigen konnte ich mich ja später noch.

Ich folgte Brezel und dem Glatzkopf auf die Toilette, die Prozedur habe ich ja schon beschrieben. Wir waren sehr glücklich, als wir wieder oben ankamen: Echte Stars waren wir.

Ich grinste Höller an, etwas dümmlich, glaube ich.

»He, Höller«, klopfte ich ihm gegen die Schulter.

»Alter Daimyo!«

Er trank ein Mineralwasser. Wirklich betrunken hatte ich ihn eigentlich noch nie erlebt. Er schien immer die Kontrolle zu behalten.

»Trink doch noch was!« forderte ich ihn auf.

»Ich bin ein alter Mann«, sagte er und zwinkerte ein bißchen.

»Ach was!« sagte ich. »Du bist Julius Cäsar. Du bist Jocho Yamamoto.«

Jetzt war es Höller, der mich ansah wie einen Jungen, der nur Blödsinn macht.

»Du bist der König der Unterwelt«, sagte ich.

»Was sagte Jocho im Hagakure über die Trinkgelage der Samurai?« fragte Höller.

»Weiß ich genau«, antwortete ich. »Es ist für den Samurai in Ordnung zu trinken, solange er wachsam ist und sein Limit kennt.«

»Und? Kennst du dein Limit?«

»Klar«, lallte ich.

»Du solltest Johanna nachlaufen«, sagte Höller mit dem Tonfall eines besorgten Vaters. »Sie sah traurig aus.«

»Das kommt schon wieder in Ordnung: Wer den Aufstand will, muß wach bleiben!«

Ich redete wirklich nur noch Müll jetzt.

Zwei Minuten Pause, Höller nuckelte an seinem Mineralwasser und wirkte so, als ob er sich gleich verabschieden wollte. Ich wollte nicht, daß er ging, darum mußte ich etwas tun und strengte mich sehr an, einen Satz zu formulieren, den ich schon vorher, während der Aktion, im Kopf gehabt hatte.

»Wie kommt ihr eigentlich ...«, fing ich an.

»Ja?« fragte Höller, aufmerksam.

»Wie kommt ihr eigentlich an diese jungen Menschen ran? Ich meine, was hat dich auf die Idee gebracht, daß sie so leicht für die Sache zu gewinnen sind? Sind sie alle so verzweifelt, daß ...?«

»Viele von ihnen, ja. Ich wußte das vorher auch nicht, aber es gab einen Moment, in dem mir aufgegangen ist, was die Nacht aus den Menschen macht, die sich in ihr herumtreiben. Es gab einen Moment, in dem ich begriff, wie tragisch die Dinge sind.«

»Und?« fragte ich. »Was für ein Moment war das? Und wo?«

»Ich könnte es dir zeigen, aber ich glaube nicht, daß du im richtigen Zustand dafür bist. Es wäre besser, du wärst nüchtern.«

»So schlimm ist es nicht!« rief ich. »Ich will jetzt sehen, jetzt verstehen, wovon du redest!«

Er sah mich an, *prüfend*, wie gesagt wird. Er sah mich an wie ein Arzt, der überlegt, ob er einen Sportler nach einer Verletzung, die eigentlich noch nicht ausgeheilt ist, wieder ins Rennen schicken kann. Logisch, sagte der Sportler – klar kann ich wieder in den Ring.

»Gut«, sagte er. »Dann komm mit. Es ist auch nicht weit.«

Abschiedsgrüße und Schulterklopfer von allen Seiten, als Höller und ich die Bar verließen. Draußen wehte immer noch ein leichter Wind, aber er kam mir nicht mehr kühl vor. Ich hätte nackt am Südpol stehen können, und mir wäre nicht kalt gewesen. Wir bogen links um eine Ecke, an der sich eine weitere Bar befand. Höller zog mich eine kleine Treppe hoch.

»Schon wieder eine Bar?« fragte ich. »Ich dachte, wir sehen uns die Hölle an?«

»Warte einen Augenblick«, sagte Höller ernst. »Das hier ist die Hölle. Was möchtest du trinken?«

»Noch einen Gin Tonic.«

Ich setzte mich und sah mich um in der Bar. Ich verstand nicht ganz, was Höller meinte. Gut, die Bar war schäbig und roch nach faulem Bier, sie war nicht so hübsch wie das Tele Fünf, und die Gesichter der Gestalten, die überall herumsaßen, waren leer und ausdruckslos – doch das war ja in jeder Bar der Welt so.

Höller redete kurz mit dem Barmann, dann kam er zu mir herüber und reichte mir meinen Drink.

»Bereit?«

»Ja«, sagte ich.

»Dann komm mit.«

Ich stand auf und folgte Höller, der wiederum dem Barmann folgte, mit dem er gerade geredet hatte. Wie Tick, Trick und Track laufen wir hier herum, dachte ich, nur die Mützen fehlen.

Der Mann führte uns in den hinteren Teil der Bar, zu einer kleinen Treppe, die auf eine Eisentür zuführte.

»Ist dahinter der Lagerraum?« fragte ich.

»Erst der Lagerraum und dann etwas anderes«, erklärte Höller.

Der Mann schloß die Tür auf und ließ uns hindurchgehen, dann machte er sie wieder zu und drehte von außen den Schlüssel herum.

»Und wie kommen wir jetzt wieder raus?« fragte ich.

»Er holt uns in einer Viertelstunde ab«, sagte Höller.

»Eine Viertelstunde reicht für die Hölle?«

»Eine Viertelstunde reicht.«

Der Treppenschacht, der sich hinter der Tür befand, war dunkel und so eng, so daß ich nicht sehen konnte, wie lang die Treppe eigentlich war.

»Laß mich vorgehen«, sagte Höller.

Kein Problem, dachte ich.

Die Stufen waren nur schmal, wir mußten aufpassen, damit wir nicht stolperten. Der Geruch in dem Gang war unangenehm, wie Pilzkulturen in einem ungewaschenen Kochtopf.

Es ging ziemlich tief in die Erde hinunter. Am Anfang bemerkte ich noch zwei Türen, die wohl zu den Lagerräumen führten, doch dann kam nichts mehr außer Dunkelheit und diesen Stufen. Eine Taschenlampe wäre gut gewesen, aber ein Mensch kann ja nicht immer darauf vorbereitet sein, in die Hölle hinabzusteigen.

Vor einer vermoderten Holztür am Ende der Stufen blieb Höller stehen.

»Wir sind da«, sagte er.

»Aha.«

»Du wolltest das sehen, also beschwer dich jetzt nicht, wenn es dich erschreckt«, sagte er. »Es ist keine leichte Sache.«

»Okay«, antwortete ich. Ich muß zugeben, daß ich etwas aufgeregt war, aber mehr, weil Höller so redete, als daß ich wirklich Angst davor hatte, was hinter der Tür sein würde.

Höller öffnete die Tür mit einem Schlüssel.

Zuerst einmal sah ich gar nichts, außer ein paar schwachen Lichtern irgendwo in einem Raum, von dem ich nicht schätzen konnte, wie groß er war. Das erste, was ich merkte, war dann, daß es hier noch erbärmlicher roch als in dem Gang. Ein Pisse- und Buttersäurelager, dachte ich. Ich hielt mir die Nase zu.

Höller war schon ein paar Schritte in den Raum hineingegangen, ich folgte ihm.

»Was ist das hier?« flüsterte ich ihm zu, ohne zu wissen, warum ich flüsterte. Vielleicht deshalb, weil Menschen in dunklen Räumen, in denen sie nicht wissen, wo der Lichtschalter ist, immer flüstern, aus Ehrfurcht vor den Geistern der Dunkelheit.

Ich solle ruhig sein, sagte Höller leise und ging weiter in den Raum hinein, zu den Lichtern hin.

Es dauerte ein wenig, bis ich die Geräusche hörte; und es dauerte auch ein wenig, bis ich verstand, was für Geräusche das waren.

Es war eine Art Stöhnen.

Zuerst erkannte ich sie gar nicht richtig, weil das wenige Licht, das sich im Raum befand, nur so schwach war wie das Glimmen einer Zigarette im Nebel. Doch nachdem sich meine Augen daran gewöhnt hatten, und das ging bei mir natürlich sehr schnell, sah ich, was auf dem Steinboden des Kellers herumlag, der voller Dreck und Staub war: In dem Gewölbe lagen Menschen – oder zumindest Gestalten, die so aussahen, als könnten es Menschen sein.

Ich erschrak und wollte zur Tür zurück, doch Höller hielt mich fest und zog mich in eine Ecke des Raumes. Auf dem Weg dorthin knackte es unter meinen Füßen, schwach erkannte ich irgendwelchen Müll, der dort herumlag, Dosen, Plastiktüten und Gegenstände, deren Namen ich gar nicht wissen wollte.

Dann standen wir plötzlich vor ihnen.

Ich glaube, daß Höller versuchte zu erkennen, wer da vor ihm auf dem Boden saß, denn er beugte sich hinunter und sah angestrengt in das, was die Gesichter der Gestalten sein mußten, aber er sagte kein Wort. Ich hätte auch nicht gewußt, wie diese Menschen überhaupt noch zu erkennen gewesen wären, denn nichts an ihnen hatte noch eine Spur von Leben in sich. Sosehr ich auch versuchte, irgendwelche Merkmale an ihnen auszumachen, es war nicht möglich – ihre Haut war fahl, ihre Augen erloschen, ihre Körper im Prozeß der Auflösung. Es waren Schattenwesen, die in diesem Keller herumlagen.

Wir gingen weiter in dem Gewölbe herum, das viel größer war, als ich anfangs angenommen hatte, ein alter Weinkeller vielleicht, aus dem letzten Jahrhundert, oder ein Judenversteck aus der Nazizeit.

Ich sah gut jetzt, also erkannte ich auch mehr von dem, was hier vor sich ging, und hörte auch mehr. Ich hörte das Klirren von Gegenständen, die auf den Boden fielen, ich hörte leise Gespräche, aber keine vollständigen Sätze, sondern nur Fetzen.

»Danke«, hörte ich irgend jemanden leise sagen.

Höller zeigte auf eine Gruppe von Schatten, die mit Dingen hantierten, die sie herumreichten und mit denen sie an ihren Körpern herummachten. Hier und da leuchteten ab und zu kleine Flammen auf.

Verstanden, dachte ich: Ein Crackhaus, eine Drogenhölle.

»Junkies und Aidskranke?« flüsterte ich Höller zu.

»Auch, aber nicht nur«, sagte er leise und drehte mich zu einer Gestalt, die sich eine Spritze in den Brustkorb drückte. In den meisten Spritzen sei aber kein Heroin, sagte er.

»Sondern?« fragte ich.

»Nitroglyzerin.«

Ich verstand nicht: Was war der Kick von Nitroglyzerin, außer daß ein Mensch mit der richtigen Mischung vielleicht explodieren könnte?

»Es sind Transsexuelle, die sich kein Silikon leisten können«, sagte Höller.

»Und darum spritzen sie sich ...?«

»Nitroglyzerin, ja. Ist viel billiger und funktioniert auch. Ist allerdings nicht ganz so körperverträglich und ziemlich unsauber. Reines Gift eigentlich.«

Ich weiß nicht, was ich in diesem Moment fühlte, außer daß ich Höller zustimmte, daß dies wirklich die Hölle war. Die Hölle ist immer anders, als wir sie uns vorstellen, dachte ich, das ist das Höllenhafte an ihr. Sie ersetzt jedes Bild, das wir uns von ihr machen, durch ein noch schlimmeres, auf das wir erst recht nicht vorbereitet sind. »Überraschung!« sagt die Hölle. »Hier bin ich wieder, erkennst du mich?« »Nein«, sagen wir und sind doch wieder mittendrin in der Katastrophe.

Zigaretten glommen in der Dunkelheit.

»Und tagsüber?« fragte ich Höller.

»Liegen sie auch hier herum oder verkaufen sich, für zwanzig Mark in der Stunde.«

»Entschuldigung, aber will die denn noch irgend jemand kaufen?«

Höller sah mich nur an.

Gut, Käufer finden sich ja immer.

Ich hätte jetzt genug gesehen, erklärte ich.

Wir wandten uns auf der anderen Seite des Raums zurück zur Tür, doch ein paar Meter vor dem Weg zurück in die *andere Welt* stieß ich mit dem Fuß an etwas, das am Boden lag.

»Entschuldigung«, murmelte ich.

Das Etwas regte sich nicht.

Ich weiß nicht warum, aber ich beugte mich hinunter, um zu sehen, was los war. Mir war zwar übel, doch trotzdem berührte ich den Körper, der am Boden lag.

Keine Reaktion.

»Ich glaube«, sagte ich zu Höller, während mir noch übler wurde, »hier liegt eine …«

»Leiche, ja«, bestätigte er. »Das ist nichts Besonderes hier. Laß sie liegen, der Barmann kümmert sich darum.«

Was für ein Tag: Mein erster Bombenanschlag, die Hölle, mein erster Toter – gibt es noch jemanden auf der Welt, dem solche Dinge alle auf einmal passieren?

Ich stand auf, ohne zu zögern. Ich weiß, daß ein Mensch normalerweise *innehalten soll*, wenn ihm eine Leiche begegnet, daß er sie *angemessen bestatten* soll, aber warum sollte ich jemanden bestatten, der schon in der Hölle war?

Wir gingen die Treppe hoch, der Barmann wartete schon auf uns.

Wir bestellten noch etwas zu trinken. Ich sagte nichts.

»Und?« fragte Höller nach ein paar Minuten. »Wie gefällt dir die Unterwelt?«

»Ich wußte nicht, daß so etwas existiert«, sagte ich.

»Solche Orte gibt es überall«, sagte Höller. »In Berlin, München, Köln und Bremen, in London, Rio, Tokyo und Bogotà.«

»Aber wo ist die Verbindung, zu dem, was wir machen?« wollte ich wissen. »Was hat es mit der Organisation zu tun? Gehören diese Menschen auch dazu?«

»Nein, denn die hier sind leider zu nichts mehr zu gebrauchen, sie sind nicht mehr zu retten. Aber sie sind die perfekte Metapher für den Zustand der meisten Leute, besonders der jungen: Sie hassen das, was sie sind, so sehr, daß sie freiwillig in die Hölle hinabsteigen, um anders zu werden. So ist es auch mit den Menschen, die nachts ausgehen und sich betrinken oder mit Drogen vollpumpen; mit denen, die sich einer Gruppe anschließen, die sie bewundern, um darin aufzugehen; oder mit denen, die ihr Leben einer Arbeit unterwerfen, von der sie sich einen Sinn versprechen. Jeder Mensch, der mit dem, *was er ist*, nicht zufrieden ist, ist wie sie: Sie sind alle Verzweifelte – wie die Ronin, die heimatlosen Samurai.«

Ich sagte nichts.

»Auch wir sind wie sie«, sagte Höller, »mit dem Unterschied, daß wir die Schuld nicht bei uns suchen, sondern bei dem, was uns umgibt. Darum können wir überhaupt so etwas wie eine Vision haben, die uns am Leben erhält.«

»Ist eine Welt, in der so etwas wie dieser Keller hier möglich ist, nicht eigentlich schon tot?« fragte ich.

Höller sah mich lange an, so als hätte ich zum ersten Mal verstanden, worum es ihm ging.

»Das ist sie, schon lange. Insofern muß ihr Tod auch gar nicht mehr erklärt, sondern einfach mit einer neuen Idee beantwortet werden.«

»Und?« fragte ich, »mit was für einer Idee?«

»Darum bist du bei uns«, sagte er. »Weil du diese Idee für uns formulieren wirst.«

»Ich soll …«

»Genau«, sagte Höller feierlich. »Deine Aufgabe wird es sein, unser *Manifest* zu schreiben.«

Meine erste Bombe, meine erste Leiche, und nun auch noch ein neuer Job, eine Beförderung: Ich sollte der Karl Marx der Bewegung werden, der Chefideologe, der Zielverfasser.

Was für eine Karriere!

NEUNUNDZWANZIG

Der Anschlag auf die Boutique erschien am nächsten Tag auf dem Titel der *Abendpost.* Das Foto zeigte den schwelenden Rest des Geschäfts, nachdem die Feuerwehr den Brand gelöscht hatte. Es war auch ein Polizist abgebildet, der den Geschäftsführer des Ladens befragte. Die Gesichter der beiden wirkten ratlos, was mir Freude bereitete: Es gefiel mir, daß ich wußte, was sie nicht wußten – daß sie ratlos darüber waren, wer den Anschlag ausgeführt hatte, und völlig ahnungslos, welch noch größerer Plan sich dahinter verbarg.

Was mich überraschte, war die Tatsache, daß die Zeitung noch von vier weiteren Anschlägen berichtete, die im Rest des Landes passiert waren, alle ungefähr zur gleichen Zeit wie unsere Aktion. Zwei davon waren in München geschehen – einer in einem Biergarten im Englischen Garten, der komplett zerstört wurde; ein anderer hatte frühmorgens einen Teil der Discothek *P1* weggesprengt. In Köln war ein Büro in einem Justizgebäude ausgebrannt, in dem sich laut *Abendpost* Unterlagen zu den Delikten verschiedener kleinkrimineller Jugendgruppen befanden. In Frankfurt hatte ein

Plastiksprengsatz die Fensterwand eines Geschäfts zerschmettert, geraubt wurde aber nichts.

Menschen wurden bei all diesen Aktionen wie durch ein Wunder nicht verletzt, das erleichterte mich, denn daß die vier Anschläge kein Zufall sein konnten, war ja klar. Ich war verärgert und verstört, zum einen deshalb, weil Höller mir nichts davon erzählt hatte, zum anderen, weil es gegen die Strategie war, so wie ich sie verstand. Bei insgesamt fünf Anschlägen in einer Nacht mußte sogar der Dümmste darauf kommen, daß das kein Zufall, keine Einzelaktionen mehr sein konnten.

Von Johanna aus, zu der ich nach Ende der letzten Nacht noch gefahren war, rief ich Höller an und fragte ihn, was diese Aktionen sollten. Er gab zu, daß sie zusammenhingen, und entschuldigte sich dafür, mir nichts erzählt zu haben. Bei meiner ersten Aktion wollte er mich nicht gleich überfordern, erklärte er. Ich nahm das hin, kritisierte aber seine Vorgehensweise, was die Häufung der Anschläge betraf. Darüber solle ich mir keine Sorgen machen, eine für die Polizei erkennbare, direkte Verbindung zwischen den Aktionen gäbe es nicht; außerdem wäre es für die Organisation langsam Zeit, das Tempo zu erhöhen und dem Land zu zeigen, daß eine Bewegung existierte.

»Wir beginnen jetzt damit, dem Staat Rätsel aufzugeben«, sagte Höller.

»Ich dachte, wir wären noch nicht soweit«, entgegnete ich.

»Irgendwann muß es ja mal losgehen«, sagte Höller. »Schließlich schreibst du ja auch ein Manifest für uns, das wir bei den Aktionen dann hinterlegen können.«

Mein Kopf schmerzte noch von den Drogen und dem Alkohol, es dauerte ein wenig, bis ich mich daran erinnerte, daß er mir ja einen Auftrag erteilt hatte.

»Das meintest du ernst?«

»Unbedingt«, sagte Höller.

»Aber ... wie soll ich das denn schreiben? Ich meine, wärst nicht du der viel geeignetere Mann dafür?«

»Ich habe es einmal versucht«, sagte Höller. »Und ich kann es nicht. Das ist der Job, für den ich dich eingestellt habe. Es sei denn, du möchtest Bombenbauer werden oder so was.«

»Nein, nein«, wehrte ich ab. »Ich mach das schon, ich weiß nur nicht, worüber ich schreiben ...«

»Du schaffst das schon«, unterbrach er mich. »Stell dir einfach vor, du seist Doktor Klug und beantwortest den Brief eines Menschen, der dich fragt, wie eine Revolution vonstatten geht. Sag dir einfach, du seist Yoshitsune oder Masashige und dein Kaiser gibt dir den Auftrag, eine Strategie gegen den Feind zu entwerfen.«

Er machte sich die Sache sehr einfach.

»Dafür brauche ich Zeit«, sagte ich. »Viel Zeit.«

»Die hast du«, sagte Höller, verabschiedete sich und legte auf.

Johanna war störrisch, als ich mit ihr über die ganze Sache reden wollte, der Streit der letzten Nacht war noch nicht vergessen. Sie warf mir vor, ich hätte sie gegen *Drogen und Alkohol und lächerliches Revolutionsgehabe* eingetauscht.

»Ich dachte, das wäre das, was du dir von mir gewünscht hast«, beschwerte ich mich, während sie Spaghetti für uns kochte und mit dem Löffel in der Hacksoße herumrührte, die sie immer besonders gut machte. Das Lied *I walk the line* von Johnny Cash kam aus dem Radio.

»Ja, ich habe mir auch gewünscht, daß du dabei bist, daß du mitmachst und aus deiner Lethargie herauskommst. Aber ich habe mir nicht gewünscht, daß du vollkommen durchdrehst und dich wie Che Guevara aufführst oder wie einer dieser Samurai, von denen du immer erzählst. Immerhin ist die Sache in erster Linie ein Spiel.«

»Aber ein Spiel, das ihr alle sehr ernst nehmt«, intonierte ich Höller. »Immerhin sind das echte Bomben, echte Zerstörungen und echte Banküberfälle. Das solltest du doch wissen.«

»Ich weiß«, sagte sie. »Aber man sollte aus dem Sport, den Staat zu narren, keine Lebensaufgabe machen. Man sollte nicht einfach alles stehen und liegen lassen. Sei einfach ein bißchen lässiger und versuch nicht nur, Höller zu beeindrukken. Versuch lieber, mich zu beeindrucken, ich bin deine Freundin.«

Es ist okay, dachte ich, wenn der Mann zum Verbrecher wird und den Staat bekämpft, aber nur, solange er abends pünktlich nach Hause kommt.

»Du regst dich doch bloß über die Drogen auf«, lenkte ich jetzt ab, etwas gemein, aber es ging um etwas, was wir schon ein paarmal besprochen hatten. »Weil dein Exfreund ein Junkie war und du jetzt Angst hast, daß so was auch mit mir passiert.«

Ich war in der Stimmung, ihr die Wahrheit zu sagen, getreu dem Hagakure: Würde liegt nur in der Wahrheit, die Lüge ist ein Werkzeug des Feiglings.

Sie sagte nichts und sah mich nur an, den Spaghettilöffel in der Hand. Einen Moment lang dachte ich, sie würde damit auf mich einschlagen, doch das tat sie nicht.

»Das ist sogar wahr, du Idiot«, sagte sie, sehr ruhig und bemüht, nicht traurig zu wirken.

»Es tut mir leid«, sagte ich. Ich hatte eine andere Regel des Hagakure vergessen: *Wenn du einen Freund kritisierst, tue es vorsichtig.*

Sie füllte die Spaghetti auf den Teller. Die Soße sah aus wie eine mikroskopisch vergrößerte Ansammlung von Tumorzellen, die sie im Fernsehen manchmal zeigen.

»Guten Appetit«, sagte ich, weil ich das Gefühl hatte, irgend etwas sagen zu müssen.

»Viel Spaß«, sagte sie.

Wir aßen, wortlos. Ich wußte, daß ich einen dummen Fehler gemacht hatte, aber was sollte ich tun? Jedes Wort der Entschuldigung wirkt lächerlich nach einer Beleidigung. Auch das steht im Hagakure, dem klügsten Buch der Welt.

Später, beim Fernsehen (*Wer wird Millionär?*), versuchte ich es noch mal.

»Ich soll für Höller ein Manifest schreiben.«

»Aha«, antwortete sie.

Ich erzählte von dem Keller und fragte sie, ob Höller ihr den auch mal gezeigt habe.

»Ich habe davon gehört«, sagte sie entnervt. »Aber ich wollte mir das nicht ansehen. Es klingt zu schlimm. Und würde es dir jetzt etwas ausmachen, wenn wir einmal, *einen verdammten Abend lang*, nicht von Höller reden würden?«

Sie war wirklich sauer.

»Okay«, sagte ich und fühlte mich – nicht zum ersten Mal in letzter Zeit – wieder wie ein kleiner Junge, der sich weder besonders klug noch geschickt durch die Welt bewegt.

»Glaubst du, der Junge kriegt die Million?«

»Weiß nicht«, sagte sie.

»Ist mir auch egal.«

DREISSIG

Damit kein Mensch einen falschen Eindruck bekommt: Es war nicht so, daß Johanna und ich nur noch stritten, seit ich offiziell bei Höller eingestiegen war. Was sie störte, war offensichtlich die Tatsache, daß ich mich nun für eine Sache besonders engagierte, die ich noch ein paar Wochen vorher abgelehnt, ja verachtet hatte. Und obwohl sie sich eigentlich über meinen Entschluß für Höller freute, mußte sie manchmal Zweifel daran bekommen, ob ich das, was ich sagte, meine Urteile und Einschätzungen, wirklich ernst meinte: Sie hielt mich manchmal für ein Windei, auch wenn das Hagakure einem Mann verbietet, mit gespaltener Zunge zu sprechen. Ihre Verunsicherung, was meine Überzeugungen betraf, war also verständlich, und als meine Freundin war es sogar ihre Pflicht, nicht jeden Sinneswandel einfach zu tolerieren – und wenn, dann wenigstens die Gründe dafür zu erfahren.

Die meiste Zeit aber ging es uns gut: Aus unserer Verliebtheit war das geworden, was Liebe genannt wird, die etwas unaufgeregtere Festigung des Zustands also, der Vertrag. Johanna hatte es geschafft, meine Erinnerung an Marie in den Hintergrund zu drängen. Mein Leben war wieder Gegenwart, Zukunft sogar, wenn ich wirklich übermütig wurde. Sah ich mir Johanna in manchen Momenten, in denen sie sich unbeobachtet fühlte, einmal genauer an und stellte mir die Frage, ob sie die Frau sei, mit der ich zusammensein wollte, mußte ich mir diese Frage mit ja beantworten. Sie war klug, sie war charmant, sie war energisch und wußte, was sie wollte. Außerdem war sie wunderschön, wie ich fand.

Nach unserem letzten Streit war mir klargeworden, daß sie sich vernachlässigt fühlte und es ihr so vorkommen mußte, als würde mein Kontakt zu Höller unsere Beziehung belasten oder gar verdrängen. Dieses Gefühl hatte ich nicht, doch es reichte, wenn es ihr so ging, darum kümmerte ich mich in den nächsten Wochen fast ausschließlich nur um sie. Höller verstand das, außerdem hatte ich ja eine brillante Entschuldigung: Ein *Manifest* läßt sich schließlich nicht in zwei Tagen herstellen.

Wir verbrachten also viel Zeit zusammen, obwohl Johanna sich wieder verstärkt um ihre Studien kümmerte und sich gar nicht mehr so sehr für Höller zu interessieren schien. Das war aber kein Problem für mich, denn tagsüber, wenn sie ihre Vorlesungen besuchte, schlief ich ja sowieso – die Nächte gehörten dann nur uns.

Sie erzählte mir viel von den Plänen, die sie hatte: ihre Mutter in Wien zu besuchen zum Beispiel, und vielleicht sogar irgendwann einmal dort zu studieren oder ein Praktikum in einem der psychologischen Institute zu machen, für die Wien so berühmt ist. Wir hätten doch beide genug Geld, sagte sie, wir könnten uns also auch ein Haus an der Côte d'Azur mieten und den Sommer über dort bleiben, die ganze Zeit schwimmen und Bücher lesen. Oder nach Brasilien fahren.

»Das würde auch deiner schrecklich blassen Haut ganz guttun«, sagte sie und strich mir übers Gesicht, als wir im Bett lagen.

Alles nette Pläne, dachte ich, doch immer, wenn sie eine Zusage wollte, verschob ich meine Antwort.

»Sicher, Baby, ganz toll, aber wir haben doch soviel Zeit, und ich gewöhne mich gerade erst wieder daran, überhaupt etwas zu tun zu haben.«

»Dein Manifest kannst du doch überall schreiben und es Höller dann mit der Post schicken. Oder über das blöde *Internet!*« machte sie sich über mich lustig.

Ich genoß die Zeit mit ihr, sie war wunderbar.

Da paßte es auch, als Uwe sich ein paar Wochen später wieder bei mir meldete und mich zu seinem Geburtstag einlud – zu der *Vorfeier*, die wir jedes Jahr am Abend vorher mit einem Abendessen im Hotel Atlantic begingen. Er habe diesmal sogar eine Überraschung für mich dabei, stand auf der Einladung, die er mir schickte. Er liebte solche offiziellen Handlungen, die die Dinge größer machten, als sie eigentlich waren.

Sehr gut, dachte ich und erinnerte mich daran, daß er bei unserem letzten Essen noch eine Verabredung erwähnt hatte, zu der er unbedingt mußte. Sehr gut, denn ich hatte ja auch eine Überraschung, von der er noch nichts wußte und die ich ihm vorstellen wollte: Johanna.

Die kleine Feier fand statt an einem Mittwochabend um neun, Frühstückszeit für mich also. Ich trug meinen Anzug, den schwarzen, mit einer Fliege sogar, und benutzte zum ersten Mal in meinem Leben Make-up, damit ich nicht so weiß im Gesicht aussah. Das mag nach dem Standard des Westens weibisch sein, doch das Hagakure empfiehlt einem Mann, immer geschminkt zu sein, weil ja jeder Tag sein letzter sein könnte – und besonders im Tod, so Jocho Yamamoto, ist es wichtig, daß ein Mann Stil und Würde bewahrt, damit der Feind Respekt vor ihm hat. Johanna – etwas aufgeregt, weil ich ihr natürlich erzählt hatte, mein Bruder sei der Größte von allen – trug ein schwarzes Trägerkleid, das angenehm glänzte: Sie sah fantastisch aus, ich war unglaublich stolz. Als Geschenk hatte ich Uwe schon vor ein paar Wochen frühmorgens vor dem Schlafengehen auf einem Flohmarkt einen ausgestopften Leguan besorgt. Er sammelt so Zeugs.

Was für ein Trio, dachte ich, als wir in der Lobby des Hotels standen: Der junge Karl Marx mit seiner Freundin Johanna, einer vielversprechenden Psychotherapeutin, die in ihren Armen einen ausgestopften Leguan hielt, der bald die Besitzer wechseln würde. Ich freute mich auf das Treffen, um so mehr, da Johanna und ich beschlossen hatten, Uwe weder von Höller noch von meiner Nachtexistenz zu erzählen, damit er sich an seinem Geburtstag keine Sorgen um seinen Bruder machen mußte. Wenn er fragte, wie es mir finanziell ging, konnte ich mir immer noch schnell eine Ausrede überlegen.

Er saß in der hinteren Ecke des Speisesaals, der an diesem Abend ziemlich voll war, doch ich erkannte ihn sofort an den Lichtreflexen auf seiner Glatze. Hand in Hand mit Johanna bahnte ich mir einen Weg durch die anderen Tische.

Ich hatte recht gehabt, Uwe war nicht allein. An seinem Tisch saß eine kleine, sehr hübsche Asiatin mit glattem schwarzem Haar und in einem Kleid, das dem von Johanna sehr ähnelte.

Er grinste mich an, stand auf und umarmte mich.

»Tut gut, dich zu sehen, Kleiner«, sagte er.

»Tut auch gut, dich zu sehen«, sagte ich, fast etwas rührselig.

Da es sein Geburtstag war, überließ ich ihm die Ehre, mir seine Freundin zuerst vorzustellen.

»Das ist Shiho«, sagte er und lächelte schüchtern.

Sie stand auf, drückte meine Hand, sagte hallo und machte eine kleine Verbeugung. Fand ich sehr charmant, diese kleine Verbeugung.

»Das ist Johanna«, sagte ich.

Johanna drückte den beiden die Hand, sagte hallo, machte aber keine Verbeugung, sondern nickte nur ein wenig mit dem Kopf, wie es hierzulande eben üblich ist.

Wir setzten uns.

Einen Moment lang sagte keiner ein Wort, dann sahen Uwe und ich uns an und lachten. Daraufhin lachte natürlich der ganze Tisch. Ging alles gut los, dachte ich.

Wir bestellten Rotwein und redeten über die Dinge, über die zwei Paare, von denen sich nur zwei Vertreter kennen, immer reden: belanglose, nicht zu vertrauliche Dinge, die Fremde nicht ausschließen. Uwe und ich bedauerten gegenseitig, uns so lange nicht gesehen zu haben, was aber kein Problem war, weil die Gründe ja neben uns saßen. Uwe war höflich zu Johanna, ab und zu grinste er mir zu; ich war höflich zu Shiho, von der ich erfuhr, daß sie Internistin war, vor einigen Jahren aus Tokyo nach Deutschland gekommen war und in Hamburg am Universitätskrankenhaus arbeitete. Die beiden hatten sich beim Geburtstag eines Freundes von Uwe kennengelernt, irgendwo in Winterhude.

Ich mochte Shiho sofort: Sie war die Art Frau, die alles, was um sie herum passierte, so aufnahm, als würde sie immer ein wenig daran zweifeln, daß es tatsächlich geschah. Das merkte ich, als der Kellner zur zweiten Vorspeise viel zu viel über die Herkunft und Zusammensetzung des Krabbencocktails erzählte. Indem sie aufmerksam zuhörte, dabei aber stets ein wenig mit den Augen zwinkerte, beleidigte sie weder den Kellner, noch tat sie so, als sei sie eine Expertin in der Krabbencocktailkunst. Ihr Verhalten war Hagakure in Reinkultur: respektvoll, aber ohne sich zu verleugnen. Außerdem wirkte sie so, als würde sie meinen Bruder glücklich machen, was ein anderer, wichtiger Punkt ist.

Uwe verstand sich auch gut mit Johanna, das merkte ich, weil er nicht sofort damit begann, sie nach mir auszufragen, sondern sich für sie interessierte und für das, was sie tat. Ich war froh, daß es so war und daß sich keiner der beiden *anstrengen* mußte, dem anderen zu gefallen, damit mein Gesicht gewahrt würde. Die beiden waren gut zusammen.

Die nächsten drei Stunden vergingen problemlos: Wir aßen uns durch Ochsenschwanzconsommé mit Pilzstrudel, ein exquisites Kalbsrückensteak mit Morchelkruste und Spargelrisotto und eine hervorragende Schokoladen-Trüffelmousse, die sogar die Frauen ganz aufaßen. Inzwischen waren wir alle betrunken, Shiho erzählte Geschichten aus Japan, Uwe redete von irgendeiner Reportage, an der er gerade arbeitete, und auch Johanna sprach wie unter Strom. Ihr war anzumerken, wie froh sie war, einmal mit Menschen zu reden, die nichts mit der Höllerwelt zu tun hatten. Nur ich sagte nicht soviel, ich hörte die ganze Zeit eigentlich nur zu. Nicht, weil es mir etwa schlecht ging, im Gegenteil, aber weil ich nicht wußte, was ich hätte erzählen sollen: Alles, was in den letzten Monaten geschehen war, hatte entweder mit meinem Nachtleben zu tun oder mit Höller, und keins dieser Dinge wollte ich Uwe verraten. Ich war Johanna dankbar, daß sie mir den Zwang zu lügen abnahm, indem sie die Geschichte unseres Kennenlernens ganz einfach ohne den Höllerschen Überbau erzählte, wie eine ganz normale Liebesgeschichte eben.

Um Mitternacht stießen wir mit Champagner an, und da ich befürchtete, mein Schweigen könne Uwe langsam auffallen, stimmte ich ein Lied an: Die Hymne *Hoch soll er leben*, die auf jedem der Geburtstage unserer Familie voller Ehrfurcht gesungen wird. Danach rezitierte ich die *Ode an den Pflaumenbaum*, worüber besonders Shiho sich sehr freute. Schließlich überreichten Johanna und ich Uwe den Leguan, von dem Shiho meinte, er solle ihn Hirohito nennen, nach dem toten japanischen Kaiser.

Nachdem die erste Geburtstagseuphorie vorbei war, ging es los.

»Was machst du jetzt eigentlich?« fragte Uwe.

»Wie meinst du das?« verlängerte ich meine Schonfrist.

»Das letzte Mal, als wir uns trafen, hattest du keinen Job und noch weniger Geld.«

Er sah mich an, ich sah Johanna an, er sah Johanna an. Er prüfte, ob er die nächste Frage stellen durfte, dann stellte er sie.

»Was ist denn aus den Briefen von Jocho geworden?«

»Welche Briefe?« Noch ein nutzloser Versuch, Zeit zu gewinnen. Wenn ich so weitermachte, würde es nicht mehr lange dauern, bis er alles herausbekam.

»Die Briefe mit den Tausendmarkscheinen, die dir irgendein Unbekannter geschickt hat.«

»Ach so«, sagte ich, ich mußte jetzt schnell sein. »Ja, das habe ich herausbekommen. Die schickt mir ein Mann namens ... Max Höller.« Johanna sah mich an. Die Idee, keine Ausrede zurechtzulegen, war nicht so gut gewesen.

»Und? Wofür schickt er dir das Geld?«

»Er ... bewundert mich. Ich soll ihm was schreiben.«

»Was sollst du ihm denn schreiben? Ein Buch?«

»So in der Art. Ich soll ihm seine Biographie schreiben. Er hat ein recht aufregendes Leben hinter sich.«

Das war jetzt ganz gut, fand ich. Ich kam zurück ins Boot.

»Und warum hat er dieses Spiel mit dir gespielt?«

»Er ist halt ein bißchen seltsam. Er verbreitet gern eine mysteriöse Aura.« Ich wurde nun mutiger, dreister. Wer eine Rolle spielt, muß sie voll und ganz ausfüllen, habe ich mal gehört – *Method Acting!*

»Er ist ein Spinner, aber er hat Geld und will, daß ich sein Leben aufschreibe. Ich verdiene sehr gut daran und habe sonst nichts zu tun, warum also nicht?«

Uwe pausierte.

»Das klingt in Ordnung«, sagte er dann. »Es klingt seltsam, aber in Ordnung. Trotzdem solltest du dir langsam mal etwas für später überlegen.«

»Tu ich auch«, sagte ich. Ich hatte gewonnen, wenigstens für den Augenblick, und um das zu feiern, trank ich noch zwei weitere Gläser Rotwein. Das hätte ich nicht tun sollen, denn es machte mich unvorsichtig.

»Habt ihr auch von den Anschlägen gehört, die überall stattfinden?« fragte ich in die Runde.

Johanna sah mich an, als hätte ich gerade einen Hundewelpen getötet. Trotzdem fuhr ich fort.

»Was haltet ihr davon?« Die Frage war an Uwe gerichtet.

»Einzeltäter oder eine Organisation?«

Johanna gab mir unter dem Tisch einen Tritt.

Uwe sah mich an.

»Was meinst du denn dazu?«

»Ich weiß nicht«, sagte ich. »Ich wollte deine Meinung hören.«

»Ich arbeite gerade daran«, sagte Uwe.

Ich wurde weiß wie eine Gänsedaune, trotz des Make-ups. Ich zwang mich, Johanna nicht anzusehen, weil das alles ans Licht gebracht hätte. Statt dessen schluckte ich und trank ein weiteres Glas Wein.

»Ich glaube nicht, daß das alles Zufälle sind«, sagte Uwe. »Ich glaube, daß das irgendeine Terrorgruppe ist, die nicht weiß, was sie tut, aber glaubt, irgend etwas tun zu müssen. Ich glaube, daß die Anschläge koordiniert werden.«

Zwei Möglichkeiten gab es jetzt: entweder Höller, die Bewegung und mich zu verraten oder ein Streitgespräch.

Ich entschied mich für das zweite.

»Meinst du, daß das Irre sind?« fragte ich, etwas zu forsch vielleicht.

»Ich glaube schon. Weil sie, wenn es eine Gruppe ist, so planlos zuschlagen, daß kein Ziel zu erkennen ist. Und wenn eine Gruppe kein Ziel hat, kann es nur der Wahn sein, der sie zusammenhält.«

So hatte ich auch mal gedacht.

»Und wenn sie ihr Ziel noch nicht bekanntgegeben haben? Wenn das alles noch kommt, wenn der Plan noch verkündet wird?«

»Selbst dann weiß ich nicht, was es bringen soll, Brandanschläge auf Modeläden, leere Luxusdiscos, Justizgebäude und Biergärten zu unternehmen. Ich halte die für einen Haufen Idioten.«

»Was weißt du denn über sie, daß du so etwas sagen kannst?« wollte ich von ihm wissen, jetzt viel zu forsch, was mir ein weiterer Tritt von Johanna deutlich machte.

»He, Kleiner. Du verteidigst die Jungs doch nicht etwa, oder? Du, der immer jede Form von Organisation gehaßt hat?« Er grinste, dann kniff er mir in die Wange, das gefiel mir überhaupt nicht. Ich schlug seine Hand weg.

»Ich verteidige hier überhaupt niemanden, aber vielleicht bist du einfach zu blöd oder zu alt, um zu verstehen, um was es hier gehen *könnte*. Vielleicht redest du einfach wie einer dieser Magazinjournalisten, für die alle außer sie selbst Deppen sind, weil sie denken, die Tatsache, daß ihre Meinung gedruckt wird, mache sie zu Weisen. Vielleicht hast du einfach zuviel Zeit mit solchen Leute verbracht?«

Das war das Härteste, was ich je in meinem Leben zu Uwe gesagt hatte, und es zeigte Wirkung, immerhin war es ja sein Geburtstag.

»Was ist denn mit dir los?« fragte er.

»Geht es dir nicht gut, oder wie kommst du dazu, mich so ...«

»He«, sagte Shiho und fuhr ihren ganzen Charme auf. »Ihr werdet euch doch jetzt nicht wirklich streiten, oder?«

»Ich will mich ja gar nicht streiten«, sagte ich. »Mir geht nur auf die Nerven, wie ...«

»Wie *was?*« bellte Uwe nun, am Ende seiner Geduld.

»Schluß jetzt!« ging Johanna dazwischen. »Es war ein fantastischer Geburtstag, ihr habt beide sehr viel getrunken, und es hat überhaupt keinen Sinn, da jetzt weiterzumachen. Unterhaltet euch darüber, wenn ihr nüchtern seid.«

Das trug sie so überzeugend vor, daß wir beide nichts mehr sagten, weil es eine Beleidigung Johanna gegenüber gewesen wäre. Ja, Gentlemen waren wir trotzdem, dieser Grundsatz des Hagakure war noch tief in uns verankert.

»Anstoßen!« kommandierte Shiho und machte einen Witz über eine Schnecke, die von einem Hochhaus fiel, der Witz war zwar lustig, konnte Uwe und mich aber nicht wirklich ablenken. Wir versuchten noch eine halbe Stunde lang, den Eindruck des Streits verblassen zu lassen, doch es gelang uns nicht, darum war der Abend um kurz vor halb zwei dann auch beendet.

Shiho und Johanna verabschiedeten sich überschwenglich von allen, in der Hoffnung, daß von dieser Euphorie etwas bleiben würde, das den Abend nachträglich schönfärbte. Als Uwe und ich uns widerwillig die Hand gaben, war nur der Leguan in seinem Arm reinen Herzens.

»Du bist vollkommen wahnsinnig«, sagte Johanna im Taxi zu mir. Danach sagte sie lange Zeit überhaupt nichts mehr.

EINUNDDREISSIG

Ich dachte nach in den Tagen nach dieser Katastrophe, soviel wie schon lange nicht mehr: Ich hatte den Geburtstag meines Bruders ruiniert, indem ich ihn vor seiner neuen Freundin beleidigte, das konnten weder er noch Johanna mir so schnell verzeihen, die tagelang nicht mit mir sprach wegen dieser Angelegenheit. »Herzlichen Glückwunsch«, sagte sie nur noch, bevor wir frühmorgens nach dieser Nacht ins Bett gingen, nachdem wir uns ein paar Stunden lang angeschwiegen hatten. »Du hast es geschafft, mein erstes Treffen mit deinem Bruder, der mir sehr sympathisch war, so zu zerstören, daß ein zweites nicht möglich sein wird.«

So war es nicht, denn ich kenne Uwe ja gut genug, um zu wissen, daß er nicht nachtragend ist, besonders bei Leuten, die mit dem Streit nichts zu tun haben, der ja eine Familienangelegenheit war. Doch während mir das Problem mit Johanna als leicht lösbar erschien, erschien mir das, was zwischen Uwe und mir geschehen war, nicht ganz so einfach. Ich hatte ihn verletzt, ich hatte ihn belogen – und ganz nebenbei waren wir, ohne daß er es wußte, auch noch zu Gegnern geworden, wie ein Polizist und ein Verbrecher, wie ein Staatsanwalt und sein Angeklagter.

Zwar war es nicht so, daß er wie in einem Buch von Dürrenmatt der Kommissar war, der mich überführen wollte, er war ja sicher nicht der einzige Reporter im Land, der sich mit den Anschlägen beschäftigte. Es war aber doch so, daß wir uns in dieser Situation feindlich gegenüberstanden, zum ersten Mal in unserem Leben. Ich hatte nie eine Konkurrenz ihm gegenüber gespürt, der ja immer viel erfolgreicher gewesen war, doch jetzt spürte ich sie, und sie machte mir etwas angst, fühlte sich aber auch aufregend an.

Ich zog mich zurück in den nächsten Tagen und redete kaum, weder mit Höller noch mit Johanna oder Uwe, der sogar ein paarmal versuchte, mich anzurufen, doch ich ging nicht ans Telefon. Ich überlegte, was zu tun war, jetzt, wo die Lage sich geändert hatte und sogar ein Familienmitglied mit einbezogen war. Ich weiß nicht, ob es Feigheit vor der Wahrheit war oder die Lust an der Konkurrenz, am Kampf, die mich dazu brachte, den Gedanken daran, Uwe alles zu erzählen und ihn vielleicht sogar mit Informationen über die Organisation zu versorgen, schnell zu verwerfen. Diesen Entschluß entschuldigte ich vor mir damit, daß ich inzwischen zu tief drinsteckte in der Höllerwelt, um nun alles aufzugeben und das Manifest nicht mehr zu schreiben. Schließlich hatte ich mich nach meinen anfänglichen Zweifeln bewußt für Höller entschieden, weil er mich als Person beeindruckte, weil ich ihn mochte und er in der Zwischenzeit zu einer Art Freund geworden war – da konnte ich jetzt so schnell keinen Rückzieher machen. Ein Verrat der ganzen Sache wäre mir auch unmöglich gewesen, weil Höller mir vertraute und ich jede Art von Verrat immer verabscheut habe. In diesem Sinne handelte ich ganz nach dem Hagakure: *Verrate nie deinen Lehnsherren, egal, was auch geschehen mag! Bleibe loyal bis in den Tod!*

Ja, dachte ich, und der Gedanke gefiel mir immer besser, je mehr ich mich dazu entschloß – ich werde dieses Manifest für Höller schreiben und meinen Bruder zu einem Wettkampf herausfordern. Ich wollte sehen, ob er mir auf die Spur kam, ob er – wenn er das Manifest irgendwann einmal lesen würde – so klug war, zu erkennen, daß es von mir stammte. Höller, überlegte ich, spielt ein Spiel mit dem Staat, ich spiele dieses Spiel mit und spiele nebenbei noch ein persönliches Spiel mit meinem Bruder. Eine spannende Sache, wie ich fand, außerdem wurde alles jetzt noch viel konkreter für mich.

Schließlich hat der Staat viele Gesichter, während mein Bruder nur eins hat, dessen Züge ich viel besser kenne.

Davon aber, daß Uwe angefangen hatte, über die Bewegung zu recherchieren, erzählte ich Höller nichts, der jetzt wieder öfter anrief, um herauszufinden, wie weit ich mit dem Schreiben war. In dieser Hinsicht wollte ich die Kontrolle behalten: Es reicht, wenn sich einer mit meinem Bruder beschäftigt, dachte ich, er muß nicht zu einer Zielscheibe für die Bewegung werden. Johanna, mit der ich über das Problem natürlich redete und von der ich das Gefühl hatte, daß das, was mein Bruder über die Aktionen gesagt hatte, ihre zunehmende Antihöllerstimmung noch verstärkte, war nicht besonders begeistert davon, daß ich das Manifest immer noch schreiben wolle. Zwar protestierte sie nicht dagegen, doch sie tat es mit einer Egalhaltung ab, so als wäre es ein blödes Hobby von mir, mit dem sie sich nicht anfreunden aber abfinden mußte – wie Fußballspielen am Wochenende oder so was. Höller selbst gegenüber zog sie sich immer mehr zurück: Sie trat nicht offiziell aus, entschuldigte ihre Abwesenheit bei den wenigen Treffen, die in dieser Zeit abgehalten wurden, aber damit, daß sie sich jetzt wieder mehr um ihr Studium kümmern wolle – mir allerdings schien es, als sei ihr ihre persönliche Zukunft einfach wichtiger geworden als die Zukunft der Bewegung. Vielleicht glaubte sie inzwischen mehr an ein Glück zu zweit als ein Glück zu vielen.

Nachdem mein Entschluß für das Manifest und das Spiel mit Uwe also gefaßt war, machte ich mich an die Arbeit. Die Politik rufe mich, erklärte ich Johanna eines Abends, gab ihr einen Kuß und versprach, wenn mein Werk fertig sei, gingen wir feiern und würden vielleicht wirklich bald nach Frankreich, Wien oder Brasilien fahren. »Jaja«, sagte sie. »Bis dann.«

Natürlich war es eine Lüge, als ich Höller sagte, ich sei schon mittendrin in meiner Arbeit an dem Manifest. In Wirklichkeit hatte ich mir noch keine Gedanken darüber gemacht, weil ich mit Johanna und Uwe beschäftigt war. Nun, diese beiden schloß ich jetzt erst mal aus. Ein wirkliches Manifest, dachte ich, erfordert es, daß der Verfasser sich eine Zeitlang aus dem Leben zurückzieht, um sich auf das zu konzentrieren, was er sagen will, so wie das ein Schriftsteller tut, der einen Roman schreibt. *Wer zwei Hasen gleichzeitig fangen will, fängt keinen von beiden*, steht im Hagakure – so entschied ich mich für *einen* Hasen, das Manifest.

Zu Hause öffnete ich daher eine Flasche Wein, zündete eine Zigarette an und setzte mich an meinen Schreibtisch. Ich sah durch das Fenster in die Nacht hinaus und machte mir Gedanken darüber, was für einen Staat, was für eine Gesellschaft ich schaffen wollte – und darüber, wie die Höllersche Bewegung diese neue Ordnung erreichen könnte.

Nun, ich dachte ziemlich lange nach.

Nach einer weiteren Flasche Wein wurde mir zum ersten Mal bewußt, daß es gar nicht so leicht ist, am Ende des zwanzigsten Jahrhunderts noch so etwas wie ein Manifest zu schreiben: eine Ideologie zu erfinden, die radikal und neu genug ist, um nicht als Aufguß einer bereits vorhandenen Idee zu gelten, die aber gleichzeitig populistisch genug ist, um wenigstens theoretisch zu einer Massenbewegung werden zu können. Ich hatte erwartet, daß ich sprudeln würde vor Einfällen, doch das tat ich nicht.

Die meisten Ideen entstehen aus der Kritik, aus der Nörgelei am Vorhandenen, überlegte ich, also stellte ich mir die Frage, was mich an der existierenden Ordnung störte.

Auch das war nicht so leicht. Natürlich stört mich die Tatsache, daß es hier Menschen gibt, die mir das Leben zur Hölle machen, doch das ist ein sehr egoistisches Anliegen, das nur durch Einsperren zu lösen wäre oder durch Erschießungen. Sicher ist auch Armut nichts Schönes, aber was sollte ich daran ändern? Ich hatte mich der Revolution nicht angeschlossen, um alle Probleme dieser Welt zu lösen.

Schon etwas besser: die Einkommensteuer – kein Spaß, für keinen von uns. Frißt immer das halbe Gehalt weg, wäre besser, es gäbe die nicht. Auf der anderen Seite sah ich ein, daß kein Staat ohne Steuer existieren konnte, es sei denn, sein Ziel wären die Anarchie und die Verrottung der Autobahnen.

Andere Dinge: Asylpolitik, Atomstopp, der ganze Linksmüll eben. Alles okay, aber nichts davon neu, nichts originell, und das wollte ich ja sein, allein schon, um Uwe zu beeindrucken.

Da ich mich in meiner Rolle als Karl Marx recht wohl fühlte und die meisten ernstzunehmenden Terrorgruppen sich ja irgendwie auf ihn bezogen, überlegte ich, seine Bücher zu lesen, um eine Art Neuinterpretation zu schaffen, angereichert mit ein paar Höllerschen Zitaten, doch als ich sah, wie umfangreich und dick diese Werke waren, die bislang nur als Schmuck in meinem Regal gestanden hatten, verwarf ich dic Idee wieder.

Der Sozialismus ist eh tot, dachte ich, das weiß ja mittlerweile die ganze Welt, außerdem soll mein Manifest nicht erst in vier Jahren fertig sein.

Ich begann zu schwitzen. Hier saß ich und hatte die einmalige Möglichkeit, das Land zu verändern, den Staat abzuschaffen und einen neuen aufzubauen, den Höllerstaat, doch mir fiel nicht ein, was ich ändern, neu gründen oder zerstören wollte.

War es Gott auch so ergangen, als er die Welt schuf?

Gott hatte es leicht, beantwortete ich mir meine Frage – als er mit der Arbeit begann, existierte ja noch gar nichts.

Ich dachte an die Revolutionen, von denen ich in der Schule gehört hatte. Ich dachte an die Französische Revolution und an Robespierre; an die Russische Revolution und an Lenin; an Deutschland in den Jahren 1848, 1873, 1919, 1989. Ich dachte an Erhebungen, an Staatengründungen und Grenzerweiterungen.

Nichts.

Ich fragte mich: Wollte ich den Menschen im Naturzustand? Wollte ich einen Tyrannen, einen Leviathan? Wollte ich das alte Rom oder das junge Griechenland? Wollte ich die Industrialisierung abschaffen wie der amerikanische *Unabomber?* War ich für Locke oder für Hobbes, für Montesqieu oder Voltaire? Und: Was wollte eigentlich das Volk? Wollte es eine Theokratie, eine Monarchie, eine Demokratie, eine Militärdiktatur, den Trotzkismus, den Maoismus? Wollte ich eine Verfassungsänderung, und wenn ja, wie wollte ich die Verfassung ändern? Wollte ich alles so lassen wie es war und einem anderen den Job überlassen?

Diese Fragen stellte ich mir.

Ich war verzweifelt, und einen Moment lang dachte ich darüber nach, alles hinzuschmeißen und Höller anzurufen, um ihm zu sagen, daß mir nichts einfiele. Ich wählte seine Nummer, doch kurz bevor ich die letzten Ziffern drücken wollte, legte ich den Hörer wieder auf. Ich dachte an den Satz von Marx, den Höller zitiert hatte:

Ich bin nichts, und ich müßte alles sein.

Es ging bei der ganzen Sache ja gar nicht um das, was ich wollte, verstand ich auf einmal, sondern um das, was Höller wollte. Das Manifest mußte also ein *Höllermanifest* werden, vergleichbar mit dem Hagakure, das Tsuramoto Tashiro aus den Ideen Jochos geschaffen hatte, eine Ideologie nach dem Bild und den Visionen meines Lehnsherren. Ich war ja nur der Diener, sein Samurai.

Es war alles klar jetzt. Ich öffnete eine dritte Flasche Wein, setzte mich an den Tisch und begann zu schreiben:

DAS MANIFEST DER HÖLLERSCHEN BEWEGUNG IN ZEHN PUNKTEN

Ein sehr guter Titel, wie ich fand. Es konnte losgehen.

ARTIKEL EINS: DIE HÖLLERSCHE BEWEGUNG

Die Höllersche Bewegung, bislang ein Untergrundbündnis diverser Gegenbewegungen in Deutschland, hat sich zum Auftrag und Ziel gemacht, einen Schattenstaat aufzubauen, der nach seiner Komplettierung den heute existierenden Staat abschaffen und ersetzen wird. Nach einer revolutionären Erhebung wird die Höllersche Bewegung eine neue, modernere Gesellschaft gebären. Diese Gesellschaft wird weder eine Diktatur, eine Theokratie, noch eine Demokratie sein. Sie wird sich gründen auf die Erkenntnisse der vom Kopf und Daimyo der Bewegung, Max Höller, in jahrelangen Studien erstellten Höllerschen Mathematischen Geschichtstheorie. Die Höllergesellschaft wird nicht weniger als eine radikal andere Form des menschlichen Zusammenlebens schaffen, die für den Rest der Welt von Vorbild sein wird.

ARTIKEL ZWEI: DIE HÖLLERSCHE REVOLUTION

Die Höllersche Revolution tritt in Kraft während einer revolutionären Woche, die im ganzen Land stattfindet und deren Planung und Vorbereitung augenblicklich schon im Gang ist. Während der revolutionären Woche erheben sich die Höllerkämpfer, die im Laufe der letzten Jahre der Höllerbewegung beigetreten sind, und wenden geeint ihre Macht, ihren Kampfeswillen und ihren Einfluß an, die sie durch Bestechungen und besondere Dienstleistungen an Vertretern von Politik und Wirtschaft erlangt haben. Die Höllersche Revolution beinhaltet die Übernahme von Regierungs- und Justizgebäuden genauso wie Aufstände und die offene Erhebung gegen Symbole der Obrigkeit auf der Straße. Ihre Sprengkraft wird die der Französischen und der Russischen Revolution noch übertreffen, da diese Revolutionen nur mangelhaft geplant und durchgeführt wurden und allesamt im Chaos endeten.

Es ist wahrscheinlich, daß die Höllersche Revolution nicht ohne Waffengewalt zu erringen ist, doch die Höllerkämpfer werden versuchen, die Verluste gering zu halten und ihren Kampf mit Anstand und Ritterlichkeit zu gestalten: Derjenige, der sich bereit zeigt, bei der Schaffung des neuen Staates mitzuwirken, wird willkommen sein.

Das Signal für den Hölleraufstand und die revolutionäre Woche wird die Sprengung der Statue der Siegesgöttin in Berlin sein, die von einem besonders mutigen Höllerpartisanen durchgeführt wird. Nach diesem Partisanen wird später die Hauptstadt des Höllerstaats benannt.

ARTIKEL DREI: DER HÖLLERSCHE STAAT

Der Höllersche Staat wird schrittweise gebildet: Nach der Höllerschen Revolution, die den alten Staat, die deutsche Demokratie, wegfegt, setzt sich der Höllersche Rat zusammen, ein Kolloqium von zwölf extra zu diesem Zweck ausgewählten Vertretern unter der Führung Max Höllers, um dem Höllerstaat seine Verfassung zu geben. Der Höllerstaat tritt in Kraft, wenn die Grundregeln der neuen Verfassung die alten ersetzt haben. Für eine Dauer von sechs Monaten wird dann eine Übergangsregierung die Bürger an den neuen Zustand gewöhnen. Diese Zeit ist für die Etablierung des Höllerstaats bestimmt, in dem alles neu sein wird: Städte, Dörfer und Straßen bekommen neue Namen; das gesamte Land wird in zwölf Bezirke aufgeteilt, die nach den Gründungsmitgliedern des Höllerschen Rats benannt sind; das gesamte Steuer- und Wirtschaftssystem wird reformiert. Nach diesen sechs Monaten werden in den zwölf neugegründeten Bezirken sowie im geeinten Höllerstaat – vielleicht auch der Höllerschen Republik – freie Wahlen abgehalten, mit denen der festgelegte Grundkern des Höllerstaates durch Volksvertreter der verschiedenen Gesellschaftsschichten ergänzt wird: So entsteht eine Oligarchie mit demokratischem Anteil.

ARTIKEL VIER: DIE HÖLLERSCHE VERWALTUNG
Die Höllersche Verwaltung sieht eine stärkere Unabhängigkeit der einzelnen Bezirke und deren Unterbezirke vor, als es im bisherigen Deutschland der Fall war. Im Höllerstaat wird jeder Bürger einen Ansprechpartner in Form eines Rates haben, an den er sich wenden kann – so wird garantiert, daß sich kein Mensch in den Wirren des Staatsapparats verliert. Die Bezirke sind souverän, soweit sie sich nicht gegen das Gemeinwohl des Höllerstaats stellen und nur ihren eigenen Vorteil im Sinn haben. Von den Ministerpräsidenten der zwölf Bezirke wird verlangt, daß sie sich wie Fürsten um ihr Volk kümmern, für dessen Wohlstand oder Armut sie persönlich verantwortlich sind, und bei Versagen oder Unfähigkeit abgesetzt und von einem Höllergericht verurteilt werden können.

ARTIKEL FÜNF: DIE HÖLLERSCHE WIRTSCHAFT
Eine staatliche Kontrolle der Wirtschaft hat keinen Sinn, das hat die Geschichte gezeigt, dennoch wird der Höllerstaat alles unternehmen, damit die Wirtschaft nicht übermächtig wird und die Ideale des Staates beeinträchtigt. Privatwirtschaft wird weiterhin möglich sein, doch werden je nach

Umsatz die Firmen und Betriebe mit Abgaben belastet, die dem Gemeinwohl und der Zukunft des Höllerstaats zugute kommen. Eine Abschottung vom Höllerstaat mit den Mitteln maßlosen Reichtums wird nicht möglich sein, weder für die Höllerbürger noch für Mitglieder der Höllerregierung. Wer sich dieser Reform in den Weg stellt, wird enteignet und inhaftiert.

ARTIKEL SECHS: DAS HÖLLERSCHE STEUERSYSTEM

Da das alte Steuergesetz sich als ungeeignet erwiesen hat, dem Steuerzahler oder dem Staat entgegenzukommen, wird es so sehr vereinfacht, daß keine Verwirrung mehr möglich ist. Die Höllerbewegung plant, einen prozentual festgelegten Steuerindex einzuführen, vergleichbar mit der Abgabe des Zehnten, die in früheren Feudalgesellschaften üblich war. Bis zu einem gewissen Einkommenssatz gilt dieser Zehnte für jeden, ab eines außergewöhnlich hohen Einkommens kommt noch eine Extrasteuer hinzu. Genaueres plant derzeit der Steuerstab der Höllerschen Bewegung, in dem sich namhafte Finanzexperten befinden.

ARTIKEL SIEBEN: DIE HÖLLERSCHE BILDUNG

In der Schule wird der Mensch getreu der Lehre des Höllerismus aufgeklärt, welche die Prinzipien der *Höllerschen Mathematischen Geschichtstheorie* beinhaltet sowie die Einführung in die Fächer *Kombinierte Naturwissenschaften, Weltwissen* und *Weises Denken und Handeln.* Ziel dieser Fächer ist Selbständigkeit und die Bildung der Jugend in allen Bereichen des Lebens, wobei anfangs mehr Wert auf ein umfassendes Allgemeinwissen und die Fähigkeit, Wissen zu kombinieren, gelegt wird als auf eine frühzeitige Spezialisierung, für die sich die Schüler später noch an den zahlreichen

Höllleruniversitäten entscheiden können. Alles hängt zusammen, nichts geschieht grundlos – nach diesem Höllerschen Weltbild sollen die Schulen den Schülern Weitblick und Verständnis für die Gesetze des Lebens beibringen. Das sogenannte *popkulturelle Wissen* wird nicht akzeptiert, da sich heutzutage jeder damit von der Masse abzusetzen sucht, um seine *Besonderheit* zu unterstreichen – statt dessen legen die Höllerschen Erzieher besonderen Wert auf die Lektüre des Hagakure, der Bibel der Samurai, deren Grundsätze denen des Höllerstaates sehr nahestehen. Am Ende der zwölfjährigen Schulausbildung steht im besten Falle der Höllersche Mensch (siehe dazu Artikel neun). Wer eine akademische Karriere plant, muß zunächst eine zweijährige praktische Berufsausbildung absolvieren, damit er wenigstens einmal in seinem Leben die Erfahrung körperlicher Arbeit macht und eine Spaltung des Volkes zwischen Geist und Körper, wie wir sie heute haben, vermieden wird.

ARTIKEL ACHT: DIE HÖLLERSCHE RELIGION

Der Höllerstaat glaubt nicht an den einen, allmächtigen Gott, er glaubt nur an sich selbst und daran, daß nur Taten zum Erfolg führen und nicht der Glaube an etwas, das nicht bewiesen ist. Jedem Bürger des Höllerstaats steht es frei, sich zum Buddhismus, zum Christentum, zum Islam, Judentum, Shintoismus oder Katholizismus zu bekennen, solange dieses Bekenntnis nicht mit den Grundsätzen der neuen Gesellschaft kollidiert.

Eine offizielle Höllersche Staatsreligion außer den Werten des Höllerstaats wird es nicht geben, schließlich wollen wir nicht übertreiben: Den Vertretern des Höllerstaates reicht es, wenn seine Bürger ihn ehren und respektieren, so wie ein Samurai seinen Daimyo respektiert.

ARTIKEL NEUN: DER HÖLLERSCHE MENSCH

Der Höllersche Mensch ist der Mensch im Zustand der größtmöglichen Würde: Der Höllersche Mensch, im Gegensatz zum Menschen des alten Staates, ist kein Sklave mehr; er hat sich befreit aus den Ketten, die ihm durch das Bündnis von Staat und Wirtschaft angelegt wurden; er hat sich befreit aus den Klauen der Freizeitindustrie, die ihn von seiner Bedeutungslosigkeit in der Gesellschaft ablenken soll; er hat sich losgesagt von einem Leben, in dem das höchste Ziel die Befriedigung künstlicher Bedürfnisse wie Luxus oder Status ist. Daß der Mensch der heutigen Zeit nicht erst seit ein paar Jahren ein Mensch im Wahn ist, muß hier nicht extra betont werden. Ein Ende dieses Wahns ist lange überfällig.

Während der Mensch vor der Höllerschen Revolution ein Trauerfall war, ist er nach der Revolution ein Glücksfall: Der Höllersche Mensch im Ideal ist klug wie Albert Camus, ein Poet wie Leonhard Cohen, entschlossen wie der Samuraikrieger Matsushige und wendig wie Muhammad Ali in seinen besten Tagen. Ferner ist der Höllermensch charmant und elegant, ein Musterbeispiel an Ehrenhaftigkeit, ein Mensch, der weder nach unten tritt noch nach oben buckelt. Er besitzt feste Grundsätze, er hat es nicht nötig zu lügen, zu denunzieren oder zu intrigieren, denn sein eigener Wert ist ihm stets bewußt, und die einzige Gier, die er kennt, ist die Gier nach der Wahrheit und dem Glück der Gemeinschaft.

Das Höllersche Menschenbild macht keinen Unterschied zwischen dem Arbeiter und dem Studenten, wobei das Höllersche Menschenbild im Zweifelsfall auf der Seite des einfachen Menschen steht, des Menschen, der nicht viel redet und der sein Wissen nicht benutzt, um sich über die Nichtwissenden zu erheben. Der Höllerstaat ist stets auf der Seite des *uneitlen Menschen*.

Erwartet wird vom Höllerschen Menschen, Teil der Höllerschen Gemeinschaft zu sein, ob als Unterstützer oder Kritiker – ein Abstreifen der Verantwortung wird nicht mehr möglich sein.

ARTIKEL ZEHN: DIE HÖLLERSCHE VISION
Am Ende der Entwicklung der Höllerrevolution, des Höllerstaats und des Höllermenschen steht ein Staat des ehrenwerten Bürgers, dessen Gesellschaft, in Verbeugung vor den leider gescheiterten Idealen des Höllervorgängers Karl Marx, eine klassenlose, aber nicht unterschiedslose ist. Die Höllerbewegung wünscht sich einen Staat wie das Römische Reich in den Jahren 138 bis 161 nach Christus, zur Zeit der Regierung durch Antoninus Pius, einem weisen und gerechten Mann. Der Staatsgründer und Wissenschaftler Max Höller bringt alle diese Voraussetzungen mit. Ziel ist Höllers Prinzip des *fließenden Staates* – eines Staates, der wie die Geschichte, die uns umgibt, stets in Bewegung ist, denn nur ein Staat, der selber lebt, kann seinen Bewohnern eine lebenswürdige Existenz garantieren.

Ich verharrte einen Moment lang, nachdem ich den letzten Satz geschrieben hatte, denn ich wurde mir dessen, was ich gerade getan hatte, nur sehr langsam bewußt: Ich war nicht sicher, ob das, was vor meinen Augen auf ein paar Zetteln geschrieben stand, gut war oder Müll; ich war nicht sicher, ob ich Höllers Aufgabe zufriedenstellend gelöst hatte oder nicht, und ob er mich nun auslachen, schlagen oder aus der Bewegung werfen würde, wenn er dieses Manifest las. Es dauerte daher ein paar Sekunden, bis ich begriff, daß ich etwas getan hatte, was nur sehr wenige Menschen tun: Ich hatte einen Staat geschaffen, den Höllerstaat – grob zwar, aber doch immerhin eine rohe Skizze, die seinen Ursprung, seine Erschaffung und sein Ziel beschrieb. Vielleicht war es alles Quatsch, vielleicht würde Höller mir das Manuskript wirklich um die Ohren hauen, aber der Entwurf zumindest war mir gelungen – und für Höllers Spiel, dachte ich, ist er mehr als befriedigend. Ich fühlte mich groß, sehr groß – wie ein Staatengründer, ein Revolutionär, ein Philosoph.

So, dachte ich, muß Michizane sich gefühlt haben, als er seine *Ode an den Pflaumenbaum* schrieb.

Wenn es noch jemals eine Revolution gibt in Deutschland, dachte ich, dann wird, dann kann es nur die Revolution sein, die ich gerade beschrieben hatte: die Höllerrevolution.

Ich hatte Tränen in den Augen.

Da es etwas zu feiern gab, trank ich auch noch die dritte Flasche Wein aus, zündete mir eine Zigarette an, legte eine Platte von den Stooges auf und begann, in meiner Wohnung umherzurennen.

Ich, der Revolutionär, dachte ich, tanze zur Musik der Revolution.

Ich fühlte mich sexy, bedeutend und von allen unterschätzt: Die ganze Welt, so meinte ich im Rausch meines gerade vollendeten Werks, müßte mein Manifest lesen und feiern, sie müßte mich bejubeln und mir Denkmäler bauen. Wer die Philosophie der Samurai nicht kennt, wird vielleicht denken, daß das Hagakure diese Eitelkeit verdammt, aber ganz im Gegenteil, es empfiehlt den Wunsch nach Ruhm sogar, weil dieser Wunsch immer mit der Energie verbunden ist, die nötig ist, um überhaupt zu Ruhm zu gelangen – und diese Energie beflügelt den Samurai, immer noch größere Taten für seinen Daimyo zu begehen.

Ich stellte mir meine Rolle in dem von mir beschriebenen Staat vor: Ich malte mir aus, wie ich im Höllerschen Rat saß und den anderen Mitgliedern erklärte, wie der Höllerstaat beschaffen zu sein habe; ich stellte mir vor, wie ich die Revolution anführte, wie ich in einem Fernsehstudio von einer blonden Moderatorin zur *Lage der Nation* interviewt wurde, während auf den Straßen die Aufstände stattfanden; wie ich nachts mit Höller in einem Büro saß und die Feierlichkeiten zur Staatsgründung plante. Kurz: Ich stellte mir vor, wie ich zu einer berühmten Persönlichkeit wurde.

Diese Vorstellungen wurden leider unterbrochen, denn mein Übermieter, der Tierhändler Herr Behnken, klopfte an meine Decke, er beschwerte sich über die Musik. Schließlich sei es schon vier Uhr morgens, schrie kurz darauf noch jemand anderes aus irgendeinem Fenster heraus, da *könne man Ruhe erwarten!*

Ihr alle, dachte ich, werdet die ersten sein, die unsere Revolution wegfegen wird. Ihr werdet euch noch wünschen, in dieser Nacht zu mir heruntergekommen zu sein, um die Geburt einer neuen Welt und mich als ihren Vater zu feiern.

Das Klopfen wurde immer lauter, und da mir mein Vermieter schon zwei Abmahnungen geschickt hatte, drehte ich die Musik leiser. Einmal noch, dachte ich, dann nie wieder, denn in meiner Welt wird es anders zugehen: In meiner Welt bestimme ich die Lautstärke des Lebens!

Ich war noch immer aufgeregt und hellwach, darum wählte ich Johannas Nummer. Die Revolutionsprinzessin würde begeistert und stolz auf ihren Revolutionshelden sein, dachte ich.

Es dauerte, bis jemand heranging.

»Hallo?« sagte sie, sehr schläfrig, sehr unerfreut.

»Ich bin's!« rief ich ins Telefon.

»Wie ... spät ist es?« wollte sie wissen, immer noch nicht besonders freundlich. Dann, härter: »Was ist los?«

»Ich habe das Höllermanifest fertig und würde es dir gern vorlesen«, rief ich wieder in den Hörer.

»Also«, sagte ich, ihre schlechte Stimmung ignorierend. »Hör zu: Das Manifest der Höl ...«

»Warte, warte«, sagte sie nun, etwas klarer. »Ich will mir das jetzt nicht anhören. Ich will einfach nur schlafen.«

»He«, entgegnete ich. »Interessiert dich nicht, woran ich in den letzten Stunden gearbei ...«

»Um ehrlich zu sein, nein«, sagte sie, »jedenfalls jetzt nicht. Lies es mir von mir aus morgen vor oder sonstwann, aber nicht jetzt. Ich muß morgen früh aufstehen.«

Ich war enttäuscht, erschüttert, beleidigt.

»Ich dachte bloß, es interessiert dich vielleicht«, versuchte ich noch einmal.

»Laß uns morgen reden«, sagte sie und legte auf.

Im ersten Augenblick wollte ich vor mir selbst einen Witz über ihre Reaktion machen. So ist das, wollte ich mir sagen – da schafft ein Mann eine neue Welt, die die alte in Trümmern hinter sich läßt; da schreibt ein Mann ein Manifest, das sich sehen lassen kann, und alles, was er dafür von seiner Freundin bekommt, ist der Vorwurf, ihren Schlaf gestört zu haben.

Im zweiten Augenblick wurde ich traurig, und was mich traurig machte, war gar nicht mal so sehr die Tatsache, daß sie das Manifest offensichtlich nicht interessierte. Es war die Tatsache, daß auch ich sie offensichtlich nicht mehr so sehr interessierte wie noch vor ein paar Wochen.

Nichts, dachte ich, ist mehr so, wie es einmal war.

ZWEIUNDDREISSIG

Ich fuhr erst am nächsten Abend zu Höller. Die Abfuhr, die Johanna mir erteilt hatte, dämpfte meine Freude über die Fertigstellung des Manifests. Bis neun Uhr morgens blieb ich wach in dieser Nacht und starrte die Decke an, unfähig, herauszufinden, was zwischen uns geschehen war: Hatte ich sie so sehr vernachlässigt? Ich wußte es nicht, doch bevor ich mich schlafen legte, beschloß ich, sie morgen zu besuchen. Mein Job bei Höller war ja erst mal erledigt, bestimmt war er einverstanden, wenn ich mich jetzt wieder mehr um Johanna kümmerte.

Ich war so gegen zehn Uhr an seinem Haus, mit dem Manuskript in der Hand, von dem ich jetzt nicht mehr wußte, ob es wirklich gelungen war. Die Dinge, die ich aufgeschrieben hatte, kamen mir naiv und unvollkommen vor, die Euphorie der Erschaffungsnacht war vorbei. Bestimmt würde Höller enttäuscht sein, dachte ich.

Es war wie immer: Die kleine Spanierin, deren Namen ich inzwischen kannte – sie hieß Anita, wie zwei Drittel aller Spanierinnen –, öffnete mir die Tür, sie führte mich wieder in den Rundraum, in dem ich normalerweise auf Höller wartete.

Heute allerdings nicht.

Höller, der eine dunkle Cordhose und ein kariertes Hemd trug, saß bereits in einem der Sessel, er rauchte eine Zigarette und schien schon seit längerem auf mich zu warten. Ich war nervös, wie bei einem Bewerbungsgespräch oder bei einer Prüfung.

Höller stand auf und gab mir die Hand.

»Schön, dich zu sehen«, sagte er. »Setz dich.«

Ich setzte mich. Ich vermied seinen Blick und sah in die Porträtrunde.

»Und?« fragte Höller freundlich.

»Und was?« fragte ich zurück, unsicher.

»Hast du es fertig?«

Ich zögerte einen Moment, mein Gesicht blieb an den Gesichtern von Karl Marx und Yoshitsune hängen, die mich anstarrten.

»Ich habe etwas geschrieben«, sagte ich zögerlich, »aber ich weiß nicht, ob es das ist, was du erwart …«

»Hast du es dabei?«

»Ja.«

»Dann zeig es mir.«

Ich gab ihm das Manuskript, ein paar DIN-A4-Seiten, die ich in einen braunen Umschlag gesteckt hatte. Er nahm den Umschlag, lächelte mich an, dann öffnete er ihn.

»Kann ich etwas zu trinken haben?« fragte ich.

»Sicher«, sagte Höller und stellte ein Glas und eine Flasche Wodka auf den Tisch.

Ich goß mir ein, trank aus und goß mir wieder ein. Zwischen zwei Gewehrschüssen darf kein Platz sein, sagen die Russen. Ich sah Höller an, der gerade mit dem Lesen begonnen hatte, dann wandte ich mich wieder den Porträts zu. Ich wollte nicht sehen, wie er das Gesicht verzog oder mit dem Kopf schüttelte.

Mein Blick wanderte durch den Raum, blieb an den Gesichtern der *berühmten Persönlichkeiten* hängen, zu denen ich nie gehören würde, dachte ich. Ich fühlte mich schwach und unbedeutend, darum lenkte ich mich mit möglichen Entschuldigungen für mein Versagen ab: Wenn er das Manifest haßt, dann habe ich irgendwann vielleicht wenigstens einmal eine gute Geschichte zu erzählen – davon wie ich fast mal ein Revolutionär geworden wäre. Wenn er es haßt, dachte ich, dann muß ich meinen Bruder nicht mehr belügen und kann mit Johanna nach Wien fahren, als Rebell im Ruhestand sozusagen. Wenn er es haßt, lasse ich mich in eine Klinik einweisen, die mich von meinem Nachtleben kuriert. Ich besorge mir einen ordentlichen Job und versuche, Höller und die anderen zu vergessen. Ich werde aus diesem Traum aufwachen, versprach ich mir wieder und wieder.

Dann sah ich Höller an. Er war auf der letzten Seite angelangt, glaube ich. Mein Herz schlug so schnell, daß ich Angst hatte, es würde durch meinen Brustkorb springen und als blutendes Stück Fleisch vor Höller auf dem Tisch landen. Keine Angst zulassen, rief ich mir die Regel des Hagakure in den Kopf.

Höller hob seinen Blick jetzt, das Manuskript lag auf seinem Schoß. Wir sahen uns an. Überall war Stille.

Ich zündete mir eine Zigarette an und goß noch ein Glas Wodka ein. Meine Hand zitterte.

»Und?« sagte ich dann, das Ende, die Enthauptung, erwartend.

»Was und?« Höller sah mich mit fester Miene an.

»Wie findest du es?«

Höller lächelte, sagte aber immer noch nichts.

Dann, endlich: »Steh auf.«

Ich wußte nicht, was das sollte, tat aber, was er verlangte: Ich stand auf und fühlte mich jetzt wie ein Angeklagter vor der Urteilsverkündung.

Es dauerte ein paar Sekunden, dann sprang Höller auf, kam zu mir herüber und umarmte mich. Er schlang seine Arme um meinen Rücken und drückte mich fest an sich. Ich war überrascht, tat aber dasselbe, wenn auch etwas verhaltener. Er nahm meinen Hinterkopf in seine Hände und streichelte ihn, fast schwul.

Mindestens eine Minute lang standen wir so im Raum herum, dann endlich löste er sich von mir, ging zum Tisch und goß auch sich ein Glas Wodka ein.

»Wir haben etwas zu feiern«, sagte er, und dann, daß das, was ich geschrieben hatte, brillant und fantastisch sei, besser, als er je zu hoffen gewagt habe, und daß es jetzt losgehen könne mit allem. Seine Augen glänzten.

Ich war verwirrt, darum fragte ich nach wie ein Schüler, der immer versagt hat und jetzt nicht glauben kann, einmal etwas richtig gemacht zu haben.

»Wirklich?«

»Ja!« rief Höller und kam wieder zu mir, während ich immer noch vor dem Tisch herumstand. »Du hast genau das geschafft, was ich verlangt habe: Du hast unser Bewegung ein Konzept, einen Plan, ein Programm verschafft. Du hast uns *formuliert.*«

Ich lächelte schüchtern, doch angesichts seiner Begeisterung wurde ich langsam sicherer.

»Ich dachte nur, daß vielleicht bei ein paar Punkten ...«

»Mach dir um die Einzelheiten keine Sorgen«, sagte Höller und grinste mich jetzt so an, daß ich meinte, sogar Rührung in seinem Gesicht entdecken zu können.

»Um die Details der Staatsgründung können sich andere kümmern, die Mitglieder des *Höllerschen Rates*, wie du so schön geschrieben hast. Das Außerordentliche an dem Manifest sind genau drei Punkte: Daß du es geschafft hast, der Bewegung einen Namen zu geben, daß du eine Sprache für uns geschaffen hast. Daß die Idee der *revolutionären Woche* perfekt ist, genial geradezu. Das Beste aber ist die Sache mit der Zerstörung der Siegessäule zum Auftakt des Aufstandes. Du hast uns weitergedacht, das ist deine große Leistung.«

Das reichte, um mich erst einmal zufriedenzustellen.

»Ich dachte auch, daß es für das erste Manifest, das ich jemals geschrieben habe, eigentlich ganz in Ordnung ist …«

Höller umarmte mich erneut, diesmal noch fester.

»So schaffen wir es«, sagte er immer wieder.

»So schaffen wir es.«

Ich weiß nicht, wie lange wir dort so herumstanden wie ein frisch verliebtes Pärchen, doch als Höller sich von mir löste, wieder hinsetzte und das Manuskript noch mal in die Hände nahm, wurde mir klar wie nie, daß er wirklich an all das glaubte: an die Bewegung, an sich, an mich, an die Möglichkeit einer Revolution, an den Kulturkampf.

Ich setzte mich zu ihm, während er las und ab und zu laut aus dem Manifest zitierte. Je länger er sich damit beschäftigte, so kam es mir vor, desto begeisterter wurde er:

»Der Höllerstaat – hervorragend!«

»Das Höllersche Steuersystem – sehr gut!«

»Der Höllersche Mensch – großartig!«

»Die Höllersche Mathematische Geschichtstheorie – fantastisch!«

Ja, es gefiel ihm wirklich, und auch mir gefiel, daß es ihm gefiel. Ich hatte meine Prüfung bestanden, meinen Job erledigt – doch aus irgendeinem Grund war ich nicht so glücklich, wie ich es erwartet hatte. Ich war erleichtert, klar, so wie jeder Mensch erleichtert ist, der eine Aufgabe, die ihm gestellt wurde, zufriedenstellend gelöst hat – doch ich war nicht euphorisch oder von Sinnen vor Glück, so wie es eigentlich hätte sein müssen, denn ich hatte ja immerhin die Weltliteratur bereichert.

Das merkte auch Höller.

»Was ist los?« fragte er. »Hast du irgendwelche Zweifel?«

»Nein«, sagte ich. »Es ist nur wegen Johanna. Es läuft gerade nicht so gut zwischen uns.«

»Warum?« wollte er wissen.

»Ich nehme an, sie hat das Gefühl, ich kümmere mich nicht genug um sie«, sagte ich.

»Hm«, machte Höller.

»Dann fahr doch zu ihr.«

»Das hatte ich eh vor«, sagte ich. »Ich dachte nur, daß wir vielleicht ...«

»Feiern können wir später noch. Ich lasse dein Manuskript jetzt drucken, es wird ein hübsches kleines Büchlein werden. Bevor du fährst, habe ich allerdings noch eine kleine Überraschung für dich.«

»Aha?« machte ich, während ich meine Jacke anzog.

Höller verschwand kurz durch die Tür, eine Minute später kam er mit einem kleinen Kasten zurück, den er vor mir auf den Tisch legte.

»Ein Geschenk«, sagte er.

Ich nahm den Kasten in die Hände, riß das Papier herunter, auf das Weihnachtsbäume und kleine Teddybären gedruckt waren, dann öffnete ich den Verschluß des Kastens.

Dann konnte ich nicht glauben, was da vor mir lag:

eine kleine Pistole, die aussah, wie Pistolen eben so aussehen: schwarz, schwer, sexy.

»Das ist eine russische Udar«, erklärte Höller. »Und das Gute an ihr ist, daß sie ziemlich vielseitig ist. Du kannst sie mit normalen Patronen laden oder mit Brandpatronen, mit ...«

»Ich glaube eigentlich nicht, daß ich so etwas brauche«, stieß ich hervor, den Blick noch immer auf die Waffe gerichtet.

»He! Du bist jetzt der Autor unserer Bewegung, einer der wichtigsten Männer. Da ist es nicht schlecht, wenn du dich auch verteidigen kannst. Ich meine: Was ist ein Revolutionär ohne Waffe?«

»Ich will sie nicht«, sagte ich wieder, obwohl es mich Mühe kostete, das zu sagen.

»Nimm sie trotzdem. Du mußt sie ja nicht andauernd mit dir herumtragen. Betrachte sie einfach als Symbol – als Symbol für das, was du für uns getan hast. Laß sie rahmen oder häng sie an die Wand!«

Ich zögerte immer noch, aber Höller nahm die Pistole aus dem Kasten und drückte sie mir in die Hand.

Da ich wußte, daß es zu zeitraubend und ohnehin unmöglich war, Höller davon abzubringen, steckte ich sie ein, nahm mir aber vor, sie bei der nächstbesten Gelegenheit wieder loszuwerden. Sie zog meinen Hosenbund herunter, so schwer war sie.

»Ich fahre jetzt zu Johanna«, sagte ich.

»Tu das«, antwortete Höller, während er mich zur Tür begleitete. »Nimm dir etwas Zeit für sie, rede mit ihr, du hast ja in den letzten Nächten viel gearbeitet. Wenn es etwas Neues gibt, melde ich mich bei dir, damit wir Weiteres planen können. Einen Extrascheck für das Manifest bekommst du morgen zugeschickt.«

»Gut«, sagte ich und stieg ins Taxi, wobei ich mich gleich auf die Pistole setzte, die hart in meinen Rücken drückte – selbst ohne loszugehen tat sie schon weh.

Jetzt, dachte ich, wird wirklich alles komplett wahnsinnig.

DREIUNDDREISSIG

Es war kurz nach zwölf, als ich vor Johannas Haustür stand und klingelte, eine Zeit eigentlich, zu der sie immer noch wach ist. Sie öffnete nicht, ich nahm an, daß sie dann doch schon schlief, und machte die Tür mit dem Schlüssel auf, doch es war niemand da. Ich wunderte mich, da sie mir ja erklärt hatte, sie wolle nicht mehr soviel ausgehen; dann verließ ich die Wohnung und nahm ein Taxi zur Reeperbahn – wenn sie irgendwo ist, dachte ich, dann vielleicht im Tele Fünf oder in einer der anderen kleinen Bars, die wir immer besuchten.

Als ich ausstieg, merkte ich, daß ich noch immer den Revolver im Hosenbund trug. Ein Samurai ist nichts ohne sein Schwert, zitierte ich einmal mehr das Hagakure.

Ich ging zuerst ins Tele Fünf, doch da war sie nicht, nur Brezel und Frank, die offensichtlich schon Bescheid wußten über das Manifest und meinen Besuch bei Höller. Er habe es zwar noch nicht gelesen, aber es klänge fantastisch, sagte Brezel und nahm mich in den Arm. Wirklich jeder bis auf meine Freundin nahm mich heute in den Arm. Ich fragte ihn, ob er Johanna irgendwo gesehen habe, doch er verneinte, also verließ ich die Bar, um weiterzusuchen.

Ich mache es kurz: Ich sah so ziemlich in jeder Bar und in jedem Club nach, den ich kannte oder den wir jemals besucht hatten, aber ohne Erfolg. Niemand hatte sie gesehen, auch das Mädchen mit der Beretta nicht, die ich auf Johannas Party getroffen hatte. Da ich immer noch betrunken war von dem Wodka, den Höller mir gegeben hatte, war ich aus irgendeinem Grund nah dran, dem Mädchen meine Waffe zu zeigen, nur um zu demonstrieren, daß auch ich ein recht harter Hund sei, aber ich tat es nicht. Es gab jetzt Wichtigeres.

Ich suchte insgesamt fünf Stunden und checkte einige Bars sogar zwei- oder dreimal, da sich Suchende ja immer gern um einige Minuten verpassen, aber sie war nicht zu finden.

Ich fing an, mir Sorgen zu machen, und begann mir vorzuwerfen, daß ich sie in den letzten Wochen nicht so gut behandelt hatte. Es ging sogar soweit, daß ich mich fragte, ob Liebe und Revolution überhaupt zu vereinbaren seien. Das Hagakure spart dieses Problem aus, befaßt sich dafür aber recht intensiv mit dem Thema Kindeserziehung. Hauptsächlich der Mann sei dafür verantwortlich, heißt es da.

Aber ein Kind hatten wir ja nicht.

Sie war nirgends zu finden, also nahm ich ein Taxi zu ihr zurück. Zwar hatte ich schon ein paarmal versucht, sie von unterwegs anzurufen, aber vielleicht war sie ja inzwischen zurückgekommen und hörte das Telefon nicht.

Sie war tatsächlich da, als ich jetzt in die Wohnung kam: In eine Decke eingewickelt und mit zwei leeren Flaschen billigen türkischen Weins aus Marmarien lag sie auf dem Sofa, auf dem wir so oft zusammen gelegen hatten. Ich war erleichtert, sie zu sehen.

»He«, sagte ich, beugte mich zu ihr hinunter und streichelte ihren Kopf.

»Es ist gut zu sehen, daß du noch lebst.« Ich wollte besonders lässig sein. Sie sagte nichts, sondern schluchzte nur ein wenig.

»Wieviel von denen hast du denn getrunken?« lächelte ich und zeigte auf die Flasche.

Sie sagte noch immer nichts.

Als ich mich weiter zu ihr hinunterbeugte und ihr einen Kuß auf die Wange gab, merkte ich, daß sie weinte.

»He«, sagte ich wieder. »Was ist denn los, Kleines?«

Ich streichelte ihren Kopf so stark, als wäre das ein besonderer Trick, alles ungeschehen zu machen, den Alkohol, die Tränen, die Trauer. Funktionierte aber nicht, dieser Trick.

»Sag doch was«, bat ich sie.

Es dauerte ein wenig, bis sich ihre Stimme einen Weg durch das Knäuel aus Haaren und Decke gebahnt hatte.

»Es hat alles keinen Sinn mehr«, sagte sie.

Dieser Satz machte mir angst, darum streichelte ich ihren Kopf noch fester. Rückblickend wundert es mich, daß ihr das nicht weh tat.

»Was hat keinen Sinn mehr?« fragte ich, so sanft es ging.

»Alles«, antwortete sie, jetzt klarer. »Der ganze Quatsch mit Höller, das ewige nächtliche Herumgetreibe und du und ich. Es ist alles sinnlos, es ist alles vorbei.«

Ich bekam einen Stich im Herzen.

»Johanna«, sagte ich, »es tut mir unendlich leid, daß ich dich in den letzten Tagen allein gelassen habe. Ich weiß, daß es ein Fehler war, aber Höller hat mein Manifest akzeptiert, und jetzt habe ich wieder mehr Zeit ...«

»Es ist zu spät«, sagte sie. »Es ist zu spät, weil es ganz einfach zu spät ist.«

»Das ist es nicht«, sagte ich und legte meinen Kopf auf ihren Hals. »Es war alles etwas viel, ich weiß, und es tut mir auch ...«

»Es tut dir immer alles leid«, sagte sie. »Allen tut immer alles leid, das ist ja die Katastrophe.«

Ich wußte nicht, was ich darauf sagen sollte.

»Wir sind doch aber glücklich ...«, versuchte ich es wieder.

»Das denkst du vielleicht, aber ich bin es nicht. Ich bin schon lange nicht mehr glücklich, und du merkst es nicht einmal.«

»Aber es ist anders jetzt«, sagte ich wieder. »Du mußt mir doch eine Chance geben, dir zu beweisen, daß ich es …«

Sie drehte ihren Kopf jetzt zu mir hoch.

»Warum verstehst du es nicht?« weinte sie jetzt. »Warum verstehst du nicht, daß es nicht darum geht, irgend etwas wieder *gutzumachen*. Es geht nicht um irgendeinen Fehler, den wir begangen haben, es geht darum, daß alles hier so ausweglos ist. Es geht darum, daß wir uns verrennen in Dinge, die es nicht wert sind, daß man sich darein verrennt. Du sagst, daß sich jetzt etwas ändern wird, aber für wie lange? Wenn ich dich bitte, mit dem Höllerquatsch aufzuhören, wirst du es tun? Wenn ich dich bitte, mit mir wegzufahren, wirst du es tun? Ich glaube nicht, und ich glaube auch nicht daran, daß wir noch eine Chance haben, das ist es, was mich so traurig macht.«

»Wieso eigentlich Höllerquatsch?« fragte ich jetzt, ein wenig gereizt. »Ich meine, du warst es doch, die mich dazu gebracht hat …«

»Das stimmt«, sagte sie. »Aber ich hätte nie gedacht, daß du das alles so ernst nehmen würdest. Ich hätte nie gedacht, daß du darin untergehen würdest.«

»Wie kommst du darauf, daß ich darin untergehen würde?« fragte ich.

»Ich habe gelesen, was du geschrieben hast«, sagte sie und zeigte auf eine Rolle Faxpapier, die auf dem Boden lag. »Höller hat ein Rundfax von deinem Text an zehn Leute geschickt, unter anderem auch an mich, weil er wohl dachte, ich würde mich darüber freuen. Ich freue mich aber nicht darüber – das, was da drinsteht, ist kompletter Wahnsinn – hübsch aufgeschrieben, hübsch ausgedacht, aber Wahnsinn eben. Du kannst doch nicht im Ernst behaupten, daß ihr einen bewaffneten Aufstand plant, um *die Macht* zu übernehmen. Ich meine, es ist doch nur ein Spiel, oder etwa nicht? Das Ganze war als ein verdammtes Spiel gedacht, als ein dummer, kleiner Zeitvertreib. Du aber benimmst dich so, als seist du ein japanischer Krieger aus dem zwölften Jahrhundert, der für seinen Fürsten den Kaiser stürzen will. Wollt ihr demnächst auch Erschießungen vornehmen, oder wie stellst du dir das vor?«

»He«, sagte ich, »Nun nimm das doch nicht so ernst. Ich meine, ich habe das geschrieben und alles, aber das heißt doch nicht ...«

»Das weiß ich nicht mehr«, sagte sie. »Ich weiß es einfach nicht mehr. Und das, was du geschrieben hast, klingt auch nicht so.«

Ich kroch zu ihr aufs Sofa, um ihr ein bißchen näher zu sein, doch als ich mich neben sie legen wollte, drückte mir die Pistole wieder in den Rücken. Ich zog sie aus dem Bund, aber das war keine gute Idee, glaube ich, denn Johanna sah sie natürlich sofort.

»Das glaube ich jetzt wirklich nicht«, sagte sie.

»Das glaube ich jetzt wirklich überhaupt nicht. Warum zum Teufel läufst du mit einer Waffe herum? Werdet ihr jetzt alle größenwahnsinnig?«

Ich versuchte, sie zu beruhigen. Die Pistole sei ein Geschenk Höllers, das ich selbst nicht haben wollte, erklärte ich ihr, doch es nutzte nicht viel.

»Es ist genau das, was ich meine«, sagte sie: »Alles wird zuviel, die ganze Sache wird zu groß: ein Manifest, Waffen, die verdammten Anschläge. Wer glaubt ihr eigentlich, daß ihr seid?«

Ich wurde rot, als ich die Waffe weglegte.

»Soll ich sie wegwerfen?« fragte ich und wollte das Fenster öffnen.

»Es ist mir egal«, sagte sie mit leerer Stimme. »Es ist mir alles egal, weil ich morgen nicht mehr hier sein werde.«

»Was heißt das?« fragte ich.

»Das heißt, daß ich nach Wien gehe.«

Ich schluckte.

»Aber warum wirfst du alles weg?« rief ich. »Warum gehst du einfach davon aus, daß wir keine Chance haben und ...«

Sie drehte sich zu mir.

»Verstehst du nicht, daß ich gehen muß, bevor es nicht mehr geht? Bevor es wirklich alles zuviel wird? Natürlich tut es weh, es tut sogar unsagbar weh, aber ich habe all das schon mal erlebt. Ich habe dir gesagt, daß ich mich auf jemanden verlassen können muß, aber ich kann mich auf dich nicht verlassen. Und ich will mich nicht an etwas hängen, das keine Zukunft hat; ich will nicht einer dieser halben Menschen sein, der keine Hoffnung mehr hat, irgendwann noch einmal das zu finden, was er sucht. Ich will mich nicht mehr allein fühlen, verstehst du?«

»Dann laß mich mitkommen«, bat ich, aber es kann nicht sehr überzeugend gewesen sein, denn sie erkannte, daß ich mich anstrengen mußte, das zu sagen.

»Ich glaube nicht, daß du das wirklich willst«, sagte sie. »Und ich glaube auch nicht, daß du das überhaupt noch kannst.«

»Klar kann ich das«, sagte ich trotzig. »Du willst es bloß nicht.«

»Natürlich wünsche ich es mir«, sagte sie. »Aber ich glaube nicht mehr an uns, verstehst du? Ich glaube nicht daran, daß wir es schaffen können. Alles wäre gut, wenn ich es könnte, aber ich kann es nicht. Es geht einfach nicht.«

Sie weinte jetzt wieder heftig. Ich nahm sie in den Arm und küßte ihren Kopf, eine Träne lief aus meinem Auge. Die schlimmsten Trennungen, dachte ich in diesem Moment, sind die, für die es keine offensichtliche Erklärung gibt – die, in denen kein Betrug oder irgendein Vorfall dafür verantwortlich ist, daß eine Liebe nicht mehr möglich ist, sondern die Erkenntnis, daß das Unerklärliche, das Natürliche, das zwei Menschen bisher verbunden hat, nicht mehr da ist: daß sie sich anstrengen müssen, den Zauber zurückzuholen, der früher mal da war. Ich fühlte mich an die Sache mit Marie erinnert. Ich verliere immer alles so *grundlos*, dachte ich, daß ich nicht einmal davon lernen kann.

»Ich würde dir so gern helfen«, sagte Johanna jetzt, »ich wäre so gern *bei dir*, aber ich kann nicht bei dir sein, denn alles ist anders zwischen uns: Wir leben in verschiedenen Zeiten, es ist so, als wären immer ein paar Stunden zwischen uns, die uns trennen – wie ein Zeitloch, in das wir fallen. Es ist so, als lebtest du in Tokyo und ich in Rom oder so was. Ich habe das Gefühl, als käme jeder Satz, den ich zu dir sage, *mit Verspätung* an. Und erzähl mir nicht, daß du diese Existenz, die du führst, so einfach ablegen kannst, denn wenn es so wäre, hättest du es schon getan. Mich aber *vernichten* all diese Dinge, ich kann es nicht mehr ertragen.«

Ich sagte nichts und starrte nur an die Decke. Ich wußte, daß sie recht hatte, aber es fiel mir schwer, es zuzugeben. Sie streichelte jetzt meinen Kopf, wir weinten beide, es muß ein tragisches Bild gewesen sein: zwei Menschen, eigentlich beide betrunken, die auf einem Sofa herumliegen und heulen, weil sie wissen, daß dies ihr letzter Abend zusammen sein wird. Zwei Menschen, die sich einmal gefunden hatten und nun wieder verloren, weil sie davon ausgegangen waren, das Finden garantiere schon den Erfolg, das Finden sei schon die Versicherung, daß alles gutgehen würde. Aber so ist es nicht: Das Finden ist die Möglichkeit, die Voraussetzung, und es ist ein Geschenk, aber eins, das immer wieder verschenkt werden muß. Man kann sich eben nicht darauf ausruhen, das ist die Wahrheit.

So schliefen wir ein an diesem Abend: beide angezogen, beide in verrauchten, verschwitzten Kleidern; beide betrunken, beide müde und beide traurig. Ich weiß, daß es seltsam klingt, daß ich überhaupt schlafen konnte, aber ich zwang mich dazu, weil ich in diesem Moment – zum ersten Mal seit Beginn der Nachtexistenz – weg wollte und mir wünschte, daß alles anders gekommen wäre. Ich wünschte mir, daß ich niemals angefangen hätte, so zu leben, wie ich lebte; ich wünschte mir, daß ich Höller nie getroffen hätte; daß ich nie Doktor Klug gewesen wäre und mich niemals auf die Organisation eingelassen hätte. Doch schon im nächsten Augenblick verwarf ich all diese Gedanken wieder, weil es ja bedeutete, daß ich dann auch Johanna niemals kennengelernt hätte. Ich wußte nicht, was besser gewesen wäre, alles, was ich wußte, war: Lassen wir uns einmal ein auf eine Sache, gehen alle anderen Dinge ihren Weg, es gibt keine Flucht, kein Entkommen, weil alles verkettet ist und alles zusammenhängt, das ist unser Schicksal.

Natürlich schlief ich nicht gut und nicht besonders fest an diesem Morgen, darum wachte ich auf, als ich hörte, wie Johanna in der Wohnung herummachte.

»Was tust du?« wollte ich wissen, ich war noch sehr schläfrig.

»Mach dir keine Sorgen«, sagte sie, nur in T-Shirt und Unterhose vor mir stehend. »Ich packe nur ein paar Sachen zusammen.«

Ich hatte gehofft, daß nichts von all diesen fürchterlichen Dingen der letzten Nacht geschehen war, aber das wünscht sich ja jeder Mensch, der am Abend vorher erfahren hat, daß von nun an die Hölle auf ihn wartet.

»Geh nicht«, sagte ich und rieb mir die Augen.

»Ich muß, Baby«, antwortete sie. »Es ist besser so, zumindest im Augenblick.«

Ich stand auf, weil ich dachte, die Situation verlange, daß ich aufstehe. Ich stand wie ein Trottel im Zimmer herum, wie ein Geist, wie ein Mensch, der nicht weiß, wo er hingehört.

»Ich liebe dich«, sagte ich, aber es klang so hilflos.

»Ich dich auch«, sagte sie. Sie sagte aber auch: »Das zählt im Moment nicht.«

Mein Gott, war sie entschlossen!

Um wenigstens irgend etwas zu tun, wollte ich mir eine Zigarette anzünden, aber ich fand kein Feuer.

»Hier«, sagte sie und reichte mir ein kleines rotes Feuerzeug, auf das ein Kreuz gedruckt war, irgend etwas vom Katholischen Kirchenverbund stand drauf. Gar kein so schlechter Haufen, die Katholiken, dachte ich – unterstützen sogar das Rauchen.

Ich zündete mir die Zigarette an. Sie schmeckte mir nicht, mein Mund war trocken, ich mußte mich fast übergeben. Trotzdem rauchte ich sie, sie war ja alles, was ich im Moment hatte.

»Mußt du wirklich gehen?« fragte ich, aber es war mehr ein Flehen. »Ich meine …«

»Bitte, Baby«, sagte sie. »Bitte mach es nicht noch schlimmer.«

Da war er wieder, der alte Filmsatz. Irgendwann hören wir sie alle, diese Sätze, jeden einzelnen von ihnen.

Sie packte schneller jetzt, sie warf ihre Kleider, die hübschen Kleider, in denen ich sie nie wieder sehen würde, in den

Koffer, klappte den Deckel zu und ließ die Schlösser zuschnappen.

»Aber du mußt doch wenigstens duschen oder so was ...«, versuchte ich ihre Flucht aufzuhalten.

»Ich fühle mich dreckig, also will ich auch dreckig sein«, sagte sie.

Diese Konsequenz!

Es war ein Bild des Grauens: Da stand sie, mit Ringen unter den Augen, einem schlechtgepackten Koffer und wirren Haaren. Wunderschön natürlich, weil sie immer wunderschön sind, wenn sie weggehen. Sie kam zu mir und küßte mich auf den Mund, sehr lange, ich spürte, wie eine ihrer Tränen meine Wange herunterlief. Vielleicht war es auch meine Träne.

»Es tut mir leid«, sagte sie.

Ich hielt sie fest.

»Das muß alles nicht sein«, sagte ich ein letztes Mal.

Sie küßte mich noch einmal auf die Wange, sah mich an, aber nur kurz, dann drehte sie sich um und ging. Ich hörte es poltern, als sie die Treppe hinunterlief.

Nachlaufen? Funktioniert eh nie, dachte ich, also stand ich dort, mitten im Raum, der einsamste und müdeste Mensch der Welt, mit nichts in der Hand als einem kleinen roten Feuerzeug, das ich schon so lange zwischen den Fingern hielt, daß es ganz feucht geworden war.

Ich war nun wirklich in Not, denn auch das Hagakure hat zu so einer Situation nichts zu sagen. Zu der Zeit, als es geschrieben wurde, trennten sich die Leute nicht einfach so, und wenn, dann durfte der Bräutigam seiner Braut wenigstens den Kopf abschlagen. Statt dessen steht im Hagakure: *Ein Mensch verliebt sich nur einmal im Leben richtig*.

Hervorragend!

VIERUNDDREISSIG

Was ich tat, nachdem sie gegangen war? Zuerst einmal etwas ganz Banales: Ich legte mich wieder hin. Ich legte mich auf das Sofa und wickelte mich in die Decke, die noch nach ihr roch. Mir war kalt, ich zitterte, also krümmte ich mich in die Embryonalstellung wie ein Kleinkind, um die wenige Wärme zu bündeln, die noch in mir war. Es nützte nicht viel.

Sie war gegen Mittag gegangen, um den Zug nach Wien zu nehmen, und das Seltsame an der ganzen Situation war, daß ich jetzt, im Augenblick der größten Verzweiflung, zum ersten Mal seit langer Zeit wieder Naturlicht sah. Es war ein heller Tag draußen, die Sonne schien durch das Fenster, so daß ich meine Augen zukneifen mußte. Ausgerechnet heute, dachte ich, ausgerechnet an meinem Höllentag, scheint die Sonne, das Himmelssymbol, wieder und beleuchtet die ganze Katastrophe, zu der mein Leben geworden ist. Ich fühlte mich wie ein Tier, das gegen seinen Willen in eine artfremde Umgebung gebracht wird, als das Licht auf mich schien, darum zog ich die Vorhänge zu und verkroch mich wieder in die Dunkelheit.

So lag ich lange herum an diesem Tag, an dem ich eigentlich schlafen sollte: Ich sah mir das Zimmer an, in dem wir soviel Zeit verbracht hatten, mein Blick glitt über den Tisch, auf dem noch ein paar Teller standen, über die Regale mit den Büchern, über die ganzen seltsamen kleinen Antiquitäten, die ihre Mutter gesammelt hatte. Es wäre klüger zu gehen, dachte ich, es wäre klüger, diesen Ort hinter mir zu lassen und nach Hause zu fahren, denn, so überlegte ich, was alle Menschen ja immer vergessen, die gerade verlassen wurden, ist die Tatsache, daß es ja vorher auch schon Zeiten gab, in denen sie allein waren – es kann also gar nicht so schwer sein, sich an diesen Zustand wieder zu gewöhnen. Das ist natürlich Quatsch, weil es sich mit der Liebe genauso verhält wie zum Beispiel mit meinem Nachtleben: In dem Moment, in dem wir uns auf eine neue Situation einlassen, verblaßt alles, was vorher war, die Vergangenheit verschwindet und wird ersetzt durch eine neue Gegenwart und das Hoffen auf eine Zukunft, und wenn uns diese Hoffnung genommen wird, finden wir keinen Weg mehr zurück zum Alten, weil wir zur Zeit dieses Alten ein ganz anderer Mensch waren. Und mehr noch: Selbst wenn der Mensch zu dieser Zeit, in der er allein lebte, vielleicht sogar zufrieden war, erscheint ihm diese Zeit im Augenblick des Verlassenwerdens wie die unglücklichste, sinnloseste Zeit seines Lebens, zu der zurückzukehren eine Niederlage, das Ende wäre. Es gibt keinen Ausweg, das ist die Wahrheit.

Irgendwann später dann, als die Leere des Zimmers zuviel wurde, stand ich auf, kippte mir etwas Wasser ins Gesicht und verließ die Wohnung. Weder die Pistole noch den Schlüssel nahm ich mit, ich zog einfach die Tür hinter mir zu. Das einzige, was ich aus der Wohnung mitnahm, war das rote Feuerzeug, das ich in meine Hosentasche gesteckt hatte. Manchmal ist alles, was von einem Menschen bleibt, ein kleines rotes Einwegfeuerzeug, dachte ich und haßte mich für den lächerlichen Versuch, mich in einen Kalenderspruch zu retten, den ich vielleicht später mal irgend jemandem erzählen konnte. Viel später, dachte ich. Viel, viel später.

Die nächsten Tage verbrachte ich zu Hause. Ich meldete mich nicht bei Uwe, mit dem ich seit unserem Streit nicht mehr geredet hatte, und ich reagierte auch nicht auf die Anrufe Höllers, der mir erzählte, die Reaktionen der Leute auf das Manifest seien begeistert und mein Manuskript würde gerade zu einem kleinen Buch gebunden, das an besonders verdiente Mitglieder der Organisation verteilt werden sollte. Offensichtlich hatte sich Höller wirklich entschieden, die zweite Stufe seiner Revolution zu zünden: die Herausgabe eines offiziellen Schriftstücks, das die Grundlagen der Bewegung skizzierte. Zum ersten Mal trat er damit mit etwas auf, das vielleicht auch in die Hände von Leuten gelangen konnte, die nichts mit der Organisation zu tun hatten und in dem ganz offen sein Name erwähnt wurde. Der Klang seiner Stimme auf meinem Anrufbeantworter war voller Euphorie, er redete wie ein Feldherr, der sich kurz vor dem Sieg glaubte.

All das interessierte mich aber nicht besonders: Wie zu Anfang meiner Nachtexistenz verbrachte ich die meiste Zeit vor dem Fernseher, bestellte mein Essen bei billigen Lieferservices und verfiel zusehends in Apathie: Ich rasierte mich nicht mehr – wozu auch? –, ich verzichtete auf das Zähneputzen, stank also aus dem Mund. Ich versündigte mich gegen das Hagakure, denn das Hagakure sagt, ein Mann habe immer auf sein Äußeres zu achten und dürfe sich nie gehenlassen, doch auch das Hagakure war mir egal: Es brachte mir ja meine Liebe nicht zurück.

Da ich sonst nichts zu tun hatte, machte ich eine Bestandsaufnahme, was die Nachtexistenz betraf. Etwas über ein halbes Jahr hatte ich jetzt bis auf wenige Ausnahmen so gut wie kein Tageslicht gesehen, und mein Körper zeigte alle Auswirkungen einer solchen Existenz: Die Ringe unter meinen Augen, die mit einem hellen Grau begonnen hatten, waren auf der Farbpalette des Verfalls jetzt bei einem tiefen Schwarz angelangt. Ich hatte Pickel im Gesicht und auf meinem Oberkörper, ganz zu schweigen von der Totenblässe, die sich ja schon seit Monaten ankündigte und über das anfängliche Weiß mittlerweile bei einer Art Lichtgrau angelangt war, wie bei einer Leiche. Da ich kaum noch etwas aß, fielen meine Wangen in sich zusammen, ich sah wirklich gräßlich aus. Auch die Funktionen meines Körpers hatten gelitten: Meine Augen, das merkte ich, wenn ich mich auf Dinge konzentrierte, die weiter entfernt waren, hatten durch die Anstrengung des Nachtsehens an Schärfe verloren, so daß ich eigentlich neue Kontaktlinsen gebraucht hätte; außerdem machte mir mein Gleichgewichtssinn manchmal Schwierigkeiten: Ich taumelte und stolperte ab und zu einfach grundlos. Logisch, dachte ich, bei mir findet ja auch keine Photosynthese mehr statt, wo soll also die nötige Energie herkommen?

Ich war ein Zombie, ein Untoter, und zu allem Überfluß auch noch allein, denn – das hatte Johanna ja richtig erkannt – wer in seiner eigenen Zeit lebt, der hat keinen Menschen außer sich selbst, er bekommt keine Verbindung mehr, er sendet auf einer Frequenz, die kein anderer empfangen kann. Aber wie sollte ich aus alldem herauskommen, jetzt, wo Johanna weg war?

Ich war ratlos.

Erst zwei Wochen später traute ich mich wieder hinaus, nicht gerade euphorisch und nur deshalb, weil ich sonst komplett durchgedreht wäre. Solange ich es irgendwie schaffen würde, in Bewegung zu bleiben, dachte ich, solange gibt es noch ein kleines bißchen Hoffnung darauf, daß alles wieder in Ordnung kommt. Das Hagakure sagt: *Es gibt immer Raum für Verbesserung.*

FÜNFUNDDREISSIG

Ich traf mich an einem Mittwochabend mit Brezel im Tele Fünf. Er hatte mich angerufen und praktisch dazu gezwungen, das Haus zu verlassen, nachdem ich ihm von der Sache mit Johanna erzählt hatte. Was die Trennung betraf, hatte das Höllersche Informationssystem zum ersten Mal versagt, denn Johanna hatte keinem Menschen davon erzählt, und auch ich hatte ja mit niemandem darüber geredet. Darum dachten alle, wir hätten uns bloß eine Zeitlang zurückgezogen, um füreinander da zu sein.

Brezel konnte kaum glauben, was ich erzählte. Zwar hatte er bemerkt, daß es Probleme zwischen uns gab, doch er hätte sie nicht für so schlimm gehalten, daß wir uns trennen mußten.

»Ich fand, ihr wart ein hübsches Paar«, sagte er, so wie Freunde das immer sagen, in einem nutzlosen Versuch, sich mit dem Verlassenen zu solidarisieren, indem sie ihm ihr Unverständnis über das Verhalten des Verlassers ausdrücken.

»Ich auch«, antwortete ich, ein Bier in der Hand.

»Bestimmt kommt sie zurück«, sagte Brezel, weil er glaubte, das sagen zu müssen.

»Kommt sie nicht«, sagte ich. »Laß uns bitte über etwas anderes reden.«

Wir schwiegen einen Moment lang, dann kamen ein paar Leute in die Bar, die wir kannten, auch Frank war dabei.

»He«, sagte er und klopfte mir auf die Schulter.

»Der alte Schriftsteller.«

»Ha!« machte ich.

»Höller versucht seit Tagen, dich zu erreichen.«

»Ich weiß.«

Brezel nahm ihn zur Seite und erklärte, was mit mir los war.

»Tut mir leid«, sagte Frank.

»Mir auch«, sagte ich und versuchte lässig zu gucken, doch es gelang mir nicht. Die Jungs wollten ausgehen an diesem Abend, zumindest Frank hatte etwas zu feiern, denn gerade war wieder eine geschmuggelte Waffenlieferung gekommen, hervorragendes Material, wie er sagte. Ich hatte mich in den letzten Wochen ja kaum noch um etwas gekümmert, darum war ich nicht auf dem neusten Stand, doch nach allem, was ich mitbekam, hatte die Organisation das Tempo ihrer Überfälle erheblich gesteigert. Zudem waren neue Aktionen geplant: Von einem Anschlag in Berlin war die Rede, der alles Bisherige weit hinter sich lassen sollte.

»Wir setzen deinen Plan in die Tat um«, sagte Frank.

»Und wenn schon«, sagte ich.

Wir verließen das Tele Fünf und gingen in den kleinen Club, in dem ich zum ersten Mal länger mit Johanna geredet hatte, der, in dem mich die Frau auf meinen Job beim Telefonmarketing angesprochen hatte. Das ist das Schlimmste, dachte ich: Überall sind Spuren zu finden, überall sind Geschichten, von denen man nicht loskommt. Eigentlich müssen wir nach jeder zerbrochenen Liebe das Land verlassen oder zumindest die Stadt, damit uns nicht andauernd ins Gesicht geschlagen wird.

Die Jungs verschwanden im Klo, um Drogen zu nehmen, ich ging mit. Vielleicht würde wenigstens das lustig werden, dachte ich.

Nichts wurde lustiger, es wurde nur alles viel schlimmer.

Ich sah mir die Leute an, die in dem Club herumstanden, und ich sah sie so genau, wie ich sie noch nie gesehen hatte. Ich beobachtete, wie sie sich an der Bar verhielten; ich sah mir an, wie die Männer auf Frauen zugingen, die sie nicht kannten, und wie diese Frauen sich von diesen Männern genauso wie Huren zu Drinks einladen und Feuer für ihre Zigaretten geben ließen; es waren die immer gleichen Rituale, auswendig gelernt aus schlechten Filmen, schlechten Büchern, schlechten Liedern. Ich sah mir an, wie sie tanzten. Jede ihrer Bewegungen, alles, was sie tun und sagen, ist falsch, ist lächerlich, ist unwürdig, dachte ich: Sie haben nicht einmal die Scham zu verbergen, wie verzweifelt und verloren sie sind. Sie gehen in Gruppen aus, die sich Freunde nennen, sie gehen Bündnisse ein mit Leuten, mit denen sie keine Bündnisse eingehen sollten, und wenn einmal einer von ihnen ausbricht aus diesem Bündnis, dann rückt sofort ein anderer nach, der darauf gewartet hat, seinen Platz einzunehmen – sie wechseln sich gegenseitig ein und aus wie Fußballmannschaften, bei denen es egal ist, wie gut oder schlecht einer ist, solange elf Leute im Team sind. Sie lassen sich ein auf Systeme, die sie sich nicht ausgedacht haben, sie unterstellen sich Anführern, von denen sie sich erdrücken lassen und denen sie nach dem Mund reden. Sie machen alles mit, sie sind nichts als Materialien und Rohstoffe in den Händen anderer, die darüber entscheiden, welchen Platz sie einnehmen dürfen auf der Rangliste.

Sie alle sind so.

So ist die Nacht, dachte ich, eine einzige Katastrophe.

Wieder wandelte sich mein Bild von der Hölle: Die Hölle ist kein Ort, der nur laut ist und in dem von überall her die Flammen züngeln, dachte ich, das ist bloß ein Klischee; sie ist ein Ort, der aussieht wie alle anderen Orte auch, bloß daß dieser Ort voll ist von Menschen, die sich für nichts zu schade sind, nur um nicht allein zu sein, von Menschen, die keinen Anstand kennen. Die Hölle, dachte ich, ist die Anbiederung um jeden Preis, das Ende von Stolz, Ehre und Respekt.

Ich bestellte mir noch etwas zu trinken, Brezel kam zu mir herüber, er hatte Pupillen so groß wie Treckerräder.

»Und?« fragte er.

»Und was?«

»Wie geht es dir?«

»Schlecht«, sagte ich.

Er wollte mich ablenken, darum begann er von Höller zu reden und von seinem Dokumentarfilm, der angeblich sehr gut geworden sei, so dogmamäßig, Lars von Trier und so. Ich solle mir keine Sorgen machen, schließlich hätte ich ja in Höller und der Bewegung eine Art Familie.

»Sieh sie dir doch an«, sagte ich und zeigte auf die Tanzenden. »Das ist sie, deine Familie!«

Brezel sah mich mitleidig an, wußte aber nicht, was er darauf sagen sollte. Da ich die Situation nicht mehr aushielt, verabschiedete ich mich mit einem kurzen Satz und ging raus auf die Straße.

Da stand ich nun, ein junger Mann, der mit allen gebrochen hatte, der nicht mehr wußte, ob es jetzt besser war, sofort nach Hause zu gehen, nach links oder nach rechts oder zurück in die Bar, um es sich wenigstens nicht mit den letzten Menschen, die ihm noch so eine Art Zuneigung entgegenbrachten, zu verscherzen.

Ich entschied mich, spazierenzugehen in dieser Nacht, mich treiben zu lassen, obwohl ich mich so fühlte, als würde ich jeden Moment zusammenbrechen. Und obwohl gar nicht soviel los war auf den Straßen, kam mir die Welt laut vor, ohrenbetäubend laut, so als würden alle Geräusche durch einen Trichter in meine Ohren geleitet, mit dem Ziel, mich zu verhöhnen und auszulachen und mir die Sinnlosigkeit aller Existenz vorzuhalten.

Dann stand ich vor der Bar. Es war die Bar, in die Höller mich geführt hatte, die Schattenbar, in deren Keller die Halbmenschen herumlagen. Vielleicht ist dort Ruhe, dachte ich und ging hinein. Wie eine Lenkrakete stürzte ich auf den Barmann zu und redete auf ihn ein, mir den Schlüssel für den Keller zu geben, da ich dort noch etwas zu erledigen hätte. Er sah mich verstört an, doch er gab mir den Schlüssel, ich öffnete die Tür und rannte die Treppe herunter, bis ich endlich da war, in der Dunkelheit.

Die feuchte Luft umschloß mich, als ich den Raum betrat, auf der Suche nach einer Ecke, in die ich mich legen könnte. Ich hörte das leise Geflüster der Transvestiten, Junkies und Aidskranken, doch ich hatte keine Angst, im Gegenteil, ich fühlte mich diesen Wesen verbunden, so als wären es meine Freunde.

Ich fand einen Platz und ließ mich auf den Boden sinken, in den Müll und den Dreck, der da herumlag. Ich schloß meine Augen und sank immer tiefer, bis auch mein Kopf auf dem Boden lag. Sofort kam der Frieden: Alles um mich war Dunkelheit, alles um mich war Stille, es gab keine Augen, die mich beobachteten, ich war frei. In dieser Welt waren alle Regeln abgeschafft, dachte ich. Hier gibt es keinen Anspruch mehr auf irgend etwas, hier gibt es auch kein Warten, hier gibt es nur noch einen Rest von Körper, der sich langsam auflöst, bis irgendwann nichts mehr übrig ist. Es bleibt nur das langsame, schmerzlose Ausblenden, der leise Übergang in Staub und Knochen.

Das ist der Tod, dachte ich, das ist der Zustand, auf den ich mich die ganze Zeit vorbereitet habe. Und wieder kam der wichtigste Satz des Hagakure in meinen Kopf: *Der Weg des Samurai ist der Tod.*

Vielleicht war es dieses Zitat, das mich in diesem Moment wieder an Höller erinnerte, vielleicht war es auch der Keller, den er mir ja gezeigt hatte – der Keller als Sinnbild für die Verlorenheit des Menschen und für seine Bereitschaft, alles zu tun, was nötig ist, um dieser Verlorenheit zu entkommen, koste es, was es wolle. So wichtig die Individualität des Menschen auch sein mag, dachte ich, so sehr braucht er doch das Eingebundensein, ob es nun durch eine Familie geschieht, eine regelmäßige Arbeit, gemeinsames Drogennehmen oder eben eine Organisation.

Ich dachte an den Drittkläßler, den Brezel und ich vor vielen Jahren entführt hatten, und fragte mich, was wohl aus ihm geworden sein mochte.

Nichts von dem, was ich in den letzten Monaten erlebt habe, ist zu trennen von Höller, dachte ich. Alles, was er ist, bin auch ich, alles, was ich bin, ist auch er. Und egal, was mit mir passiert, ob ich mich von der Bewegung lossage oder in diesen Keller zurückgehe, um hier langsam zu sterben, ich muß Höller noch einmal sehen, ich muß mit ihm reden, ganz einfach weil er der letzte Mensch ist, den ich noch habe, der einzige Mensch, dem ich keine Erklärungen liefern muß über das, was aus mir geworden ist. Der einzige Mensch eben, der *mich noch kennt*, der mir noch Auskunft geben kann darüber, wie es weitergeht mit mir – mein Daimyo eben, mein Schutzpatron und Lehrer. Mein Gott.

Es muß diese unbeantwortete Frage und die Hoffnung auf eine Rettung gewesen sein, die mich dazu veranlaßte, doch wieder aufzustehen, die Treppe hochzusteigen, ein Taxi zu suchen und mich nach Hause fahren zu lassen, wo ich, erschöpft wie nie zuvor, ins Bett fiel.

SECHSUNDDREISSIG

Bisher hatte Anita immer den gleichen Ausdruck im Gesicht, wenn sie mir die Tür öffnete, doch diesmal schien sie kurz zu erschrecken. Der Grund muß mein Äußeres gewesen sein: der Bart, der immer dichter wurde, meine fast durchsichtige Haut, auf der die roten Pickel wie leuchtende Markierungen wirkten, die jemand auf ein Blatt Papier gemalt hatte. Ja, ich war wirklich nicht mehr hübsch anzusehen, ein Monster des Lichtentzugs: Auch meine Haare, noch nie besonders kräftig, glänzten nur noch fahl – für die Shampoo-Industrie wären sie eine Herausforderung gewesen.

Höller, wieder in seinem englischen Anzug, begrüßte mich schon im Flur. Er drückte meine Hand sehr fest und sehr lange, es schmerzte fast. Inzwischen hatte auch er die Trennung von Johanna und mir mitbekommen. Er erkundigte sich, ob ich in Ordnung sei. Nein, antwortete ich, nichts sei in Ordnung. Ich wüßte nicht mehr, wie es weitergehen solle, und überlegte mir ernsthaft, aus der ganzen Sache auszusteigen – schließlich habe sie mich nicht nur meine Freundin gekostet, sondern die Nachtexistenz greife mittlerweile auch meine Gesundheit an.

»Jetzt warte mal einen Moment«, sagte Höller und führte mich in das runde Zimmer. Er nahm etwas, das auf dem Tisch lag, und gab es mir. »Es ist gut geworden«, sagte er.

Es war mein Buch.

Es sah hübsch aus, klein, dünn und in rotes Leinen gebunden, so wie die Klassiker, die in Antiquariaten für viel Geld verkauft werden. Auf dem Cover stand der Titel in Druckbuchstaben: »Das Manifest der Höllerschen Bewegung«, darunter mein Name.

»Goldprägung«, sagte Höller und zeigte auf den Titel.

»Schick«, sagte ich, etwas leblos, aber nicht ganz ohne Stolz, denn es war ja schließlich mein Produkt. Ich blätterte in den Seiten herum, so als würde ich erwarten, irgend etwas Neues darin zu finden, aber es war tatsächlich ohne Änderungen gedruckt worden. Wir setzten uns in die Sessel.

»Damit ist mein Job bei euch ja eigentlich beendet«, sagte ich und sah Höller an.

»Es wäre schade, wenn du das so sehen würdest«, antwortete Höller und schlug ein Bein über das andere. »Denn was mich betrifft, geht es jetzt ja erst los. Und ich wäre sehr froh, wenn du weiterhin dabeisein könntest.«

Ich erzählte ihm, was ich mir überlegt hatte: daß mich die Nachtexistenz fertigmachte, daß ich Johanna vermißte, daß ich nicht daran glaubte, daß das Spiel, das wir alle spielten, noch weiterzuführen sei.

»Und selbst wenn ihr euch entscheidet, die Sache weiterzuführen, und tatsächlich den Versuch einer Revolution, eines Aufstands macht – wofür wäre ich dann noch gut?«

»Für viele Dinge«, sagte Höller: »Für unsere Public-Relations-Arbeit zum Beispiel. Für weitere Texte, für Ideen, für Entwürfe. Reizt es dich nicht, auszuprobieren, was du geschaffen hast? Reizt es dich nicht zu sehen, *was möglich ist*, egal, was danach aus uns allen wird? Willst du jetzt, wo die Sache ernst wird, wo wir soweit sind, daß wir an die Öffentlichkeit treten können, weil wir stark sind – willst du jetzt wirklich aufhören, ohne zu wissen, was *hätte sein können?*«

Ich schwieg einen Augenblick und sah wieder auf die Porträts. Eins der Bilder, zwischen Karl Marx und Yoshitsune, war mit einer Decke zugehängt.

»Warum ist das Bild dort zugehängt?« Ich wollte Höller von seinen Überzeugungsversuchen ablenken und zeigte mit dem Finger darauf.

Das sei eine Überraschung, war die Antwort.

»Was für eine Überraschung?« fragte ich.

Er stand auf, ging zu dem Bild und nahm den Vorhang weg.

»Diese Überraschung!« Er trat zur Seite.

Auf dem Bild war mein Gesicht. Wie die anderen Porträts wurde es angestrahlt von einer kleinen Lampe, die darüber hing.

»Das glaube ich nicht«, sagte ich und stand auf, um mir das Bild näher anzusehen. Es war im gleichen Stil gemalt wie die anderen: realistisch, in gedämpften Acrylfarben – nicht kitschig, sondern erhaben und klassisch.

Auf dem Rahmen stand mein Name.

Ich sah gut aus auf dem Bild, fand ich: sehr jung, sehr entschlossen, sehr gesund. Sauber rasiert, nicht bärtig wie jetzt. Hätten meine Eltern von dem Bild gewußt, sie hätten es gekauft und voller Stolz zu Hause aufgehängt.

»Wonach wurde es gemalt?« fragte ich.

»Nach einem Foto, das Brezel mal von dir gemacht hat.«

Ich verglich mich mit den Porträts, zwischen denen es plaziert war: Ich war hübscher als Yoshitsune, und mein Kinn war nicht ganz so markant wie das von Marx. Auch mit den anderen Bildern konnte mein Gesicht durchaus mithalten: mit Stalin, Jesus, Breton, Morus, dem Situationisten Mourre, mit Mühsam, Debord und den anderen. Ich paßte ganz gut in diese Reihe, fand ich. Wie Dorian Gray, als er sein Porträt zum ersten Mal sieht, stand ich vor dem Bild und dachte: So will ich sein, so will ich *bleiben*.

»Was mich betrifft«, sagte Höller jetzt, der mich die ganze Zeit beobachtet hatte, »gehörst du mit dem Manifest, das du geschaffen hast, jetzt schon in diese Reihe. Für die Welt gehörst du dazu, wenn du das, was du in dem Manifest beschrieben hast, auch wahr machst.«

»Und das wäre?« fragte ich.

»Ein revolutionärer Akt: die Fahrt nach Berlin und die Sprengung der Siegessäule zum Zeichen, zum Symbol, und zur Auslösung der Revolutionären Woche ein paar Tage später.«

Ich stieß ein Lachen aus.

»Das meinst du doch nicht ernst«, sagte ich.

»Doch«, sagte Höller. »Denk nur daran, was für eine Sensation für die Weltpresse das wäre, jetzt, wo Berlin wieder im Mittelpunkt der Politik steht. An Symbolgehalt wäre diese Aktion größer als alles, was die Situationisten, die RAF, ja selbst die IRA je gemacht haben: Die Bombe erteilt dem neuen deutschen Staat eine deutliche Absage, und dich katapultiert sie direkt in die Weltgeschichte. Es wäre wie Yoshitsunes Kampf gegen den Taira-Klan.«

»Du meinst also, daß ich all das tatsächlich tun würde, um den Höllerstaat, diese Schnapsidee, zu etablieren? Alles nur, damit die *Revolutionäre Woche* nach ein paar Tagen Aufruhr vom Militär niedergeschlagen wird?«

»Mir ist vollkommen egal, warum du es tust«, sagte Höller. »Gründe gibt es viele: Tu es für mich, im Auftrag der Geschichte, für die Armen, für die Linken oder weil das Hagakure sagt, daß Worten immer Taten folgen müssen. Tu es, weil du die Siegessäule für das Denkmal eines kriegerischen Deutschlands hältst, oder tu es für die Sozialhilfeempfänger oder die einfachen Leute, von denen du immer redest. Tu es von mir aus für Johanna oder tu es einfach für dich selbst. Was daraus wird, kann keiner wissen – doch das bedeutet nicht, daß wir die Sache nicht lostreten sollten.«

Ich stellte mir vor, wie es sein würde, so unglaublich das alles auch klang. Ich stellte mir vor, wie ich in der Nacht eine Bombe am Sockel der Siegessäule anbrachte, wie sie zündete und die Säule in sich zusammenfiel und gebrochen am Boden lag wie eine gefällte Burg. Ich stellte mir vor, wie die Zeitungen und Fernsehsender der Welt am nächsten Tag darüber berichteten, mit fetten Schlagzeilen, Live-Sendungen, Interviews und Diskussionsrunden.

»Wie soll das überhaupt gehen?« fragte ich.

»Plastiksprengstoff«, sagte Höller, so als wäre alles schon klar. Soll keiner sagen, die Revolutionäre hätten keinen Plan.

»Und?« fragte Höller.

Um es kurz zu machen: Was mich überzeugte, war nicht Höllers Gerede vom Auftrag der Geschichte, von der Revolution, von den Armen oder von den Sozialhilfeempfängern. Was mich überzeugte, diese Tat durchzuführen, war die Tatsache, daß mein Porträt dort hing, angeleuchtet und in einer Reihe mit den historischen Persönlichkeiten dieser Welt. Auf einmal verstand ich, daß ich selbst eine leuchtende historische Persönlichkeit werden konnte, wenn ich nur wollte. Es war alles klar jetzt, es war alles logisch: Der Weg aus dem Dunkel meiner Existenz führte über den Weg der historischen Figur in die Weltgeschichte – und daß es eine Explosion war, auf der ich in diese Geschichte hineinreiten würde, störte mich nicht, im Gegenteil: Eine Explosion ist laut und grell, sie ist ein Schnitt in der Geschichte. *Reite auf dem Blitz in dein Schicksal*, hat der Samurai Masashige einmal gesagt.

Das Hagakure und das Licht des zukünftigen Ruhms führten also zu meinem Entschluß.

»Gut«, sagte ich zu Höller, »ich mach's.«

Höller stürzte auf mich zu und umarmte mich. Auch ich war diesmal herzlicher als sonst und küßte sogar seine Wange, denn eines hatte ich ihm verschwiegen: Ich würde nicht zurückkehren von meiner Reise. Ich würde in Würde untergehen, wie ein Samurai – ich würde mit der Säule explodieren.

Befindet sich ein Samurai in einer Krise, von der er nicht sicher ist, ob er wieder aus ihr herausfindet, muß er sich für den Tod entscheiden.

SIEBENUNDDREISSIG

Eine Woche später bestieg ein junger Mann mit einer geräumigen Reisetasche in der Hand kurz nach acht Uhr abends am Hamburger Hauptbahnhof den letzten Zug nach Berlin. Der junge Mann trug einen leichten braunen Mantel, weil er sich einredete, daß er so weniger auffiel. In seinem blassen Gesicht hatte der Mann einen stattlichen Bart, der ihn älter wirken ließ, als er in Wirklichkeit war.

Der junge Mann war ich. In der Reisetasche war eine Zahnbürste, etwas Kleidung, das Hagakure und eine Kofferbombe.

Es war alles recht schnell gegangen, nachdem ich Höller zugesagt hatte: Schon ein paar Tage später trafen wir uns wieder, diesmal mit Frank, der mir einen sechs Kilogramm schweren Koffersprengsatz des durch diverse Terroranschläge bekannten tschechischen Plastiksprengstoffs Semtex überreichte. An einem bestimmten Punkt oberhalb des Sockels der Siegesgöttin plaziert – dort, wo sonst die Touristen den Treppenaufgang bestiegen, und den ich mit einer von einem Berliner Hölleristen hinterlegten Holzleiter erreichen sollte, da der Aufgang nachts gesperrt war –, sollte die Bombe nach ihrer Aktivierung durch einen Zeitzünder einen Riß in die Säule sprengen und sie so zum Kippen bringen, so daß der Engel am Boden zerschlug, *gefällt* wurde, wie Höller sagte. Da es nicht nötig war, Menschenleben zu riskieren, beschlossen wir, die Sprengung nachts vorzunehmen, wenn auf dem Großen Stern, dem Standpunkt der Säule, nichts mehr los war.

Ein waghalsiges Unterfangen, doch der Bombenspezialist Frank versicherte mir, die Bombe und selbst ihr Transport in der Bahn seien ungefährlich, solange ich nicht mit dem Zünder herummachte. Natürlich interessierten mich diese Dinge nur, was den Transport der Bombe in der Bahn betraf, denn das Hagakure verbietet dem Samurai, Unschuldige mit in den Tod zu nehmen. Davon aber wußten Höller und Frank nichts, und Frank machte sogar noch einen Witz über Bohumil Sole, den Erfinder von Semtex, der sich vor ein paar Jahren selbst in die Luft gesprengt hatte. »Aber nur«, so Frank lächelnd, »weil er selbst es so wollte.« Nun, dachte ich, ich würde das ja auch selbst so wollen.

Mein Auftrag ging noch weiter: In der Nähe der Säule sollte ich ein Bekennerschreiben deponieren, in dem sich die Höllersche Bewegung zu dem Anschlag bekannte und einen Aufstand ankündigte, der den alten Staat zerschlagen und den Höllerstaat errichten würde. In dem Paket mit dem Bekenntnis befand sich auch eine druckfrische Ausgabe des Manifests der Höllerschen Bewegung, um keinen Zweifel an der Ernsthaftigkeit des Unternehmens aufkommen zu lassen.

In der Zeit vor meiner Abfahrt hatte Höller zusammen mit den Mitgliedern der Organisation mit einem in der Geschichte der Höllerbewegung beispiellosen Arbeitsaufwand dafür gesorgt, daß jeder, der jemals etwas mit den Höllerісten zu tun hatte, alarmiert und vorbereitet war: So wie ich es verstand, warteten mehr als vierzigtausend bewaffnete Männer und Frauen in ganz Deutschland darauf, daß ich mit der Sprengung der Siegessäule das Signal zum Aufbruch gab, der genau vierundzwanzig Stunden später stattfinden sollte, ebenfalls nachts. Während dieses Aufstandes sollten die Hölleristen jeden strategisch wertvollen Punkt Deutschlands besetzen. Sie sollten die Elektrizitätswerke und die Wasserwerke stürmen, Polizeidienststellen belagern, in den Berliner Reichstag eindringen und Geiseln nehmen. Zusätzlich waren geplant: die Eroberung der Sendestationen von ARD und ZDF, die Sperrung wichtiger Autobahnverbindungen durch die Errichtung von Wagenburgen und die Entführung von Politikerfrauen, weil die meist nur zwei Bodyguards zur Bewachung hatten, während ihre Männer von fünf oder mehr beschützt wurden. Wenn man Höller glauben konnte, warteten sämtliche Mitglieder der Bewegung schon gespannt auf ihren Einsatz. All die kleinen und größeren Gruppen, die sich in den letzten Jahren um Höller und seine Vertreter gesammelt hatten – die Bankräuber und Kokaincroupiers, die Dealer und Erpresser, die Schüler und Studenten, die Barbesitzer und Journalisten. Höllers Ziel war es, den Staat wie bei einem Militärputsch so lange wie möglich lahmzulegen, ihn wenigstens ein paar Tage lang für tot zu erklären und so die Bevölkerung davon zu überzeugen, daß das alte Deutschland ein Auslaufmodell sei und es nun Zeit für ein neues wäre. Er wußte natürlich, daß dieses Unternehmen schwierig, wenn nicht unmöglich war, doch er hatte in den letzten Wochen immer stärker darauf gefiebert, endlich herauszufinden, *was möglich sei* – er war wie ein Rennpferd, das jahrelang trainiert und gekräftigt wurde und im Wettkampf nun herausfinden will, wie gut es ist. Selbst aber wenn die Aktion ein Fiasko würde, so meinte er, hätte die Organisation sich nichts vorzuwerfen, denn sie hätte es zumindest versucht und würde in den nächsten Wochen die Weltpresse dominieren – als die letzten Revolutionäre des Jahrtausends. Höller zitierte aus dem Hagakure und erklärte, daß für ihn auch im Scheitern schon Würde läge. Zumindest in diesem Punkt herrschte Einigkeit zwischen uns. Außerdem, so er, sei die Zahl der Mitglieder nicht zu unterschätzen – vierzigtausend

Leute wären schließlich nicht gerade wenig, selbst wenn der nationale Notstand ausgerufen würde. Ein Staat wie Deutschland würde sich schwer damit tun, all diese Leute einfach hinzumorden.

Nach meinem Beschluß, Seppuku zu begehen, war die Bewegung selbst mir natürlich nicht mehr so wichtig wie früher. Ich glaube, daß der Tod das so mit sich bringt: Hat ein Mensch erst einmal beschlossen zu sterben, rücken die Dinge, mit denen er sich früher beschäftigt hat, zwangsläufig in den Hintergrund.

An den Erfolg des Aufstands glaubte ich ebensowenig wie an die Möglichkeit, mein eigenes Leben noch retten zu können – den Glauben daran hatte ich verloren, als ich zum zweiten Mal im Keller war. Es ging jetzt nur noch darum, mit Anstand abzutreten. In diesem Punkt war ich tatsächlich wie Yoshitsune, der bei seiner letzten Schlacht auch wußte, daß sie nicht zu gewinnen war. Sollte ihr Aufstand trotzdem gelingen, wünschte ich den Hölleristen für die Zeit nach meinem Tod viel Glück. Vielleicht würden sie mir ja ein Denkmal setzen – mir, dem letzten Samurai; dem letzten seiner Art.

Vom Gedanken an die Explosion, die Bombe, war ich fasziniert. Die Idee, ein Signal zu setzen, das *irgend etwas* in Bewegung brachte, verschaffte mir eine Gänsehaut. War es für *einen einzelnen Mann* noch möglich, sich unsterblich in die Geschichte zu schreiben? Würde ich es schaffen, größer zu werden als Carlos, Baader, Begin, Guevara, Lenin, größer als Yoshitsune und Michizane? Würde ich zu einem Mythos werden?

Ich trank Unmengen von Kaffee im Zug, denn für mich war es ja auch um acht Uhr abends noch immer früh am Morgen. Neben der Bombe hatte ich ein paar Informationen über die Siegessäule in der Tasche. Ich war mir allerdings nicht sicher, ob ich sie lesen sollte oder nicht, denn ich wußte nicht, ob es gut ist, wenn ein Auftragskiller zuviel über sein Opfer weiß. Ich entschied mich daher, nichts über die Säule zu lesen, um keinerlei Sympathien für sie zu entwickeln.

Außerdem hatte ich Besseres zu tun. Zwar hatte ich Höller nichts davon erzählt, aber neben dem Bekennerschreiben und der Höllerfibel wollte ich – getreu der Regel der Samurai, kurz vor dem Tod noch ein Bekenntnis zu hinterlassen – noch einen Brief an Johanna deponieren, als letzte Liebeserklärung sozusagen, die überall gedruckt und verlesen werden sollte. Vor einem *Millionenpublikum*, haha!

Im Speisewagen des Zuges schrieb ich dieses Gedicht in der Tradition der Samurai. Zwar ist es nicht zu vergleichen mit der *Ode an den Pflaumenbaum*, doch bis heute bin ich begeistert davon, denn es trifft genau den Gefühlszustand, in dem ich mich befand. Ich nannte es *Der Prinz der Dunkelheit*.

Es ging so:

Im Auftrag dunkler Mächte
Reise ich, der Prinz der Dunkelheit,
Voll Übermut, ohn' Gottesfurcht
Zu zweit nur mit der Einsamkeit;
Zu fällen den Engel,
Das ist mein Ziel,
Heut' nacht wird es geschehen;
Den Auftrag hat man mir gegeben,
Denn mir ist anzusehen:
Der Teufel bin ich, bös' und falsch,
Gebrochen, ausgeladen –
Drum sei ich hier der richt'ge Mann
Die Säule zu begraben;
Mein Preis ist weder Geld noch Gold

Das könnt' mir nichts bedeuten,
Denn in die Weltgeschichte will ich heut' –
Nach Haus', zu weitaus bess'ren Leuten;
Stoppen können mich nur zwei Dinge,
Das ist der Tod und das wärst Du
Doch Du wirst nicht bei mir sein,
Denn Du wolltest Deine Ruh';
Drum laß es mich der Welt verschrei'n,
Gib' Hör und lausche gut;
Viel lieber wär' ich doch zu zwein,
Um soviel größer wär' mein Mut;
So bleibt mir nur Unsterblichkeit
Als letzter der Beweise
Daß ich ohn' Dich nicht leben kann,
In keiner Art und Weise.«

Darunter schrieb ich meinen Namen.

Eine Bahnfahrt vergeht schnell für einen Revolutionär, der weiß, daß er bald sterben wird: Kurz nachdem ich das Gedicht fertig hatte, passierte der Zug Berlin-Spandau, ab jetzt waren es nur noch wenige Minuten, bis ich da sein würde.

Ich nahm die Reisetasche, sehr vorsichtig, schließlich war ja eine Bombe drin, hob sie über die Köpfe der anderen Passagiere hinweg und stellte mich beim Einfahren des Zugs in den Bahnhof Zoo vor den Ausgang.

Ein Bundeswehrsoldat stand neben mir, er starrte mich an, mitten ins Gesicht, direkt auf meine Nase. Er war viel größer als ich und wirkte wie ein Mann, der sehr gut zuschlagen kann, trotzdem sprach ich ihn an, ich hatte ja nichts mehr zu verlieren und war außerdem gut bewaffnet.

»Was glotzen Sie so auf meine Nase?« fragte ich.

Er tat erstaunt. »Ich glotze doch gar nicht«, sagte er.

»Sehen Sie woanders hin, oder ich schlage Ihnen die Fresse ein«, kam es aus meinem Mund, in einem recht höflichen Tonfall sogar.

Komischerweise reagierte er nicht darauf. Noch nie in meinem Leben habe ich so einen Satz gesagt. Hatte ihn mein Bart abgeschreckt oder wußte er, was in dem Koffer war? Bomben und der Tod machen mutig, dachte ich. Das Hagakure hat recht mit seiner Behauptung, im Angesicht des Todes gäbe es keine Angst mehr, sondern nur noch Wahn. Der Zug hielt, wir stiegen aus.

Ich ging zügig zum Ausgang und kam auf der Seite der zerstörten Kirche und des Zoos heraus, wo sich der Taxistand befand. Ob wohl die Elefanten schon schlafen? fragte ich mich, als ich zum Eingang des Zoos sah. Und die Giraffen?

Ich winkte ein Taxi heran.

»Zum Hotel Adlon«, sagte ich, der Fahrer fuhr los. Höller und ich hatten beschlossen, die Revolution stilvoll auszuführen. Im Adlon hatte ich immer schon mal wohnen wollen, und jetzt, wo alles zu Ende ging, hatte ich die Gelegenheit dazu.

Die Frau an der Rezeption war jung und sehr hübsch.

»Wie lange möchten Sie bleiben?« fragte sie.

»Zwei Nächte«, sagte ich, damit es wenigstens so aussah, als hätte ich etwas Geschäftliches in der Stadt zu tun. Hatte ich ja eigentlich auch.

Das Zimmer lag im dritten Stock, es war sehr geräumig aber nicht so nett eingerichtet, wie ich erwartet hatte. Wir stellen uns immer alles falsch vor, dachte ich, darum sollten wir erst gar nicht den Versuch machen, die Wahrheit herausfinden zu wollen, weil sie doch immer enttäuschend ist.

Ich stellte den Bombenkoffer ins Badezimmer, da ich ihn dort für gut aufbewahrt hielt, schließlich hatte ich ja nicht vor, das Adlon mitsamt seiner Belegschaft zum Mond zu blasen. Dann ging ich zum Telefon und wählte die Nummer einer Hure, die Brezel mir gegeben hatte. Wenn, dann machen wir das hier alles richtig, dachte ich: Ich nehme Abschied, *wie es sich geziemt.*

Die Hure hieß Sara, wir machten den Preis aus, 250 Mark, um halb zwei würde sie kommen. Ich nahm eine Flasche Campari und einen Orangensaft aus der Minibar, mixte mir einen Drink und legte mich aufs Bett. Gegenüber war ein Spiegel angebracht, in dem ich mich sehen konnte, obwohl ich zuerst Schwierigkeiten hatte, mich wiederzuerkennen: Der Bart war so dicht und die Augenringe so dunkel, daß ich aussah wie ein Höhlenmensch.

Hier liegt er also, dachte ich, der Mann, der Auserwählte, der Samurai, der noch in dieser Nacht sich selbst mit der Berliner Siegesgöttin in die Luft sprengen und damit das Startsignal für die Höllerrevolution geben wird. Hier liegt er, der Mann, der geschickt wurde, Victoria und sich selbst zu vernichten. Hier liegt der Mann, der einen Auftrag von der Weltgeschichte bekommen hat, den er in wenigen Stunden ausführen wird.

Ich stellte mir vor, was ich tun würde, wenn ich vor der Säule stand: wo genau ich die Bombe plazieren und was ich tun würde, nachdem ich den Zeitzünder betätigt hatte. Darüber hatte ich noch gar nicht nachgedacht. Würde ich mich auf den Koffer setzen oder daneben oder ihn einfach in der Hand halten? Riskierte ich damit aber nicht, einfach nur eine Hand zu verlieren und nicht mein Leben, wie ich es ja wollte? Ich würde mich neben den Koffer auf den Boden setzen und eine Zigarette rauchen, entschied ich.

Der Film mit dem Doktor Seltsam fiel mir ein. *Doktor Klug, oder wie ich lernte die Bombe zu lieben*, dachte ich.

Vielleicht würde dieser Satz in der *Abendpost* stehen und von der Welt gelesen werden: von meinen Eltern, von Uwe, von Johanna, von Brezel, sogar von Marie in Zürich. Nein, die *Abendpost* erschien dort nicht. Sie würde sich den Artikel kopieren lassen müssen. Es wäre eine *tragische Geschichte*, die sie irgendwann einmal erzählen könnte.

Es klopfte an der Tür.

Ich sprang auf. Viel zu früh, dachte ich, wir hatten doch halb zwei ausgemacht. Ich stopfte mein Hemd in die Hose.

Aber es war nicht die Hure. Es war ein dicker Chinese in einem weißen Anzug. Er grinste, und mir fiel der Drink aus der Hand.

»Guten Abend«, sagte er freundlich.

»Ich bin mir nicht sicher, ob Sie sich noch an mich erinnern?«

Sein Deutsch war perfekt. Ich starrte ihn immer noch an.

»Äh ... Huan?« versuchte ich.

»Sehr wohl!« freute er sich und machte eine Verbeugung. »Dürfte ich wohl hereinkommen?«

Ich nickte.

»Ein hübsches Zimmer«, sagte er und sah sich im Raum um. »Hübsche Bilder!« Er zeigte auf die spanischen Kunstdrucke.

»Entschuldigung«, sagte ich nervös und machte mir einen neuen Drink. »Aber – was machen Sie hier? Wissen Sie nicht, daß ich ...«

»Oh«, sagte Huan und verbeugte sich wieder. »Natürlich ist mir bewußt, daß Sie heute nacht einen bedeutenden Auftrag zu erledigen haben. Ich wurde geschickt, um Ihnen in den letzten Stunden vor der Tat Gesellschaft zu leisten.«

Höller hatte mir also einen Kontrolleur geschickt. Ich dachte an die Hure, die irgendwann bald kommen würde.

»Das ist sehr freundlich von Herrn Höller«, sagte ich, »aber ich würde mich lieber allein auf das Unternehmen vorbereiten.«

»Es ist für keinen Menschen gut, allein zu sein«, sagte Huan und setzte sich in den häßlichen Sessel vor meinem Bett.

»Dürfte ich wohl etwas zu trinken bekommen?«

Ich mixte ihm einen Gin Tonic, da Campari und Orangensaft schon aus waren. Er nahm einen Schluck, dann holte er ein Etui heraus und zündete sich ein Zigarillo an. Sein Anzug glänzte im Halbdunkel des Zimmers wie der Chromlack eines Cadillac. Ich überlegte, wie ich ihn aus dem Zimmer schaffen könnte, sah aber keine Möglichkeit: Höllers Gefolgsleute taten immer genau das, was von ihnen gefordert wurde. Huan sah nicht so aus, als hätte er vor, sich in den nächsten Stunden noch mal aus dem Sessel zu erheben.

Warum, fragte ich mich, hatte Höller ihn geschickt? Traute er mir nicht? Ahnte er, daß ich den Auftrag *übererfüllen* würde?

»Sie sind ein großer Freund des Hagakure?« unterbrach er meine Gedanken.

»Wie? Äh, ja. Ein gutes Buch.«

»Was gefällt Ihnen so sehr daran?« Er nahm einen Schluck von seinem Gin Tonic.

»Es ist eine Anleitung zum ehrenhaften Leben. So etwas findet man heutzutage nicht mehr so oft.«

»Brauchen Sie denn eine Anleitung dazu?« fragte er. »Zum ehrenhaften Leben?«

»Ich denke ja«, sagte ich und zündete mir eine Zigarette an.

»Oder richten Sie Ihr Leben und Ihren Ehrbegriff nur danach aus, wer Sie für Ihre Dienste bezahlt?«

Ein breites Grinsen huschte über sein Gesicht, aber ich hatte nicht das Gefühl, er würde mich auslachen. Es war ein gütiges, mitleidvolles Grinsen.

»Sie wollen sterben, nicht wahr?«

Das überraschte mich nun doch etwas.

»Wie kommen Sie darauf?« Ich sprang vom Bett auf und machte mir auch einen Gin Tonic.

»Das ist nicht schwer. Wer das Hagakure kennt, weiß, daß es in den Tod führt. Über den Weg des ehrenhaften Lebens direkt in den ehrenhaften Tod, sozusagen. Darum haben Sie diesen Auftrag angenommen, um den es Ihnen schon lange nicht mehr geht.«

»Hat Höller Ihnen diesen Quatsch ins Ohr geblasen?« Ich versuchte mich zu wehren.

»Herr Höller kennt Sie sehr genau. Doch selbst wenn er mir seine Sorgen nicht berichtet hätte, wäre es nicht schwer, darauf zu kommen: ein Blick genügt.«

»Sie halten sich für sehr klug, oder?« fauchte ich ihn an.

Er wollte etwas sagen, aber genau in diesem Moment klopfte es an der Tür.

Es war Sara, die Hure.

Das erste, was mir auffiel, war: Die ist ja viel besser angezogen, als Huren es normalerweise sind! Sie trägt ja gar keine Rüschen-Strumpfhalter mit Latexkleid, sondern eine hübsche schwarze Hose, ein eisblaues T-Shirt und einen braunen Ledermantel, der nicht im geringsten billig wirkt. Außerdem war sie hübsch: Sie hatte ein zauberhaftes Mädchengesicht, und ihre blonden Haare waren nicht mal gefärbt.

Brezel gibt immer die besten Empfehlungen, dachte ich.

Erst dann wurde mir klar, daß ja der Chinese noch im Raum war. Sara sah ihn erst, als sie an mir vorbei in den Raum trat.

»Oh!« erschrak sie, doch der Schreck war nur kurz, die Professionalität kehrte schnell zurück.

»Hallo«, sagte sie.

Huan verbeugte sich. Ich schämte mich vor ihm, vor Höller, doch er schien nicht überrascht. So eine Situation kannte er ja bestimmt, als Chinese.

Einen Moment lang sagte keiner etwas. Dann brach Sara die Stille.

»Okay, 250 die Stunde war ausgemacht, aber von einem Dreier wußte ich nichts, das kostet natürlich doppelt. Möchtet ihr es gleichzeitig oder nacheinander?«

Ich war jetzt sehr verwirrt, und daß Huan mit unserem Gespräch genau an der Stelle weitermachte, wo es unterbrochen worden war, trug nichts zur Klärung der Lage bei.

»Sie behandeln den Tod als Luxus«, sagte er nämlich, ungeachtet der gänzlich veränderten Situation.

»Wie bitte?« sagte Sara.

»Sie bewundern die Tragik der Samurai, ohne zu verstehen, daß diese Tragik aus der Ausweglosigkeit der Lage dieser Krieger entsprach. Sie denken, daß Sie eine solche Tragik herbeizaubern können. So aber funktioniert das nicht: Die Tragik kommt zu den Menschen, nicht umgekehrt.«

»Ich verstehe nicht, was das mit mir …«, sagte Sara und sah jetzt verängstigt aus. Es tat mir leid, daß sie hier reingeraten war.

»Er redet mit mir«, erklärte ich. »Es geht nicht um Sie.«

»Warum bin ich dann hier?«

Ich holte tief Luft.

»Möchten Sie vielleicht etwas trinken?«

»Bitte!« sagte Sara und setzte sich auf den Sessel neben Huan.

Ich öffnete die Minibar und holte alle Getränke heraus, die noch drin waren: etwas Schnaps, Whisky, Wodka, Fanta, Sprite, Cola. Dann, mit zitternden Händen, mixte ich drei neue Drinks, die in dieser Kombination garantiert eine Premiere in der Geschichte des Cocktails waren. Ich gab Sara und Huan je ein Glas, dann setzte ich mich auf die Bettkante und prostete ihnen zu.

»Kampai!« machte ich, in japanischer Tradition.

»Kampai!« prosteten die beiden zurück.

Nachdem ich einen großen Schluck aus meinem Wodka-Sprite-Whisky genommen hatte, vergegenwärtigte ich mir meine Situation.

Im Zimmer waren drei Menschen, jeder mit einem Auftrag: Huan, der dafür sorgen sollte, daß ich mich nicht umbrachte, auf welchem Wege er auch immer davon erfahren hatte; Sara, deren Auftrag meine Befriedigung war, ein einfacher Job eigentlich, der durch die Anwesenheit Huans gestört wurde; und ich, der in wenigen Stunden die Siegessäule und mich selbst zerbomben wollte.

Sara war sofort betrunken.

»Also«, fing sie an. »Worum geht es hier eigentlich? Was ist das für ein Gerede vom Tod als Luxus?«

Sie hatte offenbar sehr gut zugehört.

Auch Huan vertrug nicht viel, denn anstatt sich eine Ausrede auszudenken, kam er sofort mit der Wahrheit.

»Der Junge hält sich für einen Samurai, er will sterben, obwohl die Zeit dafür noch gar nicht reif ist.«

»Ups!« machte Sara und hielt sich die Hand vor den Mund.

»Warum willst du sterben?« Sie rutschte im Sessel herum und sah mich an.

»Ich will gar nicht sterben!« schrie ich fast. In was war ich eigentlich reingeraten?

»Doch. Wollen Sie«, sagte Huan.

Ich sagte nichts. Ich war es leid, mich dazu zu äußern.

»Ist dein Leben denn so eine Katastrophe?« fragte Sara und legte ihre Stirn in Falten, was wohl Mitleid ausdrücken sollte. Sie mixte sich noch einen Drink, den sie sofort austrank.

Auch darauf antwortete ich nicht. Ich überlegte, wie ich hier rauskommen könnte, um endlich mich und die Säule zu sprengen.

»Mein Leben ist auch nicht so toll. Ich meine, ich bin eine Hure. Zwar verdiene ich nicht schlecht, aber eine tolle Existenz ist es natürlich auch nicht. Ich würde lieber Autos reparieren oder so etwas, ihr wißt was ich meine?«

Huan nickte. Er schlief gerade ein.

»Aber trotzdem möchte ich nicht sterben. Und wißt ihr auch warum?«

Huan schüttelte noch schwach seinen Kopf. Ich sah auf den spanischen Kunstdruck, der eine Landschaft zeigte. Andalusien, dachte ich, Ende des letzten Jahrhunderts.

»Wegen dem hier!«

Sie hielt einen Lolli hoch.

»Das ist ein Kirschlolli«, sagte sie.

»Soso«, machte ich. »Würde es dir was ausmachen, wenn du jetzt gehen ...«

»Dieser Lolli«, sie sprang jetzt aus dem Sessel auf, »ist der Grund. Dieser kleine rote Zuckerlolli mit dem grünen Stiel.«

»Bitte«, sagte ich und zeigte zur Tür.

»Seit ich ein kleines Mädchen bin, lutsche ich diese Lollis. Ich weiß nicht, wer sie produziert, ich weiß nicht, wo sie herkommen, und ich weiß nicht einmal, woraus sie bestehen. Auch bei ihrem Geschmack bin ich mir nicht sicher: Schmecken sie nun nach Kirsche, nach Erdbeere, nach Waldbeere oder einfach nach Zuckerkulör? Doch solange ich denken kann, lutsche ich diese Lollis, und immer, wenn ich sie lutsche, geht es mir gut. Die Lollis sind für mich das, was für andere Leute Zigaretten sind: Sie sind wie Pausen für mich, wie der kleine Frieden im großen Krieg. Ihr Geschmack bringt mich zu mir selbst zurück – und weil ich nicht weiß, ob es in der Welt nach dem Tod auch noch solche Lollis gibt, darum bringe ich mich nicht um. Ich möchte sie genießen, solange es mir möglich ist.«

»Klar«, sagte ich. Hurenlogik, dachte ich.

»Gut. Verstanden!« Ich sah auf die Uhr, es war zehn vor drei. Ich mußte mich beeilen, wir hatten über eine Stunde vertrödelt.

»Würdest du jetzt bitte gehen? Ich muß noch etwas erledigen.«

»Ich erzähle dir mein Leben und du ...«

»Ich schmeiße dich raus, ja«, sagte ich.

»Mach, was du willst, bring dich von mir aus um«, keifte sie und suchte ihre Sachen zusammen. »Aber ich bekomme noch fünfhundert Mark von dir.«

Ich nahm fünf Hunderter aus meinem Portemonnaie und gab sie ihr.

»Vielen Dank! Jetzt werde ich nur noch kurz die Toilette benutzen und dann bin ich auch schon ...« Sie ging in Richtung Badezimmer.

Aber im Badezimmer war ja die Bombe! In einem Koffer zwar, aber immer noch gefährlich genug.

»Nein!« schrie ich und sprang vom Bett auf. Ich stürzte zur Badezimmertür, die sie schon fast erreicht hatte, dann schubste ich sie weg. Sie taumelte und fiel kreischend auf Huan, der aufwachte und um sich schlug, so als würde ihm auf einmal klarwerden, daß er einen Moment lang unachtsam gewesen war und sich nun in einem Kampf wiederfand, dessen Anfang er gar nicht mitbekommen hatte. Die beiden rutschten vom Stuhl und rangelten am Boden herum.

Ich griff den Koffer und rannte aus dem Badezimmer, an ihnen vorbei und raus aus der Tür, ohne Mantel. Ich stürzte die drei Treppen hinunter und lief durchs Foyer und hielt erst an, als ich vor dem Hotel stand und ein Taxi heranwinkte.

»Richtung Siegessäule«, sagte ich zu dem Fahrer.

ACHTUNDDREISSIG

Das Taxi fuhr durch die Nacht von Berlin. Ich sah auf die Uhr, es war drei. Drei ist eine gute Zeit für meinen letzten Auftrag, für meine letzte Reise, dachte ich. Die Zeilen eines Liedes, das ich irgendwo einmal gehört hatte, kamen in meinen Kopf:

Three – that's the magic number
Yes it is
It's the magic number

Ich fragte mich, warum Drei eigentlich eine magische Zahl ist, fand aber keine Antwort. Es mußte irgendwann irgend jemand einmal beschlossen haben. Aber was machte Drei besser als Vier oder Fünf? Ich gähnte. Ja, ich war kurz davor, mich in die Geschichte zu bomben, und gähnte.

Auf einmal war ich sehr müde, obwohl es nach meiner Zeit gerade mal Nachmittag war. Aber bald, schon sehr bald, würde mein Leben ja vorbei sein, das Leben in einer Welt, in der nur mehr ich existierte. Johanna hatte recht, dachte ich: Sie hatte recht damit, daß ich mich in einen Zustand gebracht hatte, der alle anderen ausschloß. Es war tatsächlich so, daß meine Zeitrechnung eine ganz eigene war – ich lebte in einer Stadt, in einem Dorf, das ansonsten unbewohnt war. Sicher, Höller hatte Kontakt zu mir und meiner Welt, aber er war nur dabei, wenn es ihm nutzte, wenn wir etwas zu besprechen hatten. Seine Welt war die Organisation, während die Organisation für mich immer nur ein Mittel zum Zweck war, um überhaupt irgendwie überleben zu können.

Aber wo war diese Stadt, und wie hieß sie?

Meine Stadt ist die Weltgeschichte, dachte ich. Irgendwann werden Kinder Lieder singen über den Ort, an dem ich lebte.

Wie über Yoshitsune.

Der Weg des Samurai ist der Tod.

Nachdem wir das Brandenburger Tor passiert hatten, sagte ich dem Fahrer, er solle mich hinter dem Sowjetischen Ehrenmal in eine Seitenstraße fahren. Ich zeigte auf ein Haus und tat so, als müsse ich dahin, dann stieg ich aus. Die Polizisten, die den Fall später behandeln würden, müßten ja nicht sofort auf die Spur vom Hotel Adlon zur Siegessäule stoßen, überlegte ich.

Ich wartete, bis der Fahrer gewendet hatte, dann nahm ich den Koffer, dessen sechs Kilo mir nun sehr schwer vorkamen, und setzte mich in Bewegung. Ich fror, denn ich hatte ja nur ein Hemd an – der Mantel lag noch im Zimmer bei Huan und der Hure.

Was die wohl gerade machten?

Dann begann mein Canossagang, mein Kreuzweg. Mit dem Koffer in der Hand bog ich auf die Straße des 17. Juni und sah von weitem mein Ziel glänzen, das von Lichtern angestrahlt wurde. An diesen Weg, den letzten Kilometer zur Siegessäule, erinnere ich mich sehr gut, denn ich legte ihn nicht allein zurück.

Ich wurde begleitet von allen *historischen Persönlichkeiten*, die jemals gelebt hatten. Ich war Cäsar, Moses, Christus, Voltaire, Robespierre, John Lennon, Karl Marx und Friedrich Engels. Ich war Lenin, Stalin, Baader, Ensslin und Meinhof, die Narodnaya Wolya, Gavrilo Princip und Menachem Begin. Ich war Elvis Presley, Miles Davis, Lee Harvey Oswald, Sirhan Sirhan, Sisyphos, Odysseus, Erich Mühsam und André Breton. Ich war der Unabomber, die PLO, die IRA, die Roten Brigaden, Salvador Allende, Oppenheimer, Juri Gargarin, Louis Armstrong, Dante, Balzac und Fidel Castro. Ich war Rudi Dutschke, De Gaulle, Ho Chi Minh und Paul Revere; Camus, Einstein, Oscar Wilde und Winston Churchill. Ich war Yoshitsune, Michizane und Jocho Yamamoto.

Ich war die *Essenz der Geschichte*.

Der letzte Samurai.

In dem Moment, in dem ein Mensch eine Aufgabe verspürt, egal, was diese Aufgabe auch sein mag, ist er berauscht, ist er Gott, dachte ich. Er sieht sich als Gott, daher *ist* er Gott.

Dann, es müssen etwa fünf Minuten gewesen sein, stand ich vor der Säule, vor meinem Opfer. Alles war in Ordnung, sogar die Holzleiter war hinterlegt worden, mit der ich auf die erste Ebene der Säule gelangen sollte.

Gut organisiert, dachte ich.

Ich stellte den Koffer mit der Bombe auf den Boden und sah hoch zu dem Engel. Er glänzte golden, erhaben und ehrwürdig. Hier stehen wir, dachte ich: die Göttin des Lichts und der Prinz der Dunkelheit – und beide werden wir gleich nicht mehr da sein, auf dem Weg in eine andere Welt. Eine Welt ohne Kirschlollis.

Der Weg des Samurai ist der Tod.

Ich starrte auf die Sterne und dachte an Yoshitsune, der sich nach seinem letzten verlorenen Kampf erdolcht hatte. Dann dachte ich an Michizane und seine *Ode an den Pflaumenbaum:*

Weht der Wind gen Osten,
Ihr Blüten des Pflaumenbaums,

schickt mir Euren Duft!
Ach, vergeßt nicht den Frühling,
ist auch Euer Herr nicht da!

Wohin würden meine Gliedmaßen bei der Explosion zertreut werden? Würde ich auch als schwarze Wolke zurückkehren, um mich zu rächen? Aber an wem sollte ich mich rächen?

Diese Fragen stellte ich mir.

Dann fiel ich um.

NEUNUNDDREISSIG

Ich weiß nicht, wie lange ich dort lag. Es können Sekunden gewesen sein, aber auch Minuten, vielleicht sogar eine Viertelstunde. Ich weiß nicht einmal genau, warum ich auf einmal umfiel. Es ist gut möglich, daß ich so lange auf die Sterne und die Säule starrte, daß meine Augen nicht mehr wußten, worauf sie scharfstellen sollten, und sich das einstellte, was Augenärzte *Doppelsicht* nennen – eine Reizüberflutung der Netzhaut, die zu Gleichgewichtsstörungen führt, weil das Gehirn verwirrt ist und nicht weiß, welchen Impuls es bearbeiten soll. Jedenfalls tränten meine Augen, daran erinnere ich mich. Ebenfalls denkbar ist, daß es ganz einfach meine Erschöpfung war, die mich hinfallen ließ: Schließlich hatte ich in den letzten Tagen nur wenig gegessen und von nichts gelebt außer Alkohol, Zigaretten und Kaffee. Mein Magen war ein Vakuum.

Tatsache jedenfalls ist, daß ich umfiel: Gerade in dem Moment, in dem ich meinen Auftrag erfüllen sollte, brach ich zusammen und sank auf den Steinboden – wie ein Schwächling, ein lächerlicher Feigling.

Alles war anders, als ich meine Augen wieder öffnete. Natürlich war mein erster Gedanke, die Bombe wenigstens jetzt noch schnell zu zünden und alles klarzumachen. Doch als ich langsam aufstand, um zum Koffer zu gehen, zitterte ich. Und nicht nur das: Ich gebe es ungern zu, aber ich weinte sogar.

Ich hatte Angst.

Der Weg des Samurai ist der Tod.

Ich dachte an das Hagakure, so intensiv, wie ich noch nie daran gedacht hatte. Ich ging jede Regel, jedes Gesetz durch, alles in meinem Kopf drehte sich. Ich zitierte, was Jocho zu den verschiedensten Themen gesagt hatte: zur Liebe, die nicht geäußert werden dürfte, zum Niesen in der Öffentlichkeit, zur Vorbereitung auf den Tod, zur Erfüllung des Auftrags des Daimyo, zur Freundschaft, zur Teezeremonie, zum angemessenen Benehmen beim Essen, zum Kampf, zum Treffen von Entscheidungen, zum Scheitern in Würde. Viel war drin im Hagakure, viele Probleme des Lebens deckte es mit sinnvollen Lösungen ab, doch zu einem Detail äußerte sich das Hagakure nicht, da blieb es stumm: Im Hagakure stand kein einziger Satz dazu, was ein Samurai zu tun hatte, der es nicht fertigbrachte, sich zu töten. Es gab nichts dazu, was mit jemandem geschah, der es im Augenblick des Scheiterns nicht schaffte, die Konsequenzen zu ziehen und sich ein Schwert in den Bauch zu stoßen. Es beschrieb ihn als würdelos, als ehrlos – aber wie ein ehrloser Samurai mit seiner Ehrlosigkeit umgehen könnte, erklärte das Hagakure nicht. Dieses Problem schloß es einfach aus.

Es gab keine Anleitung für das *Verlieren.*

Es gab daher nur eine einzig mögliche Schlußfolgerung: Ich war kein Samurai.

Viel brach zusammen für mich in diesem Moment: All die Geschichten, die ich immer gehört hatte, erschienen in einem anderen Licht, in einem Licht der Nutzlosigkeit, das schäbig und häßlich war. Einen Großteil meines Lebens hatte ich nach dem Hagakure gelebt – nicht bis in alle Konsequenz und nicht jeden Tag, aber seine Gesetze hatte ich doch immer wieder in regelmäßigen Abständen aufgerufen, sie waren verläßliche Werte gewesen, an denen ich mich orientieren konnte.

Das, dachte ich, war nun vorbei – weil das Hagakure zum ersten Mal versagt hatte.

Die Kette der Logik kam schnell und hart über mich, wie es die Logik immer tut: kein Samurai, also auch kein Daimyo. Kein Samurai, also auch keine historische Persönlichkeit, denn eine Persönlichkeit wird nur historisch bedeutend, wenn das, was sie tut, im Zeitsystem der anderen Menschen stattfindet, im Zeitsystem der *Mehrheit.* Denn es ist die Mehrheit, die darüber entscheidet, ob eine Person zu einer *historischen* wird – sie bewertet die Handlungen dieser Person und stimmt über ihren Wert ab. Handelt ein Mensch aber nur zu seiner eigenen Zeit und in seiner eigenen Welt ohne Kontakt nach außen, ohne Zeugen, ist es unbedeutend, was er denkt oder tut, so wie jeder Gedanke unbedeutend ist, solange er nicht geäußert und zur Diskussion gestellt wird. Und der Versuch, eine historische Persönlichkeit zu werden, endet dann darin, daß dieser Mensch zu einer lächerlichen Persönlichkeit wird: weder zu Yoshitsune noch zu Marx also, sondern eher zu dem Kremlflieger Mathias Rust, der in der Psychiatrie landete. Zu einer *gebrochenen* Persönlichkeit.

Also auch keine Sprengung.

Das war mein Gedankengang, während ich am Sockel der Siegessäule herumtaumelte, die ich immer noch verschwommen wahrnahm: Lächerlichkeit. Grenzenlose Lächerlichkeit.

Ich fühlte mich allein, grenzenlos allein.

Ich weinte.

Ich dachte daran, daß Huan recht hatte: Der Versuch, sich selber Tragik aufzuerlegen, ist vermessen und würdelos.

Und wiederum lächerlich.

Das Nächste, an das ich mich mit Bestimmtheit erinnere, ist daß ich zu laufen begann und irgendwann in einer Telefonzelle stand und Uwes Nummer wählte. Zum Glück war er da, wenn auch sehr verschlafen, es war ja mitten in der Nacht.

»Uwe«, sagte ich, »ich stehe mit einer Kofferbombe vor der Siegesgöttin von Berlin. Ich soll sie sprengen, die Säule.«

»Wie bitte?« fragte Uwe sehr langsam. Ich sah vor mir, wie er sich den Schlaf aus den Augen rieb.

Ich wiederholte, was ich gesagt hatte.

»Moment, Moment«, sagte er. »Du stehst also mit einer Bombe vor der Siegessäule. Dann würde mich zuerst interessieren, wie du zu so einer Bombe kommst.«

»Ich habe sie von Max Höller«, sagte ich.

»Von dem Max Höller, dessen Biographie du schreiben solltest? Von dem Max Höller, über den ich nichts, aber auch gar nichts in Erfahrung bringen konnte? Der Max Höller, von dem ich dachte, er wäre wieder eine von den Geschichten, die du dir ausdenkst, damit du mir nicht erzählen mußt, daß du gar nichts tust?«

Ich hatte keine Ahnung, wovon er redete.

»Wie kommst du darauf, daß ich mir diesen Mann ausgedacht habe?«

»Nun, nachdem du mir von ihm erzählt hast, habe ich natürlich versucht, herauszufinden, wer er ist, allein schon um zu wissen, mit was für Leuten du so deine Zeit verbringst – besonders dann, wenn sie solche Versteckspiele mit dir machen. Aber nach allem, was ich weiß, gibt es nur zwei Männer dieses Namens in Hamburg: Der eine ist zwanzig Jahre alt und studiert Betriebswirtschaft an der Hamburger Universität; der andere ist über achtzig, lebt in einem Altersheim an der Elbe und hat den Tag über nichts anderes zu tun, als den Schwestern unter die Röcke zu gucken. Das weiß ich, weil ich ihn sogar einmal besucht habe.«

Ich war verwirrt, fing mich aber wieder.

»Er ist ganz sicher nicht gemeldet, schließlich ist er ein Revolutionär«, sagte ich. »Aber auf jeden Fall gibt es ihn.«

»Okay. Wenn du *behauptest*, daß es ihn gibt, dann gibt es ihn wohl auch. Aber was ist eigentlich los mit dir?«

Ich erzählte ihm alles, die ganze Geschichte: Ich erzählte von der Nachtexistenz, von der Organisation, von der Fahrt nach Berlin und davon, daß Johanna mich verlassen hatte. Davon, daß ich vorhatte, mich mit der Bombe in die Luft zu sprengen, sagte ich nichts – es hätte ihn zu sehr aufgeregt. Seltsamerweise schien ihn nur die Sache mit Johanna wirklich zu interessieren.

»Sie hat dich wirklich verlassen?« fragte Uwe, ungläubig. »Aber warum?«

»Ich weiß es nicht«, sagte ich. Tränen liefen mir übers Gesicht. »Alles, was ich weiß ist, daß ich sie vermisse und nicht weiß, wie es weitergehen soll. Alles ist häßlich und verkommen – es gibt nichts *Gutes* in meinem Leben.«

»Natürlich gibt es das!« versuchte Uwe mich zu beruhigen.

»Dann sag es mir doch!« brüllte ich ihn an. »Erzähl mir doch von irgend etwas *Gutem!*«

»Gut«, sagte Uwe. »Dann sage ich dir jetzt, daß ich heiraten werde.«

Das brachte mich völlig aus dem Takt.

»Du willst heiraten? Du? Das glaube ich nicht.«

»Es ist aber wahr«, sagte Uwe.

»Wen denn – Shiho? Seid ihr wirklich so glücklich?«

»Ja«, sagte Uwe. »Wir sind so glücklich, und du wirst es auch sein, wenn du jetzt sofort nach Hause kommst.«

»Ich kann nicht nach Hause kommen«, jammerte ich. »Zu Hause ist doch der Ort, an dem alles angefangen hat.«

»Ich mache mir aber Sorgen«, sagte Uwe.

Die nächste Minute sagten wir beide nichts.

»Ich melde mich bei dir«, versprach ich.

»So schnell es geht, versprochen? Spätestens wenn du da bist, okay? Und bleib weg von diesem Höllerquatsch.«

»Versprochen. Wenn ich da bin.«

Bevor wir auflegten, fiel mir noch etwas ein:

»Uwe?«

»Ja?«

»Ich war nah dran, ein Samurai zu werden wie Yoshitsune.«

»Ich weiß«, sagte er. »Aber es gibt keine Samurai mehr, seit Jahren schon. Die letzten waren die Kamikazeflieger, und das ist ein halbes Jahrhundert her.«

»Ich weiß«, sagte ich dumpf.

»Aber du bist mein Bruder. Das ist viel besser.«

VIERZIG

Der Rest der Geschichte ist schnell erzählt: Ein paar Stunden später nahm ich den ersten Zug nach Wien. Von der Fahrt bekam ich kaum etwas mit, weil ich sofort einschlief, und zwar so fest, wie ich seit Jahren nicht geschlafen habe. Die Bombe, so unvernünftig das auch klingen mag, ließ ich vor der Säule stehen, rief aber nach meinem Gespräch mit Uwe noch die Berliner Polizei an und erzählte dem diensthabenden Beamten, zu Füßen der Siegesgöttin befände sich eine sechs Kilogramm schwere Semtex-Bombe – nicht aktiviert zwar, aber immerhin doch nicht so ungefährlich, daß man sich darum keine Sorgen machen müsse, denken wir nur einmal an die Semtexpackung, die vor einem Jahr die amerikanische Botschaft und halb Nairobi weggesprengt hat.

Am Bahnhof angekommen, nahm ich mir sofort ein Zimmer in der *Pension Franz*, die ich noch von früher kenne, weil ich da als kleines Kind mal mit Uwe und meinen Eltern gewohnt habe. Am Tag darauf durchsuchte ich alle deutschen Zeitungen, die ich bekommen konnte, nach einer Notiz über die *Bombe vor der Säule*, aber es stand nichts darüber drin. Das ist vielleicht keine große Überraschung, denn der Fund von sechs herrenlosen Kilo Semtex ist etwas, das wohl nicht so sehr an die große Glocke gehängt werden sollte.

Aber egal, was aus der Bombe wurde; egal, was aus Höller wird: Am allerwichtigsten ist mir jetzt, daß ich Sie gefunden habe, Frau Schneeberg, obwohl es mich einige Sucherei gekostet hat, herauszubekommen, daß Sie sich in das Kloster Stift Pernegg zurückgezogen haben, um in aller Ruhe an ihrem Buch *Das letzte Gebet* zu arbeiten – im übrigen ein hervorragender Titel, wie ich meine, ich freue mich schon darauf, es bald einmal lesen zu können. Außerdem mußte ich mir eine Sonnenbrille kaufen, weil das Tageslicht mich verrückt gemacht hat, schließlich ist es ja schon lange her, daß ich tagsüber mal draußen war, und als ich mich an diesem Morgen aus dem Bett quälte und auf die Straße trat, hatte ich das Gefühl, als würden die Strahlen der Sonne direkt in mein Hirn treffen.

Ich hoffe nun, daß Sie mir glauben, Frau Schneeberg! Ich möchte Sie bitten, mir zu glauben, daß all diese Dinge – die Bewegung, Höller, meine Nachtexistenz und die Sache mit der Bombe – wirklich passiert sind und daß Sie meine Geschichte nicht bloß für einen billigen Trick halten, um von Ihnen zu erfahren, wo Ihre Tochter steckt, von der ich weiß, daß sie hier irgendwo sein muß. Ich muß ihr nämlich mitteilen, daß ich kein Samurai mehr bin und mich somit auch von Höller getrennt habe, obwohl die größte Todsünde eines Samurai der Verrat an seinem Daimyo ist. Es wäre großes Glück, wenn Höller mir nicht den Chinesen nachschickt, um mich zurückzuholen!

Zum Beweis meiner Ehrlichkeit habe ich ja schließlich immer noch ihr Feuerzeug, das kleine rote Feuerzeug mit dem Kreuz – die Aufforderung der Katholiken zum Rauchen, sozusagen. Nach allem, was ich weiß, brennt es noch, obwohl es bloß ein billiges Einwegfeuerzeug ist, und darum werde ich jetzt probieren, dieses Feuerzeug anzuzünden, und wenn es geht, wenn die Flamme beim ersten Versuch zündet, dann weiß ich, daß alles gut wird, und ich werde Ihrer Tochter einen Heiratsantrag machen, denn dort wo ein Licht ist, da ist auch die Hoffnung, das sagt Gott doch, oder nicht?

So jedenfalls wurde es mir immer erzählt.

Dieses Buch wäre nicht möglich gewesen ohne die Ratschläge von Sumitomo Kobayashi, einem hervorragenden Tennisspieler und dem ehemaligen Anführer der Yakuza von Kabuki-Cho, der mir im Mai 1998 im Café Almond von Roppongi zwei Bücher überreichte: »The Book of the Samurai Hagakure« und »The Samurai Ethic and Modern Japan«; und zwar im Tausch gegen Celines »Journey to the End of the Night«, das ich gerade durchgelesen hatte. Seit dem 5. 11. 1999 liegt Sumitomo-Sans Körper auf dem Friedhof Aoyama in Tokyo. Sein Geist bleibt rastlos.

Yukio Mishima: »The Samurai Ethic and Modern Japan – Yuko Mishima on Hagakure«, translated from the Japanese by Kathryn Sparling, Charles E. Tuttle Company, 1993 (1978).

Yamamoto Tsunemoto: »The Book of the Samurai Hagakure«, translated by William Scott Wilson, Kodansha International, 1983 (1979).

Die Hagakure-Zitate im Roman sind freie Übersetzungen aus diesen beiden Werken.